黑暗的左手

The Left Hand of Darkness

娥蘇拉・勒瑰恩 著　洪凌　譯

Ursula K. Le Guin

獻給查爾斯
沒有你就沒有本書

For Charles,
sine qua non

目錄

原作序

科幻小說常常被描述，甚或定義為外推式。科幻小說家應當攫住此時此地的某種現象或趨勢，將之強化、純化以製造戲劇效果，然後推展到未來。「倘若這樣持續下去，便會發生這樣的事。」預言於焉形成。這樣的方法與結果非常類似科學家的方式：大量餵食實驗鼠某種純化濃縮食物，致其上癮，為的是想要預測人類若長期食用少量此類添加物，會有何等後果。結果幾乎無可避免會導向癌症。同樣，外推的結果也是如此。嚴格的外推式科幻小說通常與羅馬俱樂部[1]結論一致：介於全人類自由的逐漸滅絕與地球生物全體滅絕之間。

這或許能解釋為何許多不讀科幻小說的人會說科幻小說是「逃避現實」；但是進一步詢問時，他們會承認自己不讀科幻小說是因為「太灰暗了」。

幾乎所有事物推向邏輯的極端，若不是致癌，也會令人沮喪。

幸運的是，儘管外推是科幻小說的要素之一，卻絕非其基本。它實在過於理性主義，也過於簡化，無法滿足任何想像力豐沛的心智，無論那是作者還是讀者。多變乃生命之調味料。

1〔編注〕羅馬俱樂部（Club of Rome），因總部位於羅馬而得名，為一研究全球發展問題、預測未來趨勢的民間機構，一九六八年成立。

本書並不推測未來，倘若你樂意，可以把此書（與許多別的科幻小說）讀成某種思想實驗。讓我們假設（瑪麗・雪萊說），某個年輕醫生在實驗室裡製造出人類；假設（菲力普・狄克接著說）同盟國在第二次世界大戰輸了；讓我們姑且假設這個那個，然後看看會發生啥事……在如此構想出來的小說當中，符合當代小說所需的道德複雜性無須遭到犧牲，也不會有任何預設的死巷。在實驗條件所設的界限內，思惟與直覺可以自由來去，因為範圍可能相當廣闊。

思想實驗是薛丁格（Schrodinger）與某些物理學家使用的辭彙，目的並非在預測未來（薛丁格其最著名的思想實驗其實就證實，在量子層次上，「未來」不可預測），而是在描述現實，即現在的世界。

科幻小說不在預言，而在敘述。

預言有先知（無須收費）、透視靈媒（通常要收費，於是比起先知，靈媒在其世代更受尊敬），和未來學家（支薪）負責。預測未來是先知、靈媒與未來學家的事，與小說家無關。小說家的本分是要說謊。

氣象局會告訴你下週二天氣如何；蘭德公司[2]會告訴你二十一世紀會是何等模樣。我可不推薦你向小說家諮詢諸如此類的訊息，這完全不干他們的事。小說家能告訴你的只是他們是什麼樣子，你是什麼樣子——這是怎麼一回事——今日此時天氣如何，或晴或雨，看哪！打開你的雙眼，專注傾聽。這就是小說家者言。然而，小說家並不會告訴你，你將看到或聽到什麼；他們所能告知你的，僅限於他們活在世上的所見所聞（活著的三分之一光陰花費在睡眠與夢境，另外三分之一則用來扯謊）。

「與此世間對立的真實！」毋庸置疑，當然如此！小說作者確實嚮往真實——至少在這些人較為勇敢的時刻：小說家渴望知曉它、說出它，侍奉它。然而，小說家以某種特定且奇異的方式來從事此舉，像是發明些在這世間應該從未可能存在或發生的人地事物等等，鉅細靡遺、感情豐富地敘述這些虛構事物。直到小說家寫完這堆謊言之後，便說：就是啦，這就是真實！

小說家可能運用一切事實來支持這一整套謊言，如描繪瑪夏沙（Marchalsea）監獄這個真實地點，或確實發生過的博羅季諾會戰[3]，或在實驗室中確實進行過的複製生命過程，甚或實存的心理學教科書中描述的性格崩解等等。這些可資印證的地點、事件、現象、行為，讓讀者忘記自己閱讀的純屬創作，是在無可定位的地域（也就是作者的心靈）外從未發生的歷史。事實上呢，讀小說時，我們精神錯亂——就是瘋了。我們在那些時刻會深信不疑，那些從未存在於現實的人物，我們聆聽到其聲音，我們與這些人物一起觀看博羅季諾會戰，我們甚至可能變成拿破崙。通常（大多數情況）而言，我們讀完一本小說，就會回復清楚的神智。

所以說，任何一個值得尊敬的社會從未信任過它的藝術家，難道有什麼好驚異的嗎？

然而，我們這個深受困擾且徬徨迷惑的社會，執迷於尋求指引。有時候，社會難免把所有誤置的

2（編注）蘭德公司（Rand Corporation），原道格拉斯飛機公司（Douglas Aircraft Company）一組利用剩餘軍事預算工作的物理學家和技術家於一九四五年設立「蘭德計畫」（Project Rand），投入「未來學」研究。一九四八年他們獲得福特基金會協助，成立蘭德公司（Rand Corporation），為一非營利的獨立機構。

3（編注）博羅季諾會戰（Battle of Borodino）：俄、法兩軍於一八一二年九月七日在莫斯科以西一百二十四公里的博羅季諾村附近進行的一次重大會戰。

信任放在藝術家身上，使其化身為預言師或未來學家。

我不是在說藝術家不會得到靈感的激發，成為先知：並非神靈不會降附在藝術家身上，神諭不會透過其口舌彰顯。倘若不吃這一套，這些人到底怎麼會是藝術家？要是這些人不知道神蹟發生，神就置身於內，使役其舌頭與雙手，那些人還算什麼藝術家？或許，這樣的神蹟只會在一生彰顯一次。但是一次就無比足夠。

我也不會說，唯有藝術家才具有如此負擔與特權。科學家是另一種類似的族類——竭力準備、悉心張羅，日夜不捨地工作，時睡時醒，為的就是求取靈感。畢達哥拉斯知道，神會在幾何陣式當中彰顯自身，也會呈現於夢境之中；神會現身於思惟的和諧性，也可能會現身聲音的協調性；神會彰顯於數字或文字之中。

然而，正是字句掀起煩擾與困惑。如今，我們被要求只在某個層次考慮字句的用處，也就是符號的層次。我們的哲學家們（至少某些哲學家）會迫使我們同意，唯獨當某個字詞（句子、陳述）具有唯一單獨的意義時——唯獨當它指向某個單一事實、足以讓理智所理解、聽來合乎邏輯，而且具備可被量化的理想屬性——才是有價值的存在。

阿波羅——光與理性、比例與均衡之神，會將那些在崇拜禮讚時靠得過近的人們弄瞎。可別直視太陽，有時就回到某個黑暗角落歇息，與酒神戴奧尼索斯喝杯啤酒吧。

我談論諸神，然而我是個無神論者。但我也是藝術家，是以我是個騙子。可別相信我說的任何話；我說的話句句屬實。

以邏輯來定義，我唯一能夠理解或表達的真實，是個謊言。以心理學來定義，則是某個象徵。若是以美學來定義，那是暗喻。

喔，若是能夠獲邀參與某個盛大的未來學研討會，讓系統科學展演它能呈現的壯觀末世圖表，讓報章媒體詢問，到底美國在西元二〇〇一年究竟會是什麼德性、諸如此類，那可真是太美妙了！然而，這是個要命的謬誤。我書寫科幻小說，但是科幻小說並非攸關未來。關於未來這檔子事，我知道的絕對不比你來得多，很可能更少。

這本書當然也不是關於所謂的未來。沒錯，它起頭於所謂的「伊庫紀元一四九〇—九七年」，但是你應該不會徹底信仰這一套吧？

沒錯，書中的人物是雙性同體的人類，但並不意味我正在預言，過了一百萬年左右，我們就會邁入雙性同體的境界，或是宣告，我們最好應該都變成這樣的生命體。對我而言，我僅僅是在觀察——以某種特定、歧異，並且適用於科幻小說的思考實驗模式來觀察——倘若你在某些特定時節的特定時刻，仔細審視我們自己，我們早已經是雙性同體的存在。我並非在預告，或是診斷，我只是在描述。以小說家之道，我描述的是心理真實的某些特定切面，這可是要藉著發明精心設計的情境式謊言來假以成立。

我們在閱讀小說——任何一本小說時，得同時知曉，那從頭到尾都是漫天胡扯，但也得在閱讀中深信它每一個字。終於，直到我們讀完，要是它是本夠棒的小說，我們會知道自己與閱讀之前的那個自己稍有差異，我們改變了些許，彷彿像是認識了個新面孔，橫越之前並未涉足的某一條街道。然而，很難說出我們自己到底學到了些啥，有了什麼改變。

藝術家處理的是無法以文字述說的議題。

至於以小說為創作媒介的藝術家，正是以文字本身來處理這些議題。小說家用文字呈現無法以文字敘述的事物。

於是，文字可以讓你以吊詭之道來使馭；正因為除了符號學的用途之外，它還具有象徵性或暗喻性的層次。（文字還有聲音——這是那些語言實證派的學者不感興趣、忽略掉的層次。一個句子就如同一道和弦，或是某部彼此諧和的音樂篇章。即使默讀，比起戰戰兢兢的智力，凝神傾聽的耳朵可能更得以了解它的意義。）

所有的小說都是暗喻，科幻小說自然也是暗喻。讓科幻小說與較為古老的小說類型區分開來的原因，似乎是由於它使用的是新穎的暗喻，取材自我們當前世代的某些優勢，諸如科學、所有科學，科技，某些相對與歷史觀點。星際旅行是其中一道暗喻，另類社會與另類生物學也是暗喻，未來自然也是。呈現於小說創作的未來，是某種暗喻。那麼，究竟這個故事是為了什麼而書寫的暗喻呢？

要是我可以使用非暗喻的形式表陳出來，我就不會寫出接下來的每一個字，寫出這本小說了；真力．艾也就從來不會坐在我的書桌前，用盡我的墨水與打字機捲條，為的就是要告知我，還有你，以非常嚴肅的形式來表達這句話：真實攸關想像。

第一章　珥恆朗城的遊行

摘自「瀚星檔案」，共時傳訊文件格森字第〇一—〇一—〇一—九三四—二號謄本。受文者：歐盧爾星常駐使，報告員：格森（冬星）首任機動使真力．艾，記錄時間：瀚星第九三循環紀，伊庫紀元一四九〇—九七年。

我會像說故事般來寫此份報告。我童年時在故星上，他人便曾指導我：真實攸關想像。要是敘事風格不當，再精準的事實也會湮沒，風格對了，事實就能長存。像是出產於我們海洋的精美有機寶石，某個女子戴在身上，會為珠寶倍增光耀，另一人佩戴，卻會讓珠寶黯淡失色，與塵泥無差。事實就如同珍珠，同等堅實、統合、圓潤且真實；然而，事實也與珍珠同樣敏銳善感。

這並非我一人的故事，也不單由我來述說。我實在不確定這是誰的故事，由讀者來判斷可能更為恰當。然而，這是同一個故事，倘若有時候事實隨著敘述的聲音歧異，讀者當然可以選取最喜愛的事實版本，不過這些當中都沒有任何虛假，都是同一個故事。

故事的起始點是一四九一年的第四十四個白晝。按冬星上卡亥德王國的說法是「歐得哈賀哈．吐瓦」，意思就是「恆始年」春季第三月第二十二日。在這裡，每一年都是「恆始年」，唯獨在每年元旦，如同從永駐的此際往回或往前計算時，才會更改前一年或次年的稱呼。就是如此，時值恆始年春天，地點在卡亥德王國首都珥恆朗城，我的性命可能行將不保，當時還渾然未覺。

我身處於遊行行列，位於歌絲威樂隊之後，也恰好在國王之前。當天正在下雨。

雨雲籠罩著暗色塔樓，雨水落入深邃的街道，一縷金色風景緩緩穿行於這座飽經暴風雨侵襲的陰暗石城。首先是珥恆朗城的商賈、仕紳、工匠，按位階高低排列，穿著耀眼光鮮，容貌鮮明寧靜，如同魚兒在水裡嬉遊般在雨中閒適前進，並不以行軍步伐齊步走。遊行隊伍中沒有士兵，甚至沒有任何隊伍模擬為士兵。

接著是領主、市長、領地代表的行列，分別來自卡亥德王國境內各領地及聯合領地，有的單獨一人、有五人成隊，也有四十五人一起，更有的多達四百人眾。這等壯闊華麗的陣容在金屬號角、輕快乾燥的電子笛聲，以及骨製與木製樂器的空曠音色中前進。重要領地的各色旗幟濕淋淋地扭絞著，鮮豔的顏色糊成一團，與路旁裝飾用的黃色三角旗混淆不清；各領地的音樂傾軋不讓，諸多節奏共鳴於深邃的石砌街道上。

接著是一群雜耍師，個個手中舞動燦然光潔的金球，以高揚的姿勢拋擲，接住又拋高，漫天飛舞的金球在空中畫出一道光幻噴泉。頃刻間，彷彿雜耍師當真擄獲光的本體，金球爆射耀眼亮光宛如玻璃：太陽終於穿破陰霾，降臨於世。

接著是四十名演奏歌絲威的黃衣樂手。唯獨國王在場時才能演奏的歌絲威，樂聲猶如荒腔走板的嚎叫。四十個樂手齊聲演奏，足以震掉一個人的心智，足以動盪珥恆朗城的塔樓，也足以驅趕最後餘留於風雲上的雨陣。倘若這就是皇家音樂，無怪乎卡亥德王國歷任君主都是心智瘋狂之徒。

接著是皇室成員、首都與朝廷侍衛、朝臣與市政官、朝野顯要、代表官員、議員、政要大臣、外交使節、王公貴族。這些人並未按照位階排列，步伐也不齊一，只是氣度尊貴無比。阿格梵十五世正在這王室陣營之中，穿著白襯衫、白色及膝束腰外衣與同色馬褲，襯以番紅花色皮革綁腿，頭戴黃色小帽。身上唯一的飾品、也是唯一彰顯國王權柄的象徵物，只有指頭上一枚金戒指。皇室隊伍之後，八個身強體壯的人扛著一座以黃色系天青石粗略裝飾的皇輿，這是曠古年代的遺物，數百年來，沒有任何君主乘坐過那頂皇輿。在皇輿旁，另有八名侍衛佩戴狙擊槍枝行進，那是更為蠻荒的遺物，但槍枝並非空膛，裡面裝填著軟鐵製的實彈。死神行走於君主背後。死神之後則是由工藝學校、學院、商會與國王部爐[1]的學子組成的長串隊伍，這些孩童與少年身穿白、紅、金或綠色的服裝。最後則由一列輕聲緩行的暗色車隊押陣。

連同我在內的皇室成員在一座平臺上站定，平臺以新木砌成，緊鄰尚未完工的河閘拱門。此番遊行的目的就是要將這道拱門竣工，也連帶把興建珥恆朗城大路與河港的工程全部告終，這項長達五年的大工程包括疏濬、建築、修路，將在卡亥德紀事上留名，成為阿格梵十五世的重要政績。在平臺上，我們擁擠不堪地夾在厚重潮濕的華服中。雨停了，陽光普照，那是冬星特有的烈日，散發叛徒似

1　部爐（hearth），是格森星的特殊家庭／部族模式，簡言之就是擴充所謂的直系血緣家族結構，以同一宗族（clan）的人群共同組成互助互動的（擬）公社結構。

的光熱。

我對著左手邊那位人士說：「熱極了，真是個大熱天。」

那是個膚色微黑、身形壯碩的卡亥德人，頭髮濃密光滑，穿著綠色皮革鑲金邊束腰厚外衣，內搭一件白色厚襯衫、厚馬褲，頸上掛一條銀鍊，沉重的鍊環足有手掌寬。這人簡直揮汗如雨，回答說：「可不是。」

我們侷促地擠在平臺上，四周都是城裡人翹首仰望的面孔，如同一片褐色卵石，成千上萬雙睜大凝視的眼睛閃爍如雲母石。

此時國王踏上一座粗木舷梯，登向拱門頂端，尚未合攏的拱柱高聳俯瞰王者、埠頭及大河。國王攀登時，群眾開始鼓譟，一股巨大的低沉聲浪叫喚著：「阿格梵！」國王沒有回應，群眾也並不期待回應。歌絲威樂手吹出一股震天響的傾軋聲浪，隨即戛然止息。一片沉寂。太陽俯照著城市、大河、群眾、國王。底下的石匠已啟動電絞盤吊起拱心石，國王愈發登高，拱心石躍過國王的身形，讓吊索高高舉起，幾乎悄然無聲地落入兩道拱柱之間，巨大厚重如它竟能如此安靜。它恰好接合兩拱柱，形成一座渾然無縫的拱頂。鷹架上，有名石匠手持泥刀與提桶，站在那裡等候國王上來，其餘工人皆攀著繩梯退下，有如一群跳蚤。就在大河與太陽之間，高聳於眾生之上，國王與身邊的石匠一起在那一小丁點兒踏板上跪下。國王從石匠手中接過泥刀，開始塗抹拱心石與拱柱的狹長接縫。他並非應付了事，把水泥輕拍上去就罷手，將泥刀交還石匠，而是有條不紊地塗砌。他使用的水泥是粉紅色，不同於別處的水泥顏色。我看著王蜂陛下勞動五或十分鐘之後，終於開口詢問左手邊那人：「貴國的拱心石，總是以紅色水泥砌上嗎？」我這麼問，是由於舊橋上每座拱頂的拱心石周圍，皆是同樣的赤赭色，一望即知。舊橋位於新造拱門的上游處，優雅地飛跨於大河上方。

那男子（我必須這樣稱呼，既然我以「他」指稱其人）將汗水從暗色的額頭抹去，回答：「在曠古年代，拱心石可是得用磨碎的骨粉和著血去砌合，是人的骨頭，人的血。倘若沒有以血鑄成鏈結，拱門將會坍塌，懂嘛。現今我們改用動物的血了。」

他總是這麼說話，直坦中帶著謹慎與反諷，彷彿總明白我會以一個外來者的本位觀看與評斷。在這樣一個孤立的種族、在地位這麼高階的人士身上，如此覺察堪屬超拔罕見。他在這王國內算是權勢傾天，我不確定地球歷史脈絡中有何名稱符合他的地位，可能類似回教國家的大臣，或首相、行政院長、首席政務長，照卡亥德語直譯，意思是「國王之耳」。他是地方領主，王國公卿，推行大事的人。他的全名是席倫·哈絲·倫—耶·埃思特梵。

國王似乎完成了水泥工，我額手稱慶，但他沿著拱弧下蛛網也似的鷹架踏板，來到拱心石另一側，繼續砌合，畢竟石頭有兩面。在卡亥德王國這裡，不能夠不耐煩；卡亥德人並非冷漠遲鈍，但卻冥頑執拗，堅持到底，要完成塗敷拱心石的工程。賽思堤防上的人民心滿意足地觀賞國王工作，但我覺得無聊，而且熱不可言。在此之前，在冬星上我從未覺得炎熱，此後也不會。但我疏忽了情境，把自己穿得像是要迎接冰河期，而非陽光普照之日，我套上層層疊疊的衣物，包括植物纖維布料、人造纖維、毛料與皮革，形成抵禦嚴寒的壯大盔甲，現在我宛如萊菔子葉一般委靡不振。為了打發時間，我觀看圍繞於高臺四周的人群與遊行行列，各色領地與部族旗幟在陽光下安靜懸垂，閃耀生色。無所事事的我詢問埃思特梵，這面旗幟隸屬於哪個地域，那面、還有那面又代表哪裡。他知道我詢問的每面旗幟所代表的領地，可那兒的旗幟加起來共計好幾百面，有些還是來自沛林暴風界或坷姆地的遙遠領地、部爐或小部落。

「我自己即出身於坷姆地，」我讚嘆他的博學多聞時，他說。「況且，我的職責之一就是要熟識各領地，它們就是卡亥德；統治這塊土地，等於是在統治這些領主。不知你可聽過這句諺語沒有，卡亥德不是一個國族，而是一場家族紛爭？」我沒聽過，而且懷疑這句話是埃思特梵編造出來的，很符合他的個人風格。

就在這當口，某人擠推上前，來到埃思特梵身邊，與他談起話來。那人是廓倫祕（即上議院或國會，由埃思特梵主持）的成員，也是國王的表親，名叫佩莫・哈季・倫—耶・提貝。他對埃思特梵說話時聲量很低，姿態略微高傲不遜，笑意不絕。至於埃思特梵呢，猶如烈日下的冰柱，一面揮汗，一面仍保持滑溜冰冷，大聲回應提貝的輕聲細語，語氣中的一般客套方式讓對方淪為傻子。我一邊看國王繼續塗抹水泥，一邊聆聽，但根本不知道他們說了什麼，只感受到提貝與埃思特梵之間的敵意。當然這不關我的事，怎麼說都不關，我只是好奇，這些治理一個王國（以老式意義而言是統馭兩千萬人民身家）的人們如何應對進退。就「伊庫盟」而言，權力運作已然是無比微妙複雜的事務，唯有最靈敏的心智能看出內幕；在這兒，權力運作還是頗有限，斧鑿痕跡歷歷在目。就拿埃思特梵來說，你可以感受到此人的權力是他本人的壯大性，他不可能表示空洞的姿態，也不會說出無人聽從的話語。他自己知道這一點，而這點認知給予他強烈的真實存在感，遠超過大多數人，他成為具體的存有、本質實然的存在，人形的壯觀化身。再也沒有比成功本身更能造就偉業了。我不信任埃思特梵，他的動機永遠曖昧不明；我也不喜歡他。然而我還是迎向他的威權力量，如同迎向太陽的光熱。

就在我思忖時，這星球的雲層重新聚集，陽光變得黯淡，沒多久就從上游飄來一場稀疏但激烈的雨，淋濕了聚集在堤防的人群，天色陰暗起來。國王從舷梯走下時，陽光最後一次穿破雲層，瞬間，國王白色的身形與壯觀的拱門顯得耀眼鮮明，對比著風雨欲來的南方；接著雲層攏聚，冷風呼嘯於港口王宮街上，河水轉為灰色，堤防周邊的樹木抖瑟。遊行結束了，半小時後就下起雪來。

正當國王的御車馳過港口王宮街，群眾移動如同被雪浪推前的岩礫陣，埃思特梵再度轉向我，問道：「艾先生，今晚是否願意與我共進晚餐？」我接受他的邀請，訝異之情甚於喜悅。在過去六到八個月來，埃思特梵幫了我不少忙，但我並未預期獲得這等造訪他宅邸的私人榮寵，也並不渴求。佩莫·哈吉·倫—耶·提貝還是站得很近，偷聽著我們的對話，而且我知道他就是要偷聽。這種陰險的探子行徑惹惱了我。我走下平臺，馬上略微低頭彎腰混入群眾隱匿身影。我並不比一般的格森星人來得高，但在人群當中，我的殊異最是顯著。看，就是那個人，那個外星使節。當然，這是我的部分職責，可是隨著時間流逝，這部分不會變得容易，只會更加困難，我常常渴望隱匿於大眾，成為普同的一份子，我想與所有人沒兩樣。

沿著釀酒廠街走過兩個路口後，我轉身走向我的住所。人群變得稀疏時，我突然發現，提貝就走在我身邊。

「一場無懈可擊的典儀。」國王的表親這麼說，對我微笑。乾淨的黃色長板牙在他臉上裸露又消失，那張黃色臉孔布滿細小柔和的紋路，雖然他還未到老邁的年紀。

「這是彰顯新港口完成的好徵兆。」我回話。

「是哪，完全沒錯。」更多牙齒裸露出來。

「拱心石的儀式最具震撼力——」

「當然，這樣的儀式從曠古年代就傳承給吾等。毫無疑問，埃思特梵大人應該對您詳加解釋過這些。」

「埃思特梵大人非常善盡職責。」

我盡力以單調平板的語氣對話，但我對提貝說的每一句話，似乎都成了雙關語。

「喔，當然，絕對如此！」提貝這麼說：「埃思特梵大人對外邦人的仁慈可是眾所皆知。」他再度微笑，此時每一顆裸露的牙齒似乎都有意義、雙重意義、多重意義，或是三十二種不同的意義。

「提貝大人，如我這等陌生異星的外邦人相當少見。我對於此等仁慈感到萬分感激。」

「當然，您當然是這樣！感激是一種罕見且高尚的德性，詩人也讚頌不已。在珥恆朗城，如此情操尤其少見，無疑是因為這是非常不切實際的特質。我們如今生存於艱難的時代，非常不知感恩的時代。世道不如先祖的年代了，可不是嘛？」

「大人，對這點我所知甚少，但我在別的星球也曾聽過此種哀悼之詞。」

提貝瞪著我好半晌，彷彿要確認我失心瘋了，然後他又露出那排長長的黃色牙齒。

「喔喔，是喔，當然！我一直忘記其實您來自於另一個星球，可是對您來說，這當然不是能遺忘的事兒，可是，如果您也能忘記這點，您在珥恆朗城的日子可是會更加穩當、單純，而且安全許多，嗯？沒錯，這是我的座車，我讓它在這裡等候我。我很想載您回您的島宅[2]，但我必須謙辭退讓此等榮幸，在很短的時間內我就得趕到王宮，可憐的表親必須準時，就像諺語所說的，嗯？是哪，正是如此！」國王的表親這麼說，邊爬進黑色的小型電力座車，他的牙齒咧到肩頭那麼寬，眼圈的網紋掩蓋真正的眼神。

之後，我回到住宿的島宅。從屋前庭院看來，最後的冬雪已經融解，於是十呎高的冬門將會撤下數月，直到下次秋季與大雪降臨。就在這棟建築旁，泥土與冰層散布，柔軟而迅速生長的春季植栽蔓延四處的花園裡，有一對年輕的伴侶站著交談。他們右手互握，處於卡瑪期第一階段。碩大的雪片飄落在兩人周邊，這對情侶還是赤著腳，站在泥濘滿布的雪地，手握著手，眼裡只有對方。這真是冬星上的春天哪！

我在自己的島宅進用晚餐，到了倫尼塔響起第四個時辰的整點鑼聲，我已經到達宮廷，準備進用消夜。卡亥德人食用四道充實的正餐：早餐、午餐、晚餐、消夜，每餐間不定期咀嚼享用各種小點心或零嘴。在冬星上沒有大型食用動物，也沒有乳類產品，像是奶汁、奶油、乳酪等；唯一稱得上高蛋白質與高醣食物就是各式各樣的蛋類、魚類、核果，以及原產於瀚星的穀類。在這麼嚴苛的氣候下，

2 島宅，卡亥德語為「卡禾許」（Karhosh），意即「島嶼」，是卡亥德王國的大型住宿公寓建築，容納了絕大多數的城市居民。每座島宅會有二十到二百間私人屋室，並設有公共餐廳；有些島宅是旅館，有些是合作公社，有些則綜合前述功能。這的確是來自卡亥德王國的基礎部爐制度，為適應都市形態所演變成的居住模式，不過它當然不具備部爐的地域性與譜系傳承性。

這等食物未免過於低調簡約，於是人們必須隨時補充進食。來到這裡之後，我也逐漸習慣幾乎每隔幾分鐘就吃些東西的步調。直到是年的一段時日之後，我發現格森星人不但擅長不斷進食，也同時善於忍耐無限期的禁食。

雪還是持續下落，那是溫和的春天冰雪暴，比起剛剛才滂沱下落、無情不絕的融雪期豪雨陣，這場雪讓人心情好些。我在安靜蒼白的黑暗雪瀑中悄然通行，到達王宮，穿行於內，途中只迷路一次。珥恆朗王宮是自成一格的小都城，高牆內是充滿野趣風光的宮殿、塔樓、花園、庭院、迴廊、有屋頂的橋梁、沒有屋頂的通道、小型森林與地下刑牢，是對富麗堂皇的偏執歷經漫長歲月累積起來的成果。御苑外緣環繞森嚴精細的紅色牆垣，高聳於上，雖說其中除了國王之外，沒有任何居民。至於僕役、職員、貴族、大臣、議員、守衛等等人手，全都睡在這座王都城池內的別處宮廷、堡壘、要塞、營房或屋舍。埃思特梵住在「紅角樓」，顯示國王對他的強大榮寵：這座宮殿建造於四百四十年前，是安蘭三世為寵愛的情人赫梅絲所建；赫梅絲的美貌至今仍為人所傳頌，但下場是遭內地黨派雇用的爪牙綁架、斫斷手足，以致失智；至於安蘭三世，則死於該事件的四十年之後，死前仍策畫報復他可悲的王國。他被追謚為「厄運安蘭」。這場悲劇是如此久遠之前，真正的恐怖已經褪去，只殘留淡淡的不忠與抑鬱氣味，迴盪於這屋子的砌石與陰影中。屋外的花園很小，被牆垣包圍，瑟倫樹斜倚在石砌池子旁。透過屋內窗戶的昏暗光線，我看到雪花與樹上落下的白色線狀孢子囊一起悄然墜入黑色的水流。埃思特梵站著等候我，在寒冷的屋外，沒戴帽子也沒穿大衣，觀看夜間的雪花與種子持續隱密不絕的墜落之勢。他安靜地迎接我，領我進屋，裡頭並沒有別的客人。

對這點我頗感詫異。但是我們立刻就來到餐桌旁，用餐時不宜談公事，更何況我原先的詫異迅速轉為對消夜的驚嘆，那真是超絕的餐點，就連麵包蘋果都讓廚師轉化為永恆的滋味，我衷心讚賞其廚藝。用餐之後，我們在爐火邊喝著熱啤酒。在這個冰凍的世界，餐桌上會常備具一件小道具，好讓你敲碎不時在飲料表面結出的冰層，這時你會逐漸喜歡上熱啤酒。

埃思特梵在用餐時親切閒聊，現在他與我對坐在爐前，卻顯得安靜。雖然我已經在冬星待上將近兩年，還是很難從人們的眼神讀取其心意。我努力試過，但我的心思非要把一個格森人先當成男人，後又當成女人，這種分類規格與其本性毫無關係，只和我自己攸關。於是我啜飲著熱騰騰的酸啤酒，心底想著，埃思特梵的餐桌儀態非常陰性，充滿魅力與機智，但缺乏實質內涵，就是靈巧且滑溜。難道是展現在他身上的機靈柔滑的陰性特質，導致我不喜歡他，並且無法信賴他？很難把他當成女人，他黑暗、反諷、有力的軀體在我身邊，在火光外的黑暗處。然而，每當我試圖把他當成徹底的男性，我就是會感到某種虛假或惺惺作態；那到底是源自於他，還是我自己看待他的態度？他的聲音柔和且宏亮，並不低沉，很難說是個男性的嗓音，但也難說是個女性的嗓音……現在他到底在說什麼呢？

「我很抱歉，」他說：「我必須延擱這麼久的工夫，才有這樣的榮幸來招待你到我的住所。不過到了這地步，我也很高興，至少在你我之間，已經不存在庇護資助關係的問題。」

我瞪著他良久。直到現在為止，他當然是我在王宮的贊助者，他是否在暗示我，他幫我安排在明天晉見國王，這讓我的地位有所提升，可以與他平等並列？

「我想我不大懂你的意思。」我說。

他對此沉默好一陣，看來也同等困惑。「嗯，你該知道啊，」最後他說：「既然你人在這裡……你該明白，從此之後，我不再代表你與國王交涉。」

他說得彷彿是為我感到羞愧，而不是自慚。顯然在他的邀約與我的接納之間有某種意涵，而我忽略不知。然而，我的粗率大意是禮儀不周，他的問題卻是道德守則。當下我唯一想到的，就是一直以來我無法信賴埃思特梵，這點沒有錯。他不只是圓滑、有權力，更是無信用。在我來到珥恆朗城這幾個月內，都是他一手包辦，傾聽我的疑惑，回答我的疑問，派遣醫師與工程師來檢驗我的異類身體與太空船，為我引介我需要認識的人等，逐漸讓我的位置從一開始的高度虛構怪物提升到神祕的外星使節，現在我即將謁見國王。如今，都已經把我的位置提升到如此危險的高處，他卻突兀宣稱就此斷絕曾經給予的支持。

「你引導我，讓我依賴你——」

「我不該這樣做。」

「你的意思可是指，你安排了這次謁見，但並未為我身負的任務向國王美言，如同你曾經——」我還有點常識，能夠及時吞下「承諾過」這幾個字。

「我無法做到。」

我很生氣，但感受不到他的怒火或歉意。

「你可以告訴我原因嗎？」

過了一會兒，他終於說：「好的。」然後又停住不語。在他停頓時，我想著，一個笨拙無能又沒有勢力的異星男人，根本沒有立場要求某個王國的首相對他說明理由，尤其是他根本不了解、也永遠不會明白這個王國的權力基礎與統治之道。毫無疑問，這只攸關習縛規色——約略等於威望、面子、地位，顯耀等諸如此類無法翻譯的概念，卻是格森這個星球上，無論是卡亥德王國或別的文明，人們均視若圭臬的社會威權原則。如果就是這樣，我實在無法了解。

「在今日的儀式當中，你可曾聽到國王對我說了什麼？」

「沒有。」

埃思特梵傾身靠向火爐，從滾燙的灰燼裡取出啤酒罐，幫我注滿一大杯。他沒有再說下去，於是我詳加解釋：「在我能夠聽及的範圍，國王並沒有與你交談。」

「我也沒聽到。」他說。

我感覺到自己又錯失某個訊息，他那種曲折迂迴的陰性表達真是該死。我說：「埃思特梵大人，請問你是否意圖告訴我，你已經失去國王的寵幸？」

我覺得他發怒了，但他沒有表達出來，只是說：「我並未試圖告訴你什麼，艾先生。」

「老天，我真希望你有！」

他帶著興味注視我。「那麼，讓我這樣說好了：套用你的話來說，在我們的宮廷裡有些人士是國王的寵兒。但這些人既不偏愛你的存在，也不喜歡你來到此地的任務。」

所以說，現在你忙不迭要加入這些人，把我給賣了，好挽救自己的顏面。我這麼想，但覺得把這些思緒說出來已毫無意義可言。埃思特梵是朝臣，也是政客，我是個傻瓜才會信賴他。即使在一個生理雙性同體的社會，政客還是一種毫無節操可言的物種。他邀請我到家中晚餐，顯示出他認為我會輕易接納他的變節，如同他如此輕易地背叛我。看來非常清楚，挽回面子要比誠信原則重要太多了。所以我說：「我很遺憾，你給予我的仁慈為你招惹來這些麻煩。」這是火上添薪，我暫時享用了道德上的優越感，可也沒能持續多久，他實在太不可測。

他坐回原位，火光照耀在他的膝蓋，以及那雙細緻、強健但小了些的手掌，還有他手握的啤酒杯，但是他的面容隱藏於暗影。劉海濃長的頭髮、粗厚的眉睫，沉鬱平淡的表情永遠覆蓋他微黑的臉龐。我們能夠解讀貓、海豹，或是水獺的面容嗎？我認為某些格森星人具有這些動物的面容神貌，你說話時，他們深沉且明亮的眼睛並不改變任何表情。

「是我為自己招惹了麻煩，」他回答說：「而且是與你無關的行動，艾先生。你知道，卡亥德王國與奧爾戈共生國在薩希諾絲一帶高地的北瀑邊境有紛爭。阿格梵的祖父為卡亥德王國奪取到希諾絲谷地，但是當地的共生國民並不承認其統治權。一塊雲層降下大雪，雲層還愈發積厚。我曾協助一些住在該谷地的卡亥德農夫東遷回舊邊境內。我認為，如果把那塊谷地留給奧爾戈人，就會沒事，畢竟他們生活在那塊土地已有數千年之久。幾年前我在北瀑政府待過，因此認識那兒的農民。我很不喜歡他們在突襲中身亡，也不願遣送這些人到奧爾戈那邊的志願農莊。為何不索性消除這些邊境糾葛？……不過，這並非愛國的念頭，事實上，那是懦夫的想法，損及國王自身的光采與顏面。」

他的反諷、連同這些什麼與奧爾戈國的邊境糾紛點滴，我一點也沒有興趣。我重拾我們之間的議題，不管我信賴這人與否，總還有用得上他的地方。「我很遺憾，」我說：「但是讓區區幾個農民的問題搞砸了我謁見國王的任務，實在很可惜。比起幾哩的邊境領土之爭，此時的議題更為要緊。」

「是哪，要緊許多。然而，伊庫盟轄地的邊境之間相距遠超過上百光年，也許能夠對我們多些耐心。」

「閣下，伊庫盟常駐使[3]是非常有耐心的人們，能夠等上百年，甚至五百年，讓卡亥德王國與格森星上諸國度慎重考量，決定到最後要不要加入全人類的同盟陣營；我說的話只出於我個人的盼望，以及個人的失望。我私自以為，憑藉你的支持──」

「我也是。然而，冰河非一夕之寒能造就……」他將要說些老生常談的泛泛之詞，但是他心不在焉，陷入沉思。我想像著他正把我與手邊其餘的棋子在權力的棋盤上來回移動。

「你來到敝國，」最後，他終於開口。「你來到此地的時機非常奇妙。事物正在轉變，我們正迎向新的轉捩點。不，還不到這等程度，我們之前走得太遠，難以回頭。我認為你的出現、你的任務可能防止我們走向錯誤的方向，讓我們擁有某個全新的選擇。但是，這樣的狀況必須發生在對的時刻──而且在對的地方。這一切都過於冒險，艾先生。」

真是受夠了他的含糊泛指，於是我說：「你指示現在不是個好時機。請問你是否意圖勸告我，取消這次謁見？」

我的失態言辭以卡亥德語道來更是可怖，但埃思特梵既沒有微笑，也沒有退避。「我必須指出，

3〔譯注〕常駐使（stabiles）為伊庫盟的官僚人員，固定駐守於八十多個星球上。一旦駐任，就會長期在該星球執行外交任務，無須像機動使（mobiles）那樣必須更換任命地點，不時出差至新世界。

恐怕只有國王才有取消謁見的特權。」他溫和地說。

「啊，天哪，對。我不是那個意思。」我雙手抱頭好一陣子。我出身於開放自由、不設限的當代地球社會，恐怕永遠無法熟練這種卡亥德人如此看重的禮儀或沉著冷淡的儀態。我當然知道什麼是「國王」，地球的歷史對這種人物記載甚多，但是我個人對於這種特權沒有任何經驗感受，我缺乏得體的應變機智。

我拿起自己的啤酒杯，粗暴用力地大喝一口。「嗯，那這樣吧，我就以你的意見為準。我對國王所說的話將會比原先預計的少上許多。」

「如此甚好。」

「為何甚好？」我逼問。

「嗯，這樣說，艾先生，你並非心智瘋狂之人，我也不是。然而你我都不是個國王，你懂吧……我認為，原先你預定要告訴阿格梵——理性地——你來到此星球的任務是想要促成格森星與伊庫盟的結盟。然後呢，理性地說，他也早就知道這回事，因為你該知道，這是我告知他的內容，我敦促他審視你的事宜，設法激起他對你的興趣。這些行動都做得不好，時機不對。我忘記一件事，因為我自己對這些太有興趣，忘記他是個國王，不會以理性觀點看事情，而是以國王的觀點。我告訴他的一切對於他而言，純粹等於告知他的權柄受到威脅，他的王國不過是浩瀚星際的一點微塵，他的國王頭銜對於統治上百個世界的人們而言，只是個笑話。」

「可是伊庫盟並不統治，只是組織與協商。它的權力就等於所連結的所有國度與星球的權力。如果卡亥德王國願意與伊庫盟結盟，它將會更不受威脅，而且會前所未有地愈發重要。」

好半晌，埃思特梵都沒有回答，只是坐著凝視火光。火焰在他的酒杯與他肩頭佩戴的寬大官階銀鏈上眨動反光。這棟老房子也安靜地環繞著我們。用餐時有個僕役幫忙送上餐點，但卡亥德並沒有奴役制度或私人契約；人們雇用的是服務，並不箝制受雇者。此時，那些雇傭已經各自回家。不過照埃思特梵的地位看來，他必然有守衛隨侍，暗殺制度在卡亥德王國可是非常活絡的系統。但是我沒有看到、也沒有聽見任何守衛。我們兩人是孤身在此。

我孤身在此，在這個異星的冰寒紀元核心，位於這個奇異的雪景城市，置身於陰暗王宮的牆垣內。我孤身與這個陌生人共處。

無論是今晚，還是從我到冬星以來所說的每一句話，此時看來都顯得愚蠢與不可思議。我怎能期待這個人、抑或這星球上的任何人來相信我的敘述，那些存在於遙遠外太空的其他星球、其他種族，以及某個隱微且善意的政府系統？全都是無關的廢言。我駕著一艘奇怪的太空船來到卡亥德，我的生理構造與卡亥德人有些差異，這些都需要解釋。但是我的解說非常荒誕不經，因為，當時我也還不信任她們。

「我相信你。」這個陌生人、這個與我共處的異星人這麼說。我的自我疏離感是如此強烈，乍聽到此言，我只是困惑地抬頭看著他。

「我想，恐怕連阿格梵也相信你，但是他並不信任你，有部分原因是他也不再信任我。我犯了失誤，太過不謹慎，所以我也不能繼續要求你的信任，因為我置你於險惡的處境。我忘記國王是什麼樣子，也忘記了在國王自身的眼裡，他就是卡亥德。我更忘記了何謂愛國主義，以及他自己必然就是個完美的愛國主義者。艾先生，讓我這樣問你，憑藉你個人的經驗，你可知道何謂愛國主義？」

「不知道，」我說。那股來自強烈人格的力量突然間全然施展在我身上，讓我動搖。「我想我不知道，如果你指的愛國主義並不等於愛自己的故土——後者我倒是知道。」

「我提及愛國主義時，說的並非愛意。我說的是恐懼，對於異己的恐懼。它的表顯相當政治化，一點也不詩意；它藉著憎惡、對立、攻擊展現。那股恐懼在我們之中滋長。年復一年，它在我們體內增長，我們追奉那條道路實在太過久遠。至於你，你來自於一個早在好幾世紀前就跨越了國族格局的星球，你幾乎不知道我在說些什麼，你為我們開啟一條新的道路——」他突兀地中止。一會兒之後，他再度掌控自己，冷靜有禮地繼續說下去。「基於那樣的恐懼，我拒絕在此刻繼續敦促國王考量你的任務。但是我並非為了自己而恐懼，艾先生，我不是以愛國主義行事。畢竟，在格森星上還是有別的國家。」

我不知道他要驅動的是什麼，只能確定他的所言並非所指。我在這陰鬱的城市所遇到的陰暗、含蓄隱微的謎樣人物當中，他是箇中之最。我不要玩他這套迷宮似的遊戲，我沒有回話。過了一陣子，他以相當謹慎的語氣繼續說下去。「如果我理解得沒錯，你的伊庫盟同儕全然奉獻於全人類的福祉。這樣說吧，奧爾戈人曾經為了達到整體福祉，將局部利益屈膝讓渡，卡亥德卻毫無此經驗。至於奧爾戈那些特首，至少都是心智正常的人，即使智識不足；然而，卡亥德的國王不但瘋狂，而且相當愚蠢。」

顯而易見，埃思特梵沒有一丁點忠誠之心。我帶著輕微的嫌惡感說：「倘若如此，侍奉他應該很困難。」

「我不確定我侍奉過國王，」國王的首相說：「或想要侍奉他。我不是任何人的僕人，一個人必得投射自己的陰影……」

倫尼塔響起第六時辰的銅鑼聲，已是午夜，我把這訊息當作自己告退的藉口。我在門廳穿上外套時，他說：「我錯失目前的時機，因為我認為你會離開珥恆朗——」他何以這樣認為？「但我認為將會再有時機，再向你請教一些問題。我有太多事想知道，像是你們的心念交談——關於這點，你還沒怎麼解說給我聽呢。」

他的好奇心看來無比真摯——此人具備那種權貴特有的厚顏無恥，當時他允諾要幫助我，也是看來無比真摯。我說，好的，當然，無論他下次何時發問，我都樂意回答。於是，這晚就此告一段落。他引領我出門，來到花園；就在格森巨大呆板的赭紅月亮籠罩下，屋外積雪稀薄。氣溫低得讓人全身凍僵，我們走出屋外時，我不禁打顫。

他以禮貌的訝異詢問。「你覺得冷嗎？」對他而言，那是個氣候溫和的春天夜晚。

我既疲累又沮喪，回答說：「自從來到這星球，我就一直覺得冷。」

「你怎麼稱呼我們這個星球呢——以你的語言稱呼？」

「格森星。」

「你們沒有自己的稱呼方式？」

「有的，最初的觀察員有自行取名，叫它為冬星。」

我們駐足在內院花園的走道上。外頭，王宮的屋頂與地面淤積著雜亂不平的雪勢，隨處被窗戶透出的微弱金暉激出反光。我站在狹窄的拱門，抬頭往上看，思索著那塊拱心石是否也以骨粉與血水膠合黏接。埃思特梵在此處與我道別，轉身離去，在迎接與道別的場合，他從未顯得過分虛偽諂媚。我走過沉寂的庭院與過道，靴子在月光下的細薄雪地嘎扎作響，我穿越深邃的城市街道回到住宿處。我感到寒冷且徬徨；背叛、孤寂與恐懼的情緒包抄我的身心。

第二章　在冰雪暴之內

摘自北卡亥德「部爐傳說」錄音檔案大全，此檔案收藏於珥恆朗史家學院資料庫，敘述者身分不詳。此份錄音於阿格梵八世時代完成。

大約距今兩百年前，位於沛林暴風界的紗斯部爐，有兩個同胞手足[1]彼此立下終身不渝的情愛誓約。那個時代就如同現在，兩個血緣全然相同的同胞之間可以發生情慾關係，直到其中一人懷了胎，兩人便必須分離；是以，同胞手足不能許下終生愛誓。可是，這兩人還是這麼做了。其中一人懷了胎後，紗斯領主命令兩人打破誓言，並且終生不准再發生情慾關係。聽到這樣的命令，懷了孩子的那人感到絕望，聽不下任何慰藉或勸說，取得毒藥後就自殺身亡。在這之後，同部爐的人們怒火轉向活著的那一位，把他[2]趕出部爐與領地，並且把自殺的恥辱都算在他頭上。他自家部爐的領主既已下了

1　在本章（及格森的民間故事與敘述）中，「brother」皆譯成「手足」。

2　〔譯注〕自本章起，凡格森星當地的民間風土誌，敘述篇章的「他」都以楷體標示，彰顯格森人的跨性別身分，強調其性別真實並未坐落於真力．艾想像的二分框架。

放逐令，此事也迅速流傳諸地，於是沒有人願意收容他。三天的作客期屆滿，無論是誰都把他趕出家門，當他是個法外之徒。此人在各地之間漂泊流離，直到最後，他終於覺悟沒有任何人願意給予仁慈，他的罪行也永不得到寬恕[3]。他本不願相信這事實，畢竟還是個涉世未深的小鬼。到最後他終於明白，事實就是如此，於是他回到紗斯部爐領地，以流放者之身站在部爐外圍的通道口，對著同族人們喊話：「我在人群當中沒有面目，無人看見。我說話，人們聽而不聞；我到每一處都不受歡迎。在火爐旁沒有我的位置，在餐桌上沒有我的食物，也沒有床鋪讓我睡眠。然而，我至少還保有我的名字，我的名字是葛色蘭。我把我的名字加諸於此部爐，當作詛咒與恥辱。代我保管這名字。如今我乃無名之人，將要自求死路。」這時有些族人叫囂著衝出來，拿著武器想要殺死他——因為，殺人比起自殺，讓部爐蒙受的陰影尚且較輕。葛色蘭躲過攻擊，往北方奔跑，甩脫追趕的人們，越過大地，朝大冰原而去。追趕者垂頭喪氣地回到部爐，但葛色蘭繼續前行，在兩天的行程之後，抵達沛林冰原[4]。

整整兩天的工夫，他在冰原上往北行，沒有攜帶糧食，除了大衣之外沒有任何禦寒物。在冰原上，寸草不生，走獸無蹤。當時月份是第十三月蘇司米，第一場磅礴大雪日夜不捨地降落，他在冰雪暴環伺下獨自前進。到了第二天白晝，他知道自己逐漸衰弱；第二天晚上，他必須躺下來睡上一覺。第三天早上醒來，他發現自己雙手已經嚴重凍傷，雙足應該也是；他沒能把靴子脫下來檢查雙腳，因為雙手已經不中用了。他開始以手肘與膝蓋爬行。其實沒有道理這樣做，在這片廣大冰原上，無論死在何處都是一樣，但是他就是覺得，自己應該往北前進。

經過好一陣子，冰雪不再降落，風勢轉大，陽光也開始照耀。他爬行時無法看遠，因為兜帽上的毛飾蓋住眼睛。如今無論是雙手、雙腿、面頰，都不再感到寒冷，他以為是凍傷到麻木。然而他還可以繼續行動，冰層上的雪景看來奇異無比，彷彿從冰原長出白色草地。他觸摸雪，草樣的雪片還會彎曲又伸直，如同草葉片。他停止爬行坐了起來，把兜帽往後撥，好看清楚周遭。目光所及之處，遍長雪草，景色白皙且閃耀。周遭也有雪白的樹叢，長著雪白的葉片。陽光照耀四周，風勢停止，到處都是雪白一片。

葛色蘭取下手套，看著雙手。雙手如同雪樣白皙，但是凍傷已經消失不見，而且他可以靈活運作手指，也可以站起身。他不覺得痛楚、寒冷，也不覺得飢餓。

他透過雪景向北望，看到一座白色塔樓，就如同領地的塔樓；塔樓之中，有個人走出來，迎向他。過了一會兒，葛色蘭看出那人原來赤身裸體，肌膚雪白，頭髮也全白了。那人走得更近，近到可以說話。葛色蘭說：「你是誰呢？」

全身白色的人回答：「我是你的血緣手足，也是你的情人，荷德。」

那自殺而死的血緣手足，名字的確就是荷德，而且葛色蘭看得出來，無論是形容樣貌與五官，全身白色的人兒都是荷德的模樣。然而，在那具身體的腹中已經沒有生命的痕跡，他的聲音也細薄如冰層吱嘎響。

3 由於他違反限制亂倫的成規，人們判定這行徑招致他手足自殺，因此視為犯罪。（真力．艾）

4 沛林冰原是一道冰河層，覆蓋卡亥德王國最北的領土。在冬季期間古森灣凍結時，甚至會與奧爾戈的勾布林冰原相連。

葛色蘭問道：「這是哪裡呢？」

荷德回答：「這裡是冰雪暴之內，我們這些自殺身亡的神魂都來到此地。在這兒，你與我能夠持守我們的誓言。」

葛色蘭感到恐懼，然後說：「我不會待在這裡。如果當初你願意跟隨我從部爐出走，到南方去，或許能夠廝守終生，信守愛誓，也不會有人知道我們的逾越行止。但是你打破誓言，連同生命一起扔棄。現在你根本叫不出我的名字。」

這的確是真的。荷德張開白色的嘴唇，但無法叫出他手足的名字。

他迅速接近葛色蘭，張開手臂想抓住他，並且攫住他的左手。葛色蘭掙脫開來，逃離荷德。他往南奔跑，看到眼前升起一道紛飛大雪形成的高牆。他一跨入高牆之內，立即跪倒在地，無法再跑，只能夠爬行。

在他前往冰原的第九天，位於紗斯部爐東北方的奧禾克部爐發現他。他們不知道他是何許人，也不知他來自何處，只見他在雪地裡爬行，餓壞了，雙眼被雪灼盲，陽光與冰霜曬黑了臉，一開始他連話也說不出來。不過他傷勢並不嚴重，只有左手已經完全凍壞，必須截肢。有些人說，這就是紗斯部爐的葛色蘭，他們聽說了他的事蹟；也有人說那不可能，葛色蘭在秋天第一場冰雪暴就前往冰原，此時必然早就死了。他否認自己是葛色蘭，痊癒得差不多時，便離開奧禾克部爐與暴風界，前往南方，另取名為恩諾克。

恩諾克年老後，住在芮耳平原。一回，他遇到一個來自故土的人，因而向那人問道：「紗斯領地現況如何？」那人回答說，紗斯領地很糟，部爐和耕地都貧瘠不毛，病害汙染了一切。春天播的種子在土裡受凍，成熟的穀物腐爛，多年來皆如此。聽到這些之後，恩諾克告訴他：「我就是紗斯的葛色蘭。」接著告訴他，自己如何行經冰原，以及在那兒的遭遇。說完故事之後，他說：「回去告訴紗斯部爐的人們，我就此取回我的名字與陰影。」沒過幾天，葛色蘭便病逝了。那名旅人把他的話語帶回紗斯部爐，而他們說，自從那時候起，領地重回往日的豐饒；土地、房舍與部爐恢復原本的風光。

第三章　癲狂的國王

我很晚才起床，利用上午所剩無幾的時辰研讀我的宮廷禮儀筆記，以及在這之前的觀察員對於格森人心理與風俗的記錄。那些筆記，我根本就是有看沒見，不過無所謂，我都已熟記在心，只是要拿它們來擋掉心底不斷響起的聲音：一切都出錯了。那道聲音揮之不去，我只好與它理論，聲稱沒有埃思特梵在側也好，說不定會更好。畢竟，我在此地的工作就就是單人任務，首任機動使只有一人。從伊庫盟傳到任何世界的第一道訊息，都是以獨一的聲音貫徹，由單獨的個人現身呈遞。那名使節可能會遭殺害，像是珮拉杰在金牛座第四行星的遭遇；也可能被當成瘋子關起來，就像是派遣到高歐星的前三任機動使，三人命運皆如此；但伊庫盟還是保持此慣例，因為有效。單獨一道陳述真相的聲音永遠比艦隊或軍隊具備更強大的力量，只要假以時間，充分的時間；而時間正是伊庫盟永不虞匱乏的資源……但你沒有，心裡那股聲音這麼說。我以理智說服它靜默，抵達王宮，以充分的平靜與堅決，準備在第二時辰晉見國王。然而，當我在前廳等候時，平靜與堅決就給敲得粉碎——連國王的面都還未見到呢。

宮廷守衛與侍從帶領我穿過御苑內漫長的走道與迴廊，來到前廳。一名侍從武官要我在那兒等候，就留我一人在那間沒有窗戶的高挑房間。我站在那裡，為了這次謁見而精心打扮。我賣了第四顆紅寶石（根據觀查員的報告，格森星人珍視炭素寶石的程度不亞於地球人，所以我帶著滿滿一袋寶石來換取生活費），用這筆錢的三分之一添購昨天遊行的全副服飾及今天謁見的服裝：簇新、厚重且手工精緻，一如卡亥德王國人民的打扮，包括純白毛皮織品；襯衫、灰色馬褲；藍綠色皮製短袖束腰長罩衫——本地人稱為希庇。還有新帽子，新手套，要以適當角度塞在希庇的寬鬆腰帶內；以及新靴子……這等有模有樣的穿著，強化了我的平靜與堅決，我以平靜堅決的心情審視四周。

如同整座宮殿，這房間高挑、紅色系、老舊、陳設貧乏，瀰漫寒氣，帶有霉味，彷彿不是從別的房間透入，而是來自好幾百年之前。火爐裡有火光跳動，但沒什麼用。卡亥德王國所焚燒的火是來慰藉精魂，而非肉身。卡亥德的機械工業文明發展少說已有三千年之久，在這三十個世紀以來，他們運用蒸汽、電力與別的原理，研發出優異又划算的中央暖氣設施，卻沒有把這些設施安裝在自己家裡。或許是因為，倘若他們這麼做，就會失去與生俱來的耐寒體魄，就像是把寒帶鳥類養在溫暖的帳篷裡，一旦放到戶外，鳥的腳就會凍傷。至於我這隻熱帶鳥，卻冷到不行。在戶外很冷，到了戶內是另一種冷法，無止境地感到寒冷，也多少算是徹頭徹尾地寒冷。我到處走動，讓自己暖和一些。在這間狹長前廳中，我和爐火之間幾無陳設，除了一張長凳子之外，就是一張桌子，上頭放著一缽讓指頭把玩的小石，一臺以銀與骨質鑲邊的古老木製收音機，那是非常高貴的工藝品。收音機本來以低語的音量播放，我把它轉大聲些，聽到宮廷廣播系統取代了剛才正在播放、嗡嗡作響的吟唱歌謠或敘事詩。卡亥德人通常不甚喜歡閱讀，偏好聽取新聞或文學，書籍或電視設備比收音機少見許多，新聞報紙則根本不存在。我在家裡錯過了晨間時段的宮廷廣播，現在我不甚專心地聆聽，心神飄遊，直到某個重複敘述多次的名字喚起我的注意，讓我停止踱步。到底埃思特梵是怎麼了？剛才那道聲明再次宣讀一遍。

「按本令褫奪坷姆地埃思特之領主席倫・哈絲・倫—耶・埃思特梵於本王國所有權位與王國議會席次，並逐出本王國與各領地領土。若此人未在三天之內離開本王國與各領地範圍，或在他有生之年回到本王國與各領地，無須再經判決，任何人皆可殺之。凡卡亥德國民皆不能夠與哈絲・倫—耶・埃思特梵交談，也不能容許他停留於自己的房屋或屬地，否則當處以監禁；亦皆不能夠借貸或贈與金錢給哈絲・倫—耶・埃思特梵，也不能代他償還債務，否則當處以監禁與罰款。將此令傳予每位卡亥德國民，須知哈絲・倫—耶・埃思特梵從此處以流放之刑，罪名為叛國：無論是在議會或宮廷，公開或私下，他佯裝為國王忠誠的大臣，致力宣導卡亥德丟棄自身王權、放棄自身權威，成為某個人民聯邦的次級從屬國。所有人民就此聽清楚，這樣的人民聯邦並不存在，這種說法乃是某些叛國者毫無根據的虛構伎倆，為的是要削弱卡亥德王國的國王權柄，俾使本王國真正的敵邦獲利。歐得故爾尼・叶瓦，第八時辰，珥恒朗宮，**阿格梵・哈季**，欽此。」

這項王令已列印並張貼於一些城門與路柱上，以上的廣播就是按照王令內容逐字宣讀。

我最初的反應相當單純。我把收音機立刻關掉，彷彿這樣就能湮滅與我相關的不利證據，然後朝門外倉皇疾行而去。我當然立即停住腳步，回到火爐邊，站立不動。我再也沒有半點平靜或堅決的心情。我想打開公事包，取出共時通訊機[1]，傳送一道「緊急求助！」的訊號回到瀚星。但，我也立刻按捺下這個衝動，因為這行為甚至比最初的衝動更加愚蠢。所幸我沒有多餘的時間繼續衝動下去，前廳另一端的雙扇大門赫然打開，那侍從就站在一邊，高呼我的名字「真瑞・艾」——我的名字其實是真力，但卡亥德人不會發ㄌ音。那侍從等候我通過大門，而後便離去，讓我獨自留在紅廳，面對阿格梵十五世。

寢宮內的紅廳是間巨大、高聳的長型房間。壁爐足足有半哩遠，距離椽木建築的天花板也有半哩高。天花板垂掛著紅色、沾滿塵埃的簾幕或旗幟，因為久遠的歲月而顯得襤褸不堪。窗戶只能說是厚重牆壁上的一丁點細縫，光線稀疏、遙遠且黯淡。我踏著嘎吱作響的新靴子走過大廳，走過這趟長達六個月的行旅，迎向國王。

大廳盡頭是寬大低矮的講壇或平臺，設有三座壁爐，阿格梵站在正中央且最大的壁爐旁：一個籠罩於微紅的幽光中的矮個子身影，腹凸如茶壺，身形挺直，卻彷彿剪影般陰暗、面目模糊，只有大拇指上那只璽戒隱隱閃爍。

我走到平臺邊緣，就此止步，按照先前的指示，不發一言，什麼都沒做。

「上前來，艾先生。坐下。」

我遵旨坐在中央壁爐旁右手邊的椅子。這些步驟，我之前有確實演練過。阿格梵並沒有坐下，他

1 共時通訊機（ansible），為了讓人們在廣闊太空的漫長距離下交流互動而發明。發明者是安納瑞斯星的薛維克。兩具共時通訊機要互相聯繫時，其中之一必須設置於固定基點，基點必須具備足夠大的質量，例如一顆星球；另一具共時通訊機則可設置於星球、太空船或任何位置。以近乎光速飛行的太空船，無法以共時通訊機聯繫傳訊，得要先減低速度，回到一般時空才行。

站在離我十呎遠處，火光在他身後翻騰。他隨即發話：「艾先生，你有什麼要告訴我的，就說吧。聽說你帶了個口信。」

那張臉轉向我，火光映紅、陰影投射上坑洞，顯得平板且殘酷如月球，冬星那顆晦暗的赭紅色月球。比起他高高在上、朝臣包圍時的光景，此時的阿格梵看來沒有那麼王者模樣，也缺乏男子氣概。他聲音很細，並且將月球般的頭顱維持某種異常高傲的角度。

「陛下，我原本要說的內容已經不翼而飛。我才剛得知埃思特梵侯遭判貶黜。」

阿格梵對此微笑，嘴角拉開、瞪眼咧嘴。他尖聲笑著，像個假裝感到有趣的震怒仕女。「該死的傢伙，」他說：「那個驕傲、故作姿態、背誓忘義的叛賊！你昨晚與他共進晚餐吧？他是否告訴你，自己是何等有權有勢，是怎麼擺布國王，而你會發現我很好應付，因為他一直在對我進言勸說你的事，嗯？他可是這樣告訴你，艾先生？」

我猶疑，不知所措。

「那讓我來告訴你，他對我說了些什麼關於你的事，如果你有興趣知道。他一直勸我不要接見你，讓你吊在半空中等待，或是索性把你遣送到奧爾戈或島國上。這半個月來，他就是一直告訴我這些話，這隻該死的自大混帳，結果被遣送到奧爾戈的是他自己，哈哈哈——」

又是那股虛假的刺耳尖笑。他一邊笑，一邊拍著雙手。有個侍衛默默從平臺邊的簾幕間冒出來，阿格梵國王對他大吼一聲，他便又消失無影。阿格梵仍繼續大笑大吼，一面走向我，直勾勾瞪著我看，眼睛的黑色虹膜微呈橘色。我害怕他，遠遠超出自己預料。

除了坦率回覆，我別無方法來應對他不知所云的瘋狂。

我說：「王上，我只想問一件事，就是我是否涉入埃思特梵侯的罪行。」

「你？沒這回事。」他更逼近地注視著我，「我不知道你到底是什麼東西，艾先生，性別異常的怪胎也好，人造怪物也好，或是來自虛空界的訪客，但是你並非叛國賊，只是讓那個叛國賊當成工具利用了。我不會懲罰工具，唯有在不恰當的人手上，工具才會有害。讓我給予你忠告——」阿格梵說出這些話時，顯出怪異的重視與滿足感，即使在那當下，我仍想到在這兩年以來，沒有任何人給予我任何忠告。他們會回答問題，但從未公開給予勸告，即使在埃思特梵最熱心協助我的時候，也沒勸告過我。這必然與顏面問題有關。「別讓任何人利用你，艾先生，」國王說著：「遠離所有派系，就算是說謊也要說自己的謊，做自己該做的行為。還有，千萬別信賴任何人，你了解嗎？別信賴任何人。天譴那個冷血的騙子叛國賊，我原先信賴他，把那串銀鍊放到他脖子上，現在我真希望用那條鍊子吊死他。我決不信賴他，決不。別信賴任何人。讓他在密許諾利的糞池找垃圾吃，讓他的腸子爛掉，永不——」阿格梵國王顫抖著，噎著了，屏住氣乾嘔一聲，接著轉身背向我。他踢著爐裡大火中的木柴，直到濃厚的火星子席捲他的臉龐，落在他的頭髮與黑色長罩袍上，他張開雙手想接住這些火星子。

國王沒有轉過身子，以痛苦尖厲的嗓音對我說：「艾先生，說出你必須呈報的話。」

「王上，請問我是否可以問一個問題？」

「問吧。」他站在那裡面對火焰，晃著身子，我必須對著他的背部發言。

「您是否相信，我就是如我所述的身分？」

「埃思特梵叫那些醫技人員呈送了無休無止的檔案帶，都是你的生理檢查報告。負責檢查你交通工具的工場技師送來更多檔案。他們不可能都撒謊，而且他們全都認為你的確不是人類。那麼？」

「那麼，王上，這就表示還有其他人同我一樣。意即，我是代表——」

「某個聯盟，某個權威集團，是的，很好。他們送你到這邊來的目的為何，這就是你要我問你的吧？」

雖說阿格梵國王未必神智清楚或敏捷機靈，但是他長年來演練談話中遁辭、挑釁與微妙的修辭技巧，像他這類人士，畢生追求的淨是贏得及維護高層次顏面關係。此關係牽涉範圍之廣，我僅領略一二，但是我還算知道其中有關競爭與求取名聲的部分，以及由此衍生永續不斷對決式的談話特質。事實上，我根本不想與阿格梵國王對決，只想與他溝通，但這種想法本身便造成根本無法溝通的處境。

「王上，我毫不隱瞞實情。伊庫盟希望與格森星上的國家結盟。」

「為的是什麼？」

「物質上的利益，知識上的提升。擴充智識生活領域的繁複與飽滿度；增進總體和諧，增添超越之神榮光。同時，滿足好奇心、冒險心，以及喜悅。」

我現在說的話不是統治者的語言，如國王、征服者、獨裁者或將帥之流所用。用那套語言來說，他的問題根本沒有答案。阿格梵國王顯得非常不悅且漫不經心，瞪著火焰，不斷挪移身體重心。

「這個來自虛空的王國，伊庫盟，有多大？」

「伊庫盟的範圍大約是八十三個可供人類居住的行星，加起來一共有三千個國家與人類團體——」

「三千個！我明白了。現在告訴我，以一對上三千，我們要跟這些來活在外界虛空的怪物國家打什麼交道？」他終於轉過身來注視我，因為他仍然在暗自角力較勁，弄出一個純屬修辭的問題，幾乎像個笑話。但那笑話不夠深入。正如同埃思特梵警告我的，他很緊張，非常警戒。

「三千個國家，分別位於八十三個星球，王上。但是距離格森最近的一個星球，也要以近乎光速的速度航行十七年之久。如果您擔心格森星會涉及與鄰居之間的襲擊與騷擾等紛爭，請考量彼此之間的距離。在星際，沒有人會費事去襲擊別的星球。」我沒說「戰爭」，而是用「襲擊」，理由很是充分：卡亥德的語言，並沒有「戰爭」一詞。「話說回來，交易卻十分值得；交易的內容是概念或科技都好，可以靠通訊機來交流，至於貨物或人造產品，可以藉著無人或有人太空船來運載。有些使節人員、學者或商人可能會來到此地，貴星球的某些人員也可能會出差到外太空。伊庫盟並非一個王國，而是協調仲介的組織單位，提供商業與知識的交易場所；如果沒有伊庫盟這樣的單位，諸星球之間的溝通會是非常偶發的現象，貿易也會變得風險倍增，您應該看得出來。人類的生命過於短促，無法適應星球之間的時間跳躍現象；要是沒有某些網絡或居中單位，就無法掌控，也無法持續。是以這些星球都加入伊庫盟，成為其中一員。我們都是人類，王上，您知道的，全都是人類。在眾多有人居住的星球，在古早的歲月都源自於共同的起始星，瀚星。我們有所差異，但都是同一個部爐的後代子民……」

這些內容當中沒有一點激起國王的好奇心，或給予他安全感。我繼續多說一些，試圖暗示他的顏面或卡亥德王國的光采還會更大，不會讓伊庫盟的存在威脅到一絲半毫，但這些話都沒有作用。阿格梵站在那兒，惱怒之極，如同籠裡的雌水獺，來回搖擺不定，重心不斷移動，咧開嘴形成一道痛苦的笑容。我只好住嘴不語。

「這些人都長得跟你一樣黑嗎？」

格森星人的膚色大致介於黃褐與紅褐色之間，但我也看到不少跟我一樣暗膚色的人。「有些更黑，」我說：「我們有各種膚色的成員。」我打開公事包（我來到紅廳之前，已在第四重關卡由宮廷侍衛有禮地檢查了一番）取出通訊機與一些圖像。這些圖像有影片、照片、圖畫、互動影片，以及某些正方立體模型，是個小型的人類圖像展：瀚星、奇非沃珥、賽提星的人民；S星、地球與雅特拉的人民；在極星群、卡珮汀、歐盧爾、金牛座第四行星、羅卡南、音思寶、西美、季德，以及息色爾泊港……國王無動於衷地瞥了幾樣，「這是？」

「這是個奇美星人，女性。」我必須運用某個格森星語詞，那詞語指的是處於卡瑪期頂峰的個人；否則，在他們的語言當中，只剩下雌雄動物的「雌性」可選用。

「長久都是如此？」

「是的。」

他扔下那個立體影像模型，晃移身子，不知是瞪著我還是瞪向我後方，火光在他臉上閃爍不定。

「這些人都像這樣——像你嗎？」

這就是我唯一無法為他們解緩的柵欄了，畢竟，到頭來他們得學著自己跨越這道障礙。

「沒錯。格森星人的生理性構造，至少就目前我們所知，在所有人類星際社會中是獨一無二的現象。」

「所以說，在這些星球上的所有人等，都處於永遠的卡瑪期？那是個怪胎社會嗎？提貝侯這樣說的時候，我還以為他在開玩笑。好吧，艾先生，或許這的確是事實，但卻是個非常噁心的想法，而且我不明白，究竟為何此地的人會想要跟如此怪異不同的生物打交道。然而，或許你來到此地的目的就是要告訴我，我沒有選擇權可言。」

「卡亥德王國的選擇權屬於您，王上。」

「如果我也把你遣送回去？」

「這樣，我就會離開。或許過了一個世代之後，我會再試試看……」

這句話擊中了他，他猛然打斷我：「你具有不死之身嗎？」

「不，當然不是，王上。不過時間跳躍有其用處。如果從現在起我離開格森星到最鄰近的星球歐盧爾，得花上十七行星年才到得了。時間跳躍是近光速航行的一種作用，如果我到了那邊，又直接掉頭回來，我在星際航行花了幾小時，這裡已過了三十四年。如此一來，我可以重新開始。」

然而，儘管這個時間跳躍概念及其隱含的偽永生情境，蠱惑了聽我說話的每個人，從霍登島的漁民到首相都不例外，它卻讓國王背脊發冷。他以那種尖厲粗糙的聲音說：「那是啥？」並指向我的共時通訊機。

「那是一種通訊轉譯機，王上。」

「是無線電波收訊機？」

「它並不是利用無線電波，甚或其他任何能量形式。它在共時性常數的運作原理，從某些方面來看很類似地心引力——」我又忘記自己不是在與埃思特梵對話，他閱讀與我相關的所有報告，而且專注、聰敏地傾聽我的解說；此時我面對的是一位無聊的國王。「這部機器的功用是讓任意兩點同時產生訊息，王上，任何地點都成。但其中一點必須固定，像是在某個夠大的行星上，另一點可隨處移動，我所攜帶的這部就是移動式端點。我把座標設在祖星瀚星。一艘近光速飛行船必須航行六十七年，才能從格森星抵達瀚星，但若現在我在鍵盤上打出一道訊息，我打字的同時，瀚星那邊的人就會立刻收取到我的訊息。不知道您是否願意傳送任何信息給瀚星的常駐使呢，王上？」

「我不會說虛空族的語言。」國王以他那呆滯、惡意的獰笑回答我。

「我知會過了，所以那邊會有個通曉卡亥德語的助手待命。」

「你這是啥意思，怎麼做到的？」

「嗯，您應該知道，王上，我不是第一個降落於格森星的外邦人。有一組觀察員在我之前就來到此，只是沒有宣告自己的身分，而是盡量以格森星人的身分通關行事。他們花費一年的時間周遊卡亥德王國、奧爾戈國及列嶼諸國，然後回去，向伊庫盟委員會報告。這是四十年前的事了，當時是令祖代治世時期。所以，我得以讀取他們蒐集來的資訊，學習他們錄下的語言。請問您想不想看到這機器使用的情景，王上？」

「我不喜歡詐術，艾先生。」

「王上，這並非詐術，您的科學家已經檢驗過——」

「我不是科學家。」

「您是無上的君王，是以您在祖星的同儕們殷切等候，盼望您能夠傳送一道訊息過去。」

他惡狠狠地看著我。雖說我的本意是要恭維他、激起他的興趣，可卻把他困在某個威望陷阱。這真是大大失策。

「很好。就問你的機器，何以一個人會成為叛國賊？」

我遲緩地敲打以卡亥德字母組成的鍵盤。「阿格梵國王詢問位於瀚星的常駐使，何以一個人會成為叛國賊？」發光的字母橫越小螢幕，然後淡去。阿格梵國王觀看著，他焦躁的變換重心行為停止了一會兒。

彼方有一陣子毫無動靜，好長一陣子。七十二光年遠的彼方無疑有人正在激烈搜尋著語言電腦上的卡亥德語電子檔，不然就是哲學儲存庫電腦。終於，湛亮的字母在螢幕上發光，滯留一段時間，然後緩緩淡去：「致格森星卡亥德國阿格梵國王，日安！我並不知曉是何等成因，會讓一個人成為叛國賊。沒有人會認為自己是個叛國賊，是以很難發現原因。順頌時祺，常駐使G．F．斯必茉，於瀚星撒芮，九三／一四九一／一四五」

磁帶錄製好之後，我把它取出，遞給阿格梵國王。他把磁帶扔在桌上，走向中央壁爐，幾乎要走進去。他踢踹爐裡的柴薪，並以雙手擊擋火星子。「真是怪有用的答案，跟我問任何一個預言師所得到的答案一樣有用。答案並不夠，艾先生，你的盒子與機器也不夠，就算是你的交通工具與太空船也不足以證明什麼。這只是一堆伎倆，加上你這個詐術師。你要我相信你的故事與訊息，但是我何必相信，又何必聽你的？如果外頭真的有八十三個星球充斥了畸形怪胎，那又如何？我們一點都不想跟那些人打交道。我們選擇了自己的生活方式，遵循了很長一段時間。如今卡亥德王國正面臨一個新紀元，一個偉大的時代。我們會走自己的路。」他猶豫著，彷彿找不到自己的論點脈絡——或許這些話並非他自己的論點。倘若埃思特梵已不再是「國王之耳」，應該有別人來擔任。「況且，如果那些伊庫盟想要從我們這邊取得任何東西，不會只派你一個人過來。這是個笑話，是個惡劣的騙局。外星人應會成千上萬集結進駐這裡。」

「但是，開一道門無須動用一千人，陛下。」

「卻可以讓那道門保持開張。」

「伊庫盟會等待您自己打開這道門，王上，我們不會強迫您任何事。我孤身一人出使，而且一人在此，為的就是讓您對我毫無畏懼之心。」

「畏懼你？」國王反問，轉過那張讓陰影凹蝕的面容，他咧嘴笑著，聲音又響亮又高亢。「但是我真的怕你，外星使節，我怕那些遣你來此的人。我害怕騙徒，也害怕詐術師，但我最怕的是苦澀的真相。所以我能夠好生統治我的王國，因為只有畏懼能統治人，別的都不成，都不夠持久。你的確就是你所宣稱的身分，但你同時是個玩笑與騙局。星空之間什麼都沒有，只有虛空一片，以及恐懼與黑暗，而你從黑暗的彼方冒出來，想要嚇唬我。但是我早就害怕了，而且我是國王。國王就是恐懼本身！現在帶著你的圈套與把戲走人，沒必要再說下去了。我已下令，在卡亥德王國境內，容許你自由來去。」

於是我從君王身前告退——靴子聲一路從紅廳的漫長紅色長廊嘎吱嘎吱地作響，直到雙扉大門把我與國王隔離開來。

我失敗了，徹徹底底，一敗塗地。我走出御苑，行經宮廷花園時，最憂心的倒不是自己的失敗，而是這件事裡關於埃思特梵的部分。為何國王要為了他鼓吹伊庫盟的目的而放逐埃思特梵（根據放逐宣言聽來，內情是如此），倘若（根據國王自己的說詞）他的作為正好相反？他從何時開始勸告國王把我給處理掉，而且何以如此？為何他的下場是流放，我卻可自由來去？這兩人當中，到底是誰說的謊比較多，而他們說謊的目的又是為了什麼要命的事？

埃思特梵之所以說謊，為的是救自己的性命，國王說謊是為了自己的顏面，最後我這樣判定。這樣的解釋很適切，但埃思特梵究竟有沒有對我說過謊？我發現自己根本不知道。

此時我經過紅角樓，花園的門敞開來，我探頭往內看。瑟倫樹的白色枝葉懸掛在黑暗的小池子上，粉色的磚砌小徑於平靜的灰色午後天光下杳無人跡，池旁石下的陰影還殘餘著雪。我想起昨晚來此地，當時大雪紛飛，埃思特梵站在這裡等候我，驀然對此人生出一股真正的同情。昨天在遊行的行列，他汗如雨下，在盛裝與權力的重量之下顯得卓然出眾，他正處於事業巔峰，勇武且光輝——這些都已經消逝、衰落、結束了。現在的他必須為自己的性命戮力往邊界奔逃，死亡僅在他三日之後，並且無人與他交談。在卡亥德王國，死刑非常罕見；在冬星上生存本就非常艱難，人們通常把死亡留給自然或怒火，而非法律。我疑惑著，這樣的刑罰驅趕著埃思特梵，他會如何前往？他無法用車，因為那是宮廷財產的一部分；不知道可有船隻或陸船願意搭載他？還是只攜帶隨身行李，直接步行前進？卡亥德人大多安步當車，這星球上沒有馱獸，也沒有飛行工具；一年內大多數的日子裡，天候會延滯電力車輛，而且他們的民族性並不急迫。我想像這個驕傲的人一步步走向流亡之路，在西去灣谷的路上，他是個步履蹣跚的小小身影。我經過紅角樓的大門時，這些場景穿過我心底，伴隨著我對埃思特梵與國王之行動與動機的混亂推測。我跟他們之間已經完了，我失敗了。接下來要怎麼辦呢？

我該去奧爾戈——卡亥德王國的鄰居與對手。不過一旦出了國境、抵達那邊，就很難再回到這裡。我還有未竟之事。我得提醒自己，我這一生可能、也大可以皆盡花費在伊庫盟所交託的這個使命上，所以沒什麼好急的。在我對於卡亥德王國認識得夠深入——尤其是他們的預言堡——之前，沒必要趕去奧爾戈。這兩年來，我不斷回答問題，現在輪到我來提問。但是我不能繼續留在珥恆朗城，此時我終於明白，埃思特梵就是企圖警告我這一點；雖然我不會太信賴他的警示，卻不能完全置之不理。無論是以多麼間接的方式，他一直在告知我，盡快遠離王都與宮廷，不知為何，我聯想起提貝大人的牙齒……既然國王賜予我在這國家的自由行動權，我就好好利用。在伊庫盟的學校裡不是這麼教導的嘛：行動無益時，就蒐集資訊；資訊也無益於事時，就睡一覺吧。還不到我睡覺的時候哩。接下來，我要前往東方的預言堡，或許可以從預言師那兒得到一些資訊。

第四章　第十九日

東卡亥德民間故事。於葛林赫領部爐地，由托柏．秋哈瓦講述，真力．艾記錄，九三／一四九二。

貝羅斯提．倫─耶．伊培領主來到珊葛領堡，獻上四十貝瑞，以及所統轄果園半年份的收成，充當預言的酬勞。對方接納了這份報酬。接著，貝羅斯提對織術師歐得倫發問，問題是：我會死於哪一天？

預言師聚集起來，進入黑暗。在黑暗的盡頭，歐得倫說出答案：你會死於歐得斯崔絲（任何一個月份的第十九日）。

「是哪個月份？還有多少年？」貝羅斯提狂叫出聲，但是預言的鏈結已經斷裂，不再有答案。他跑入術師環陣，揪住織術師歐得倫的喉嚨，掐著他，威脅說如果沒有更詳細的答案，他就要扯斷歐得倫的脖子。雖然他是個強壯的傢伙，其餘人還是把他拉開，制住他。他掙扎著要擺脫，大喊著：「告訴我答案！」

歐得倫說：「答案已給予，酬勞已支付。去吧。」

狂怒的貝羅斯提·倫—耶·伊培回到察路色，那是家族的第三塊領土，一塊位於北歐絲諾林那的貧瘠土地，為了籌足預言的酬勞，他讓這塊土地更為貧瘠。他把自己關在部爐塔頂樓房間的安全室中，無論是友人來訪或敵人現身、耕種或收割時節、情慾期或領地紛爭，他全不出現。那一整個月如此，下個月也如此，再下個月也如此，過了六個月、十個月，他還是把自己關在房裡，等候著什麼。在每個月的翁涅瑟哈與歐得斯崔絲（第十八天與第十九天），他不吃不喝，也不入睡。

他的終生誓侶是葛甘納氏族的哈柏爾。在第十四月時，哈柏爾來到珊葛領堡，對著織術師說：「我尋求一道預言。」

「汝欲以何物支付？」歐得倫問，因為他看到此人衣著寒酸、足履破敗，他的雪橇很是老舊，他全身上下都需要好好修補一番。

「謹獻上吾命。」哈柏爾說。

「您沒有別的事物嗎，閣下？」歐得倫此時宛如對一位顯赫的貴族發言，「沒有任何別的事物好給予？」

「我別無長物，」哈柏爾說：「然而我並不知曉，我的生命對諸位是否有價值。」

「沒有。」歐得倫回答：「對吾等而言，您的生命並沒有價值可言。」

哈柏爾雙膝跪地，羞恥與愛情將他擊倒在地。他對歐得倫哭喊：「我懇求您回答我的問題，那並非為了我自己。」

「那麼，是為了誰？」織術師問道。

「為了我的主人與情人，愛許・貝羅斯提。」他答話，並開始哭泣。「自從他來到此地，取得了那個不是答案的答案，他就失去了愛、歡愉與氣概。他會因此而死！」

「那他自然會死。除了死亡，人還會因為什麼而死？」織術師歐得倫說，然而哈柏爾激烈的深情讓他動容。他終於說：「哈柏爾，我會為你尋求答案，而且不收取任何酬勞。但是當留心，總會有代價要付出。詢問者終究要付出必須支付的代價。」

聽得此言，哈柏爾將歐得倫的雙手放在自己的眼皮上方，表達崇高的謝意，預言儀式繼而進行。預言師聚集，進入黑暗，哈柏爾也隨之前往，問出他的問題。那問題是：愛許・貝羅斯提・倫—耶・伊培還會活多久？因為哈柏爾認為若這麼問，答案會是具體的年份或天數，確切的訊息便能讓他愛人安下心來。接著，預言師們在黑暗中移動，最後，歐得倫以深切的痛楚大喊，彷彿身遭火焰燒灼——會比葛甘納的哈柏爾活得更久！

這並非哈柏爾所期盼的答案，但這就是他得到的答案。他懷著耐心，穿過葛蘭德的雪地，帶著這答案回到察路色。他進入領地，來到要塞，爬上塔樓，在那兒看到他的情人貝羅斯提，仍舊以悲戚空洞的姿勢坐著，旁邊是覆蓋灰燼的壁爐。他的手臂擺在紅色石桌子上，頭顱低垂在胸前。

「愛許，」哈柏爾說：「我去了珊葛領堡一趟，預言師回答了我的問題。我詢問他們，你還會活多久，而他們給予的答案是，貝羅斯提會比哈柏爾活得更久。」

貝羅斯提抬頭望向哈柏爾，目光緩慢異常，彷彿他脖子上的鏈子生鏽了。然後他說：「你有沒有問他們，我究竟幾時會死？」

「我問的是，你還會活多久。」

「多久？你這個傻子！你問的對象可是預言師，而你竟然沒有詢問他們，我會在何年、何月、何日死去，我還有多少時日可活！你問的是我還能活多久？你這個傻子，徹頭徹尾的大傻瓜。我活得比你久，是了，就是比你久！」接著，貝羅斯提舉起那張紅色大石桌面，彷彿當它是一張錫片，砸向哈柏爾的頭顱。哈柏爾倒下，石桌壓在他身上。貝羅斯提站在那裡，發狂好一陣子，接著抬起石板，看見哈柏爾的頭蓋骨給砸碎了。然後，他把石桌面放回底座。他躺到死者身旁，環抱對方，彷彿彼此處於情慾勃發時期，一切正是美好。察路色的族人最後終於闖入塔樓的房間，發現這兩人的情景。貝羅斯提就此發瘋，必須關起來，否則他會四處尋找哈柏爾的蹤跡，認為對方還在領地的某處活著。貝羅斯提又活了一個月，然後上吊自殺，那天正是歐得斯崔絲、也就是第一月瑟恩的第十九天。

第五章　培養預感

我的房東夫人是個能言善道之人，他幫我安排東方之行。「如果有人想要造訪預言堡，最好取徑卡葛夫。翻過山就進入舊卡亥德，到達舊王城芮耳。我告訴你喔，我有個同部爐人就帶著一隊陸船商隊，專門跑以思卡隘口這條路，昨天我們邊喝著歐舒茶邊聊天，他告訴我，他們今夏的第一趟旅隊要在格森尼·歐司昧——八月份第一天——那天出發。今春是個暖春，路已經能夠通往恩哥哈，再過幾天，以思卡隘口的積雪也會犁清。你當然不會看到我翻越卡葛夫山啦，我在珥恆朗城住得好好的，頭頂上撐有一片屋瓦，但我可是個幽梅許人喔！讚美九百王座支柱，梅許的乳汁有福了，在哪兒都可以當幽梅許人。我們算是新興民族，知道嗎，因為我們的梅許侯在兩千兩百零二年前出生，不過在那時，寒達拉的古法已有一萬年之久的淵源。如果你要找古法，就得去古境。聽好囉，艾先生，我這個島嶼宅會為你永久保留一間房，你隨時回來都沒問題，但是我相信你是個聰明人，還是先暫時離開珥恆朗城去避避風頭，因為大家都知道，那個叛國賊在宮廷裡裝腔作勢，假裝與你交好。現在換成老提貝擔任國王之耳，狀況應該會好轉。聽好，如果你到了新港，你會看到我的同族人，如果你告訴他，是我送你過去……」

就這樣，這人繼續說個沒完。如我所說，他能言善道，而且當他發現我缺乏顏面觀念，便無所不用其極地利用每個機會給我勸告，雖然他都是以「假如」與「好像」之類的用語掩飾過去。他是我居住島宅的總管事，而我通常把他設想為房東夫人，因為他有個肥碩的大屁股，走路時會搖擺不停，同時也長有一張渾圓柔和的面孔，還有愛窺視、好打聽、不高尚的親切性情。他對我很好，也會在我外出時，開放我的房間，讓愛找刺激的人們進來參觀，收取微薄費用：看哪，這就是那位神祕外星使節的房間！由於他的外型與行為都是如此地女性化，有一次我禁不住問他生了幾個小孩。他看起來很沮喪，因為他一個小孩都沒有生過，倒是當過四個小孩的爹。這是我在此地隨時受到的小衝擊。我這個人類男性混跡在一群有六分之五的時間都是雙性同體的中性人當中，不時遭遇到的生理衝擊，與文化衝擊相較實在不遑多讓。

收音機廣播系統不時播放新任首相佩莫．哈季．倫－耶．提貝的作為。這些新聞泰半攸關北方的希諾絲谷地，提貝很顯然要伸張卡亥德王國對那塊土地的所有權：如果是在其他任何星球，在此文明階段從事此等行為，將不可避免地導向戰爭一途。無論是爭執、謀殺、族群鬥爭、襲擊、世仇、暗殺、折磨與惡行，這些行為都貯存於格森人的人性作為內，但格森人就是不會發動戰爭。他們似乎缺乏動員性，在這層次上，他們行為類似獸類，或是女性；他們不像男性或螞蟻。無論如何，他們還未曾發動過戰爭。根據我對於奧爾戈國的認識，在過去五、六世紀以來，它逐漸演化為具有動員性的社會，達到真正的民族國家模式。如此一來，目前泰半發生於經濟層面的威望競爭，將迫使卡亥德王國與這較龐大的鄰居一爭長短，卡亥德得成為一個國族，而不能只是家族紛爭的化身，如同埃思特梵所言；同樣，也如埃思特梵所言，它要變成愛國者。如果這些情境全都發生，正是格森星可能發展出戰爭的絕佳時機。

我想前往奧爾戈，親身觀察我這樣的假想是否屬實；但是，我得先把卡亥德王國的事務做個了結。於是我來到英街，把另一顆紅寶石賣給那個臉上有疤的珠寶商。接著，我不攜帶任何行李，只帶著金錢、通訊機、些許設施及換洗衣物，就在夏季第一個月的第一天，跟著路船商隊一起出發。

商隊在破曉時自風勢狂烈的新港泊口出發，行過拱門之下，轉往東方，總數二十輛如駁船似的笨重貨車，沉默地排成長長一列，就著珥恆朗城清晨的陰影，在街上以毛蟲般的行進速度匍匐前進。它們運載一盒盒透鏡、一捲捲錄音帶、一軸軸銅與白金管線，以及在西瀑栽培與織成的植物纖維布料、灣谷生產的一箱箱乾魚片、許多箱滾珠軸承與小型機器組件，以及十輛卡車之多的奧爾戈產卡地穀物，這些貨物全都要運送到沛林暴風界，國土最東北的邊陲。大陸上的運輸都靠這些電動卡車，一旦可能在河川或運河行進，就轉化為駁船。在某些大雪森嚴的月份，唯一能夠通行的交通工具只有緩慢的除雪犁牽引車、電動雪橇，以及形跡古怪的冰船；至於在融雪豪雨期，沒有任何交通工具可倚靠，所以絕大多數的貨運行程都於夏季時節急忙出發。路途上充斥各式各樣的貨車商隊，不過交通控制得宜，要求每輛車或每列貨車隊在路程上都要與檢查哨保持無線電通訊。無論多麼擁擠，這些車隊還是以時速二十五哩（地球單位）的速度穩定前進。格森人明明能夠讓他們的交通器具更快速，但就是沒這樣做。如果問他們為什麼不，他們會反問：「為什麼要？」要是反過來問地球人，為何交通工具都如此快速，我們會反問：「為何不如此？」品味並沒有爭辯的餘地。地球人習於一路往前，不斷進步；至於冬星的人們，永遠活於「恆始年」，覺得進步並沒有存在那麼重要。我的品味當然屬於地球人，自從離開珥恆朗城，我就不耐於貨車隊伍規律的速度，我想跳出車外，往前奔馳。我真高興能離開那些漫長的石子街道、高懸在頭頂的黑色陡峭屋頂，還有沒完沒了的高塔，離開那座令我所有的機運都化為恐懼與背叛的黯淡城市。

攀爬卡葛夫山麓時，貨車隊會短暫歇腳，通常是為了在路旁的旅店用餐。到了下午，我們終於攀上一座小山峰，見識到山脈全景。我們看到寇司托峰，它從山腳到山頂有四哩高；它西側斜坡的巨大斜度擋住了更北方一些高峰，其中有些峰頂高達三萬呎。從寇司托往南方看去，山峰綿延不斷，白皚皚地抵著蒼白的天空。我一共數出十三座山峰，最後一座遙遙坐落於南方，因霧氣而形貌不可辨，只像是一團幽光。貨車司機為我如數家珍道出這十三座山峰的名號，並且說故事給我聽，像是雪崩、激烈的山風吹翻陸船商隊，或是除雪犁隊伍受困於不可企及的高度好幾星期孤立無援等等，友善地努力驚嚇我。他還描述說，曾經眼睜睜看見自己滑軌前方的一輛貨車從千呎高的懸崖墜落下去，他說，最奇妙的是那墜落過程非常緩慢，似乎花了整個下午的時間才墜落於深不見底的深淵，而且，他非常高興能見到那輛貨車終究無聲無息地沒入深谷底四十呎厚的積雪。

到了第三時辰，我們在一家大旅店落腳吃晚餐。那旅店建築得十分堂皇，有咆哮的巨大壁爐、巨椽橫在屋頂下，以及擺滿豐盛美食的餐桌。不過我們沒有在此過夜。我們的貨車商隊是一列臥鋪車，急欲（就卡亥德的標準而言）趕往沛林暴風界，搶到本季第一名，好為它的商貿事業搜刮飽滿的利潤。貨車的電池充飽電力，一組新的駕駛員輪值，我們再度上路。車隊中有輛卡車可當臥鋪，但只供駕駛使用，乘客沒有床可睡。我那一晚是在冰冷的車廂內、窩在硬邦邦的椅子上度過，唯有將近午夜時分，我們在高山上另一間小旅店稍事歇息，用消夜。卡亥德真是個毫不講究舒適的國家。我在清晨醒來，看到一切都已拋諸於後，眼前只有岩石、冰雪、光，以及車隊輪下那條不斷往上攀升的窄路。我一邊打顫，一邊想著，必然有比舒適更要緊的事情，除非你是個老女士，或是一隻貓。

在這些令人戰慄的積雪與花崗岩坡上，已經沒有旅店了。到了用餐時間，陸船一輛接一輛，沉默地暫停在積雪盤據的三十度陡斜坡上，眾人紛紛從車廂爬下來，聚集在臥鋪車廂那邊。那兒供應熱騰騰的湯、厚片麵包蘋果乾，以及一杯杯酸啤酒。我們在雪地大步走，狼吞虎嚥著食物與飲料，背對著吹來一陣陣乾燥雪粒的淒厲寒風。用餐之後，回到陸船內，繼續朝目的地前行。到了中午，我們來到威禾絲隘口，那兒有一萬四千呎高，陽光下的氣溫是攝氏二十八度，沒有陽光時是零下十度。電力引擎如此安靜，靜到足以聽見二十哩外的峽谷裂縫處，雪崩落下巨大藍色斜坡的轟隆巨響。

將近傍晚時，我們通過最高點，位於以思卡，有一萬五千兩百呎高。我們這一整天以微不足道的行腳攀爬著寇司托南坡，此時往上看去，約四分之一哩高處有座古怪的砌石堆，類似城堡的突出結構。

「那是建築物嗎？」

「那就是雅力寇司托預言堡。」

「可是，沒有人能夠在那樣的地方生存。」

「哦，那些長者可以呢。我曾經加入貨車隊，在夏末時節從珥恆朗城運送糧食給他們。當然，一年當中有十到十一個月他們都無法任意出入，不過他們也不在意。那裡約有七、八位住民。」

我瞪著那些粗糙岩石砌成的拱牆，遺世獨立在無比孤絕的高處。我實在不敢相信駕駛所說的話，可是我按捺住自己的懷疑。要是有什麼人耐得住這樣的嚴寒高絕地勢，必然非卡亥德人莫屬。

下山的路擺盪於極南方與極北方兩端，緊挨著絕峭的懸崖邊緣蜿蜒，因為卡葛夫東坡要比西坡陡峭得多，山脈結構是粗礪的斷層塊，形成巨大的陡梯下達平原。日落時分，我們看到距七千呎的下方有一串細小的黑點，爬過一道巨大白晢的陰影，那是一列早我們一天離開珥恆朗的陸船商隊。到了隔天下午，我們也到了那兒，在同一道雪坡上躡足前行，行動非常輕緩，連噴嚏都不能打，免得引起雪崩。從那邊放眼望向東方，有好一會兒工夫皆是銀色溪流蜿蜒分割的朦朧大地，點綴著朵朵雲層與雲影，那就是芮耳平原。

自我們從珥恆朗城出發，在第四天破曉時刻，終於到了芮耳城。這兩座城間隔一千一百哩、數哩高的牆垣，以及兩、三千年的歷史落差。車隊在西城門外停下，要移換為運河貨船。沒有任何陸船或車子能開進芮耳城，它早於卡亥德人開始使用電力交通工具之前便建立起來，而卡亥德人已使用電力車超過兩千年之久。芮耳城內沒有街道，只有類似隧道的加蓋步道，夏天時人們可以隨意穿行其中，或走在頂蓋上。房屋、島宅與部爐則雜亂無章，四處錯落，一片龐大豐盈的混亂，突然終結於一場壯麗景觀（正如無政府狀態在卡亥德會造成的狀態）：舊王宮那些血紅色的巨大無窗塔樓群。這些高塔建於一千七百年前，充當卡亥德王宮長達千年，直到阿格梵．哈季、也就是現任王朝的首代國王，越過卡葛夫，遷都於西瀑的大谷地。芮耳城的建築物都龐大得令人驚異，奠基根深柢固，同時能擋寒又防水。到了冬天，平原的寒風時而吹清城市的積雪，但是到了颳起大風雪、積雪高厚時，他們並不清除街道，因為根本沒有街道。他們利用石砌隧道，或在雪中挖掘臨時通道。除了屋頂之外，房子整個都埋在雪裡，所以屋簷下或屋頂都會開個冬季用門，像天窗那樣。在這片河流遍布的平原上，此時融雪期雪雨正盛，隧道便成了暴雨時期的水溝，屋舍間的空間成了運河或湖泊，芮耳一帶的人們便在河湖上划著小船料理事務，以船槳擋開水中的小塊浮冰。自始至終，無論在夏日的塵埃、冬季的積雪屋簷、春天的融雪洪水，紅色高塔總是森然逼臨，無人的城市心臟依舊難以摧毀。

我晚上住宿在一家大敲竹槓的乏味小旅店，那家店蹲踞於高塔的庇蔭下。在許多場惡夢之後，我在清晨起床，把床鋪、早餐與含糊不清的指路費用付給敲詐的店家，便步行啟程去尋找歐瑟霍，一座距芮耳不遠的古老預言堡。出了旅店五十碼後，我就迷路了，只能藉著維持高塔陣在身後、龐大逼近的卡葛夫山在右側，當作判斷方向的依憑，終於出了城，往南行，路上遇到一個農家孩童，他告訴我該在哪裡轉向，就可抵達歐瑟霍。

我在中午左右到達。應該說，在中午時我到達某處，但不知身在何方。那裡大致上是個森林，或是一座濃密的樹林；然而那些樹木得到悉心照料，甚至超乎那一帶有細心森林管理人照料的標準程度，而且沿著山坡的路徑正往群樹之中穿去。過了一陣子，我終於察覺在我右手邊的路旁有間木頭小屋，接著才又注意到左手邊稍遠處，有座大型木頭建築，而不知何處傳來引人垂涎的新鮮炸魚香。

我緩慢地沿著路走，有些不安。我並不知道寒達拉人對遊客會有何等反應，事實上，我對他們幾乎一無所知。寒達拉算是某種宗教團體，卻沒有機構、沒有教士、沒有階層、沒有誓約，也沒有教條。到現在我還是不確定，他們的信仰中到底有沒有神。這群人總是飄忽隱匿，總是不知在何處。他們僅有的固定現形場所就是這些預言堡，這些讓人們得以憩息一晚或一生的修避院。要不是我想回答觀察員無法回答的問題，我不會追尋這個倏忽縹渺的祕教，一路來到他們隱密的修道所——到底什麼是預言師？他們究竟做了些什麼？

比起觀察員，如今我在格森星待了更長的時間，但我總還是懷疑那些關於預言師及其預言的故事。要說起有關預言的傳說，在所有的人類世界比比皆是：神祇會諭示，精靈會啟齒，電腦也會透露天機。神諭的模糊性或統計學的或然率提供窺視孔，而不符實之處則由熱切的信仰抹除。儘管如此，這些傳說仍值得探究。至今我尚未說服任何一個卡亥德人相信，確有心念交感傳訊這回事，除非「親眼目睹」，否則他們決不相信。這也正是我自己在看待預言師傳說的態度：眼見為憑。

我繼續沿著路前行，這才赫然發現一整座村落或小鎮，就散布於斜坡樹林的陰影之內，屋舍如同芮耳城般雜亂無序，卻隱密、平和、充滿田園風。在每家的屋簷與路徑上都懸著海曼樹的粗大樹枝——海曼樹是冬星最常見的樹木，長著濃密淺紅色針葉的粗壯松柏類樹木。海曼樹的毬果散落四處分岔的小路，風中瀰漫海曼樹的花粉香，所有房屋都是用海曼樹的深色木材建成。最後我停下來，心想，要敲哪一間房屋的大門才好呢。就在這時，有個人兒從樹林中閒閒蹓躂過來，有禮地招呼我。

「請問，你是要找住宿處嗎？」

「我前來向預言師請求一道問題的答案。」我決定就讓他們把我當作卡亥德人，就算只是一開始也行。只要我想，我是很容易混充為本地人的，一如之前的觀察員；在卡亥德繁多的地方口音中，我的腔調不會太顯特殊，至於我性生理上的異常呢，就讓厚重衣物遮蓋住。我沒有一般格森星人典型的細密豐厚頭髮和下斜眼，也比大多數人還高些、黑些，但這些差異都還在常態範圍內。我在離開歐盧爾星之前，就把鬍子永久去除（那時我們還不知曉，原來在格森星上有種名叫帕倫特的「長毛」族，不但長鬍子，而且全身毛髮濃密，就如同白種地球人那樣）。偶而會有人問我，鼻子是怎麼斷掉的。我鼻子扁平，然而格森星人大多鼻梁高突，鼻頭窄，鼻腔狹細，非常適應呼吸冰凍的空氣。站在歐瑟霍小路上的人以溫和的好奇心注視我的鼻梁，然後回答，「這樣的話，不知道你是否想與織術師談話？他現在應該在林間空地，除非駕著木雪橇出去。或者，你想先與一位淨欲者談話呢？」

「我不確定該怎麼做，我對此非常無知——」

那年輕人笑出聲來，對我鞠躬。「我感到萬分榮幸，」他說：「我住在這裡三年了，還沒有獲致任何足以一提的無知呢！」他顯然大樂，但態度溫婉可親。我竭盡所能，尋思寒達拉學說的任何丁點片段，終於了解，我剛才的說法簡直像在自誇，猶如對他宣稱：「我可是非常非常帥氣……」

「我的意思是，我對於預言師幾乎是一無所知——」

「這真是值得欽羨！」那位年輕的住民說：「看哪！為了要通行各地，我們必須以腳印玷汙平坦的雪地。請問我可否帶領你去林間空地？我的名字是古絲。」

那是他的首名，而非部爐姓氏。「我是真瑞。」我改掉了名字中的ㄌ音。我隨著古絲深入森林內部寒涼的蔭地。狹窄的小路常常轉向，時而蜿蜒上坡，時而下坡。小小的森林色澤木屋隨處可見，或臨近、或遠離巨大粗壯的海曼樹群。周遭一切都呈紅或褐色系，潮溼、沉靜、香氣瀰漫，但也陰沉抑鬱。其中一幢房子傳出了微弱甜美的卡亥德橫笛樂音。古絲在我前方幾碼處，姿態輕盈迅速，如同少女般優雅。突然間，他的白色襯衫迎風而漲，我跟隨他，從陰影來到了一處陽光普照的寬廣綠草原。

距離我們二十呎處立著一人，身形筆挺、文風不動，只見輪廓，緋紅色的希庇與白色襯衫襯映著碧綠長草，如同鑲嵌其中的光亮彩釉。在此人身後約一百碼處，站著另一尊人像，穿著藍白色系服裝，在我們與第一人說話時，他絲毫不移動，也不望向我們這邊。他們正在演練寒達拉式的「形現」戒律，那算是某種出定（以寒達拉慣常的否定式說法，就是「非出定」），透過極端的感官接收力與覺悟力而達到自我喪失的境界。（等於自我擴增？）雖然這種技法恰好與大多數神祕主義教派的法門相對反，它也許仍算是一種祕教戒律，因為傾向於內在體驗；但是，我沒什麼把握將寒達拉的任何修行簡化歸類。古絲上前與那位穿鮮紅色衣服的人說話。當他自極度靜止狀態掙脫出來，看向我們，緩緩走來時，我對他萌生敬畏之心。在正午陽光之下，他散放自身的光。

他與我差不多高，身形窈窕，容顏清澈開敞而優美。他與我視線交會時，我突然間激起一股想與他直接溝通的心情，想與他直接以心念對話——自從來到冬星，我還沒運用過心念交流，而且，其實我應該還不能使用。我的衝動超越了自制力，與他心念交感，但沒有回應，沒有接觸，他還是直勾勾地注視著我。過了一會兒，他綻放微笑，以柔和而高越的聲音說：「你就是那位外星使節，是吧？」

我囁嚅片刻，然後說：「是的。」

「我的名字是斐珂瑟，我們很榮幸能接待你。你會在歐瑟霍待一陣子，是吧？」

「萬分樂意。我希望能了解你們的預言之道，如果有什麼資訊是我能夠提供當作回報，像是我的出身——」

「任何你願意提供的都很好。」斐珂瑟帶著寧靜的微笑回答：「你真的穿越了空間汪洋，又多走了一千里路程、跨越了卡葛夫山脈，終於來到我們這裡，真是令人喜悅。」

「我之所以想來到歐瑟霍，主要是此地預言師能力高超，遠近馳名。」

「你是想要旁觀我們預言，或是，你也帶來自己的問題，尋求解答？」

他清澈的眼睛要求我誠實以告。「我並不知道。」我說。

「駑訢，」他說：「這也無妨。也許等你待上一陣子，你自然會明白自己有沒有問題……你知道的，預言師只能在某些時日聚集，所以無論如何，你都會與我們共處一陣子。」

我的確就待了下來，而且這是一段非常愉悅的日子。除了社區事務、田野勞動、園藝工作、劈柴、家務勞動外，時間均依個人隨意安排。凡有工作小組短缺人手時，便會招像我這類暫留的訪客前去幫忙。除了工作時間之外，整天都可能說不上一句話，是以我最常談話的對象便是年輕的古絲與織術師斐珂瑟。斐珂瑟人格絕倫，透明但深邃莫測，如同一口澄澈的水井，他就是此地特質的顯形。到了傍晚，有時我們會在樹木環繞的低矮小屋裡群聚在爐廳，屋內充滿了交談、啤酒，甚或有音樂——熱烈的卡亥德音樂旋律單純，節奏複雜，總是即興演奏。某一晚，兩個住民就跳起舞來。他們非常年長，頭髮已然雪白，四肢枯瘦，外眼角處下垂的眼皮縐褶遮去黑眼珠的一半。他們舞姿緩慢、精確、克制，眼神與心靈都為之蠱惑。晚餐後，他們自第三時辰開始跳舞；樂手不時隨興加入合音、退出，只有鼓手從未中止那微妙變化的拍子。到了第六時辰，已屆午夜，這兩位年長舞者還繼續跳舞，當時已經過了地球曆五個小時的工夫！那是我第一次見識「道晰」現象——就是經由自發性與自我控制，使馭體內我們所謂的「歇斯底里力」。在那之後，我更加願意相信「寒達拉長者」的傳聞。

這樣的生活充滿內省、自給自足而沉滯，深深浸潤於寒達拉所推崇的絕頂「無知」，且遵循不主動、不干涉的教規。此教規（以他們的口頭禪「駑訴」為代表，我譯為「無關緊要」）便是寒達拉教義的核心，但我不想假裝理解它。然而，在歐瑟霍住上半個月之後，我對於卡亥德倒是多知道了一些。在這王國的政治、遊行與激情背後，骨子深處是古老的黑暗、被動性、無政府、沉默，也就是寒達拉豐饒的黑暗。

從那股靜默當中，不可思議地響起預言師的聲音。

年少的古絲很高興能擔任我的嚮導，他告訴我，如果我要詢問預言師問題，我可以詢問任何問題，而且以我喜歡的方式說出來。「問題愈是確切，愈有限制，答案就愈是精確。」他說：「含糊不清只會導致含糊不清，而且，某些問題當然是不可回答。」

「如果萬一我問了這樣的問題呢？」我詢問。這樣的限制聽來非常精細複雜，但並不陌生。他的答案卻超乎我預料：「織術師會拒絕回答。無法回答的問題曾經毀去整個預言團。」

「毀了他們？」

「你可聽說過秀斯領主的故事？那位領主強迫愛森堡的預言師回答『何謂生命的意義？』這問題，嗯，那是幾千年前的事了。預言師待在黑暗裡整整六日六夜，最後，淨欲者們的肢體僵直失序，丑角死去，性異端師拿著一塊石頭把領主打死；至於他們的織術師……他的名字是梅許。」

「幽梅許教派的創建人？」

「沒錯。」古絲笑了起來，彷彿那故事很可笑。我不知道，究竟他笑的是幽梅許教派，還是我。

我最後決定要問一個是非題，這樣至少可釐清答案當中的晦澀程度與模稜性。斐珂瑟確認了古絲所說的前提，預言師可以對問題的內容完全無知。這就等於是說，如果我想要，我可以問今年S星北半球的葫姆作物是否豐收；而即使他們先前連S星存在與否都不知曉，他們仍會回答。這樣說來，他們的預言似乎與純粹的機運占卜同層次，和蓍草花梗或拋擲硬幣占卜沒兩樣。不，斐珂瑟告訴我並非如此，機運並不牽涉其中。事實上，這整個過程恰好與機運背反。

「這樣的話，你們就是在讀心。」

「不是這樣。」斐珂瑟以寧靜坦率的笑容回答我。

「或許你們雖然讀心，卻不知道自己在這麼做。」

「那有啥好處呢？如果詢問者自己就知道答案，便不會付費來尋求解答了。」

於是我選了個我決計不會知道答案的問題。只有時間才能證明預言師是否正確，除非如我所料，他們是無比專業的預言家，其說法能套用在任何情境上。我也不會詢問瑣事——當我得知歐瑟霍的九位預言師將要從事的可是艱難危險的演練，我便不再打算詢問那種「何時雨會停」或諸如此類的無聊問題。詢問的代價可高了，我的兩顆紅寶石落入堡壘的金庫內；但是預言師付出的代價更高。在我認識斐珂瑟之後，要說他是個專業詐欺師，很難以置信，但若說他是個誠實但自我蒙蔽的詐欺師，更難以置信。他的智慧一如我的紅寶石，堅硬、清澈、光亮。我不能對他設圈套，我選了自己最想知道答案的問題。

在翁涅瑟哈（每個月的第十八天），九位預言師聚集於某座大型建築，先前這裡總是大門深鎖。那是一間以石鋪地的大廳，非常寒冷，黯淡的光線來自於幾扇小孔窗，以及位於一端深邃爐灶內的火光。他們九人圍成一圈，坐在裸露的石地上，每人都披著斗篷，戴上兜帽，在幾碼遠處昏暗的火光中，崎嶇靜止的形體宛如一圈都爾門[1]。我穿過大廳，進入圈內，古絲與幾個年少住民，連同一位來自最鄰近領地的治療師，則坐在火爐旁的椅子上，安靜旁觀。這一切都顯得不正式，但非常緊張。我進入圈子時，戴著兜帽的其中一人抬頭望，我看到一張奇異的面容，五官粗獷、厚重，不遜的眼神凝視著我。

斐珂瑟盤膝而坐，分毫未動，卻十分繃緊，充滿一股凝聚力，讓他原本清越柔和的聲音變得嘶啞，如同閃電一擊。「發問。」他說。

我站在圈內，道出我的問題。

「距今五年之後，格森星是否會是已知諸世界——伊庫盟——的一員？」

「這問題可回答。」織術師輕聲說。

現場整個鬆懈下來，戴著兜帽的石像似乎柔化，轉為活動，那個以奇怪眼神瞪著我的人對他鄰居低語。我離開環陣，加入旁觀者的行列。

有兩名預言師仍保持閉塞，不發一言。其中一人不時抬起手，輕巧迅速地敲著地面十下或二十下，復又端坐不動。之前我沒見過他們，古絲告訴我，他們是丑角，心性錯亂。古絲稱呼他們為「時間離裂者」，意思也許是指精神分裂症。卡亥德的精神治療師雖然無法使用心念交談，有如盲眼的外科醫師，但非常精於藥物、催眠術、脈穴刺激、凍觸療法等等難以盡數的心理療法。我問道，這兩個精神異常者是否無法治癒。「治癒？」古絲說：「歌手的聲音需要治癒以消除嗎？」

另有五名是歐瑟霍的住民，擅於寒達拉「形現」戒律；古絲並且說，只要他們保持預言師的身分，就維持淨欲，即使在情慾能動期也不與人交歡。在預言式時，這些淨欲者當中有一位必然進入了卡瑪期。現在我可以指認出那人，因為我學會注意細微的肉體張力，類似一種光輝，那是處於卡瑪期第一階段的信號。

處於卡瑪期的預言師身旁坐著的是性異端師。

「他與治療師一道，從斯沛維前來這裡。」古絲告訴我：「有些預言團會以人工方式激發出性異端——像是在集會之前注射雌性或雄性激素。天生的性異端師比較好。他自願前來這裡，喜歡自己聲名狼藉的模樣。」

古絲對此人使用的代名詞是指稱雄性動物用的，而非卡瑪期間化身陽性的人類。他看起來有些尷尬。卡亥德人總是自由自在地暢談性愛議題，而且以尊崇的心意、興致勃勃的態度談論卡瑪期，但是對於性異端，他們就沉默起來——至少在與我相談時是如此。他們所謂的「性異端」是由於卡瑪期過於延長，造成內分泌永久失調，傾向女性化或男性化。這現象並不算罕見，成年人口中有百分之三到

1 都爾門（dolmen），考古學名詞，意指直立成環狀的天然石陣上擺放扁平大石，為太古民族的遺物，一般認為是墳墓。

四就處於生理上的性異端或異常狀態——就我們的標準而言，那是常態。這些人並沒有遭社會放逐，然而他們受到的待遇是帶著輕蔑的容忍，一如在異性戀為主導的社會狀態當中，同性戀者所受到的待遇。卡亥德俚語稱這些人為「半死人」，他們無法生育。

團裡那位性異端師只以怪異的眼神瞪了我好長一眼，便沒再留意任何人，只注意著他旁邊的卡瑪者。由於性異端師持續而過強的男性特質，卡瑪者原本已不斷活化的性狀態會更加受到激發，終至刺激成完全、女性化的性別情慾。性異端師一直靠向卡瑪者，以低柔的語音談話；對方不怎麼回答，而且看起來想要退縮。其餘人已經很長一段時間都不說話，現在只有性異端師低語的聲音。斐珂瑟平穩地注視著一位丑角。性異端師迅速輕柔地把自己的手擱在卡瑪者的手上；對方匆促避開接觸，不知是出於恐懼抑或嫌惡，並且看向斐珂瑟，彷彿尋求他的協助。斐珂瑟沒有動作。卡瑪者端坐原位，性異端師再度觸摸他時，他毫無反應。一位丑角抬起頭來，發出一串低哼的假笑聲：「啊—啊—啊—啊……」

斐珂瑟舉起手。剎那之間，圈內每張面容都轉向他，宛如他把這些人的視線捲為一團、捆成一束。

我們進入大廳時，正是下雨的午後。沒多久，灰色的光線迅速消逝於屋簷底下那些孔窗。如今，白色光束射進來，在廳堂內如傾斜的幻影帆片，長形的三角狀與長方狀光影從牆壁延伸到地板，覆蓋那九人的容顏；至於屋外，月亮緩緩上升，在森林上灑下昏暗的光點與光條。爐火早已熄滅，現在只剩下那些黯淡傾斜的光塊，蠕動爬過九人環，時而描繪出一張臉、一隻手，或是文風不動的背脊。有好一會兒，我看到斐珂瑟於散漫的光塵當中，五官嚴峻，如同蒼白的石像。月光的斜線繼續爬行，來到一團隆起的黑影，就是那位處於卡瑪期的預言師。他的頭埋在膝蓋間，雙手緊抵著地板，身體隨著某股規律反覆的震動而戰慄：「嘶啦—啪—啪—」，那是圈子另一頭的丑角在暗中以雙手擊打石頭的節奏。他們全都連結起來，九人皆是，彷彿他們九人是蜘蛛網絲的懸掛點。無論我願意與否，我就是感受到那股連結，那股交流感應，無言、難以言喻地沖向斐珂瑟，而他試圖控制、模塑這股交流，因為他就是核心，他就是織術師。黯淡的光線碎裂，退卻，爬向東牆。那股集結了力量、張力與沉默的網絡，卻持續增長。

我試圖避開預言師的心靈，不與他們接觸。那股沉靜的強烈張力，類似要被吸進去、彷彿成為網絡中、陣式中的一點或一道形象的感受，弄得我心神燥動無比。但等我設置了阻障後，情況反而更糟糕：我感覺與外界斷了聯繫，瑟縮於自身的心靈內，拘執於視覺與觸感的幻象，那是一鍋由狂亂影象與意念組成的大雜燴，充斥性慾、畸零狂暴的突兀幻影與感覺，形成一汪紅黑交間的翻騰怒火。我周遭圍繞著盛開的淵藪，聚集著殘破的嘴巴、陰道、傷口、地獄口。我失去了平衡，我正在墜落……倘若我無法收閉那團渾沌的漩渦，我會當真墜落下去，我會就此發狂，但我沒有辦法收閉它。目前這股強勢與超越語言的力量真是無比強大，無比混亂，它源於性慾的反常與挫敗，肇自一股足以扭曲時間的狂力，也起於那股令人驚駭的全面專注力與當下現實的悟性，那力量遠非我所能抑制或控制。但是，那力量還是受到掌控，核心依然是斐珂瑟。時刻分秒流逝，月光照映在錯誤的牆上。根本沒有月光，只有黑暗，在黑暗的中心點，就是斐珂瑟，織術師：一位女子，一位以光流為羽衣的女子。光線是銀，銀是甲冑，身著甲冑的女子佩戴一把劍。光流突兀燃燒，燒熾到不可承受的程度，光流燒灼她的四肢，化為火焰，而她以恐怖與痛楚的音色嘶喊出聲：「是的，是的，是的！」

丑角的低笑聲再度響起。「啊—啊—啊—啊—」，那聲音愈來愈是高亢，融入顫抖的高喊。高喊持續不絕，遠超過任何聲音所能持續的長久。黑暗之中有某種律動，類似拖步或曳搖；過往的諸世紀再度散布四方，古老的陰影四散逃逸。「光，光線。」某個廣闊無邊的聲音以無邊的音節這麼說，或者說了無數次。「光線！那邊快生火，要有些光線。」發話者是來自於斯沛維的治療師，他進入圈子，圈子已經缺裂。他跪在那兩個丑角身邊，他們最是荏弱易碎，猶如引火點。兩人都蜷縮在地板上。卡瑪者把頭埋在斐珂瑟的膝蓋，喘息不已，不住顫抖。斐珂瑟以漫不經心的溫柔手勢撫摸那人的頭髮。性異端師在另一端角落裡，愀然不樂，神情沮喪。這場預言式結束了，時間如平常一樣流逝，通力的網絡四散碎裂，化為屈辱與疲憊。我的答案呢？它是神諭般的謎語，還是預言式的曖昧言詞？

我跪在斐珂瑟身邊，他以那雙清澈的眼睛望著我。在那一瞬間，我看到他在黑暗中的模樣：一位以光為甲冑的女子，在火光中燃燒，嘶喊：「是的——」

斐珂瑟柔和的嗓音打破我的幻視。「你是否得到答案了，提問者？」

「我的提問得到了解答，織術師。」

的確，我得到了解答。距今五年之後，格森星會成為伊庫盟的一員，是的。並非謎語，也不迂迴含糊。即使在那時，我也感受得到答案的性質，與其說是預言，不如說是觀察結果。我無法否認，我知道這答案是對的。答案充滿了預感必然的清明性。

我們擁有近光速太空船、共時通訊機與心念交流，但仍未能馴服預感，將它套上韁轡來駕馭它。

光為了這門道，我們就必須來到格森星。

「我的位置如同電線的絲極。」在預言式一、兩天之後，斐珂瑟這麼告訴我。「能量不斷於我們內在增強，不斷回流，每次回流都讓衝力加倍，直到最後它奔騰破出，光流在我之內，環繞我身，我就是光流……阿爾濱堡長者有一次說道，如果在取得答案的那一瞬間，把織術師放入真空，他會燃燒上好幾年之久。這也就是幽梅許信徒心目中的織術師梅許：他看透古往今來，而且並非在一瞬間，而是自秀斯領主的問題之後，他往後的人生都是如此。這真是難以置信，我很懷疑有任何人能夠耐得住這等煎熬。但是，無關緊要……」

又是這句「鶩訴」，寒達拉教義當中無所不在且曖昧無比的否定語。

我們並肩行走。接著，斐珂瑟凝視我。他的面容是我所見過最絕美的人類容顏，精緻且堅硬，如同精雕石像。「在黑暗之中，」他說：「一共有十人，不是九人。有一位陌生人。」

「沒錯，的確如此。我對你無法設防。斐珂瑟，你是個聆聽者，是個天生的同感者，而且應該是個強大的天生心念交感師。難怪你會擔任織術師的位置，維持整個團體進行自我擴增能量模式時的張力與反應，直到壓迫力自行衝破模式，然後你直接觸及答案。」

他以莊重的興致傾聽。「透過你的眼睛，從外界來觀看我們教義的奧祕，真是奇異的感覺。我以門徒之身，僅能從內觀視。」

「如果你允許——如果你願意，斐珂瑟，我非常希望能夠與你心念交談。」此時我非常確定，他是個天生的交感師。只要他願意，透過些許練習，就可撤下他原先無心的柵欄。

「一旦你這樣做了，就此我會不時聽到別人的心思？」

「不，不會的，不會比你早就能感知到的更多。心念交談是一種通訊方式，必須自願接收與傳達。」

「那麼，為何不直接說出來？」

「呃，因為如果用說的，可能會說謊。」

「心念交談就不會嗎？」

「不會刻意如此。」

斐珂瑟對此思索了一會兒。「這樣的技藝必然會激起國王、政治家與商賈的興趣。」

「心念交談印證為一種可傳授的技巧後，商界可是抵制了好一段時間，他們讓這樣的技藝列為非法，長達數十年。」

斐珂瑟微笑起來。「那麼，諸王的反應呢？」

「我們那邊已經沒有國王了。」

「是的，我明白……嗯，我很感謝你，真瑞。然而我的修業是要不學習，不是學習。而且，我最好還是別學習某種可能會轉變整個世界的技藝。」

「憑藉你們的預言，這整個世界就將會轉變，而且是在這五年之內。」

「那麼我會隨著這世界而轉變，真瑞。但我不想轉變世界。」

如今正在下雨，是格森星夏季特有的漫長細雨。我們走在堡外的斜坡上，漫步於海曼樹叢庇蔭下，那兒沒有小徑。灰色的天光灑落於暗色樹枝，清澈的水珠自鮮紅色的針葉墜落。天氣凜寒，但算是溫潤，四周充斥著雨落之音。

「斐珂瑟，請告訴我，每個星球上的人類都渴求你們寒達拉修行者的天賦，你們擁有這等天賦，你們預見了未來。但是，你們的生活就如同我們這些人——這似乎都無關緊要——」

「這到底有何緊要，真瑞？」

「呃，這樣說好了，例如這場卡亥德王國與奧爾戈國的競逐，起因於希諾絲谷地的這場爭執。據我所知，這幾星期以來，卡亥德王國嚴重喪失了顏面；那麼，為何阿格梵國王不諮詢他的預言師，詢問該訴諸何種行動，或是應該遴選廓倫祕的哪個議員擔任首相，像是諸如此類的事務？」

「那些問題很難講述得出來。」

「這我就不懂了。他大可以直接這樣問：哪個人最適合擔任我的首相？然後，就看預見的結果來行事。」

「他是可以這樣問，但是他不會明白何謂『最適合擔任』的真義。那可能意味著，所遴選的那個人會把谷地獻給奧爾戈國；也可能意味著那人會遭致放逐；甚或可能會暗殺國王。那個答案可能意味著許多他並不預期、也無法接納的意思。」

「那麼，他得以非常精確的方式道出問題。」

「是哪，但是如此一來，就需要問許多問題。即使是國王，也是要付出代價的。」

「你們會收很高的費用嗎？」

「很高，」斐珂瑟沉靜地回答，「詢問者付出他所能支付的代價，你知道這點。事實上，國王的確找過預言師，但這樣的情況並不常見……」

「要是預言師自己就是個有權勢之人，那會如何？」

「預言堡的住民不具任何位階或權勢。或許我可能受遣回珥恆朗城，進入廓倫祕；這樣的話，我會重拾我的位階與陰影，但我的預言能力也跟著告終。如果我在廓倫祕任職期間，出現了個必須解惑的問題，我會到歐格妮堡，付出我能支付的代價，得到我的答案。然而，我們寒達拉修行者不想得到解答。這的確很難避免，但我們盡力而為。」

「斐珂瑟，我聽不懂這些。」

「這樣說吧，我們來到預言堡，主要是為了學得哪些是不可詢問的問題。」

「可是，你們自己就是解答者！」

「真瑞，你還是不懂我們何以要精粹自身技藝，演練預言式嗎？」

「我不知道——」

「為的就是展顯，知道錯誤問題的解答是何等無用。」

我們並肩行走於歐瑟霍的暗色樹叢時，我繼續思索這個議題好一陣子。在白色的兜帽內，斐珂瑟的面容顯得疲倦、靜默，光芒沉息。然而，我還是感到震懾敬畏，尤其當他以那雙清澈、慈悲、真摯坦率的眼睛看向我，他的眼神透過一萬三千年之久的傳承望著我：如此古老、奠基完好、統合而協調的思惟方式與生活準則，能夠讓人類達到無私意識、權威，以及野生動物的完整性。這位奇妙崇高的生物就這樣以他永恆的存在性，直勾勾地望向你……

「所謂未知，」在樹林中，斐珂瑟以他柔和的聲音說：「未得預言，未獲證實者，便是生命的根基。無知是思惟的基底，無證是行動的基底。如果證實了上帝不存在，就不會有宗教，不會有寒達拉，也沒有幽梅許，更不會有部爐神祇，什麼都不會有。但話說回來，如果真的印證有位上帝，那也不會出現宗教……真瑞，告訴我，有什麼是確實可知的？有什麼是確定、可預期，無可避免的——關乎你與我的未來，唯一真正能確認的是什麼？」

「那就是，我們終將死亡。」

「是了，那就是唯一真正可回答的問題，真瑞，而我們也早已知道答案……唯一讓生命充滿可能的事物，就是那恆始不變、無可忍受的不確定性：接下來會發生什麼，我們並不知道。」

第六章　前往奧爾戈國之路

廚師通常很早就來到屋裡，是他把我從睡夢中叫醒。我睡得很沉，他得搖晃我、在我耳邊說話。「醒來，請醒來，埃思特梵大人，從國王的寢宮那邊來了一位信使。」最後我終於搞懂他的意思，一面由於睡意與迫切感交雜而感到困惑，一面急忙起床，來到房間門口，使者就在那兒等候我。我就這樣如同初生嬰孩般裸裎與愚蠢，步入自己的流刑。

一邊讀取使者遞給我的文件，一邊在心中告訴自己，我早已預期這樣的結果，只是沒料到這麼快來臨。然而，當我必須看著那傢伙把那該死的公文釘在大門口，我感到彷彿那釘子直接鑿到自己眼底。我轉身離開那使者，茫然若失地站著，充滿絕望，未曾設想到的痛楚將我擊毀。

既然事已至此，我立刻著手進行必須的行動。到了第九時辰的銅鑼聲響起，我已經走出宮廷大門。沒有什麼好讓我延擱良久的事物，我帶走我能拿的，至於財產與銀行存款，我無法在不危及那些經手人員的情況下取得；況且，他們與我的交情愈好，目前的處境就愈是堪危。我寫了一封信給我的舊愛誓侶愛許，告訴他說，他可能會得到一些財產利潤，請將這些保留給我們的孩子，但我同時告訴他，千萬別試圖寄錢給我，因為提貝會派人嚴密監控國境線。我無法在這封信上署名。要是我打電話給任何人，只會害他們也跟著入獄。是以我匆促離去，以免萬一有人無辜地前來探望我，將會為了他的情誼而失去自由與金錢。

我走向城西。在某個街頭轉角處，我驀然止步，思忖著為何不索性往東方去，穿越山脈與平原，回到坷姆地？我這個可憐的徒步趕路人，大可就此走回出生地埃思特，回到某座嚴寒山腳邊的石屋。為何不就此回老家去？大概有三、四回，我停住腳步回頭探看。每一次我都在那些看似毫無關連的路人當中看到疑似間諜的面孔，為了要確認我離開珥恆朗城而派遣來監視我，每一回我都承認，想回老家的念頭實在愚蠢，等於是白白送死。此時看來，我是生來要活著流亡，然而回老家之路卻通往死亡。是以，最後我毅然轉向西方，不再回頭。

在三天的豁免恩賜期之內，倘若沒有意外災難，我最遠可行走到灣谷的庫思班，加起來八十五哩遠。絕大多數的流亡犯會得到一個晚上的警示期，好讓他能搭船順著賽思河走一程，而船家也不會背負協助犯人的共犯罪名。在提貝心裡可不存這等禮數。現在沒有任何船家膽敢搭載我；港口的人都認識我，我為阿格梵國王建造了這座港。也不會有路船願意讓我搭乘，而且從珥恆朗城到陸上的邊界有四百哩遠。我別無選擇，只好徒步走到庫思班。

我的廚師已料到這點。當時我立刻遣退他，但他在離去之前，把所能找到的現成食物都打理妥當，弄成一個包裹，好當作我接下來這三天的補給品。他的善心救了我，也挽救了我的勇氣，因為在接下來的行程，每當我食用那些水果與麵包，就會想著：「至少有個人不認為我是個叛國賊，因為他給予我這些糧食。」

我赫然發現，讓人叫成「叛國賊」真是難受。會如此難受，看來很是奇怪，因為要這樣稱呼另一個人卻是非常容易，那稱呼會就此固著、合襯，並且具有說服力。連我自己都差不多信服了。

到第三天黃昏，我終於抵達庫思班，焦慮且雙腳痠痛。在珥恆朗城這些年來，我已經習慣了富裕奢侈的生活，失去原有的腳力。至於在那座小城城門等待我的人，竟然是愛許。

我們曾是愛誓情侶，長達七年之久，育有兩子。由於是他的肉身所生，他們跟著他的姓氏「芙芮思·倫—耶·歐絲柏思」，撫養於他的部爐領地。距今三年之前，他前往歐格妮堡，如今他身上佩戴淨欲預言師的金鍊。這三年當中，我們未曾見面；然而，在那石拱門下，見他沐浴於夕照的容顏，我感受到過往的愛意，彷彿我們的誓約破裂於昨日。我明白是他的信守讓他前來此地，分擔我的毀辱。感受到已然無效力的誓約再度環繞我身，我覺得憤怒，愛許的愛意常常迫使我背反自己的心意行事。

我走過他身邊。如果我必須殘忍行事，那就無須佯裝慈悲而閃躲。「席倫。」他呼喚我的名字，跟上我。我快步走下庫思班的陡峭街道，往碼頭去。一股南風從海邊席捲來，花園裡黑色的樹木颯颯作響；在溫暖的夏日黃昏強風中，我疾行遠離他，彷彿在遠避一個謀殺犯。他追上我，因為我的腳實在太痠麻，無法保持快步。他說：「席倫，我會跟著你去。」

我沒有回答他。

「十年前，就在這同樣的吐瓦月，我們許下終生誓約——」

「距今三年前你打破誓約，離我而去。那是個明智的選擇。」

「席倫，我從未打破我們之間的誓約。」

「沒錯，是沒有什麼誓約好讓你打破。那是個假誓約，是次要的誓約。你知道，當時你就知道。我唯一真正立下的忠誠誓約並沒有明說出來，也不可能坦白道出，至於我許誓立約的那人已經死去，承諾也隨之打破。你什麼都不欠我，我也不欠你。讓我走吧。」

我說這些話時，針對愛許的憤怒與苦澀轉向我與我自己的生命，此時我的一生棄置身後，如同破裂的許諾。然而，愛許並不知道這些，淚水浮現在他眼底。他說：「你能不能收下這個，席倫？我沒欠你什麼，但我一直愛你。」他遞了一個小包裹過來。

「不用了，愛許，我有帶錢。讓我走吧，我必須獨自離去。」

我繼續前行。他沒再跟著我，但是我哥哥的陰影尾隨著我。我不該提到他，我什麼都搞砸了。好運並未在碼頭那邊等著我。沒有任何一艘船要前往奧爾戈國，好讓我趕在午夜前離開卡亥德邊境。沒有任何人在那兒，就算有也都趕著回家。有個漁夫正在修理船上引擎，我向他搭話，他一看到我便轉過身去，閉嘴不語。眼見如此情境，我害怕起來。那人認得我，但要不是有人警示他，他不會知道我是誰。提貝必然已派遣他的手下過來，先發制人把我困在卡亥德，直到我三天緩衝期用罄。我這幾天來充滿了狂怒與痛苦，但並未恐懼，直到現在。我之前並沒有想到，放逐令僅只是一道藉口，實際上是要處決我。只要第六時辰的鐘聲響起，我就是提貝手下的俎上肉，而且，沒有人能指控此為謀殺，因為這僅是在執法。

在碼頭上狂風怒吼的黑暗中，我在一袋壓艙沙袋上坐下。海水拍打吸吮著樁柱，捕魚船停靠在碇泊處；在長長碼頭的盡頭，亮著一柱路燈。我坐著，瞪著燈光，然後越過它看往黑暗的海洋。有些人會起身迎向險惡，但我不是這種人，我的特長是深思熟慮。脅迫如此逼近，我變得遲鈍，就坐在沙袋上呆想，不知是否可以游泳到奧爾戈。察利絲霓海灣的冰塊已經解凍一、兩個月，也許可以在海水裡活一陣子。可是，我根本不會游泳！當我把目光從海面移往庫思班的街道，發現自己正尋覓著愛許的蹤影，竊望他還跟著我。到了這等田地，羞愧感驅使我從麻木中清醒，我終於能夠思考。

如果我與那個在內碼頭船上工作的漁夫打交道，只得選擇行賄或暴力；但壞掉的引擎並不值得我這樣做。那麼，就選擇竊船。但是，那些漁船的引擎都上了鎖。如果要解開上鎖的電路、開啟引擎、在碼頭燈光下把船隻駛出來，一路航向奧爾戈國，對於一個從未駕駛過電力船的人而言，真是非常蠢笨的冒險。雖然我沒駕駛過電力船，卻在坷姆地的冰足湖划過船，而且在外碼頭那邊，有艘划槳船就位於兩艘汽艇之間。要是它失竊，不大容易被發現。在路燈照耀下，我從碼頭那邊跑過去，跳上那艘船，解開纜索，搖著槳，把船划向飽漲的港口水流，黑色波浪上光影搖曳眩目。我划離港口好一陣子後，停下來重新調整一邊的槳架，因為不大順手，而且儘管我盼望著，到了明天能讓奧爾戈國的巡邏員或漁夫撿上船，還有好長的航程要划行呢。正當我彎身向槳架，一股虛脫感瀰漫全身。我在座板上蜷成一團，以為自己行將昏迷。壓倒我的應該是怯懦病，但之前我從不知道我腹內的怯懦竟是如此沉重。我睜開眼睛，看見在遙遠的電燈照耀之下，隔著海的碼頭盡頭有兩抹身影，彈跳如同兩條黑色小枝枒。我開始認為，我的痲痹感不是由於恐懼所致，而是由於過遠的槍擊。

我可以看到其中一人攜帶狙擊槍，倘若此時已過午夜，他應該會對我開火，把我殺死。但是狙擊槍應會發出巨響，啟人疑竇，所以，他們應是使用音波槍。如果設定成震昏效果，音波槍的共振音場只有方圓一百呎內左右。我不知道要是把槍設定成致命程度，它的射程為何，但是我並未遠離它的射程，因為我現在就像個腹絞痛的嬰孩般彎曲身體。我感到難以呼吸，音波槍減弱的音場擊中我的胸腔。他們很快就會駕駛一艘電力船來追獵我，把我做掉，現在我不能浪費時間，就這樣蜷坐在船槳邊喘息。黑暗就在我的背後，也在船隻前方，我得划入黑暗。我以衰弱的手臂划船，注視著手以確認還握在槳上，因為我已經感受不到握著槳的手臂。就這樣，我來到粗礪的海洋，無邊黑暗，進入開闊的海灣。我不得不停下來；我每划一槳，手臂就愈發麻木，心臟胡亂跳動，至於肺部已經忘記怎麼呼吸。我試著划船，但不確定雙臂是否在移動；我想把船槳收起來，卻做不到。當那艘港埠巡邏船的巡弋燈光將我指認出來、如同把一塊夾在雪花裡的煤炭挑揀出來，我甚至已經無法把眼睛從光束中轉開。

他們把我的雙手從船槳處扯開，把我拉到船上，然後讓我像一條內臟被支解挖除的巨頭鯨一般，躺在那艘巡邏船的甲板。我感到他們注視著我，但搞不懂這些人在說些什麼，只聽懂船長的語調。「還不到第六時辰。」接著，他回答另一人的問題。「干我何事？國王放逐他，我遵照的是國王的命令，不是別的下人。」

所以，這名庫思班巡邏船船長不顧岸上提貝人馬的無線電指令，也不管那些害怕遭到波及的船員，帶著我航越察利絲霓灣，讓我安全停靠於奧爾戈國的樹特港。我不知他為何這麼做，是他出於顏面，不容提貝的人手屠殺一個手無寸鐵的人，或是出於仁慈？我不知道，但駑訴。「令人欽佩的行為總是不可思議。」

當奧爾戈的海岸在清晨濃霧的覆蓋下轉為灰色，我爬起身來。我移動雙腳，從船隻處走向榭特城濱海街道，但不知何時，我又倒了下來。再度醒來時，我人位於色涅思尼第二十四區、察利絲霓港第四區的共生醫院。這點我很確定，因為在醫院病床上的蓋鋪、床邊的燈柱、床旁小桌上的鋼杯、床旁的小桌、護士的希庇、床單，以及我穿著的病人睡衣，全都以手寫體奧爾戈文銘刻或縫繡著名字。一位治療師過來察看我，問道：「你為何抗拒道晰？」

「當時我並非處於道晰狀態，而是身在音波槍的音場之內。」

「你的症狀，就是抗拒道晰弛緩期所發生的徵狀。」他是個盛氣凌人的老治療師，讓我終於同意他的診斷，可能是我在划船時，用了道晰力來抗衡痲痹感，但並不知曉自己正那麼做。到了今早，我處於道晰的珊根期，應該平躺不動，我卻起身走路，差點就因此死去。當這番說法終於令他滿意，他告訴我，可於一、兩天後出院，然後移到鄰床去。在他身後，有個巡查官跟著走過來。

在奧爾戈國，每個人身後都有一位巡查官。

「你的名字？」

我沒有反問他的名字。在奧爾戈，我得如同當地人，學習不與陰影共生；學著不被冒犯，也不無謂地冒犯別人。但是我並未告知我的領地姓氏，我的領地與奧爾戈任何人都毫無關連。

「席倫．哈絲？這不是個奧爾戈名字。所屬共生區？」

「卡亥德。」

「這並非奧爾戈共生區。你的入境證件與身分證件何在？」

我的證件在哪？

當我在樹特城的街道上縮成一團，後來終於有人把我送上醫院的推車。來到醫院時，我沒有證件、財物、大衣、鞋子或現金。聽到這句問話，我怒火全熄，大笑起來。在倒楣坑的最底層，也沒啥好生氣了。巡查官對我的笑聲感到不悅。「難道你不明白，你是個貧民，而且是非法入境的外國移民？到時你要怎麼回去卡亥德王國？」

「躺在棺材裡回去。」

「你不能對著公務問題回覆以不恰當的答案。如果你不打算回到原籍國，我們會遣送你到志願農場，那是為罪犯、流氓無賴、外國人與無籍人民所設的地方。除了那裡，在奧爾戈境內沒有別處容納貧民或危險份子。你最好在三天內自己宣告意欲回卡亥德，不然我會——」

「我遭到卡亥德王國流放，已經喪失公民權。」

那個老治療師聽到我報出名字時，從鄰床那邊轉過身來。此時他把那個巡查官拉到一邊，對他窸窣說了好半晌話。巡查官的臉色壞得像是酸掉的啤酒，他回到我床邊，以吝惜鄙薄的語氣，一字一句緩慢地對我說：「那麼，我想你得向我提出申請，以取得奧爾戈大共生國的永久居留許可，直到受雇並持續從事有用的工作，成為共生地或城鎮的一員。」

我回答：「好的。」隨著「永久」這個字眼，玩笑感不翼而飛。這可是個斬釘截鐵的字眼。

五天之後，我取得了此地的永久居留權，得以在此等候成為密許諾利城民的許可（這是我自己要求居留的地區）；我得到前往該城市的臨時身分文件。如果那個老治療師沒有讓我留在醫院，這五天來我會餓著肚皮度過。他喜歡監護卡亥德王國的首相，而那位前首相很是感激這份心意。

我在一艘從榭特港載滿鮮魚的貨車商隊上擔任載貨工，一路來到密許諾利城。這是一趟充滿異味的迅速旅程，之後我來到廣大的南密許諾利市集區，很快就在冰庫裡找到工作。夏季裡，很容易在這種地方找到搬載、運裝、儲存及運送易腐敗物品的工作。我處理的貨物大多是魚類，也在市集區附近找到了居住的島宅，與冰庫的同事共住。他們稱之為魚貨島宅，瀰漫著我們的異味。但是，我喜歡這個終日讓我待在冰凍儲藏庫的工作。夏日的密許諾利城是個蒸氣浴室，山上的門戶深鎖，河水沸騰，人們爆汗。在歐可瑞（第九月份），有十天十夜的工夫，氣溫從未低於十五度，有一天還衝到熱氣騰騰的三十一度。在一日工作完畢，從冰冷的魚庫避難所一路走出，等於是闖入滾燙欲融的熔爐。通常我會走上幾里路，來到侃達拉堤防。那兒長滿大樹，還可以看到大河，雖然不能下水。我會在那兒晃蕩，然後在灼熱悶窒的夜晚回到魚貨島宅。在我們這一帶，他們把街燈敲碎，好在黑夜的護翼行事。然而，巡查官的車子還是一逕刺探，探照燈點亮黑暗的街道，奪取這些貧苦人們的隱私，這是他們僅有的黑夜。

與卡亥德暗中較勁的移民註冊新法在庫思（第十月份）時通過，讓我原先的居留登記失效，也讓我丟了工作。有半個月的時間，我在數不清的巡查官候見室裡等待。我同事借錢給我、偷取鮮魚充當我的晚餐，在我餓死之前終於重新取得居留登記。然而我因此得到教訓。我喜愛這些勤奮工作的工人，但他們活在沒有出口的陷阱裡，所以我得和我較不喜歡的人一起做事。於是我打了幾通延遲三個月之久的電話。

隔天我正在魚貨島宅後院的洗衣間洗我那件襯衫，在場還有幾個人，我們全都一絲不掛或半裸。在蒸汽瀰漫、魚類與泥巴味四溢，與嘈雜的水聲中，我聽到有人呼叫我的領地姓氏，接著葉格耶代表踏進了洗衣間。他看起來仍像七個月前、在珥恆朗王宮大禮堂舉辦的群島國大使接待晚宴上的模樣。

「快從這裡出來吧，埃思特梵！」他操著那種高亢、大聲、充滿鼻音的密許諾利富豪口氣說話。

「嗐，別管那件該死的襯衫啦！」

「我只有這件。」

「把它從那鍋湯湯水水裡撈起來，走吧！這裡熱死了。」

在場的人們以遲鈍的好奇心注視他，知道他是個有錢人，但他們不知道這位人士是個共生地代表。我不喜歡他這樣親自跑過來，他應該派個人員過來就好了。這些奧爾戈人很少想到禮數。我想把他遣開這裡。溼襯衫對我沒什麼用，於是我找了個在院子閒晃的流浪小孩，把襯衫披在他背上，要他在我回來之前幫我保管。我的房租與債務已經償還，我的文件都在希庇的口袋裡。我沒穿襯衫就離開市集區的這棟島宅，隨著葉格耶回到那些權貴的居所。

既然我擔任他的「祕書」，於是重新登註於奧爾戈的名冊，這次不是城鎮的一員，而是一個隸屬者。光有名字並不夠，一定要有標籤才行，而且未見到事物就予以分類。然而，這次他們的標籤與事物吻合了，我的確從屬於對方，但沒多久之後我就開始詛咒讓我來到此地、寄生它人的目標，因為一個月來，尚無任何跡象顯示，我待在這裡比在魚貨島宅更接近目標。

在夏日的最後一天，下雨的傍晚，葉格耶叫喚我到他的書房。進去之後，我發現他正與色科夫行政區代表歐卜思利談話。早在歐卜思利於珥恆朗城主掌奧爾戈航運貿易委員會，我就認識他了。他長得矮短，背部凹陷，小小的三角眼卡在一張扁平肥胖的臉龐內。他與優雅骨感的葉格耶形成奇異的配對，看似檻褸之徒與紈褲子弟，但他們都不止於此。他們倆是統領奧爾戈的三十三名特級首長之二，然而，他們甚至不止於此。

交換了客套話，啜飲一口西思生命水後，歐卜思利長歎一聲，對著我說：「埃思特梵，現在可否請你告訴我，何以你會在薩希諾絲如此行事？在我認識的人當中，要有誰是最不可能弄錯時機、並且不會顧及虛榮的顏面問題，那人應當非你莫屬啊！」

「恐懼讓我失去了謹慎心，代表大人。」

「你怕什麼，惡魔嗎？你到底怕什麼呢，埃思特梵？」

「我怕的是目前發生的事。希諾絲谷地引起的顏面爭端延續，卡亥德王國遭到羞辱，羞辱激發出怒火，接著，卡亥德政府會利用這股怒火來行事。」

「利用？目的何在？」

歐卜思利很沒有禮數，嬌貴敏感的葉格耶隨即打斷他：「代表，埃思特梵大人是我的貴客，他無須承受你的質問——」

「埃思特梵大人會在他認為適當的時候回答這些問題，如同他先前所為。」歐卜思利咧嘴笑，那可是一根藏在厚厚肥油裡的細針。「在這裡，他知道在座者皆是朋友。」

「一旦我找到朋友，我會以友人之道相待，代表；然而，現在我不再期待長保友誼。」

「我知道這點，但是你我無須成為愛誓伴侶，仍可共乘雪橇，我們在伊思科夫就這麼說，嗯？真要命，我知道你為何遭致流放，我的密友，因為你熱愛卡亥德王國超過它的國王。」

「或者應該說，熱愛國王的程度超過他的表親。」

「甚至該說，熱愛卡亥德的程度超過奧爾戈，」葉格耶說，「我說錯了嗎，埃思特梵大人？」

「代表大人，沒有錯。」

「所以你認為，」歐卜思利接著說：「提貝想要以我們經營奧爾戈的方式來治理卡亥德——以有效的方式？」

「我認為如此。提貝利用希諾絲谷地的所有權爭端當作引子，且在必要時提高衝突，他在一年內對卡亥德王國造成的變化將可能更甚於過去一千年來的程度。他有個模型可供參照，就是『沙耳夫』；而且，他知道如何操縱阿格梵的恐懼。比起試圖激起阿格梵的勇氣，像是之前我的作為，恐懼要來得容易許多。如果提貝順利達成目標，在座各位會有個值得較量的敵手。」

歐卜思利點點頭。「我擱置習縛規色，」葉格耶說：「埃思特梵，你這番話的重點是什麼？」

「就是：這片大陸能否容得下兩個奧爾戈國？」

「是，是啊，是哪，相同的想法。」歐卜思利說：「相同的想法：許久之前你把這念頭種到我腦袋裡，埃思特梵，從此我無法把這念頭斬草除根。我們的陰影如此漫長，連卡亥德王國也為之覆蓋。部爐間的血仇，是會有；兩城鎮間的襲擊，也是有的；邊境之爭，燒掉一些房子、殺掉一些人，沒錯；但是，兩個國家之間的血仇？牽涉到五千萬性命的武力爭執？天哪，梅許的甜美乳汁助我，某些夜裡，這些慘烈的圖像甚至在我夢裡燃燒，讓我冷汗直流驚醒過來……我們並不安全，我們一點都不安全。你也知道的，葉格耶，你自己也這麼說過，以你的方式說了好幾次。」

「我已經投票十三次，反對在希諾絲谷地爭執上採取進逼的動作，但那有何用？主流派掌握了二十張票，況且，提貝的每個行動都強化了沙耳夫對那二十張鐵票的控制。他建了柵欄橫跨谷地，還派遣佩戴狙擊槍的守衛駐守——狙擊槍！我還以為他們早已經把這些玩意放進博物館。只要主流派需要挑釁，提貝就及時哺餵新的養分。」

「這的確鞏固了奧爾戈，反過來對卡亥德王國也是如此。你們針對他的挑釁所作的每個反應、你們施加於卡亥德王國的每一次羞辱，都會增強你們的顏面，同時也讓卡亥德王國更強盛，直到它成為你們真正對等的敵手——一個由中央集權控制的國家，如同奧爾戈。在卡亥德王國，他們並沒有把狙擊槍收藏於博物館，國王的守衛就隨身佩戴。」

葉格耶又倒了一小杯生命水。這種珍貴的火焰乃是從遠隔濃霧海洋的西思，經由五千哩的遙遙路程運送過來，而奧爾戈貴族將之當成啤酒一般飲用。歐卜思利擦抹嘴唇，眨了眨眼睛。

「嗯，」他說：「這就是我當時的想法，也是現在的心思。而且，我認為咱們是同舟共濟呢。但是，在我們上工之前，我有個問題，埃思特梵：你已經把我的眼睛給整個矇住啦，現在啟發我吧，到底關於那個來自遙遠月亮的什麼外星使節，那堆曖昧不清、糊裡糊塗、瞎說八道的東西是啥？」

如此看來，真力．艾已經提出入境奧爾戈的申請手續。

「那個外星使節？他就是他所聲稱的那樣子。」

「那究竟——」

「來自某個外星球的使節。」

「別再扯那種你們該死的卡亥德陰影暗喻了，埃思特梵！我擱置習縛規色，我丟棄面子，你可以坦白回答我嗎？」

「我早就這樣做了。」

「他是個外星生物？」歐卜思利問，葉格耶接著說：「而且他已經謁見過阿格梵國王？」

我對這兩個問題都回答稱是，他們沉默了半晌，又不約而同地發問起來，兩人都毫不遮掩自己的興趣。葉格耶比較迂迴婉轉，可是歐卜思利就直接問到重點：「這樣的話，此人在你的計畫中扮演什麼角色？你把自己賭在他身上，結果垮了。為何如此？」

「因為提貝絆了我一跤。我把眼光看向星辰，卻沒留意腳底下的泥巴。」

「你重拾天文學了，好友？」

「你們最好都重拾天文學，歐卜思利。」

「這個外星使節……他是否會對我們構成威脅？」

「我認為不會，他從他的世界帶來訊息，希望能進行交流、貿易以及結盟，除此之外別無意圖。他獨自前來，沒有軍隊或武力，只帶著某種通訊裝置，還有他的太空船，此人同意讓我們徹底檢驗。我認為他不是為了讓人害怕而來。然而，在他空蕩蕩的雙手裡，卻帶來了王國與共生區的終結。」

「何以如此？」

「除了視為血親同胞，我們還能如何對待這些陌生人？除了把他們視為整個世界，格森星還能怎麼對待一個集結八十個星球的聯邦？」

「八十個星球？」葉格耶這麼說，不安地笑起來。歐卜思利則是斜眼看著我，說：「我會認為你在那個瘋子國王的宮殿裡待太久，自己也瘋癲起來了！以梅許之名，這個集結了一堆太陽、聯盟了一堆月球的大同盟，到底是啥玩意？那傢伙又是怎麼來到我們這裡，搭乘一顆彗星？騎著一道流星而來？駕一艘船？有什麼船能夠浮在大氣之上，待在虛空中？可是，你並沒有比以前更瘋癲，埃思特梵，我的意思是說你本來就瘋得很，那是充滿靈敏與智慧的瘋狂，卡亥德人都是瘋子。帶領我們前進吧，我主，我願跟隨您。前進！」

「歐卜思利，我哪兒都不去。我還能去哪裡呢？倒是你，也許可以到達某個地方。如果你們願意跟著那位使節，稍微前進一些，或許他能夠指引你們走出希諾絲谷地，走出那條我們深陷其中的邪門路徑。」

「真是太棒了，我會在年邁時重拾天文學。這會指引我到哪裡去呢？」

「前往崇高偉大之處，如果你們前進的方式比我更聰明些。兩位，我一直都與那位外星使節在一起，我親眼目睹他那艘跨越虛空的太空船，我非常明白，他的確是如他宣稱的存在：來自於這個地球之外的使者。至於他帶來訊息的誠信度，以及他所描述的某地域的真實性，尚未能判定；我們只能以判定任何人的方式來判斷，倘若此人是我們當中一員，我會認為他是個誠實之輩。關於這點，或許得由你們自行判斷。然而千真萬確的是，隨著他的出現，土地上的疆界不再存在，也不再設防。因為就在奧爾戈的國境門外，有個遠比卡亥德王國更巨大的挑戰者。誰能迎接這份挑戰，誰首先打開我們地球的門扉，他就會是我們全體的領袖。全體：三大洲，整個星球。如今，我們的邊界已經不是落在兩山之間，而是我們這個行星繞太陽運行的軌跡線。現在，如果為了顏面問題，拘泥於小鼻小眼的利害，無異是傻瓜的作為。」

我說動了葉格耶，但是歐卜思利坐在自己的一堆肥肉裡，以那對小眼睛盯著我瞧。「這得要花上一個月的時間，才能讓人置信。」他說：「而且，埃思特梵，要不是這消息是出於你的口，我會認為那純粹是一場騙局，把閃耀的星辰當成誘餌，誘使自大的我們投入羅網。但是，我知道你的脖子太硬，不可能如此行事，你太過僵硬，不會迎合那種愚弄我們的不名譽行為。我無法相信你說的全是實話，但我也知道你說謊會嗆到……啊，這樣吧，他能否與我們對談，就像他與你的交流？」

「那正是他所希望的：能夠說話，對方也願意聆聽。無論在那邊或在這邊。如果他再度於卡亥德王國努力發聲，提貝會滅他的口。我為他擔心，這人並不知道自己的處境堪危。」

「你能否告訴我們，你所知道的一切？」

「我當然願意，但是有什麼原因好阻止他前來，讓他自己告訴你們？」

葉格耶細細咬著指甲，說：「我認為並沒有這樣的原因。他已提出申請，希望能獲得進入共生國的許可，卡亥德那邊沒有反對，目前我們正在審核他的申請案……」

第七章　性的論題

摘自昂·托·歐朋的田野筆記。此人為首度降落格森／冬星的伊庫盟觀察小組成員，筆記書寫於瀚星第九三循環紀，伊庫紀元一四四八年。

一四四八年，第八十一日。看來，他們很可能是某種實驗產物。這想法讓人不快，但是既然已有證據指出地球殖民星就是實驗產物，是瀚星人「常態」團體殖民到某個星球，與當地原生類人種住民混居，我們不可忽視此種可能性。這些殖民開拓者當然會施行人類基因的操控，否則無法解釋S星的高智能生命體[1]，也無法說明羅卡南星上的退化有翼原始人種。有別的理論能夠解釋格森星人的性生理機能嗎？意外，或許；天擇，不大可能。他們的雌雄合體在演化適應的層面上幾乎無關緊要。

為何要選擇環境這麼嚴苛的星球來從事實驗？沒有解答。提尼波娑認為，此殖民星開發時期正值某個主要冰河間隔期，一開始的四到五萬年，這星球的自然條件可能非常溫和；但等到冰雪再度來襲，瀚星人全員撤退，殖民星居民成了實驗棄兒，孤立無援。

我想建立一套理論來解釋格森星人的生理特性起源。我確實知道多少？歐提·寧來自奧爾戈地區的通訊，幫助我釐清原先的一些誤識。先讓我寫下目前我知道的所有資料，再來說說我的理論，要事優先。

格森星人的性週期約略是二十六至二十八天（他們傾向認定是二十六天，近似他們的月球運轉週期）。在週期的前二十一或二十二天，此個體處於「瑣瑪」期，也就是無性徵的潛伏期。約到第十八天，腦下垂體掌控的激素變化啟始，到了第二十二或二十三天，此個體進入「卡瑪」期，也就是發情期。在卡瑪期第一階段（卡亥德語稱為「色孱」），他尚維持全然中性狀態。在隔絕狀態下不會出現性別分化與勃發，也就是說，如果處於卡瑪初期的格森人被隔絕，或是周遭沒有別人也進入卡瑪期，則無法具備性交能力。不過，在此階段內性衝動會無比強烈，控制此人所有的性格特質，其餘所有驅力都服膺於性衝動之下。個體找到同處於卡瑪期的伴侶時，激素分泌更加受到刺激（最主要藉由觸摸——或是分泌物？氣味？）直到其中一方分化為男性化或女性化狀態，激素的支配便告確立。性器按照分化往內深入或往外充血，性愛前戲強化刺激，另一方受到這番變化的觸發，而轉變為另一種性別角色（毫無例外？即或有所例外，產生同性別的卡瑪伴侶，那數量也少到足以忽略的地步。）此卡瑪第二階段（卡亥德語為「索哈蒙」）即為確立性徵與性能力的互動過程，顯然都在兩小時到二十小時之間發生。如果其中一方已先完全進入卡瑪期，較晚發的一方可能在短時間內達到此階段；如果兩

1 高智能生命體（Highly Intelligent Life Form, HILF），又稱「狶爾孚」，用以指稱異星球上多少算是原生物種的原住民。一般相信所有的狶爾孚彼此具有親屬連帶關係，也與地球人相關。目前廣為接受的理論認為：狶爾孚全都源自同一起源，就是祖星瀚星。狶爾孚的長相與體型各異，有的看來與地球人無異，有的則全身覆毛、有翼，或具有黃色眼珠等。

方同時進入卡瑪期，變化的時間則可能長些。一般人於卡瑪時期並不傾向某一方的性別角色，他們先前並不知道，自己會朝向女性化或男性化，也沒得選擇（歐提·寧在報告寫道，在有些奧爾戈地區，人們以激素類藥物引發自己較偏愛的性別角色，頗為常見。在卡亥德的鄉村地區，我還沒見過此風俗。）一旦性別角色決定，在卡瑪期就沒有變更的餘地。卡瑪期的最高峰階段（卡亥德語為「索卡瑪」）會維持二到五天，在這段時間內，無論是性驅力或是性能力都到達最高點。卡瑪期會突然結束。要是在這時期未懷孕，個體會在數小時內回歸瑣瑪期（注：歐提·寧認為這「第四階段」相當於經血周期），接著就開始下一度的循環。如果其中處於女性化的那方懷孕，激素活動當然會持續，在接下來八·四個月的懷孕期與六到八個月的哺乳期，個體會維持女性化。男性性器收進體內（如同在「瑣瑪」期），乳房較為膨脹，骨盆腔加寬。哺乳期結束之後，女性化個體又重新進入瑣瑪期，再度成為完全的雙性同體。格森星人並不會建立特定的性別習性，生了幾個孩子的母親也可能是別的孩子的父親。

社會觀察：目前還非常膚淺。我不斷遷移各地，因此無法完成統整連貫的社會性觀察。

卡瑪期並非全都是兩人之間的性行為。成雙成對的卡瑪配偶似乎是最常見的習俗，但是在城鎮與大都市的卡瑪屋，也會形成團體，其中的女性化個體與男性化個體相互雜交。與這種性行為極端相反的，是終生愛侶（卡亥德語為「歐斯卡優瑪」），實質上等於一對一的婚姻。這種關係並沒有法律地位，在社會與倫理上卻是古老而有力的制度。毋庸置疑，整個卡亥德部爐體制與領地模式就是奠基於一對一婚姻制度上。我並不確定離婚是否普遍。在歐絲洛林那一地的確有離婚行為，但人們並未在離婚後再婚；要是終生愛侶其中一位死去，另一位也不會再婚。每個人的一生只能宣誓一次終生愛侶誓言。

整個格森星上，子代當然是歸算到母代這邊，他們稱呼母親為「肉身親代」（卡亥德語為「阿瑪赫」）。

容許手足之間的亂倫情慾，即便是由一對終生愛侶所生、血緣完全相同的手足也容許性愛；但配以種種設限：不能發下終生相守的婚誓；一方生下孩子之後，便不得維持愛侶關係。至於跨代之間的亂倫，則嚴加禁止。（這是在卡亥德與奧爾戈的情況，但聽說在南極大陸地區，帕倫特部族容許此行。不過，這樣的說法可能是謠言。）

還有什麼是我確知無誤的事？似乎已經導向結論。

在這種反常的規畫當中，倒是有個特點具備演化的適應意義。既然性行為只在生殖力高漲時期進行，懷孕的機率就非常高，如同具有發情期的哺乳類動物。在這麼嚴苛的天候環境下，嬰孩的死亡率相當高，因此，種族生存價值就會彰顯出來。現今，在格森的文明開發地區，無論嬰兒的死亡率或出生率都不算高。提尼波娑估算出，三個主要大陸的人口總數並不超過一億，而且在過去至少一千年以來，格森星就一直維持這樣穩定的數字。儀式與倫理的棄守廢除、再加上使用避孕藥物等因素，應該是維繫如此穩定狀態的主要因素。

關於雙性同體有些面向，我們可能只能瞥見、甚或猜測，而永遠無法真正掌握明瞭。卡瑪期現象讓我們這些觀察員都為之強烈著迷。這現象固然炫惑著我們，但它卻在統治格森星人、主宰他們的一切。無論是他們的社會結構，他們工、農、商業的經營方式、社區規模，以及故事的各種主題，一切都摹塑合於「瑣瑪—卡瑪」週期的模樣。每個人都有月休；處於卡瑪期的人，無論社會位置高低，都不會遭到強迫工作的待遇；無論多麼窮酸或怪異的人，都不會被排除在卡瑪屋之外。一切都要讓位給循環流動的折騰與激情的盛宴。這一點我們倒還算容易了解，我們難以了解的是，在五分之四左右的時間，這些人壓根不為情慾所驅動。當然預備了性愛的房屋空間，但這樣的房間，如同它本身所示，是隔離的屋子。若就日常功能與持續性而言，格森星的社會體系並沒有「性」。

設想：每個人都能夠著手於任何事物。這乍看之下似乎單純，造就的心理影響卻難以估計。只要是介於十七到三十五歲之間的人，都可能（套用寧的說法）「受困於分娩」，這件事實意味著，無論在生理或心理層面，此地的每個人反而不像別處的女性如此徹底地「受困」。人人皆得以相當平等地分享負擔與特權，人人都有等同的風險要冒，也有等同的選擇要面對。是以，這裡也沒有人像其它地區的自由男那樣的浪蕩無度。

設想：孩童不會與他的母親或父親形成「性欲—心理」關係結構，在冬星上並沒有依底帕斯神話原型。

設想：在這裡並沒有非自願的性愛，也沒有強暴。他們的生態類似大多數哺乳動物，而非人類，性活動唯有在雙方相互邀請與同意下，才可能進行，否則就不可能實行。當然有可能挑逗誘惑，但時機得拿捏得非常合拍。

設想：不會發展出把人類分派為二元對半的模式，諸如「強壯／弱小」、「保護／被保護」、

「支配／服從」、「擁有者／被擁有者」、「主動／被動」等。事實上可以發現，瀰漫整個人類思惟的二元對立傾向，在冬星上已相當削弱，甚或整個改變。

接下來，執行者必須遵從我已完成的「指示原則」：當你遇到一個格森星人，你無法也萬萬不可做出那種異性分化人種自然而然會做出的舉動，就是將他劃歸為女性或男人，又依你預期自己與同性或異性人類之間既成或可能的交流模式，將相對應的角色套在對方身上。我們那一整套社會性別互動模式，在這裡從不存在。他們不玩這套，他們不把彼此當作女人或男人來看待。這樣的情況我們根本無從想像，更遑論接受。我們對一個新生寶寶的第一個問題是什麼？

然而，你也不能把格森星人當成「它」，他們並非無性人。他們是性慾潛力者，或是完整的雙性體。既然我使用的語言缺乏卡亥德語用以描述瑣瑪期人們的「人類代名詞」，我只好用「他」這個第三人稱代名詞，跟我們以第三人稱陽性代名詞稱呼超越性神祇的理由相同：較諸陰性代名詞或中性代名詞，陽性代名詞不若前兩者那麼分明且特定。然而，在我的思惟當中持續使用這個代名詞，導致我一直忘記：我所面對的卡亥德人不是個生理男性，而是個生理雙性綜合體。

如果派遣首任機動使，必須要在事先警告此人——除非此人非常有自信，或是年老體衰，否則此使節的自尊將會受挫。男子會想要自己的男子氣概得到認可，女子會想要自己的女性氣質受到讚賞，無論那樣的認可或讚賞是以多麼間接或微妙的方式呈現。在冬星上，沒有這種事物存在。每個人都只是以一個人類個體之身受到的尊重或評價。這真是驚人的經驗。

再回到我的理論吧。在苦思這場實驗（倘若真是如此）的動機時，我試圖為我們的瀚星始祖辯解、豁免他們把生命當成物件對待的野蠻罪行，我做了幾項猜測，以論證他們想要達到的成果可能為何。

瑣瑪－卡瑪循環讓我們非常震驚，以為那是某種降格，落入較低等哺乳類生物的發情求偶週期，等於是把人類置於發情機制指令的宰制之下。或許實驗者想要驗證：倘若人類缺乏持續的性欲潛能，是否還可能維持同樣的智能，並形塑出文化？

另一方面，將性驅力限制在非連續性的時間片段，以及雙性同體生理造成的「平等」，也得以大範圍免除性驅力同時引發的剝削行為與挫敗感。性的挫敗感必然存在（雖然說，這個社會盡其可能預防性的挫敗；只要這個社會夠大，同時有一人以上處於卡瑪期，性的完滿實踐應該毫無疑問），但至少不會累積醞釀，一旦卡瑪期結束，挫敗感也跟著消退。如此甚好，減省許多的廢棄渣滓與瘋狂。然而，進入瑣瑪期之後，又會有什麼？在那段時期，還有什麼好用以昇華的事物？充滿了中性閹割人的社會將會成就出什麼？——不過，瑣瑪時期的人們當然不是閹人，毋寧說是青少年前期，不是去勢者，而是性慾潛伏者。

至於另一項猜測，關乎這項假設實驗的目的：消弭戰爭。是否遠古的瀚星人認為，持續的性愛欲能與組織性的社會侵略性這兩種特質，皆非哺乳類生物所具備，卻只出現在人類身上，因此具有因果關係？或者，如同荼瑪思．宋．安歌的推論，是否瀚星始祖認為戰爭純粹是陽性的轉向行為，是一場壯大的強暴儀式，是以他們在實驗中同時消弭了施暴的陽性與受到性侵害的陰性？只有天曉得。事實看來，雖然格森星人大致充滿了競爭較勁心（關於這點，可從許多供人們較量威望的各式複雜社會管道得到印證），他們看起來的確並不具侵略心，至少目前為止，他們尚未發展出可稱之為戰爭的行為。他們很輕易就會殘殺對方，但很少以十人或二十人的團體相互殺戮，更從未有過上百或上千人的集體殺戮行為。為何如此？

也許，這一點根本絲毫無關於他們的雙性同體狀態。畢竟，他們人口並不多，更何況還有天候這個因素。冬星上的氣候是如此森冷無情，即使對早已具有適冷性的當地人來說，也已經逼近忍受力的極限，所以，或許他們的戰鬥精神早已全數拿來與嚴寒抗爭。邊陲地帶的民族堪僅能夠生存，他們很少成為戰士。終歸到底，主宰格森星人生命的最終因素並非性慾，也不是別的人性，而是他們的環境，他們的酷寒世界。在這裡，人類得到了甚至比自身更殘酷的敵手。

我是個來自於和平星球奇非沃珥的女性，暴力的吸引力或戰爭的本質並非我所專長，這點要留待別人來思索。然而，我確實體會到，在冬星度過一整個冬天、親眼見識了大冰原容顏的人，怎可能還會把勝利或榮光看得多麼崇高呢！

第八章　前往奧爾戈國的另一條路

在那個夏天，較諸機動使的職務，我反倒像個觀察員。我在卡亥德國土四處行走，從這片領地到那片領地，觀看、聆聽——這些是在剛擔任機動使時無法從事的事務，由於他還是個奇觀與怪物，而且得永遠擔任展示與表演的角色。在鄉間的部爐與村落，我會告知招待我的主人我的身分；他們絕大多數早就透過廣播得知我的事，對於我是個什麼人，他們稍微有些概念。或多或少，他們都有些好奇心。鮮少有人會害怕我，或表現出恐懼異族的排拒反感。在卡亥德，敵人並非陌生人、侵略者；來歷不明的陌生人是客，你的敵人是你的鄰居。

整個庫思月份，我住在東海岸一個名叫葛林赫領的部爐。那是個混合住屋、城鎮與碉堡的農莊，坐落山上，居高臨下俯望著荷朵敏洋永恆的霧氣。此地大約有五百位居民，我若早在四千年前來此，會發現他們的祖先仍住在同一塊土地上，住著相同的房屋。就在這漫長的四千年，他們發展出電力引擎，無線電波、電力紡織機、電力交通工具、農耕機械及其餘種種，都陸續開始使用；就這樣循序漸進，他們踏入機械時代，並未經過工業革命或任何型態的革命。冬星這三十個世紀以來的進展，甚至比不上地球在三十個十年之間的變化。不過也因為如此，冬星無須付出地球所償付的代價。

冬星是個非常嚴苛的星球，對於做錯事的懲罰是無比確切與迅速的：餓死或凍死。沒有邊緣地帶，也沒有緩刑的餘地。一個人可以仰賴運氣，整個社會卻不行；至於文化變遷，就如同隨機突變，那會提高風險。所以，他們的變化發展非常緩慢。如果是個匆促的觀察員，不管從哪一點來觀看他們的歷史，都會斷言他們所有的科技發展與普及性都已經停止。然而並非如此。拿湍流與冰河來比較，就可以看得出：兩者終究都會到達目的地。

我不時與葛林赫領的老人們交談，與孩童亦然。這是我首次有機會看到這麼多的格森星孩童，因為珥恆朗的孩童都在私人或公共部爐或學校內，城市有四分之一到三分之一的成人以全職照顧教育孩童；而在此地，各宗族照顧自族的孩童，照顧孩子的責任並不屬於某些人，而是大家都有分。孩子們野性活潑，在霧氣繚繞的山上與海邊追逐嬉戲；當我有機會跟著一個小孩、時間夠久到可以交談，我發現他們很是害羞、自傲，而且非常信任人。

在格森星各地的親代本能表現各異，如同別的世界一般，我們無法輕易概括簡化。我從未看過任何卡亥德人打小孩，只有過一次看到有個人非常生氣地對小孩說話。他們對待孩童的溫柔態度震撼了我，那情感是如此深刻有力、幾乎毫不獨占。或許只是這種「非占有性」使得格森人的親代屬性異於我們所謂的「母性」本能。但我懷疑，費力區隔母性與父性本能是否值得；親代本能——保護的心情，促長的願望——是否並非與性別相關的特質……

赫卡納（第十一月）月初，我們在葛林赫領部爐，從廣播中靜電干擾得模糊不清的宮廷公告，聽見這消息：國王阿格梵十五世宣布，他即將有一位繼位的王儲。並非又一個卡瑪之子，那種孩子他已經播種了七個；這次可是肉身直屬的繼承人，國王的「肉身之子」。國王懷孕了！

我覺得這點很是有趣，葛林赫領的人們也覺得滑稽，不過理由不同。他們說，國王太老了，怎能生小孩？然後他們就開始嬉鬧，說些低級笑話。老人們喋喋不休了好幾天。他們取笑國王，但除此之外，並未對他有多少興趣。「領地即卡亥德王國。」埃思特梵這麼說過。如同他說過的許多話，當我愈來愈熟知卡亥德，這句話便不斷重回我的心底。這個看似是個王國的集合體，集結至今已經好幾十個世紀，其實卻是一堆封邑、城鎮、村莊組成的大雜燴，也就是「擬似城邦的部落化經濟單位群」；它是精力充沛、相互較勁、爭執不休的人群擾攘蔓延而成，架於其上的威權非常不安穩，而且草率。我思索，沒有任何事物能夠讓卡亥德真正結合為一個國家。照理說，遍及全國的快速通訊設備幾乎無可避免會導致國家化的結構，可是這點並沒有形成。伊庫盟不能把這些人視為社會單位、可動員的實體；毋寧這樣辦：我們得與他們儘管尚未發展卻潛力十足的人性觀、或是人類整體的意識對話。思及這點，我感到很是興奮。當然，其實我錯了，但是就長遠來看，我在這段時間對格森人的認識確實有用。

除非我打算花一整年在舊卡亥德地區，不然我得在卡葛夫隘口封閉之前，趁早回到西瀑。即使在這邊的海岸地區，夏季最後一個月已經下了兩場小雪。我不情願地出發，啟程往西，在第十二月、也就是秋季第一個月初，我回到珥恆朗城。阿格梵國王此時在瓦威芙的夏宮隱居，並任命佩莫·哈季·倫—耶·提貝為他待產期間的攝政大臣。提貝已無所不用其極地展現他的權勢。我才剛抵達沒幾小時，赫然發現自己早先對卡亥德的分析有差錯——已經過時。於是，處於珥恆朗城，我待得並不舒服，也許還不大安全。

阿格梵的神智並不清楚，他心中險惡的矛盾性遮蔽了首都的氛圍；他以恐懼為糧食。在他的治世，所有良好的政績都出自他的內閣與廓倫祕，他本身倒沒什麼害處。他與自身惡夢的角力並未毀損他的王國。不過，他表親提貝是另一種人，因為他的瘋狂有邏輯可循。提貝知道何時出擊，如何行動；可是他唯獨不知道，何時該收手。

提貝常常在廣播中演說。埃思特梵在握有大權時，從未這麼做，這也不是卡亥德式的虛榮：常態而言，他們的政府並非公開表演，而是隱蔽、間接的機制。提貝卻公開演講起來。一邊聽他廣播的聲音，我一邊想起他那嘴裸露長牙的微笑，那張覆蓋著細微皺紋的面孔。他的演說漫長而高亢：讚揚卡亥德王國、貶抑奧爾戈、詆毀所謂的「不忠誠派系」、討論所謂的「王國邊界的完整性」，對於歷史、倫理、經濟等議題的冗長訓話，全以那種大放厥辭、充滿偽善、情緒激昂的腔調進行，無論是辱罵或諂媚之詞都顯得尖厲刺耳。他大談國家的尊嚴自負及對國土的熱愛；但他甚少談到「習縛規色」、個人自尊或威望問題。難道是卡亥德在希諾絲谷地一事大大失了威望，以致於連提都不能提及？並非如此，因為他時常談到希諾絲谷地。我猜測他是刻意要避開「習縛規色」層面的議題，因為他試圖激起某種更根深柢固、更難以克制的情緒。他想要招引出來的東西，已在「習縛規色」結構中細緻精煉，得到昇華。他想要聽眾恐懼與憤怒，他的演講主題絕非自尊或愛，雖然他不時使用這些字眼：他用這兩個詞彙時，真正的意思是自誇與憎恨。他也再三論及「真相」，因為套用他的說法，他是在「切開文明粉飾太平的膚淺外層，深入底層」。

那真是個牢固無比、魅影幢幢、似是而非的比喻，意味著粉飾的外殼（或是塗料、膠膜……啥都好）掩蓋了底層更高尚的現實。那說法可能即時隱瞞了許多謬論，其中最危險的謬論莫過於意圖暗示，文明是如此的矯揉造作，絲毫不自然；文明是原始的對立……當然嘍，並沒有什麼膚淺的外殼，那只是演進過程，原始與文明是相同事物的不同程度罷了。如果說文明有其對立面，那就是戰爭。在這兩造當中，你只能選擇其一，不可能兩者兼具。我聽著提貝那些沉悶又激烈的演說時感到，藉著恐懼與說服，他想迫使他的人民改變某個早在歷史肇始之前就已選取的重大抉擇，在兩造對立面之間的抉擇。

或許，時機已經成熟。雖說他們的物質與科技演進是如此緩慢，他們如此小看「進步」本身的價值，在最近五世紀、十世紀，或十五個世紀以來，他們終於稍微超前了自然。如今，他們已不再臣服於無情的天候：一次歉收，並不至於造成一整省的饑荒；一場無比嚴峻的冬季也不再隔絕每一座城市。基於物質面的穩定，奧爾戈逐步建立了統合且愈發有效率的中央集權國家體制。如今，卡亥德要聚合自身做同一件事；若要讓王國這麼前進，不能只靠觸動自尊、建設貿易、改良道路、農舍、學府等等，這些都不成；但這些全都是文明，是膚淺的外殼，而提貝輕蔑地將之打發到一旁去。他想抓住的是更確定的事物，某種確切、快速、持續，好讓人民真正形成一個國家的途徑，這就是戰爭。他對這途徑的概念不可能太過精確，卻非常合情合理。除此之外，能迅速全然動員人民的另一種法子就是成立新興宗教。沒有一種是唾手可及之道，而他滿足於戰爭。

我寄出一封短信給攝政大臣，在信裡頭，我摘要稟告自己尋求歐瑟霍預言師解答的問題，以及得到的答案。提貝並沒有回覆我。於是我前往奧爾戈大使館，申請奧爾戈的入境許可。

瀚祖星上常駐使辦事處的職員人數，比起這所處理兩小國人民出入境事務的大使館要來得少。這裡所有的辦事員都抱滿懷的聲頻磁帶與記錄。他們行事緩慢、徹底，並沒有卡亥德官員那種直截了當的傲慢或突如其來的迂迴。他們填寫表格，我等待。

那段等待的時間很是難熬。宮廷守衛與城市警察的數目似乎每天都在成倍數增長，他們全副武裝，還弄出類似制服的穿著。城市的氣氛相當慘澹，雖然生意還是繁榮、景氣蓬勃，氣候也甚是宜人。沒有什麼人想要與我打交道。我的「房東夫人」不再開放我的房間讓人參觀，倒是抱怨「宮廷人馬」前來騷擾；他不再把我當成個值得尊敬的餘興節目，而是個政治嫌疑犯。提貝就希諾絲谷地一場突擊行動做了演講：「偉大的卡亥德農民，真正的愛國份子」已經突破薩希諾絲南方邊境，攻擊一座奧爾戈村落，燒毀村子，殺死九個村民，把屍體拖回來，丟到滃艾河裡。「這樣一座墳墓，」攝政大臣如是說：「會是吾國每個敵人的歸宿！」我在住宿的島宅公共餐廳聽到這場廣播。聽到這場演說，有人神情嚴峻，有人無動於衷，有人則是心滿意足。然而，在這些互異的神情底下，他們具備共同的特點：前此未見的表情痙攣或面部抽搐，一抹焦慮神色。

當天傍晚，有個人來到我的房間，那是我回到珥恆朗城之後的第一位訪客。他體型纖小、皮膚柔潤、儀態羞怯，佩戴預言師的金鏈子——是位淨欲者。「我是與某個您友好之人的朋友，」他以膽怯者的冒失態度說：「為了他，我前來請求您的幫忙。」

「您指的是斐珂瑟——？」

「不，埃思特梵。」

我樂意幫忙的表情必然驟變。停頓了半晌，那陌生人繼續說：「就是叛國賊埃思特梵，或許你還記得此人？」

他的憤怒取代了膽怯，要與我來上那套「習縛規色」的遊戲。如果我也這麼搬演，我會說：「我不大清楚呢，告訴我一些此人的事吧。」諸如此類。但我不打算這樣套招，而且我已經對火山爆發式的卡亥德脾氣習以為常。我頗不以為然地面對他的怒氣，說道：「我當然記得他。」

「但不是以友人之道。」下斜的黑色眼神直接又犀利。

「唔，或者該說是心存感激，以及失望之情。請問是他派您過來的嗎？」

「他並未這樣做。」

我等著他解釋來意。

他說：「我很抱歉，我擅自做了預設。對於此預設遭致的後果，我只能接納。」

這個僵硬的嬌小人兒走向門口，我阻攔他的去勢。「請別這樣。我不知道您是誰，也不知道您的要求。我並未拒絕，只是還未同意照辦。請您給予我合理的考量餘地。埃思特梵之所以遭到放逐，是由於他支持我來到此地的使命——」

「你認為自己在這方面虧欠了他？」

「嗯，多少如此。不過，我身負的使命必須高於所有的私人恩義與忠誠。」

「倘若如此，」那個陌生人以非常肯定的口吻說：「那必然是一項背德的使命。」

這話讓我無言以對。從這番話看來，他儼然像是伊庫盟的倡導者，而我並沒有答案。「我不認為如此。」最後，我終於說：「缺失來自於使者，而非他傳達的訊息。但是請先告訴我，您希望我辦到的事情。」

「我帶了一些金錢，是從我這位友人殘餘的財產所蒐集而來，像是房租與債金之類。我聽說你即將動身到奧爾戈，就想到可以拜託你將這些錢財帶去給他，如果你找得到他。你知道，這等行為犯法，而且可能徒勞無功。他很可能人在密許諾利城，也可能在某一座他們那什麼天殺的志願農場，甚至可能死了。我無法確定他的下落，我在奧爾戈沒有友人，在這兒我也不敢拜託任何人幫忙。我以為你的位置超乎政治糾葛，而且可自由來去，我沒有停下來想想，你當然也有自己的政治使命與考量。我為自己的愚蠢道歉。」

「這樣吧，我會設法把這些錢交給他。如果他人已經去世，或是無法找到他的下落，我該把這些金錢歸還給誰呢？」

他瞪著我看，神情開始抽動變化，發出一聲抽泣。大多數卡亥德人很容易哭泣，對於眼淚與笑聲都不以為羞恥。他說：「非常感謝你，我的名字是芙芮思，我是歐格妮堡的住民。」

「您是埃思特梵的同族人士？」

「不是的，我的全名是芙芮思·倫—耶·歐絲柏思。我是他的愛誓伴侶。」

我認識埃思特梵的時候，他並沒有情人，但是我對此人無法起什麼狐疑之心。他可能不智地讓誰給利用了，但他的心意非常真摯。而且，他才剛教了我一門課：「習縛規色」可以在倫理層次上搬演，而且，最道地的玩家會勝出。在兩個動作之內，他就把我逼到死角——他帶了金錢，交給我，那是一筆很可觀的數目，全都換成了皇家卡亥德商賈銀行信用幣，沒什麼漏洞可能讓我擔上犯罪嫌疑，所以說也沒有什麼會防止我飽入私囊、逕自用掉。

「如果你找到他……」他頓住了。

「可有要傳達的訊息？」

「不，只要我能知曉……」

「如果我真的找到他，我會設法把他的消息傳達給您。」

「感謝之至。」他這麼說，伸出雙手與我交握，那是表示友誼的姿勢——在卡亥德，那並非輕易之舉。

「艾先生，願你達成使命。他——埃思特梵——他相信你來到這裡是要做好事。我知道，他非常相信這一點。」

除了埃思特梵，這人的世界別無他人。他是那種一旦愛過就除卻巫山不是雲的類型。我再度詢問：「真的不需要我帶什麼話給他嗎？」

「告訴他，孩子們都很好。」他說完，遲疑了一陣子，然後輕聲說，「鰲訴，無所謂了。」他就此離去。

兩天之後，我取徑離開珥恆朗城，這次往西北方去，而且徒步旅行。我入境奧爾戈的許可來得很快，比那些大使館職員與官員讓我預期——或是他們自己預料——的時間要快得多。我去領取文件時，他們以惡毒的敬意對待我，顯然是忿恨某個威權人士為我推翻了常規法令。既然卡亥德王國根本沒有規定要如何離境，我就直接上路了。在夏日這段時光，我得知在卡亥德徒步旅行是心曠神怡之舉。道路與旅店不只為了搭電力車旅行的旅客而設，也為了行腳人；要是沒有旅店，旅客也大可安心仰賴不成文的好客禮俗。無論是聯合領地的鎮民、村民、農夫，或是任何領地的領主，都樂意提供住宿與飲食給旅客。三天的招待是基本規約，實際上更長。最棒的一點是他們會自然而然歡迎你，彷彿早知道你會前來，毫不大驚小怪或抱怨。

我寫意漫遊於賽思河與滿艾河之間的那塊壯麗傾斜平原，並不急著趕路。我花了幾天早晨，在廣大領地上的農田幫忙收割，以賺取路費。此時每個人手、每件工具、每臺機械都在金黃色的田地上加緊趕工，趁變天之前完成。在那一星期的行腳，全漾滿了金色光澤，無比和善。晚上入睡前，我會步出寄宿的昏暗農莊，或火光通明的壁爐廳，走入乾燥的殘梗田地，抬頭凝視星辰。在風勢正盛的秋夜，那些星子光燄分明，宛如遠方城市。

其實我很不情願離開這個國家。我發現，雖然此地對外星使節如此冷漠，但他們對待陌生人和善親切。我好害怕要從頭開始，以一種全新的語言、對著全新的聽眾重述我的訊息，或許又再度失敗。我較常在北方漫遊，而非西方，以好奇心作藉口來合理化自己行程：我想看看希諾絲谷地，卡亥德與奧爾戈爭執的核心地帶。雖然天氣仍然清朗，但氣溫已經開始下降；最後，我記起薩希諾絲一帶的國土交界架設了柵欄，要是從那邊走，可能不大容易離開卡亥德，因此在抵達之前就轉向西行。西界是滿艾河，窄小但湍急、充斥冰河痕跡，就像大陸上所有的河流一樣。我回頭往南行走數哩，想找橋過河，然後到了一座橋，連接兩個小村落，一邊是卡亥德的珮色瑞，另一邊是奧爾戈的西文森，隔著喧囂的漪艾河，懶散地彼此相望。

卡亥德的橋頭守衛只問我是否當晚就要回返，就揮揮手叫我通過。到了奧爾戈，他們叫個巡查官出來審核我的護照與證件，光這道程序就花費了一小時，整整一卡亥德小時的工夫。他扣押我的護照，告訴我隔天早上再來領取，然後簽署了一份短期居留證明，好讓我在西文森共生區暫時宿舍過夜與用餐。在暫時宿舍的總管事辦公室裡，又花了一整個小時。那位總管事詳讀我的文件，還打電話向那個方才打發我過來的共生區邊境站巡查官確認我的居留證件屬實。

我無法恰當定義這個譯為「共生」或「共生地」的奧爾戈辭彙，這個辭的辭源是「共同進食」。這個辭彙用於奧爾戈所有的國家／政府機構，從國家整體、組成國家的三十三個州或行政區、其下的分區，乃至於城鎮、公共農場、礦區、工廠等等。當它以形容詞使用時，適用於以上所提及的一切機構；「共生」則最常表示那三十三個行政區特首，它們組成奧爾戈大公國的執政體系，是行政與立法機構；但也可以意指一般公民，全體人民。這個字眼缺乏公共屬性與私人屬性的區隔，同時指稱整體與部分、國家與個人的用法，卻真正指陳出它最精確的意義。

我的文件與人身終於都得到官方的認可。到了第四時辰，繼一大早的早餐之後，我終於吃到第一頓餐飲：卡地濃粥與麵包蘋果冷盤切片的消夜。雖然大肆鋪陳官僚陣仗，實際上西文森是個平凡的小地方，深陷於鄉間的懶散步調。暫時宿舍比它的名稱短小許多。餐廳有一張桌子，五張椅子，沒有生火，食物是從村裡熱食店送過來的；另一間房就是寢室：六張床加上一大堆塵埃，以及些許霉菌。我獨自享用那些設施。看來，西文森的每個人用完晚餐後便直接上床睡覺，我也如此照辦。在那股讓你的耳朵為之鳴響的鄉間寂靜，我就此入睡，一小時後赫然驚醒，陷入一場充斥爆炸、侵略、殘殺、大火的惡夢。

那真是要命的可怕惡夢：你跟隨著一群沒有面目的難民，在黑暗陌生的街道上逃亡；在你身後，房屋熊熊燃燒，孩童嘶聲尖叫。

最後我到達一塊空曠地面，站在黑色籬笆旁的乾枯殘梗田。頭頂上，暗紅色半圓月亮與一些星辰透過雲層，顯現於天際，寒風刺骨。離我不遠處，一座龐然的穀倉或牲舍矗立於黑暗中，糧倉後方遠處，我看到連串星火飛濺於風中。

我裸著兩腿，打赤足；全身上下只穿著一件襯衫，沒穿上馬褲、希庇或大衣；但是我的行李就在身邊。行李當中不只有我的替換衣物，還裝著我帶來的紅寶石、現金、文件、證照，以及我的共時通訊機。我在外旅行時，就把行李當成枕頭，墊著入眠。即使身處惡夢之中，我最後還是把它抱攬在身邊。我找出鞋子、馬褲、鑲毛的冬季希庇，隨即穿上。就在寒冷黝黑的寂靜鄉間，我看到西文森在我身後蔓燒，燻燒了整整半哩遠。接著，我開始找尋可走的道路，很快地找到一條，路上有別的行人，和我一樣都是難民，不過他們知道自己要往哪邊去。我尾隨他們，除了要遠離西文森之外，毫無方向感可言。我猜測西文森應該是遭到橋對面的珮色瑞突擊。

他們攻擊、放火，然後撤退，沒有發生打鬥。但是在一瞬間，燈光掃掉我們周遭的黑暗，我們倉皇撤退到路邊，注視著一輛路船與二十輛卡車從西邊高速駛來，朝西文森而去。隨著乍現的燈光及重複二十次的輪胎嘶叫聲，那些車輛行經我們，之後，周遭再度沉默，落入黑暗。

我們隨即來到某個公共農莊中心，停留接受盤查。我試圖融入一路尾隨的逃難集團，但是沒那份運氣；要是沒有隨身攜帶身分證件，這些人也不怎麼好運。連同我這個沒有護照在側的外國人，他們把那些沒有身分證的人從難民群揪出來隔離處置，那一晚，我們被關在某個儲藏穀倉，那是個巨大的石造半地窖，大門從外鎖上，沒有窗戶。門不時打開，一個新難民給那些農莊駐警拽丟進來，警察配備著格森音波「槍」。大門關上之後，就是徹底闃暗，毫無光亮可言。人類的眼睛會受騙，在一片漆黑中看到光爆與火星點子狂轉不已。空氣很是寒冷，充斥著塵土與穀物的氣味。沒有人攜帶手提燈，他們都是直接從床上翻身而下，倉皇逃逸，就像我一樣。有幾個人根本就是赤身裸體，在途中有人給他們毛毯遮身。這些人什麼都沒有，他們萬一能取得任何事物，最好就是身分證件。在奧爾戈這個國家，比起沒有證件，還寧可全身赤條條。

在那片空洞、巨大、塵埃滿布、伸手不見五指的闃暗中，這些人零散錯落圍坐。偶有兩人小聲交談一陣子。在這裡，人們並沒有身為囚犯的同儕情誼，也沒有任何怨言。

我聽到某人在我左側低語：「我看到了，他就在街上，就在我窗外。他的頭顱炸飛了。」

「他們用的槍枝會射出金屬片，那些是狙擊槍！」

「提亞納說，這些人不是從珮色瑞來的，而是從歐沃德領地，坐著卡車過來。」

「可是，西文森與歐沃德之間並沒有爭端哪……」

他們一點都不了解狀況，但也沒有抱怨。在遭到槍枝攻擊、家園也被燒毀之後，又讓自己的同胞關在穀倉，他們並未表達什麼抗議。這些人並不去尋求個道理來解釋自身的處境。在黑暗中，他們斷續輕聲交談，柔軟彈性的奧爾戈語讓卡亥德語聽來儼然是在罐頭裡嘎嘎作響的石子。談話聲逐漸消逝，人們入睡了。在無人理會的黑暗中，某個嬰兒焦躁翻覆，在自身的嚎啕回音裡哇哇啼哭。

大門砰然打開，如今已是大白天，陽光如同刀刃戳入眼皮，熾亮又駭人。我撞撞跌跌地跟著其餘人走出去，機械地尾隨他們，然後聽到自己的名字。起初我沒辨認出來，因為奧爾戈語能發出ㄌ音。原來自從大門打開，每隔一段時間就有人叫喚我的名字。

「請往這邊走，艾先生。」那個形色匆促的紅衣人這麼說，我不再是個難民了。從那時候，我與那些無名無姓的人群區分開來——在這之前，我與這些人在不見光的路上逃難，與他們一道身處於漆黑的房間，分享沒有身分的處境。我獲得命名、為人所知、辨認出來，我就此存在。這真是無比強烈的紓解，我歡喜地隨同那名引路人走出去。

地方共生農莊中心一片忙亂焦灼，但他們還是騰出時間來照料我，並且對昨晚造成的不適向我致歉。「要是你沒有經由西文森進入共生國就好了！」某個肥胖的巡查官這麼痛惜叫嚷：「你要是走慣例的道路，不就沒事了！」他們並不知道我是何許人也，也不知道為何我獲得特殊待遇；他們顯然對我一無所知，但這並沒有什麼關係。真力·艾，使節大人，必須當作顯要人士來款待。他的確得到這等待遇。到了下午，我駕著一輛專用轎車，啟程前往密許諾利城，車子來自第八區，東紅司伐生的共生農莊中心。如今我身懷嶄新護照，一本能夠任意住進途中所有暫時宿舍的通行證，以及一封電報請柬，邀請我前往密許諾利城第一行政區通關陸路暨港埠行政長烏絲·蘇思吉斯先生的宅第作客。

車上的無線電廣播隨引擎一同開啟，那一整個下午，我一邊駛過奧爾戈東部，行經那些碩大、無柵欄的農地（因為沒有牲畜）、溪流，一邊聆聽廣播。節目內容包括天氣、收成、路況；它提醒我要小心駕駛，告知我來自於三十三個行政區的種種新聞、各種工廠的產量、各個海港與河港的航運訊息，還播放了幾首幽梅許教派的聖歌，然後再回到天氣報導。比起我在珥恆朗城聽到的喋喋不休叫嚷，這些節目顯得非常溫和。廣播節目並沒有提及西文森遭受突擊，很顯然，奧爾戈政府是要避免群眾亢奮，而非激發。每隔一陣子，官方公告就會簡短扼要地重複表示，東境秩序維繫良好，並且將會持續如此。我喜歡這樣的格調；這讓人感到安心，並無挑釁之意，並且充滿我向來激賞的格森星人硬派作風：秩序將會持續維繫下去……現在我開始感到喜孜孜，離開卡亥德真是太好了，那個四分五裂的王國，由懷孕的偏執狂國王與自大狂的攝政大臣導向暴力之道。現在我很高興能以一小時二十五哩的速度，在這片廣大無邊、犁溝筆直的農地平穩前進，在平滑的灰色天空下，開往這個相信秩序的政府首都。

一路上隨處都有交通標誌（不像在卡亥德王國，到處都是無標誌的道路，你得問路或瞎猜方向），並且指示方向，好讓駕駛人準備停靠在某個什麼或什麼共生地區或屬地的巡查站。在這些中途的檢查驛站，你得出示身分證，並且讓他們登記你的通行證。我的證件足以順利通過所有檢查，在短暫的耽擱工夫之後，他們就禮貌地揮手，示意我通過，也以同樣的禮數指點我，要是我想用餐或過夜，距離下一個停歇的宿舍還有多久的路程。以時速二十五哩的速度，從北瀑到密許諾利的旅程相當可觀，在這趟路途上，我花了兩個晚上住宿。宿舍的食物雖然單調乏味，但還算充裕；住宿的房間還可以，只是缺乏隱私；即使這點，也讓同行旅客的沉默寡言多少彌補了些。在這些中途打尖的時刻，我並沒結交到什麼友人，也沒與任何人道地交談過，雖然我嘗試了好幾回。奧爾戈人並非不友善，可是缺乏好奇心；他們缺乏個人色彩，個性沉穩且馴順。我喜歡這樣的他們。先前我已經花上整整兩年的工夫，算是受用夠了卡亥德人的囂張色彩、暴烈個性，以及激情。此時來點變化，也算是好事。

一路順著侃達拉大河東岸，在我到奧爾戈的第三個早晨，終於抵達密許諾利——格森星的第一大城市。

微弱的日光順著秋雨灑落，這座城市的外貌看來非常古怪——整座城都是呆板的石牆，窗戶也建得太高，寬廣的街道讓人群頓時成為侏儒；街燈以滑稽的高度昂揚矗立，屋簷如同祈禱的雙手，高聳陡峭地翹起；棚狀屋頂突出屋牆，屋牆則從地面往上豎立了十八呎高，如同毫無目的可言的書櫃。在陽光普照下，這城市顯得比例極為糟糕，形貌畸零古怪。然而，它並不是為了陽光而建造，反倒是為了冬季。在冬日時光，街道會堆聚十呎高的積雪，雪層堅硬如石，陡峭的屋簷邊緣鑲著冰柱；就在棚狀屋頂之下，雪橇停靠在那兒。透過閃亮的雨雪，狹窄如小洞的窗戶透出黃色燈光——只要到那時候，你就會見識到這座城市的精緻面貌、它的簡潔結構，以及它本身的美。

比起珥恆朗城，密許諾利城顯得更為乾淨、寬大、輕盈，更加開放，也更堂皇耀眼。城市的主體是淺米色石子砌成的巨大建築，單純雄偉的街道全都建成同一形式，坐落著共生政府的辦公室與公共設施，還有一些主要的幽梅許教派寺廟——那是共生政府所倡導的國教。在這城市，不會感到嘈雜的聲浪與脫節，總會感到某種崇高且陰鬱的事物陰影壓迫著你，不像在珥恆朗城。在這裡，一切都是如此單純、壯觀，而且井然有序。我覺得自己彷彿從某種黑暗世紀逃逸出來，不禁但求自己從未耗費兩年工夫在卡亥德王國。此時，這個國家看來正是準備好進入伊庫盟紀元的模樣。

我在城裡隨意駕駛了半晌，然後把車子歸還給適當的地區官僚機構。接著，我步行前往第一區通關陸路暨港埠行政長的宅第。我並不確定這份請柬是某種禮貌的命令，或者純粹是邀請。駑訴，橫豎我人都來到了奧爾戈，為了伊庫盟而發言，那麼，從這地方開始也是甚好。

一見到行政長蘇思吉斯，之前我在奧爾戈人民身上認識到的特質，如疏離與自我克制，全然毀於一旦。蘇思吉斯又吼又笑地衝向我，抓住我的雙手——那可是卡亥德人為了難得的激烈情愫所保留的姿勢呢；他上下搖晃我的雙臂，彷彿想要發動我身上的引擎；他大吼出對已知世界「伊庫盟」駐外大使來到格森星的熱烈歡迎。

這真是令我非常吃驚。在我一路遇到的十三、四個巡查官當中，沒有任何一人認出我的名字或證件上「伊庫盟」或「對外使節」字眼——我遇到的卡亥德人，多少都對我是啥有點含糊的概念。後來我判定，很顯然，卡亥德人從未讓任何關於我的訊息流傳到奧爾戈那邊的電臺，反而試圖把我當成國家機密，隱藏起來。

「蘇思吉斯先生，我不是駐外大使，只是個對外使節。」

「那麼，歡迎未來的駐外大使！梅許在上，當然嘍！」蘇思吉斯是個身材結實、歡愉洋溢的人，他從頭上下打量我，然後開懷大笑。「我想像的你可不是這模樣呢，艾先生。一點都不像，他們說，你長得跟街頭的電燈桿一樣高，瘦得跟雪車上的冰刀沒兩樣，黑得跟煤炭差不多，而且雙眼傾斜。

我還以為會看到一隻冰魔，一隻怪物！原來才不是這樣，你只是比我們大多數人都要來得黑一些罷了。」

「那是地球人的膚色。」我這麼說。

「那天晚上西文森遭到突襲的時候，你就在當地？梅許的乳房在上！我們生活的是個什麼世界嘛！你經過漫長的太空跋涉，反而可能在橫跨漪艾河時不幸身亡。好啦，好啦，總而言之，你可終於來到這兒了，而且呢，這裡有一大群人等著要見你，聽你說話，歡迎你終於來到奧爾戈！」

毫無爭論的餘地，他立即把我安置在宅第內的一間房間。身為高官、而且是個富豪人士，他的優渥生活可是在卡亥德王國找不到相對等的版本——即使在那些大領主之中，也沒人過得那麼闊綽。蘇思吉斯的房子是一整座島嶼，住有一百名以上的僱員、僕役、職員、技術顧問等等，但是這當中並不包括他的親戚，也沒有同族。雖說在今日的奧爾戈，還隱約可以看出家庭延伸出的部爐與領地系統痕跡，早在數百年之前，這樣的制度就已經全然「國家化」了。在這裡，沒有任何超過一歲的孩童與雙親或肉身親代同住，所有的孩子都在共生的部爐成長。沒有嫡傳身分。私人的遺囑並不合法，遺產全歸國家。每個人的起始點都平等。但是很顯然，並非「每個人」都是如此。蘇思吉斯非常富裕，任意使用他的闊綽財產。在我的房間裡有許多奢侈品，我壓根沒想到這些設施會存在於冬星——舉例而言，淋浴設備。除此之外，還有電暖氣，以及柴火充裕的火爐。蘇思吉斯笑著說：「他們告訴我啊，一定要讓外星使節住得夠暖和。他來自一個熱騰騰的世界，那星球簡直是個烤爐嘛，外星使節必然無法忍受我們的寒冷氣候。要細心照料他，當作他懷孕了；在他床上擺放毛皮，房裡也要有暖氣，加熱他的洗澡水，把他的窗戶關緊！這樣還可以嗎？你這樣夠舒適嗎？如果你房裡還缺什麼，請一定要告訴我。」

舒適！在卡亥德王國時，從來沒有人會問我是否過得夠舒適。

「蘇思吉斯先生，」我以動容的語氣說：「我感到賓至如歸。」

可是他覺得還不夠。直到他又拿了一條珮絲狸毛皮毯子放在床上，在爐裡增添更多柴火，才算滿意。「我知道那是什麼滋味，」他說：「當年我懷孕的時候，根本無法保暖——雙腳就像冰塊，一整個冬天的工夫我都坐在火邊。那當然是許久之前的事了，但我還記得！」格森星人傾向年少時就懷有小孩，大多數人都如此。過了二十四歲，他們就會使用避孕藥，到了四十歲左右，他們的女性化屬性就停止生育功能。蘇思吉斯年過五十，所以那自然是他的「好久之前」，而且，要想像他是位年輕的母親，真是困難。他是個堅硬、機靈又愉悅的政客，其仁慈之舉是為了他的利益著想，而他的利益就是他自身。像他這樣的類型，堪稱人類普遍共通的典型之一；我曾在地球遇見過他，也在瀚星與歐盧爾星與此人交會。我期待在地獄與他重逢。

「蘇思吉斯先生，您對我的相貌與嗜好所知甚詳，我受寵若驚，沒想到自己的聲望能夠抵達此地。」

「當然不，」他這麼說，完全明白我的言下之意。「在珥恆朗城，他們一開始就把你埋在雪崩裡，是吧？可是他們讓你走人，最後他們畢竟讓你脫身啦；之後我們就明白，原來你不是另一個卡亥德瘋子，而是貨真價實的貨色。」

「我不懂您的意思。」

「咦，阿格梵與他的人馬很害怕你，艾先生——他們怕死你了，巴不得你趕快回去。他們也害怕，如果一個把你處置不好，或是滅了你的口，可能會有來自天外的報應——來自外太空的侵襲，哎呀！所以呢，他們才不敢碰你，但他們也盡量讓你噤聲。因為呢，他們害怕你這個人，也怕你為格森星帶來的事物。」

這說法過於誇張，我當然沒有在卡亥德的新聞節目遭到封殺，至少在埃思特梵掌權時期並未如此。但是我早就有這樣的印象：不知道為何，奧爾戈這邊並不怎麼知道我的存在，如今蘇思吉斯證實了這點。

「那麼，您諸位就不害怕我會為格森星帶來的事物？」

「不，大人，我們不會這樣！」

「有時候，我自己倒是會。」

他選擇對這個說法報以開懷的笑聲。我並不符合自己的說詞，我不是個推銷員，並非把「進步」販賣給澳洲土著。在我的任務能夠起始之前，我們得先彼此了解，開誠布公，以對等的立場與對方會面。

「艾先生，有一大票人等著要與你見面，有些是大頭，有些是小角色，有些是你會想在此地會談的人——那些真正在管事的人。我之所以開口要求接待你的榮幸，是因為我有一棟很大的房子，而且大家向來知道我是個中立者——既不是主流派，也不是開放貿易派系，只是個單純辦事的行政官員，也不會把你住在誰的房子這種消息給抖露出去。」他笑起來：「所以呢，這表示你得要常常出外用晚餐，如果你不介意。」

「我任憑您使喚，蘇思吉斯先生。」

「那麼，今晚在樊涅卡．史洛思的住處，會舉行一個小型晚宴。」

「那位是庫維拉代表——第三區，是嗎？」當然，來到這裡之前，我好歹做了些功課。對於我不惜降尊紆貴，研讀關於他國家的任何事物，他報以誇張的驚嘆。在這個國家，他們的禮數必定與卡亥德王國有別；要是在後者，他這樣大驚小怪的姿態要不是會損及自己的顏面，就是侮辱到我的面子，我不確定是哪一者，但必然會造成其中一方的丟臉——實際上說起來，任何事情都會如此。

我需要適當的服飾，好穿去參加晚宴。由於那套上好的珥恆朗套裝已經毀於西文森的夜間狙擊，於是當天下午，我搭乘一輛政府的計程車到城中心，為自己打點全身行頭。希庇與襯衫大抵與卡亥德相同，但是他們不穿夏天的馬褲，代之以高達大腿的綁腿，全年皆然，鬆垮垮又麻煩笨拙。衣服的色調是鮮明的藍或紅，無論布料、剪裁、樣式，都顯得相當拙劣。然而這已是水準之上的成品。這些衣服讓我知道這個令人印象深刻的大城市到底缺乏了什麼：優雅。但若當作是償付啟蒙的代價，優雅並不算太昂貴，我樂意付出。接著我回到蘇思吉斯的宅第，奢侈地沉浸於熱騰騰的淋浴，那是刺痛肌膚、從四面八方湧來的熱霧。我想到在東卡亥德的冰冷錫製澡盆——去年夏天，我得忍著咯咯作響的牙關、發著抖洗澡——以及我在珥恆朗城寄宿房間的結冰洗臉盆。那算優雅嗎？舒適萬歲！

洗澡之後，我穿上那套俗豔的上好服飾，隨同蘇思吉斯，乘坐他那輛有專人司機服務的私人轎車，到達晚宴地點。比起卡亥德王國，這裡有更多僕役，更大量的服務。這樣的狀態是基於所有人民都受雇於奧爾戈政府，而政府必須為每一個人民找到工作，而且也做到如此。這種解釋還算可接受，雖然就像所有現實好用的說法，從某些層次說來，它似乎消抹了主要的重點。

在史洛思的宅第，就在熾亮、高挑、雪白的接待室內，群集了二十到三十名賓客，其中有三位是共生地代表；而所有人顯然都是各界名流。這陣仗可不僅是一群等著要看「異形」的奧爾戈人而已，不像是我過去一整年在卡亥德王國的情景，如今我不是好奇心的焦點，不是怪胎，也不是個謎。這樣看起來，我是一把鑰匙。

那麼，我會打開一扇什麼樣的門？在這些盛情歡迎我到來的政要當中，或許誰會有個概念，但是我什麼都不知道。

在晚宴當下，我無法探究出個頭緒。在整個冬星上，即使是冰天雪地的蠻荒之地帕倫特，一邊用餐一邊談公事的舉止也是粗俗不堪。餐點以敏捷的流程送上，我把自己的提問延後，將注意力轉向那鍋黏稠的魚湯，以及我的主人與同桌客人。史洛思看來纖弱年少，有雙不尋常的明亮眼睛，以及低緩、熱切的聲音。他看起來是個理想主義者，為了理念不惜奉獻一切的那種類型。我喜歡他的儀態，但不禁猜想讓他致力奉獻的理想究竟是什麼。在我左手邊，是另一位代表，一個肥胖的傢伙，名叫歐卜思利。他粗魯、親切，好問不休。我喝到第三口魚湯的時候，他已經在問我究竟是哪門子外星人，我出生的星球是什麼德性——比格森星更溫暖，大家都這麼說——可到底氣候有多麼溫暖？

「這個嘛，在地球上，在這同樣的緯度地區從不下雪。」

「從不下雪，從來不會下雪？」他真正開心地大笑起來，像是孩子譏笑某個高明的謊言，鼓舞對方繼續誇大其詞下去。

「我們的亞北極區類似於你們的可居住地區。比起你們，我們距離上一次冰河期更為久遠許多，你看，但並未絕對脫離冰河期。基本說來，地球與格森星是相當類似的星球，所有人類居住的星球都是如此。人類只能在某個狹隘範圍的自然環境下生存，格森星就是範圍內的某個極端……」

「這樣說來，還有比你們的星球更熱的地方嘍？」

「絕大多數星球都比地球更溫暖，有些地方就很炎熱，像是季德——那星球大致上就是沙漠與岩漠。剛開始時，這星球只是比較溫暖，直到距今約五、六萬年前，某個開發過度的文明毀壞它的自然平衡。為了取得木柴，他們燒毀了樹林。至今還有人居留在那邊，但是那狀態類似於——如果我對聖典的理解無誤——幽梅許教派闡述的『竊賊追逐死神』意念。」

那說法令歐卜思利咧嘴而笑，一道安靜、贊同的笑容。這讓我立刻修正自己對那人的評價。

「某些次祕教論者認為，所謂的來生過渡期，事實上在物理層次是發生於別的世界，在這個現實宇宙的別的星球之上。請問您可曾聽過這樣的說法，艾先生？」

「並未如此。我聽過各式各樣的說法，但至今沒有任何人把我的存在解釋為鬼魂。」我提及「鬼魂」一詞時，就赫然看到一個：陰暗、身著暗色衣服，靜止而模糊，這個盛宴的鬼魅竟然就坐在我身邊。

歐卜思利的注意力轉向他的鄰座，其餘大多數人都正在傾聽主位的史洛思說話。我低聲說：「我並未預料在這裡見到你，埃思特梵大人。」

「意外，讓生命因此充滿可能。」他說。

「我受人委託，要傳達一道訊息給你。」

他以詢問的眼神看著我。

「那訊息以金錢的形式呈現——那些是你自己的金錢，來自於芙芮思．倫—耶．歐絲柏思。我攜帶到此地，如今就在蘇思吉斯先生的宅第。我會確實讓這道訊息傳到你手中。」

「您真是太好心了，艾先生。」

他頗為安靜、溫順，落魄寒傖——正符合一個遭致放逐，在異鄉靠小聰明討生活的流放者形象。他看起來不甚情願與我交談，我也很高興不必與他說話。然而，在那場漫長、沉重、喧譁多話的晚宴過程，雖然我的注意力都集中在那群心性複雜、權高位重的奧爾戈人，那些即將與我友好、或準備要利用我的人們，我卻不時猛烈意識到他：意識到他的靜默，他那張暗沉、掉轉視線的面容。雖然我立即將那意念視為毫無根據，把它驅到一邊，但那念頭橫跨我的心頭——我之所以來到密許諾利城、與這些代表共食烤魚，並非憑著自由意志。召喚我前來此地的並不是那些人，而是埃思特梵。

第九章　背叛者埃思特梵

這是流傳於東卡亥德的故事，在葛林赫領一地、由托柏·秋哈瓦講述，真力·艾記錄。此故事流傳甚廣，並且有數個不同版本；一齣以此傳說為藍本的「哈本劇」，乃是東卡葛夫巡迴劇團輪演戲碼之一。

許久之前，早在國王阿格梵一世建立卡亥德為統合王國之前，在坷姆地上，兩家部爐處於長期的血仇，就是史鐸克領地與埃思特領地。雙方互相突襲或伏擊，已經長達三個世代之久，而且沒有辦法能夠終止這些爭端，因為這是攸關土地的角逐。在坷姆地這邊，豐饒的土地相當罕見，人們則總是以邊境的長度來衡量領地的榮光；更何況，坷姆地的領主都是驕傲易怒之人，他們投射出黑色的陰影。

碰巧有這麼一回，埃思特領主的肉身之子還是個少年，在五月份的時節出外狩獵珮絲狸。他滑越冰足湖時，遭逢半融鬆脆的冰層，於是墜入湖中。他以一只雪橇當作支桿，抵住堅硬的冰緣，好不容易把自己從湖水裡拉拔出來。雖然總算從湖水深處脫身，他的狀況並不比深陷水底好到哪裡去。他全身都濕透了，天氣嚴寒到「庫倫」的程度，而且夜晚即將降臨。少年知道，要在這種狀況下跋涉八哩的上坡山路，回到埃思特部爐，實在是沒有希望；於是他往另一道方向前進，想要抵達位於湖泊北方的艾薄絲村落。夜幕低垂，霧氣繚繞冰河，瀰漫整個湖面，他迷失了方向，不知該往何方去，也不知要如何滑冰。於是他緩慢行走，深恐打碎欲融的冰層；但他必須快速行動，因為此時寒冷已經深入骨頭，沒多久之後，他就根本連走都走不動了。最後，在夜晚與霧氣包圍下，他終於看到前方一抹燈火。他把雪橇脫下，因為湖岸非常粗糙，也沒有什麼積雪。他的雙腳已經幾乎支撐不住，於是他竭力掙扎爬前，希冀能到達那抹燈光的所在。

如今他已經非常偏離艾薄絲村落的方向，眼前是一間小屋，佇立於婆瑞樹林之中——整個坷姆地都長著這種樹。它們密集生長於那間小房子周邊，樹木高度不超過屋頂。埃思特梵以雙手敲打大門，大聲呼救；有個人把門打開，將他拉進去火光所在。

除了那個拉他進屋的人，沒有別人在小屋裡。他把埃思特梵身上的衣物脫去——那些結冰的衣服僵硬猶如鐵塊——然後將赤身裸體的埃思特梵裹在毛皮被褥之內，以自己的體溫為對方取暖，驅走埃思特梵雙腳、雙手與臉上的凍霜，張羅熱麥酒，讓他喝下。最後，這年輕人終於恢復，注視著那位照料他的人。

那是個陌生人，與他自己同樣年少。他們注視彼此，雙方都長得同樣美好，骨架強壯，容貌細緻，身軀筆挺，膚色深暗。在另一人的容顏上，埃思特梵看到情慾的火焰熊熊燃放。

1 Kurem是指潮濕冰冷的氣候，氣溫大約介於攝氏零下十八到二十九度。

他說：「我是埃思特部爐的艾瑞克。」

對方回答他：「我是史鐸克部爐的席倫。」

聽得如此，由於身體還是很虛弱，埃思特梵笑了起來。他說道：「你這樣盡心為我取暖，救回我的生命，為的就是在這之後親手殺了我嗎，史鐸克梵？」

對方說：「並非如此。」

他伸出自己的手，觸摸埃思特梵的手，彷彿要藉以確認凍霜已經徹底驅逐。在對方撫觸之下，雖然埃思特梵距離卡瑪期還有一、兩天時間，他的愛慾之火也在體內甦醒。有好一段時間，兩人沉靜不動，彼此以手相觸摸。

「它們彼此相像。」史鐸克梵這麼說，把他的手掌伸向埃思特梵的手，讓對方見識：他們兩人的手長度相同，形狀也相同，五指交會時，儼然是同一個人的一雙手掌互相貼合。

「在此之前，我未曾遇見你。」史鐸克梵說：「我們雙方是不共載天的世仇。」他站起身來，點燃爐灶裡的火焰，然後回到原處，在埃思特梵身邊坐下。

「我們的確是你死我活的世仇。」埃思特梵說：「可我願意與你許下終生的卡瑪愛誓。」

「我也願意與你互許終生。」對方這麼說。

於是他們彼此立下終生的愛侶誓言，在坷姆地，從那一刻開始，他們彼此的忠貞誓言就此無法打斷，也無法為任何事物取代。在那一夜、以及隔天，還有接下來的夜晚，這兩人都在那間位於結凍湖邊樹林的小屋共度。就在第三天早晨，一群來自史鐸克部爐的人進入那間小屋。其中一人認出埃思特梵是誰，但是他什麼都沒說，也絲毫沒有預警，便抽出刀子。就在史鐸克梵眼前，那人刺殺埃思特梵，刀子刺入他的喉嚨與胸口，然後，那年輕人仰倒在冰冷的爐灶旁，就此死去。

「他是埃思特領主的繼任者。」凶手說。

史鐸克梵說：「把他的屍體放在你的雪車上，送回埃思特部爐那邊，讓他們埋葬他。」

他逕自回到史鐸克部爐。那些人把埃思特梵的屍體搬上雪車，但他們只是把埃思特梵棄置在娑瑞樹林的遠處，預備讓野生動物啃吃其屍首；就在當晚，這些人隨後回到史鐸克部爐。席倫站在他的肉身親代、也就是領主哈里絲．倫—耶．史鐸克梵面前，詢問那些人：「你們是否照我吩咐的執行？」那些人聲稱：「沒錯。」於是席倫說：「你們說謊。如果按照我的命令行事，你們根本不可能從埃思特部爐那邊活著回來。這些人違抗我的命令，並且試圖掩飾他們的抗命行為，我要求放逐這些人。」哈里絲領主允許席倫的要求，於是，這些人就此被部爐與法律驅逐出境。

在這之後，席倫隨即離開自家領土，說是要在盧瑟勒堡居住一段時間。他這一去，直到一年過後，才回到史鐸克部爐。

至於埃思特部爐呢，他們不斷在山上與平原尋找艾瑞克的蹤跡，在那之後，長達一整個夏日與秋日時光，人們哀悼他的死去，充滿深切的悲楚，因為他是老領主唯一的肉身之子。但是，到了隔年的第一月份月底、冬季沉重地覆蓋這片土地時，有個陌生人滑雪來到山上，停在埃思特部爐的城門。他交給守門人一團以毛皮裹覆的東西，告訴對方說：「這是席倫，埃思特領主之子的小孩。」說完之後，他立刻滑雪下山，速度之飛快如同滑過水面的一顆小石子，在任何人想到要留住他之前，這人就不見了。

在那團毛皮包裹當中，是個初生的嬰兒，正在嚎哭。他們把那嬰兒呈給索維領主，並且稟告陌生人所說的話。在這個初生嬰兒臉上，悲痛不已的老領主看到他死去的孩子艾瑞克。於是他下令，要這個小孩以本家親族的身分養育長大，而且命名為席倫，雖然在這之前，埃思特部爐從未替孩子取這樣的名字。

那孩子長大之後，成為一個漂亮、細緻又強壯的少年。他天性陰鬱靜默，但人們在他身上看到與死去的艾瑞克神似之處。當他成年時，索維以老人的一意孤行，任命他為埃思特領主繼任者。此舉讓索維的三個卡瑪子嗣大受打擊，他們全都是正值盛年的漢子，為了等待繼位，可是熬了好久。就在第五月份，席倫獨自出外狩獵珮絲狸，這三人埋伏等著暗算他；但是他身懷武器，而且並非毫不警覺。就在融雪風雨呼嘯之時，霧氣在冰湖上瀰漫得愈發濃稠，他射殺了其中兩人，並且與第三人以刀子近身肉搏，最後也把那人殺死——然而，他自己亦受重傷，胸口與脖子上都受到深重的刀傷。就在大霧瀰漫的冰原上，他獨自站在死去叔兄的屍體旁邊，看到夜幕下垂。隨著血流從傷口處湧出，他愈發衰弱不適；他想要前往艾薄絲村落求援，但在伸手不見五指的黑暗裡，他迷失方向，反而走到冰湖東岸的娑瑞樹林處。他走入一間看似廢棄的小屋，過於衰竭，連火都沒辦法點燃。傷口還尚未處理止血，他就倒在爐灶旁的冰冷石子上。

在那夜，有個人兒獨自來到此處。他停在門口，瞪著那個橫倒在爐灶旁、躺在自身血泊中的年輕人。然後，他急忙進到屋內，從一具老舊衣櫃取出床具，鋪好一床毛皮被褥，生了把火，清理席倫的傷口，包紮妥當。他看到那年輕人注視著自己，他對那人說：「我是史鐸克部爐的席倫。」

「我是埃思特部爐的席倫。」

他們之間出現了片刻沉默。接著，那年輕人微笑，對另一人說：「你幫我包紮傷口，為的是要在之後親手殺死我嗎，史鐸克梵？」

「並非如此。」較年長的那人說。

埃思特梵問道：「怎麼就如此剛好，你身為史鐸克部爐的領主，竟然單獨現身於雙方競逐的土地上？」

「我常常獨自來到此地。」史鐸克梵回答。

他觸摸埃思特梵的手與脈搏，欲測量他的體溫。在那瞬間，他把自己的手掌攤開，對向埃思特梵的手掌。他們五指交疊，雙手吻合得天衣無縫，如同長在同一個人身的兩隻手。

「我們雙方是世仇。」史鐸克梵說。

埃思特梵回答道：「我們的確是世仇，但是在此之前，我從未遇見過你。」

史鐸克梵別開臉。「我見過你，很久很久之前。」他說：「我盼望我們兩個家族能夠和平共處。」

埃思特梵說道：「我會向你許下和平共處的誓言。」

於是他們相許發誓，之後便不再多說什麼，受傷的人就此入睡。到了早晨，史鐸克梵已經離去，一群來自艾薄絲村落的人來到小屋，抬著埃思特梵回到埃思特領地。在那之後，再也沒有人敢違逆老領主的遺囑──那三具血濺冰湖上的挑戰者屍體充當見證，說明這道遺囑的正確性；老領主索維去世之後，席倫成為埃思特部爐的領主。

那年之後，他結束了長年來的兩家部爐血仇，割讓一半的競逐土地給史鐸克部爐。由於此舉的緣故，加上他弒殺了自己的同族叔兄，人們稱呼他為「背叛者埃思特梵」。然而從此之後，人們還是繼續將他的名字「席倫」傳給同領地的孩子們。

第十章　於密許諾利城的對話

就在隔天早晨，正當我在自己的套房內享用畢晚起的早餐，蘇思吉斯宅第內的電話發出禮貌的低響。我把接聽器打開，發話人以卡亥德語說道：「席倫．哈絲。我可否進來呢？」

「請進。」

我很高興可以馬上解決我跟他之間的對峙。我與他的關係已經難以忍受，這是再清楚不過了。就算他的失勢與遭致放逐至少表面上是因我而起，我無須負任何責任，也感受不到任何合理的罪惡感。我們都在珥恆朗城時，無論是他的動機或行為，都不讓我知曉，而且我根本無法信任這傢伙。我真希望他不要跟那些把我收容到麾下的奧爾戈人廝混，他的出現會令整個情勢複雜起來，也會造成尷尬。

他由這屋內眾多僱員當中的一位引進我的房間。我請他坐在一張大軟墊椅上，並請他喝早餐麥酒。他謝絕飲料。他的態度並不拘謹——就算他曾具有羞怯的個性，也早就遠遠拋到身後——但顯得克制：遲疑曖昧，而且冷淡超然。

「這是第一場真正的雪。」他說，注意到我瞥向厚重簾幕遮蓋的窗戶。「你還沒有看到外面的天候哪？」

我照做，看到窗外的大雪在輕風中狂舞，落向街道，覆蓋雪白的屋頂；昨天夜裡，已經下了兩到三呎厚的雪。現在是「歐得愛哈德．葛爾」，冬季第一月的第十七天。「這場雪下得真早。」我這麼說，暫時讓雪勢的魔力迷住。

「他們預測今年會是個嚴冬。」

我讓窗簾掀開著，外頭湧入的陰慘平直光線落向他陰暗的容顏。他看起來比以前蒼老，自從上一度我在珥恆朗城宮廷中的紅角樓、在他自居的火爐邊與他會面以來，想必他體驗了一些苦日子。

「這就是我受託交付給你的事物。」我這麼說，把那包裹著防水薄布的一大筆金錢交給他，我接到他的來電後，就備妥在桌上。他收下那包裹，莊重地答謝我。我沒有再度坐下來。過了一會兒，他還是抱著那包裹，也站了起來。

我的良心稍微騷動了一下，但是我沒有搔抓那心癢難安之處。我想要讓他知難而退，從此不再找上我的門。只是很遺憾，這非得以羞辱他的方式來達成。

他直勾勾看著我。他比我矮，當然，雙腿很短，身形小巧，比起我同族的大多數女性都還要矮。然而，他這樣看著我的時候，一點都不像是仰視我。我沒有與他四目相會，而故作漫不經心，調整起桌上那臺收音機。

「在這裡，你可不能盡信收音機廣播中的所有說法。」他愉悅地說道：「在我看來，即使身處密許諾利城，你還是不免需要情報，以及勸告。」

「看起來，應該有一大票人已經預備要提供我這些情報與勸告。」

「所以說，數字愈多愈是安全，嗯？比起單獨一人，十個人總是可信多了。抱歉，我不該使用卡亥德語。」他改用奧爾戈話，「流亡者不應該使用他故土的語言，從他嘴裡說出來，那話語會變得苦澀不堪。我想，現在這話語更適合一個叛國賊，如同糖漿般從牙齒滴落下來。艾先生，我具有充分的權利答謝你，你為我及我的故友與愛誓伴侶愛許・芙芮思伸出這等援手，以他與我的名字，我握有這樣的權利。我的謝意會以忠告呈現。」他暫時停頓，我則一言不發。在這之前，我從未看過他施展如此刻意、粗暴的禮儀，也不曉得那到底是什麼含意。他繼續說，「如今你身處密許諾利城所擔任的角色，是你在珥恆朗城所未承擔的。但在那裡，他們說你是，在這裡他們宣稱你不是。你的確是個工具，是派系的工具。我勸告你留意他們是怎麼利用你的；我也要勸你找出敵對派系，找出他們是哪些人，別讓他們也利用你，因為他們並不會善待你。」

他停頓下來。我正要質問他，要他說得更清楚些，但他說：「再會，艾先生。」然後轉過身，就此離去，留我站在那裡，困惑怔忪不已。這人簡直就像一道電擊——根本無法掌握，而且你根本不知道究竟是什麼擊中了你。

當然啦，他搞壞了我早餐時的雀躍心情，當時我還對自己道賀哩。我走向窄小的窗戶，往外看去。雪勢稍微減弱了點，那光景真是美麗，雪白成串紛飛，如同我老家的果園中，每當春風吹拂波爾藍山坡綠原時，櫻花也跟著落英紛飛。那是我出生的故鄉：在地球，溫暖的地球，春天時節樹木會繁花盛開。突然之間，我無比沮喪，而且無比思鄉。漫長的兩年歲月，我耗費在這該死的星球上，秋天還沒走，第三個寒冬就迎面撲來——月復一月的無情寒冷，冰雹、冰層、寒風、落雨、大雪、寒冷，在室內很冷，在室外更是冷，冷透骨頭，更冷入骨髓內裡。在這樣的歲月，我竟然都只是孤身一人，身處異鄉且疏離，沒有任何人可以信賴。可憐的真力，是否我們該大哭一場呢？我看著埃思特梵在我眼前走出宅第，就在平穩、灰白的模糊雪景當中，形成一抹黑暗矮小的身影。他看看四處，接著調整希庇的皮帶——他並沒穿大衣。他走向街道，姿態帶著機敏明確的優雅，一種生命的迅捷，在那瞬間，彷彿他是整個密許諾利城唯一活生生的事物。

我轉向溫暖的房間，它的舒適景觀顯得擁擠笨重，無論是暖氣、軟墊椅，或是鋪滿毛皮毯子的床和簾幕，全都層疊包捆。

我穿上自己的冬季大衣，在這麼糟糕的心情下，在這麼一個不能容我的世界中，出外散步。

那天中午，我預備要與前一晚會面過的代表共進午餐，包括歐卜思利、葉格耶，以及其餘人士，他們要介紹我認識那天晚上尚未遇見的人們。午餐通常是自助餐，人們站著進食，或許是想讓人不至於覺得自己一整天都坐在餐桌前用餐。然而，這次正式的午餐倒是在餐桌上進行，自助餐的菜色豐盛異常，總共有十八到二十道冷熱菜餚，大抵都是以舒貝蛋與麵包蘋果這兩種食材烹調而成。就在餐具櫃旁，在談話的禁忌出現之前，歐卜思利在他的盤子上堆滿煎舒貝蛋糊，一邊告知我：「那個名叫麥森的傢伙是珥恆朗城來的間諜，高姆則是沙耳夫的公開情報員，你應該要知道。」他的態度好似閒話家常，一邊還開懷笑著，彷彿我回了什麼有趣的話，並朝醃巨頭鯨肉前進。

我壓根就不知道沙耳夫是啥鬼玩意。

賓客要就坐時，某個年輕小夥子走進來，對著主人葉格耶說了些什麼。主人轉向我們，「來自卡亥德王國的消息，」他說：「阿格梵國王的肉身之子於今天早晨出生，在一小時內就夭折了。」

人們起先頓了半晌，接著是嗡嗡的議論聲，然後那個叫做高姆的英俊人士笑了起來，舉起他的啤酒杯：「但願所有的卡亥德國王都活得這麼長久！」他這麼叫喊，有些人跟著舉杯，與他乾杯，但大多數人並沒有這麼做。「以梅許之名，這樣去訕笑一個嬰孩的夭折！」某個紫衣肥胖老人在我身旁重重坐下，這麼說道。他的綁腿在大腿上形成一圈裙子般的縐褶，他的臉龐由於嫌惡而顯得凝重。

接著，話題轉為阿格梵國王會任命哪個非肉身子嗣為繼承人——因為他現在已年過四十，絕不可能再懷孕；以及他會繼續讓提貝攝政多久。有些人認為攝政期會立刻終止，有些人則不那麼肯定。「艾先生，你的意見如何？」那個叫做麥森的人問道。既然歐卜思利指認他為卡亥德王國的間諜，我預設他是提貝的人。「你剛從卡亥德王國那邊過來，對於人們謠傳，阿格梵國王其實已經遜讓出王位，把權位傳給他表親，只是沒有公開宣布，你看法如何？」

「嗯，沒錯，我是聽說過這樣的謠傳。」

「你認為這謠言是否有任何事實根據？」

「我實在不知道。」我答道。這時候，主人提起天氣，岔開原來的話題，因為人們已經開始用餐。等僕人們將自助餐桌上的餐盤與小山般的烤肉與醃菜殘骸給撤收乾淨之後，我們圍坐在一張長桌邊，啜飲某種非常烈性的飲料——他們稱呼為「生命水」，像是人們常會取的名字。接著，他們開始對我丟出問題。

自從我人在珥恆朗城、面對那群治療師與科學家以來，再沒遇到一群人想要問問題、要我回答。

很少有卡亥德人願意滿足他們自己的好奇心——即使在剛開始那幾個月，我所共處的農夫與漁民也是如此——他們的好奇心很強，無法只以問答的方式得到滿足。他們複雜、內省，並不直接了當，他們不喜歡發問與回答。我想到歐瑟霍預言堡，織術師斐珂瑟提及的、攸關答案的話語……即使是那些質詢我的專家，問題也侷限於生理屬性，像是關於我的腺體或循環系統等迥異於格森星常態人體結構的部分。舉例而言，他們從未進一步挖掘詢問下去，像是我種族的持續性慾是如何影響社會習俗制度，我們又是怎麼處理經常不斷的情慾期。我告訴他們時，他們會傾聽；我對心理學家敘述關於心念交感的話題，他們也會聽我說。然而，沒有任何人問了足夠的一般問題，好形成一幅描繪地球或伊庫盟社會結構的合宜藍圖——只除了，或許只有埃思特梵是例外。

在奧爾戈這裡，他們並不受限於個人顏面或榮耀之類的考量，所以問問題一事並不會侮辱到詢問者或回答的人。然而，我很快就發現，這其中某些問題是為了要逮住我的漏洞，好用以印證我是個詐欺的騙子。這點讓我稍微慌張了一會兒。當然，我人在卡亥德時，也遇到有人無法相信，但鮮少遇到刻意秉持的不相信。在首都遊行那天，提貝搬演了一整場「與天外飛來一筆的幌子共處」的小劇場，但是如今我很清楚，那場遊戲的部分原因，來自於他意圖挫敗埃思特梵的誠信度；而我猜想，提貝其實是相信我的來歷。畢竟，再怎麼樣他總是親眼看過我的飛船——那艘載著我降落到地面的小型登陸艇。他也可以在任一人陪同下、不受限地取得工程師關於登陸艇與共時通訊機的報告。這些奧爾戈人並未親眼目睹我的登陸艇，我倒是可以給他們看我的共時傳訊機，但是，那具機器實在不適合充當外星工藝器械——它實在過於不可理解，因此可以說它是事實的憑據，但也可以說是個詐欺的幌子。在目前這階段，文化禁制舊令尚未准許我傳送任何可供分析、可資模仿的工藝成品。是以，如今我所有的憑證就是我的太空船、我的共時傳訊機，我那一箱影像資料，我不容置疑的生理屬性，以及我那份無法認證的殊異心智。那些照片在桌上輪番傳送，你看到他們觀看時不予置評的神情，就如同在觀看某人的家庭成員照片那樣。問題繼續丟出——歐卜思利問的——那麼，到底伊庫盟是什麼？究竟它是某個世界、許多世界組成的聯盟、某個地域，還是某種形式的政府？

「嗯，這樣說吧，伊庫盟包括上述這些說法，但也不盡然是。『伊庫盟』是我們地球人的說法，以共通語言來說，稱為『家族』；若是卡亥德語，會稱為『部爐』。至於奧爾戈語，我還不確定，因為我還未熟識通曉諸位的語言。我想，應該不會是共生，雖說共生政府與伊庫盟確實具有類似性質。但是，就本質而言，伊庫盟一點都不是政府機構。它試圖重新統合神祕與政治，至於這項努力，結果當然多半一敗塗地。然而，截至目前為止，它的失敗遠比其前任者的成功，為人類帶來更大的福祉。伊庫盟是某種社會，而且，至少也擁有某種文化。某方面來說，它算是某種教育體系，可以當它是間大型學校——非常大型。伊庫盟成立的動機就是要造成溝通交流，以及彼此合作，是以就這個層次看來，它的確是某種聯邦，或是各個世界組成的聯合體系，具備了某種程度的中央化傳統組織。也就是說，我所代表的就是以聯盟形式存在的伊庫盟。伊庫盟是個政治實體，透過協調來運作，而非法規。它並不強制執行法律，任何決議都是由委員會與成員的同意來達成，而非輿論與命令。身為經濟實體，它相當活躍，照料諸星球之間的交流，讓八十個星球間的貿易互動達到某種平衡。精確地說是八十四個星球，倘若格森星加入……」

「請問你這話是什麼意思呢——它並不強制執行律法?」史洛思問道。

「因為它本身沒有律法制度。每個成員國家遵循各自的法律,成員國家之間爭伐衝突時,伊庫盟會涉入協調,試圖建立某種合法或合乎倫理的調解,或勘查彼此的選擇。如果到了最後,伊庫盟這樣的超有機體結構實驗終究失敗,它就必須轉為某種守衛和平的武力,發展出警察體系等等。但是現階段還不需要如此。所有的核心世界,目前還在復甦時期,從數世紀之前的一場大災厄中復原,復興舊有技藝與理念、重新學習如何言說……」到底我該怎麼說,才能對這群連戰爭這字眼也付之闕如的人解釋,何謂「敵對時代」,以及它造成的後繼效應?

「聽來很是精彩迷人,艾先生。」主人葉格耶代表說。他是個漂亮精緻、氣質慵懶的人,眼神鋒利。「但是,我實在看不出來,究竟伊庫盟要我們加入是為了什麼?我的意思是,到底這第八十四個星球成員對他們有什麼好處可言?更何況,這個星球並不怎麼聰明,連太空船等產品都沒有,但他們全都有這些東西。」

「直到瀚星人與賽提人到達之前,我們也都沒有這些產品。而且,直到現在,還有某些星球尚未獲准配備太空船,要等到伊庫盟建立相關準則——以你們的語言來說,我想那叫做『開放貿易』。」這說法引起席間一陣笑聲,因為那正是葉格耶在共生代表中所屬的派系陣營。「開放貿易,便是我真正想在此地達成的任務。當然,所謂貿易不只是交易商品,還包括知識、科技、理念、哲學、藝術、醫藥、科學、理論……我個人並不認為格森星人會常常以物理方式往返於不同的世界。距離這裡最近的伊庫盟同盟行星歐盧爾——你們稱為阿修姆思,距離格森星有十七光年的航程,最遠的行星則距離了二百五十光年之遠，你們甚至無法看到這顆星星。藉由共時通訊機，你們可以與別星球的人通話，如同藉著無線電與鄰近城鎮通訊。但是，我懷疑是否你們會以肉身和這些人見到面……我所敘述的貿易交流會有相當程度的利益，但那並不是靠交通航行、而是大部分以交流通訊來達成。我之所以來到此地，身負的使命就是要了解：究竟你們願不願意與人類種族的其餘成員進行交流。」

「你所說的『你們』，」史洛思重複我的話，熱切地往前傾身。「是指奧爾戈人？或者說，你指的是格森星全體？」

我遲疑了半晌，這是我之前就預料到會出現的質問。

「如果是現在，此地，我指的就是奧爾戈人，但是同盟的合約不能夠排除別的國度。要是西思、列嶼諸國，抑或卡亥德王國決定要加入伊庫盟，它們可以。每一次都是各自獨立的決定。如此，以格森星這樣一個高度發展的星球而言，很有可能最後的結果就是，這些不同的地域與國家人種共同建立起某個代表機制，當作本星球上對內、同時對別的星球斡旋協商的協調者，也就是本地常駐使，這是我們的說法。如果以這樣的方式開始，會省下許多時間，以及金錢──因為你們共同分擔開支。舉例來說，如果你們想建造自己的星艦，就會節省不少花費。」

「梅許乳汁在上！」坐在我身邊的修謨麗說：「你要我們把自己射往那團外太空的空洞？呃！」

1〔譯注〕賽提（Ceti）是指雙胞胎行星的雙星，也就是烏拉斯（Urras）與安納瑞斯（Anarres）。賽提這名字來自於他們的太陽：賽提T。這兩個星球的居民通常稱呼自己為烏拉斯人與安納瑞斯人。烏拉斯實施極權主義專制，安納瑞斯的政治體制最近似的狀態就是無政府主義；然而，那是實踐成功的無政府主義。這對雙星的故事在小說《一無所有》當中有著精彩的描述。

他以半噁心半逗趣的語氣喘息著咆哮，如同手風琴彈出的高音。

高姆接著說：「那麼，請問艾先生，你的星船此時在哪裡呢？」

他柔聲發問，半帶微笑，彷彿那是個無比敏感微妙的問題，而他希望那樣的微妙得到注意。以任何一方性別的標準來看，他都是個俊美異常的人，我回答他的問題時，無法不盯著他看，而且繼續疑惑，到底什麼是沙耳夫。「噢，這並不是什麼祕密，在卡亥德王國的收音機廣播上就談過此事。到目前為止，那艘搭載我登陸於霍登島的火箭，就置於工藝學院的皇家工藝鑄造室，嗯，應該說是它絕大部分的零件單位在那裡。我猜想，檢驗後，每個領域的專家會把不同的組件分別帶走。」

「煙火？」修謨麗問，因為我用的奧爾戈語彙意指火箭或煙火。

「此辭彙簡要地描繪出登陸艇的推進力，大人。」

修謨麗繼續咕噥喘息了一陣，高姆只是微笑，接著說下去。「這樣的話，你不就沒有辦法回到……嗯，就是你出發的地方？」

「喔，其實我是有辦法回去的。我可以藉共時通訊機與歐盧爾星通訊，請他們派遣一艘近光速太空船來接我。又或者，我也可以藉無線電通訊呼叫那艘把我載到你們太陽系的太空船。它現在就環繞著你們的太陽航行，來到此地只需幾天工夫。」

這個驚人言論造成的煽動場面非常顯而易見，即使是高姆也掩藏不住訝異的神情。的確，這是某個顯著的不符：這是我在卡亥德王國時完全隱瞞不提的事實，即使埃思特梵也不知道。假若就如同我所猜想，奧爾戈只知道卡亥德願意透露給他們知道的資訊，那麼我現在抖出的這點，就會只是許多驚奇中的一則。但並非如此，這是個天大的驚奇。

「那艘船現在位於何處，大人？」葉格耶發問。

「就環繞著你們的太陽飛行，應該在格森星與庫胡恩之間。」

「那你是怎麼來到這裡？」

「乘坐火箭。」老邁的修謨麗代我回答。

「完全正確。我們不會把往返星際的太空船降落在人居星球表面，除非雙方已經公開交流，或是彼此已結盟。所以我就搭乘一艘小火箭，降落在霍登島。」

「而你可以藉著一般的無線電波，就與那艘——那艘大飛船連絡上，艾先生？」這次是歐卜思利發問。

「是的。」我暫時略而不提那顆由我乘坐的火箭射入軌道的小小傳訊人造衛星。我不想讓他們有種印象，好像他們的天上充斥著和我相關的垃圾。「那得是非常強而有力的無線電送波機才能辦得到，但你們有的是這樣的器材。」

「所以說，我們可以直接與你的太空船以無線電波通訊？」

「沒錯，只要你們取得適當的訊號。目前在這艘太空船上的人員處於某種狀態，我們稱之為『生理停滯』，以你們的話來說是『冬眠』，如此他們就不會浪費好些年的生命，等在那裡待我把這邊的事情辦好。如果由正確的波長設定的正確信號，就能夠啟動機器，將這些人員從冬眠狀態喚起。之後，他們會以歐盧爾星為傳訊中心，藉著無線電或共時通訊機與我連絡。」

一人不安地發問：「在那艘船上共有幾人呢？」

「十一人。」

我的答案為周遭帶來一陣鬆懈，某道笑聲。緊張的局勢稍微緩和了下來。

「萬一要是你從未發射訊號呢？」歐卜思利發問。

「距離現在算起，四年後，他們會自動從冬眠狀態甦醒。」

「到那時候，他們會降落到這裡來找尋你嗎？」

「除非我與他們連絡，否則不會。他們會以共時通訊機與瀚星和歐盧爾星上的常駐使連絡商議。最有可能的結果是，他們會再試一次——再度派一位使節下來。通常第二任使節面臨的狀況會比第一任要來得容易，他無須從事那麼多解釋，人們也比較容易相信他的話……」

歐卜思利咧嘴笑起來，其餘的人看起來還是充滿戒備，深思熟慮。高姆對我輕快地點點頭，彷彿為我的巧捷迅速回應鼓掌，那是個共謀者的頷首動作；史洛思雙眼發亮，神經緊繃地沉浸在他私人的內在幻象，之後他突兀地轉向我。「使節先生，在你停留卡亥德王國的這兩年來，你從未提及這艘太空船？」

「我們怎麼會知道他沒有提及？」高姆這麼說，還是保持微笑。

「我們非常知道，他就是沒有提及，高姆先生。」葉格耶這麼說，也保持他的微笑。

「我的確沒有這樣做。」我說：「原因如下：那艘太空船的存在，它在軌道上環繞等待的景況，可能會造成惶恐不安。我也認為，在座各位當中的確有人會警戒不安。在這之前，我與交涉的人們尚未到達某個信任層次，讓我能夠冒險提及這艘太空船的存在。至於在這裡，你們對我的使命思索良久，也願意在公開場合聽我發言，諸位並沒有那麼讓恐懼所統治。我之所以冒著可能的風險提及太空船，那是由於我認為這是成熟的時機，奧爾戈就是對的地方。」

「你說對了，艾先生，你說得太對了！」史洛思暴烈地叫嚷。「在一個月內，你會發出訊號，讓這艘太空船來到此地。奧爾戈會舉國上下熱烈歡迎它，並且視它為顯著的符徵，為我們帶來嶄新的世紀。那些拒絕正視的人們，到時候會眼界大開！」

我繼續發言，直到晚餐菜餚送上我們圍坐的桌子。我們吃喝一頓，然後各自回家。我真是累到骨子裡，但是很高興看到目前的發展。當然，目前還有不少警示與曖昧不清之處：史洛思想要藉著我成立新宗教，高姆想要把我弄成個活生生的贗品；麥森似乎以為，只要他能夠證明我才是卡亥德王國派來的密探，就能讓別人相信他並不是間諜。但是，歐卜思利、葉格耶，以及其餘某些人，卻是真正在較高的層次上運作。他們想要與常駐使對話，也想要把那艘近光速太空船迎到奧爾戈的國土，好說服或脅迫整個奧爾戈政府與伊庫盟結盟。他們這麼相信，只要成就了這些，就能夠讓奧爾戈擊敗卡亥德王國，贏得長遠且重大的顏面，而且促成這些勝利壯舉的代表也能夠取得恰如其分的顏面榮耀與執政權力。

在三十三人特首團當中，他們所代表的開放貿易派系是少數份子。此派系反對國家就希諾絲谷地的齟齬與敵方爭執下去；大體上，開放貿易派系代表的是保守、非猛進的非國家主義政策。他們已經失勢好一段時間，此時正在猛打算盤估計，在冒著某些風險的前提下，我所指向的道路可能與他們重獲權力的途徑一致。雖然他們的眼界無法看到更遠處，把我來到此地的使命視為有利於己方的途徑，而非終點，但這一點實在無傷大雅。只要他們開始上路，終究會多少理解到這條道路可能引領他們所抵達的地方。在目前這時候，就算他們目光短淺，但至少是一群務實之輩。

歐卜思利企圖說服在場其餘人。他曾說：「要嘛是卡亥德王國會害怕，怕我們的結盟會造成強大力量——而且，請各位記得，卡亥德王國向來畏懼新的方式與新的意念——是以，他們會被我們遠遠拋在身後。要嘛就是卡亥德王國政府終於鼓起勇氣，要求加入這樣的聯盟——在我們加入之後，成為第二名。無論情況是上述哪一種，卡亥德王國的習縛規色會大幅削減，而在任何一種情況下，都是我們駕著雪車！假若我們現在夠膽識、利用這份優勢，那麼這份優勢將會長久不墜，確實無疑！」接著，他轉向我說：「然而，艾先生，伊庫盟必須願意給予我們幫助。我們得要有更多憑證，好拿來顯示給我們的人民——不能單單只有你一人，而且，珥恆朗城已經認識你。」

「這點我很明白，代表大人。你們需要某種有效、顯眼的證據，我也樂意提供。但是，在太空船的安全與諸位的正直能充分得到保證之前，我不能貿然把船隻召喚下來。我需要貴政府的同意與保證，我是指代表團全體同意，並且公開宣告此事。」

歐卜思利神情陰沉不樂，但他說：「這聽來很公平。」

宴會之後，我與蘇思吉斯一起坐車回去。在下午的會談中，這人除了開懷大笑，什麼貢獻都沒有。於是我問他：「究竟什麼是『沙耳夫』呢，蘇思吉斯先生？」

「那是內政部的一個永久部門，任務是要看管冒牌的居留登記、不具合法文件的入境、工作替換，以及偽造文書罪，諸如此類的玩意——簡言之，就是處理一堆垃圾。這也是何以『沙耳夫』這個詞在奧爾戈下層社會裡指的是廢棄殘渣，算是某種暱稱。」

「這樣說來，巡查官就是沙耳夫的特派員？」

「嗯哼，其中有些是的。」

「那麼，警察組織也是——多多少少都是在『沙耳夫』的權勢範圍之下？」我謹慎周延地提出這問題，也得到類似調性的回答。「我想應該是吧，我自己是在對外部做事，當然嘍，所以我實在無法搞清楚所有內政部的組織。」

「這真是令人混淆，那麼，舉例來說，水利局又是什麼呢？」是以，我以最佳的方式從沙耳夫這個話題撤退。關於沙耳夫，蘇思吉斯保留未說的部分可能對瀚星人毫無意義，對幸運的奇非沃珥星人大概也是如此。然而我生於地球，有個犯罪的祖先，有時未嘗不是好事。某個縱火狂祖父很可能遺留給子孫對煙靈敏的鼻子。

格森星竟然會出現與地球古代歷史類似的政權體系，這真是有趣又令人著迷的現象：一是君主專制，一是全然蓬勃展現的官僚體系。這個新近發展也同樣令人炫惑，卻沒那麼有趣。古怪的是，愈發文明的社會，竟會發展出愈發惡毒的手段。

這樣說來，高姆就是奧爾戈的祕密警察之一，而他想要把我當成個大撒謊家。不知道他是否清楚，歐卜思利明白他骨子裡的真面目？毫無疑問，他必然知情。這樣的話，是否他是從事挑唆的探子？他是否在表面上與歐卜思利的派系合作，或與之作對？在三十三個特首組成的政權核心當中，究竟是哪個派系掌控了「沙耳夫」，或是讓「沙耳夫」握在掌心上操控？我最好趕緊把這些派系明暗勢力搞清楚，但這並不是一樁容易的小事。當然，就像是之前在珥恆朗城的演變，直到如今都還是如此清晰且充滿希望的處境，到了下一刻就驟然變成無比折騰、滿載祕辛的情境。在這之前，一切本來都好好的，我這麼想，直到昨天晚上，就像是一抹黑影降臨，埃思特梵出現在我的身旁。

「那麼，埃思特梵大人現在於密許諾利城的職位是什麼呢？」我問蘇思吉斯，他正往後躺靠，彷彿在車子和緩的韻律下酣然入睡。

「埃思特梵？是哈絲吧，這是他在此地的名字。我們奧爾戈這裡不套用什麼尊稱，在新紀元開啟時就全都棄置了。嗯，據我所知，他應該是葉格耶代表的從屬。」

「他住在此地？」

「我想是吧。」

我正要開口說，那真是奇怪，既然昨晚史洛思設宴，他人出現在那裡，今天中午卻沒出現在葉格耶的宴會場合；然而，從今早那次簡短會面的角度設想，就感到沒那麼奇怪了。可是，就連想到他是刻意避開我，這念頭還是讓我感到很不舒服。

「他們在哪兒找到他的呢，」蘇思吉斯說，一邊把他寬大的臀部重新安頓在鋪軟墊的座椅上。「應該是在城南，在某個膠水工廠還是魚類食品加工廠，諸如此類的地方；然後他們拉他一把，從下層把他拉上來。我指的是某些開放貿易派系的人，當然啦，我的意思是說他還是上議會議員，也是首相的時候，對這些人來說很有用處，所以現在他們也站在他那邊。他們之所以這樣做，主要是為了惹惱麥森，我認為啦，哈，哈哈！

「麥森那傢伙是提貝派來的間諜，當然嘍，他還以為沒人知道這點，可其實大家都知道。這就是為什麼他無法忍受哈絲出現在自己眼前——麥森以為哈絲要不就是個叛國賊，不然就是個雙面諜，但他不知道對方究竟是哪一種，也不能冒著顏面之危來發現真相，哈哈，哈哈哈！」

「那麼，蘇思吉斯先生，您認為哈絲究竟是哪一者？」

「就是個叛國賊，艾先生，單純分明的叛國賊。他出賣了自己王國對於希諾絲谷地的所有權，為的是要阻止提貝晉升高位，但他做得不夠聰明。如果是在這裡，他會獲判遠比放逐更惡劣許多的懲罰。梅許的乳頭在上！如果你惡搞自己所屬的那方，你會把全局都給輸掉的。這就是那些毫無愛國心可言、只愛自己的傢伙無法明瞭之處；然而，我不認為哈絲把愛國心什麼的放在心上，他是只要自己能夠順利地鑽營蠕動，設法弄得某種程度的權勢就好。到了此地才五個月，他幹得可不算壞吧，你也瞧見了。」

「的確不壞。」

「你不信任這人吧，嗯？」

「不，我的確不信任他。」

「我很高興聽到你這麼說，艾先生。我不懂，為何葉格耶與歐卜思利都要黏著那傢伙不放。他可是個罪證確鑿的叛國賊，只為了自己的利益行事，而且還企圖攀坐上你的雪橇，艾先生，直到他可以自己站得住腳。這是我看此人的觀點啦，嗯哼，要是他幾時跑過來，拜託我讓他搭個便車，我可不知道自己會不會讓他搭上車哩！」蘇思吉斯從鼻頭咻咻噴氣，一邊猛點頭，以活力充沛的姿勢贊同自己的高見，然後轉過來對我微笑——那是個操守良好之人對另外一個有節操者的笑容。車子以柔緩的進勢，駛過那些寬敞、燈光通明的街道。除了橫在溝渠周邊的一團團髒汙雪塊，早晨的積雪已經融解殆盡，如今正在下雨，是一場冷冷的小雨。

那些矗立在密許諾利城的偉岸建築——諸如政府機構、學校、幽梅許教的寺廟——在雨中全顯得模糊不清，在修長街燈的流光映照下彷彿正在融化。建築的邊角顯得含糊，外形讓霧氣蒸得模糊，呈現條紋狀，或塗染上汙漬。就在這個磐石建構而成、用同一個名字稱呼整體國家與部分區域的國家、這座經由磐石建構而成的厚重大城之內，卻有一股流動的液態質，某種不具實質性的質地。至於蘇思吉斯，我那位開心雀躍的主人，他是個厚重的人物，具有紮實的實體性，然而在那些模糊角落與糊化邊陲的包圍之下，他竟也顯得含糊不明，而且有那麼一點、一丁點不真實。

距離此刻四天之前，我開著車，經由奧爾戈金黃色原野來到這裡，展開我成功的進程，逐漸打入密許諾利城的內部權力聖域，或許一開始我就忽略了什麼。但是，那會是什麼呢？我感到孤立，像是處於隔緣體，最近我不再感到寒冷；在此地，人們會讓房間保持恰當的溫暖。最近這陣子，我也不再感受到飲食的樂趣；奧爾戈的烹調顯得枯燥無味，但是這沒什麼害處。然而，何以我所接觸的這群人士，即使他們分別具有鮮明的人格特質——像歐卜思利、史洛思，以及那個俊美卻令人憎惡的高姆——即便如此，他們每個人都缺乏某種特質，某種稱得上存在性的向度，而且他們匱乏實體的說服力。他們一點都不確實。

我想，就像是這些人簡直沒有影子似的。

諸如此類天外飛來的設想是我的工作內容之一，要是我並不具備這等特性，就無法從事機動使的工作；更何況，我曾在瀚主星接受過這樣的專門訓練，他們尊稱這能力為「高度感應力」。發揮「高度感應力」的狀態，可以敘述為某種道德實體的直觀知覺，這樣的觀察傾向尋求隱喻的表顯，而非理性象徵。我向來不是個優秀的感應者，而今晚我更難相信自己的直觀洞察力，因為實在太過疲倦。回到自己的套房後，我在一鍋熱騰騰的淋浴當中尋得庇護。但是，就算洗完了澡，我還是無法放鬆，彷彿就連那鍋熱水都絲毫沒有真實性，一點都無法讓人仰賴，無法算得了數。

第十一章　密許諾利城的獨白

密許諾利城，第十三月，第六日。我一點都不抱持希望，但是所有事件似乎都顯示希望。歐卜思利一邊討價還價，一邊與他的同儕代表諮商協議；葉格耶負責諂媚討好的活動；史洛思變節，開始張揚某種新宗教，而且追隨他們這派系的力量似乎開始增長。這些人士可是機敏精明之徒，應該會好生掌握自己的派系勢力。在三十三人特首團當中，只有七位是貨真價實的開放貿易派系成員；在其餘人士當中，看來歐卜思利已經取得另外十人的確定支持，形成堪稱過半的多數。

在這十人當中，其中有個成員似乎是真心對外星使節有興趣，他是艾因炎行政區代表依絲本。他為沙耳夫工作，負責禁制我們從珥恆朗城傳播過來的無線電節目時，就已經對這個外星使節的任務充滿好奇。看起來，他的良心似乎對這些壓迫禁絕行動充滿沉重的反省。依絲本對歐卜思利提議，三十三人特首團邀請星艦降落的宣告，不僅是對著全國同胞宣示，也包括卡亥德王國，敦請阿格梵國王加入卡亥德王國的聲音，共同促成此邀請。這真是一項高尚的計畫，但是無法照著實行。他們才不會邀請卡亥德王國加入，無論是什麼活動。

在這三十三人團當中，沙耳夫派系的人當然絕對反對，拒絕考慮這個外星使節所代言的使命與他的存在。至於那些溫吞派，歐卜思利希望能把他們的人頭加入助陣名單，我認為他們實際上是害怕外星使節的，就像阿格梵國王與卡亥德宮廷內絕大部分的朝臣。差異在於阿格梵國王認為此人瘋了，就像他自己那樣；而這些人認為外星使節是個騙子，就像他們自己。他們害怕在公共場合吞下那個巨大的幌子，更何況卡亥德王國已經拒斥了那個幌子，甚至，很可能那個幌子就是卡亥德王國一手製造出來。如果他們宣示邀約、公開進行，結果沒有什麼太空船降落，他們的「習縛規色」到底該往哪兒擺？

誠然，真力．艾對我們的要求是過度的無上信賴。

對他來說，這樣的信賴程度一點都稱不上「過度」。

而且，歐卜思利與葉格耶認為，三十三人團的大多數終究會被他們說服，信任外星使節。我還真不明白，為何自己竟然比這兩人更不抱希望。也許，我是因為不希望看到奧爾戈這個國家證實自己比卡亥德王國更為啟蒙，冒著風險孤注一擲、取得讚美，把卡亥德王國拋入身後的陰影。如果這樣的欽羨來自我的愛國情操，這未免來得太晚了；我一旦知道提貝會用盡一切辦法罷黜我的權位，便使盡一切辦法，為的就是確保這個外星使節能夠順利進入奧爾戈。身為一個流放者，我在這裡也竭盡所能，讓他們能夠接納他。

承他之故，由於愛許委託他帶來的金錢，現在我又可以獨自過活，是一個單位，而非從屬之身。我不再出席那些宴會，也不讓別人目睹我在公開場合與歐卜思利、或任何支持外星使節的人為伍。自從他來到密許諾利城的第二天之後，至今已經有半個月，我沒有再看到外星使節一面。

他把愛許委託的金錢交給我的姿態，彷彿是個雇主把酬勞交給受雇的刺客。我的怒火沸騰真是至極，於是刻意侮辱他。他知道我很生氣，但我不確定他到底明不明白我是在侮辱他？雖說勸告的形式如此糟糕，他似乎還是接納了我的勸告。我冷靜下來時，明白了這點，並且感到憂慮。是否，其實他在珥恆朗城的時候，就是想得到我的勸告，卻不知道該如何開口要求？如果真是如此，當時在拱心石儀式完成的那一晚，在王宮裡、我的住處，我們坐在爐火旁邊，他必然誤解了我所說的話語一半之多，也搞不懂另外一半在說些什麼。他的顏面與榮耀之形成、奠基，以及維繫的模式，必然與我們的「習縛規色」截然不同。我對他全然直率坦白時，他可能正覺得我曖昧不明。

他的魯鈍是由於無知；他的傲慢也是由於無知。他對我們一無所知，我們對他亦然。他是個全然的陌生人，而我是個大笨蛋，才會讓自己的陰影橫阻了他為我們帶來的希望之光。我竭力壓制我身為凡人的虛榮心，盡量不礙著他的路，顯而易見，那正是他想要的狀態。他說的很對，一個遭致放逐的卡亥德叛賊，怎可能對他的使命有任何幫助呢！

由於我必須遵從奧爾戈政府的律令，也就是說，每個「單位」都要有自己的工作，從第八時辰到中午時分，我在某個塑膠工廠打工。那真是簡單無比的差事：我操作的機器會把塑膠組件給拼合起來，接著將之熱黏成一個個透明的小盒子，而我根本就不知道那些小盒子是要做什麼用來著。到了下午，感到自己變得遲鈍時，我會重拾早年在盧瑟勒預言堡的訓練——我很高興自己並沒有失去先前的技藝，無論是召喚道晰力，或是非出定狀態。但是我無法從非出定修煉得到多少好處。至於靜止與禁食，先前我根本沒學到多少，得從頭開始學起，就像個孩童。我現在已經修習禁食一天，可我的肚子尖叫著一星期、一個月！

夜晚變得冰冷凍人；就在今夜，一場嚴峻的大風吹起冰凍的雨。一整個晚上，我都在思念埃思特領地，這裡的風聲聽起來多麼類似埃思特的風。今夜我寫給自己的孩兒一封信，一封很長的書信。在書寫的過程，我一直感受到艾瑞克的形影，彷彿只要我一轉身，就會看見他在那裡。為何我要記這些札記呢？是為了讓我的孩子閱讀嗎？他讀了也沒啥好處。或許我只是想要以我自己的語言書寫。

密許諾利城，第十三月，第九日。無線電廣播還是沒有提及外星使節，半個字都沒有。我想，不知道真力．艾現在是不是搞懂了，即使奧爾戈政府機器具有大量的曝光性，在這個國家，沒有任何事會在眾目睽睽下辦到，也沒有任何可以大聲說話的時機。機器本身把組成它的這些機件給遮蓋了。

提貝意圖教導卡亥德王國的人民如何說謊，這點他是從奧爾戈這邊學來的，真是個好學校。但我還是認為卡亥德人很難學會說謊；這麼長久以來，我們已經習於在真相周邊不斷打轉，既不會撒謊，也不會真正抵達真相。

昨天，一隊兵力雄厚的奧爾戈襲擊部隊越過滃艾河，燒毀塔侃巴的糧倉。這正是沙耳夫想要的，也正是提貝想要的。然而，這樣的行動究竟是為了什麼目的？

史洛思將他熱中的幽梅許神祕教義與外星使節的演說詞連成一氣，把伊庫盟降臨本星球的事件詮釋為梅許統治人世的世代即將到來，於是他看不到我們的目標。「在新人類到達之前，我們必須終止與卡亥德王國的敵對之勢。」他這麼說：「在他們到達之前，我們必須滌清自己的靈體。我們也必須揚棄自己的『習縛規色』，禁絕所有報復舉動，就像同一個部爐的子民那樣團結起來，彼此之間沒有妒忌之情。」

但是直到他們前來為止，要怎麼做呢？要怎麼做，才能夠打破循環？

密許諾利城，第十三月，第十日。史洛思今天召開了一場評議會，目的是想壓制在卡瑪屋上演的猥褻戲劇，這類戲劇必然很類似卡亥德王國的「胡胡絲」。史洛思之所以反對這類戲劇，因為它們很是卑瑣、下流低俗，而且充滿冒瀆。

倘若試圖去壓制什麼，等於是維繫它的存在。

這裡有一句諺語，「條條大道通往密許諾利城」。千真萬確，要是你背向密許諾利城，朝往它的反方向走開，你還是置身於密許諾利的道路。倘若要禁止粗俗，無可避免終究會變得粗俗。你必須要走出不同的路徑，必須找到別的終點，然後才真的是走在另一條有別的路上。

在今天的三十三人特首團的會議大廳上，葉格耶這麼說：「本人堅決反對此項封鎖糧食外銷到卡亥德王國的措施；我也同樣反對其背後的競爭心動機。」他說得再對不過了，但如果他持續這樣行進，是不可能從自己的密許諾利大道走出來的。他必須提供別的選項。無論是奧爾戈或卡亥德王國，雙方都得要停止目前正在行進的道路，轉往別的方向；必須走向他方，才可能打破這樣的循環。我個人認為，葉格耶除了外星使節之外，其餘的什麼最好都先別談了。

成為無神論者，等於是維護神的存在。無論是要證明祂存在或不存在，結果都一樣。如是，「證據」這個字眼並不常在寒達拉教出現；寒達拉不把神當成某個事實，或是讓神成為需要證據或信仰的主題。所以，他們打斷了這樣的循環，得到自由。

要學習知道，究竟哪些問題是不可回答，並且不要回答。在黑暗與壓迫的世代，這項技藝是我們最需要的。

密許諾利城，第十三月，第十三日。我的緊張不安愈發提升。到了現在，外星使節還是沒能在中央官方電臺上發言。甚至連我們於珥恆朗城曾經發布關於他的消息，在這裡也付之闕如。至於地下電臺散播於邊境一帶的謠言，還有商人或是旅客的故事，似乎都傳不遠。沙耳夫這祕密警察機構對於通訊的管制，比我知道、或可想像得到的層次更徹底許多。這樣的結果真是令人悚然。在卡亥德，國王與廓倫祕對人民的作為的確有相當程度的控制，但是很少會去控管他們聽到的事情，更別說去管束他們的言論。在這個國家，政府機構不僅止於檢查你的行為，更能夠檢查你的思想。毫無疑問，沒有任何人應該擁有這種掌控他人的權力。

蘇思吉斯等人帶著真力．艾外出，隨意暢遊城內。我很疑惑他究竟知不知道，這樣的公開性其實隱藏了他被這些人隱藏起來的事實。根本沒有人知道他就在這裡。我問了一些同在工廠工作的員工，他們不但什麼都不知道，還以為我說的是某種瘋狂的幽梅許教派。沒有關於他來此地的資訊，沒有人有興趣；這樣等於是沒有什麼能夠幫助艾來成就他的使命，更沒有可以保護他生命的屏障。

真是可惜，他看起來這麼類似我們。在珥恆朗城時，人們常常會把他給指認出來，因為他們知道某些事實，談論這個人，而且知道他就在那裡。在這裡，他的身分被掩蓋起來，當成祕密一樣，於是他的人也就沒有彰顯出來。他們看著他的時候，必然與我首次看到他的觀感類似：相當高個兒、身材結實的黑皮膚青年，才剛進入卡瑪期。去年我檢閱治療師寫的關於艾的報告，才知道他與我們之間的差異是如此浩大，並非表淺層次而已。你必須真正認識他，才會知道他的異質性。

他們為何要把他隱藏起來呢？為何沒有任何一個代表以鐵腕掀起這個議題，在公共演說或電臺上提起他？為何甚至連歐卜思利都保持沉默？因為恐懼。

我的國王純粹是害怕外星使節的存在。這些傢伙害怕的是彼此。我認為，我這個外國人，是歐卜思利唯一信任的人。他喜歡我作伴（我也喜歡他作伴），而且有好幾次，他不惜捨棄顏面，坦白要求我的建言。但是，當我敦促他要快點公開發言，要激起大眾的興趣，好用以制衡派系之間的陰謀鬥爭，這一次，他沒有聽我的勸告。

「要是說整個代表團都把視線集中在外星使節身上，沙耳夫就不敢動他一根寒毛，」我說：「也不敢動你。」

歐卜思利嘆息說：「是的，沒錯，埃思特梵，但我們不能這樣做。無論是電臺、印刷布告，或是科學期刊也好，這些都掌握在沙耳夫的掌心上。我能怎麼做呢，難道要像那種瘋癲教士，在大街上公開傳道？」

「嗯，你可以對人們放出風聲，讓謠言在口耳之間傳遞。去年在珥恆朗城，我也得先從事這樣的小道消息。讓人們問那些你能夠回答的問題，那就是外星使節本人。」

「如果他能夠把那艘該死的太空船弄下來這裡就好啦！那樣我們就有東西可以秀給人們看！但是，照這樣的話——」

「除非他確認你們的意圖良好，否則他不會把那艘太空船叫下來。」

「難道我沒有良好的意圖嗎？」歐卜思利叫嚷著，像一條螺旋魚那樣肥漲起來。「難道我過去這個月來沒有花上每一時辰在這檔子事上嗎？他期待我們相信他說的所有事，但卻不相對以信任來回報我們！」

「他應該嗎？」

歐卜思利從鼻孔噴氣，但是沒有回答。

比起任何我所認識的奧爾戈官員，他是最誠實的一個。

密許諾利城，第十三月，第十四日。若要成為某個沙耳夫高官，似乎得具備相當複雜的愚蠢，高姆就是這樣一個例子。他認為我是個來自卡亥德王國的密探，試圖要讓奧爾戈喪失巨大的顏面，方法就是讓他們吞下某個幌子：相信那個來自伊庫盟的外星使節。他同時認為，我擔任首相時，就是在著手準備這個幌子。看在老天的份上，比起跟人渣玩顏面遊戲，我還有不少事好做哩。然而，他沒有能耐看透這樣的單純實情。既然現在葉格耶把我踢了開，高姆認為我應是待價而沽，於是運用自己怪異的方式打算把我買下來。他應該在監控我，或是派人密切監控我，密切到可以知曉我會在第十二日或第十三日進入卡瑪期。於是他在昨晚出現，一副全然進入卡瑪期的模樣——無疑是注射激素藥物的效果——準備勾引我。我們是在派鎳芬街上不期而遇。「嗨，哈絲，已經有半個月沒見到你了，最近你都躲到哪裡去啦？陪我喝杯麥酒吧！」

他選了一家小麥酒館，隔壁就是共生公共卡瑪屋。他為我點的是生命水，不是麥酒；看來他真是分秒都不想浪費。喝了一杯之後，他把手放在我手上，臉龐挨近我，喃喃低語著：「我們不是湊巧碰見，我等著你過來。今晚，我想與你行卡瑪之歡。」而且，他喚著我的私人名字。我之所以沒有把他的舌頭割下來，只因為自從我離開埃思特領地後，就沒有隨身佩戴刀子的習慣。我告訴他，在流放期間，我打算禁慾。他柔聲哄誘，低聲細語，緊握我的雙手。他很快進入全然的情慾勃發期，成為一個陰性人。

處於卡瑪期的高姆非常美麗。他仗恃著自己的美色與性誘惑力，八成是設想我既然身為寒達拉修行者，就不會使用藥物抑制卡瑪，反而會在這樣的情境下禁食禁慾。只是，他忘記一件事：厭惡感是最有效的禁慾藥物。我掙脫他的掌握，當然，他的觸摸的確激發出一些效應。我建議他可以試著去隔壁的公共卡瑪屋。聽到這話，他以可憐的憎恨眼光瞪著我：無論他的目的其實多麼虛偽，他真的已經處於卡瑪期，而且情慾高亢。

他真的認為，為了他所施的小惠，我就會把自己給賣了？他必然認為我很是緊繃不安，的確，這樣的想法讓我自己感到緊繃不安。

天殺的傢伙，這些不乾不淨的人。在這群人當中，沒有一個是乾淨的貨色！

密許諾利城，第十三月，第十五日。就在這天下午，在三十三人特首議事大廳上，真力．艾對這些人發表演說。這場演說不准觀眾入內，也不准廣播，但是在這之後，歐卜思利讓我進來，播放他自己錄下的內容給我聽。外星使節演說得很棒，帶著令人動容的坦率與迫切。他身上的某種天真屬性本來只讓我覺得陌生與愚蠢，然而，在另一刻，這樣的天真表露出知識的規訓，以及讓我為之驚嘆的宏偉目的。透過他，一整個機敏且心性高尚的種族在發言——該種族將生命中古老、深沉、恐怖與種種無可想像的經驗融入了智慧。然而，使節本身還年輕，而且不耐，又沒有經驗。他站在比我們高上許多的地方，看得更廣，但是他自己也只是個凡人而已。

比起當時在珥恆朗城，這次他的演說更是精彩，更加單純，也更微妙。就像我們所有人一樣，他在實做中了解自己的工作。

他的演說不時讓那些主流派系成員打斷，那些人要求主席制止這個瘋子，把他趕出去，讓議事程序恢復常態。亞曼貝是其中最囂張吵鬧的一員，而且非常自發。「你可別吞下這一小塊吉奇米其！」他一直對著歐卜思利大聲嚷叫。那些計畫好的喧鬧讓部分錄音內容難以辨識。歐卜思利說那些鬧場是由卡賀羅希所主導。我記得的某些記錄：

艾耳歇（主席）：使節先生，我們認為無論是這些資料，還是由歐卜思利先生、史洛思先生、依絲本先生及葉格耶先生等諸位代表所提出的議案，不但非常有意思，甚至是非常刺激驚人。不過，我們需要多一些憑證（笑聲）。既然卡亥德國王將您登陸於此地的交通工具沒收，我們也看不到它，是否有可能，也就是建議請您的……星船降落下來？不知道您是怎麼稱呼它？

真力．艾：星船是很好的稱呼，大人。

艾耳歇：喔，那麼您究竟是怎麼稱呼的呢？

真力．艾：嗯，嚴格來說，是賽提型近光速太空船二〇號。

（某個聲音）：你確定那不是聖珮色的雪橇嘍？（大笑聲）

艾耳歇：請安靜。是的，嗯，倘若您能夠讓這艘船降落到地面——或許你會說，堅實的土地——於是我們能夠，就會得以有些實質的——

（某個聲音）：實質的魚肝！

真力．艾：艾耳歇先生，我非常願意讓太空船降落到地面，讓它充當證據，以及當作雙方良好信念的憑證。現在，我只是在等待您對公眾宣布，預告此事件。

卡賀羅希：諸位代表，難道您們都看不出來嗎！到底這是啥意思？這不但是個愚蠢的玩笑，更意圖要在公共場域來譏笑我們的能力、訕笑我們是多麼容易受騙，宣告我們的愚昧；這些預謀都是這個站在我們眼前的人所策畫，他的厚顏無恥令人驚訝。你們知道這人來自卡亥德王國，你們也知道他是卡亥德王國的密探，你們更知道他是個卡亥德出產的性怪胎，肇因於他們的黑暗祕教——這種怪胎不但沒有治療，反而有時候以人工方式培養出來，好當作那些預言師淫亂饗宴的樂子。然而當他說「我來自於外太空」時，你們之中的某些人確實把眼睛給蒙蔽起來，辜負了你們的智慧，竟然就相信了！我實在不敢相信這種事竟然可能發生……

從錄音重現的景況聽來，真力．艾以相當的耐心承受人們的揶揄與攻擊。歐卜思利說他處理得很好。這場議事結束後，我流連在議事廳外，等著他們散會後出來。艾的臉上寫著嚴肅沉重的思量，很好，他應該如此。

我的無助真是令自己難以忍受。我是啟動機器的始作俑者，現在我卻無法控制它的走向。我鬼鬼崇崇地在街上流連，把兜帽拉低，為的就是要看上那個外星使節一眼！為了這種毫無用處的卑微生活，我拋捨了自己的權位、金錢，還有友人。你真是個大笨蛋，席倫！

為何總是這樣，我無法追尋一些較可能實現的事情？

密許諾利城，第十三月，第十六日。在歐卜思利見證下，真力．艾移交他那臺通訊機給三十三人團，但這並不會改變任何人的心意。當然，那臺機器做到了他說明的任務，但是，如果連宮廷數學家蕭瑞斯都表態說：「我並不理解它運作的法則。」不會有別的奧爾戈數學家或工程師能做得更好。於是，什麼也沒有證明，什麼也沒有反證。要是這整個世界是某個寒達拉教的修行堡，那麼這真是令人讚嘆的成果。然而，我們卻得前進，打擾新飄落的冰雪，持續發問與回答。

我再試著敦促歐卜思利考慮：讓艾以無線電與他的太空星船通訊，叫醒在上頭的人們，請他們與三十三人團透過議事大廳的無線電設備通話。這一回，歐卜思利已經預備好理由，駁回我的提議。「聽好，親愛的埃思特梵，現在你已經知道沙耳夫掌控了無線電設施。即使是我，也不知道通訊單位中有哪些人屬於沙耳夫情報單位，應該大部分都是，毫無疑問。我知道的是，通訊設備都掌控於他們手中，從技工到維修人員，每一階層的設施都是這樣。就算我們真的收到訊息，他們可以，也會擋掉，或捏造假訊息。你能否想像那樣的場景發生在議事大廳？我們成為『外太空』幌子的犧牲者，屏息靜氣地聽著一團團嘈雜的靜電干擾音，除此之外別無它物——沒有回應，也沒有訊息？」

「難道你沒有錢，自己雇用一些忠心的技工，或是收買他們當中的一些人？」我這樣問，但是毫無作用。他害怕的是自己的顏面。他對待我的態度已經改變了，倘若他取消今晚接待外星使節的宴會，事情無疑是朝著壞的方向進行。

密許諾利城，第十三月，第十七日。歐卜思利取消了今晚的接待宴會。

這天早上，我去見異星使節，以適當的奧爾戈禮數。我不是公開前往蘇思吉斯的宅第，他那邊的人員必然混雜著沙耳夫探子，就連蘇思吉斯自己都是其中之一。我是假裝在街上無意間撞見，就像高姆的方法，躡手躡腳，形跡隱密卑劣。

「艾先生，可否聽我說一番話？」

起先他看來很震驚，接著他認出是我，備感警覺戒備。過了一陣子，他終於爆發出來：「到底這樣有什麼好處呢，哈絲先生？你知道的，自從珥恆朗城發生的事之後，我無法再仰賴你所說——」

這可是坦率得很，就算沒有什麼洞察力。然而，這話也具有某種洞察力，至少他知道我的目的是要勸告他，不是要求他什麼，也不是為了我的面子而說些什麼。

我說：「這裡是密許諾利城，不是珥恆朗城，但是你於此所躋身的危險並不亞於後者。如果你無法說服歐卜思利或葉格耶，讓他們助你使用無線電設備，與你的太空船通訊，讓船艦上的人在安全的前提下為你的演講詞助上一臂之力，那麼，我認為你最好趕快運用你那臺小通訊機，共時通訊機，立刻呼叫太空船登陸。比起你現在單獨面對的風險，那樣的行動還比較不那麼危險。」

「那些代表對於我傳達的訊息的辯論，應該沒搬上臺面才是，哈絲先生，不知道您究竟是從哪裡得知我的『演講詞』？」

「因為，我畢生的職志就是要知道——」

「然而，這些已經不是您的事了，大人，這些事務要留待代表團決議。」

「我必須告訴你，你有生命危險，艾先生。」我這麼說，但是他對這些話毫無反應，於是我只好離去。

我應該在好幾天前就設法與他交談，現在已經太晚了。舊事重演一回，恐懼侵蝕了他的使命與我的希望。然而在此地，並不是因為對異星人的恐懼，也不是超越現世的害怕。這些奧爾戈人士根本沒有那種等級的聰明，也沒那股子精神，能夠害怕得起真正巨大的異己，他們甚至連那個異類都看不到。他們迎接了那個來自於異星球的使者，結果在他們眼底，看到的是什麼？一個來自卡亥德王國的間諜，一個性異常，某個探子，像他們自己那樣的悲慘微小政治單位。

倘若他不立刻把太空船召喚下來，這一切恐怕就太晚了；很可能早已經太晚了。

這都是我的錯。我把一切都搞砸了。

第十二章　論時光與黑暗

摘自《宗師茶湖梅講道集》，本書為幽梅許正典之一，約距今九百年前編印於北奧爾戈。

梅許就是時光的中心點。當他清晰無比地目睹一切事物，那時候的他，已經在這世間活了三十年。在那度靈視之後，他繼續活了三十年，是以，這道「全視」降臨在他生命的中心點。在這道「全視」降臨之前的所有時間，與降臨之後的所有時間同樣長久，因為「全視」降臨於全體時光的中心點。在時光的核心之中，沒有過去的時光，也沒有將來的時光。並非之前，也非之後，那就是全體。「全視」看入了一切。

某日，某個來自申尼這地方的窮人來到梅許這裡，哀嘆著說，他沒有食物可以哺餵自己的骨血之子，也沒有穀物可以收耕，因為持續不停的雨使得土地裡的種子腐爛，他同部爐人都快要餓死了。於是，梅許告訴這人：「去挖掘圖瑞許那邊的石子田，在那兒，你會挖到滿滿的銀子與寶石。我看到某個國王把這些寶藏埋在那兒，那是一萬年前的舊事，那時候，鄰國的國王逼著他要采邑。」

於是，這個來自申尼的窮人就遵照梅許的指示，去挖掘圖瑞許的冰磧地，果然在梅許諭示的地點挖出一大籮筐珠寶。看到那情景，窮人高興地大喊，然而梅許站在一邊，看著這景況哭泣。他說：「我也看到了，某個人為了一塊雕刻石謀殺了他的同族兄弟。那也是距今一萬年前的舊事；那個遭致謀殺的死者，屍骨與這些珠寶一起埋在這裡的墓穴。哎，來自申尼的人，我也知道你的墳墓坐落於何處，因為我就看著你躺在那裡。」

每個人的生命都存在於時光中心，是以梅許的「全視」看入他們全體，都在他的洞觀之眼內。我們是他洞觀之眼的弟子。我們的作為就是他的「全視」；我們就是他的「知曉」。

在奧南森林裡有一棵海曼樹，這棵樹延伸了一百哩之遠與一百哩之廣。這棵樹非常古老，巍峨巨大，長有一百株分枝，在每株分枝之上，有一千株小枝；在每一株小枝之上，有一百片葉子。在它根深柢固的存有之內，這棵海曼樹如是說：「我的每一片葉子都能夠被看見，獨有一片，這一片葉子讓其餘所有的葉子擋在黑暗內。唯有這一片葉子，是我自身的祕密。誰會在眾多葉子造就的黑暗之內，看到這一片葉子呢？有誰會數著葉子的數目呢？」

在漫遊歲月中，梅許行經過奧南森林。在這棵海曼樹上，他把那片葉子給拔了出來。

秋天暴雨落下的每一顆雨珠都是如此獨特，沒有一顆曾經墜落過。雨珠已然墜落，雨珠正在墜落，雨珠也行將墜落，墜落於所有年歲的所有秋季。梅許看入每一顆墜落的雨珠，看入已經墜落的雨珠，正好墜落的雨珠，以及將要墜落的雨珠。

在梅許的洞觀之眼中，全是星辰，以及星辰之間的黑暗：全都皎潔發亮。

他回答出秀斯領主問的那問題，就在「全視」的那瞬間，梅許看到整片天際，如同那是一整個太陽。無論在地上或是地下，穹蒼全都無比湛亮，猶如太陽表面，沒有黑暗容身的餘地。這正是由於他所見並非任何「之前」，也非任何「之後」，而是「此際」。那些閃逝離去的星辰帶走自身的光亮，但它們全存在他的洞觀之眼中，而它們的光亮燃放於此際[1]。

黑暗獨存在肉身之眼。肉眼以為自己看到了黑暗，實則不然。在梅許的洞視內，並沒有黑暗。如是，那些召喚黑暗的使徒[2]，梅許會斥喝他們為傻瓜，並且以口唇唾罵驅逐。他們命名了什麼都不是的東西，並稱呼為萬物的源頭與終結。

根本就沒有源頭，也沒有終結可言，因為這一切都共存於時光的中心。所有星光會反射在一顆墜落於夜晚的雨珠之內；同樣，所有的星辰也會映照這顆雨珠。既不會有黑暗，也沒有死亡，因為一切都共存於此際瞬間之內，終結與起點本為一體。

一體的中心，一體的全視，一體的律法，一體的光。看吧，看入梅許的洞觀之眼！

第十三章　下放到農莊

由於埃思特梵這樣突然再度冒出來，對我目前的事務如此熟悉，再加上他的警告帶有如此激烈的迫切性，我不禁驚惶起來，趕緊招了輛計程車，直接馳驅到歐卜思利的島宅。我想要問這個特首，何以埃思特梵對我目前的狀態知之甚詳，又何以他突然不知從何處現身；昨天歐卜思利勸我先別採取的行動，卻是埃思特梵剛才敦促我立即從事之舉。歐卜思利特首出門了，門房既不知道他人在哪裡，也不知道他幾時回來。我趕到葉格耶住宅，情況也沒好到哪裡去。正好下起一場厚重的大雪，看來是入秋以來最為沉重的大雪。我雇的那輛計程車，司機沒有在輪胎上配備雪鏈，拒絕繼續載著我到處轉，只把我放在蘇思吉斯家門口。那晚，無論是歐卜思利、葉格耶，還是蘇思吉斯，我都無法透過電話連絡到。

1　這是某種論述的神祕學說法，用以支持「宇宙擴張假說」（expanding-universe hypothesis），此學說在四千年前由西思數學學院首度提出，即使在格森星上氣候不佳，無法從天文學的角度收集更多觀察證據，此理論仍普遍為日後的宇宙論學者接納。宇宙擴張率（哈伯常數；雷鶴克常數）可從學者在夜空觀察到的光量來約估。這裡涉及的論點大抵是：如果宇宙並沒有擴張，夜空就不會是一片黑暗。

2　指寒達拉祕教修行者。

到了晚餐時，蘇思吉斯如此解釋今天的情況：本日舉行了一場幽梅許慶典，一場關於聖徒與王座支柱的大典，因此全國高官都得出席廟殿上。他也連帶解釋了埃思特梵的行為，以足夠機靈圓滑的說法告訴我，那人曾經位高權重，如今落得這等下場，於是會竭力抓住任何能影響別人或時勢的機會——那些行動不怎麼理性，反而顯得窮途末路；隨著時間過去，他會明白自己淪落為無權無勢的普通人。我同意這一點，那足以解釋埃思特梵近乎狂亂的焦慮，然而，他的焦慮總是影響到我。在那頓漫長的豐盛晚餐中，我一直隱約感到惶惶不安。蘇思吉斯一直談話，不但對著我講話，也對著共進晚餐的僱員、副手與大宅內其他食客說個沒完。之前我並不知道他這麼長舌，這麼無止境地快活不休。直到晚餐結束時，要再出門已經太晚了；更何況，蘇思吉斯說，那場大典會讓那些代表持續忙碌到午夜。我決定不進用消夜，早點上床休息。在午夜到清晨之間的某個時刻，一些陌生人把我叫醒，告知我，我已經遭到逮捕。那群武裝侍衛接著把我押解到昆達沙登監獄。

昆達沙登監獄是一棟非常古老的建築，是密許諾利城最古老的建築之一。我在城市轉來繞去時，常常會注意到它：那是一座由許多塔樓合成、外觀醜陋的汙濁大樓，置身於那些龐然巨大、色調白淨的雄偉建築物當中，顯得特別突出。它相當符合是外表與名稱所彰顯的，它是監獄。不只是別的什麼事物的正面，不是表象，也不是偽名。它是真正的，名實相符。

那些守衛是一群粗壯結實的傢伙，把我推入走廊，讓我獨自一人留在某個小房間；那個房間非常骯髒，燈光點得很亮。沒多久之後，另一群侍衛充當護駕，簇擁著某個臉龐瘦削、帶有權威氣的人進來。那人把其餘侍衛遣走，只留下兩人。我詢問對方，是否可容我傳個信給歐卜思利特首。

「特首知道，你已經遭到逮捕。」

我傻傻地回道：「知道這事？」

「當然，我的上級是根據三十三人特首團的旨意行事。現在我們要對你進行審訊。」那兩個守衛抓住我的手。我抗拒，憤怒地說：「我很樂意回答你的問題，這種威脅可以省省了！」那個臉龐瘦削的官員無動於衷，又多叫了一個守衛進來。三個守衛合力把我給綁在一張倒放的桌子上，全身剝光，在我身上注射了某種針劑，我猜是自白劑之類。

我根本不知道這場審訊持續多久，審問的話題關乎什麼，整個過程當中，我一直都給藥物控制著，程度時強時弱，而且對這一切都沒有記憶。我醒來時，根本不知道自己在昆達沙登監獄給關了多久：從我的生理狀況來評估，大概是四到五天，但我並不確定。審訊之後，我根本就不知道那天是第幾天，或是第幾個月；事實上，我只能非常遲緩地意識到周邊環境。

我置身於一輛路船上，很像是搭載我穿越卡葛夫山脈、前往芮耳城的那種車，但是現在我人在車子的廂型貨櫃之內，不是在乘客座席。大約有二十到三十人與我同車，很難分辨到底有多少人，周遭沒有窗戶，燈光只能從後門的隙縫透進來，還讓四層厚實的鐵絲網給牢牢遮擋住。在我恢復意識之前，顯然車子已經行駛一段時間了；每個人的位置多少都已經固定下來，至於那股混雜著糞便、嘔吐物與汗水的氣味已經達到飽和點，根本不可能壓得下來，也不可能消除。大家彼此素不相識，沒有哪個人知道我們究竟要前往何處，彼此之間也沒怎麼談話。就這樣和一群毫不抱怨、毫無希望的奧爾戈人囚禁在暗處，這已經是第二次經驗了。如今我終於知道，當初我在這個國家度過的首夜，就是告知我這等情境的徵兆。我忽視了黑沉沉的地窖，跑到地面上，想要在白晝光照下找尋奧爾戈的實質。原來如此，難怪所有的事物都不像是真實存在。

我感覺到卡車往東方前進，即使它顯然是往西行進、深入奧爾戈內地，我還是擺脫不掉這感覺。在別的星球上，你的磁場與方向感整個都錯亂失序，當你的智能無法（或拒絕）彌補這種錯誤的感受時，結果就是一股巨大磅礴的迷惶，就好像一切都真正散落開來。

在那天晚上，卡車內運送的其中一人死去。早先他的肚腹遭人踢打，他死去時，肛門與嘴都大量出血。沒有人為他做什麼，說起來什麼也沒法做。在好幾個小時前，某個裝著水的塑膠罐子塞了進來，但也早就喝乾了。死者剛好就在我的右手邊，所以我把他的頭放在膝蓋上，讓他的呼吸能夠通暢些，他就這樣死去。我們全都赤身裸體，但在那之後，我的大小腿與雙手等於穿著他的血跡：那是一襲乾燥、僵硬的褐色外衣，毫無溫暖可言。

夜晚更是苦冷，我們得靠在一起才能取暖。既然那具屍體不可能貢獻體溫，他們把它推出圈外，排除出去。我們其餘人靠攏在一起，整晚一致地擺動或顛簸碰撞。在我們這個鐵籠子裡，黑暗全然籠罩。我們行進在某條鄉間道路上，沒有別的卡車與我們同路。縱使把臉用力壓擠在門縫的鐵絲網上，除了黝黑，以及墜雪的微光，什麼都看不見。

正在墜落的雪，新近墜落的雪，漫長的大雪，繼一場雨後所降落的雪，重新凍結的雪……無論是卡亥德語或奧爾戈語，都有對應這些狀態的辭彙。就卡亥德語而言（比起奧爾戈語，我比較熟稔這種語言），根據我的計算，他們總共有六十二種辭彙，用以描述各種類型、狀態、年歲與質地的雪，這些都只是用來形容「已經墜落的雪」。至於正在下的雪，另有一套語彙；還有一套獨特的辭彙，用來形容冰；約有二十來種詞語來描繪溫差範圍，或風勢大小，或降雪（雨）量程度之類。就在那個晚上，我坐在那裡，試圖在腦海中背出這些詞語，弄成一張表格。每當我想起一個新的辭彙，就會按照字母順序，將它塞入那張腦海內的表格，重複背誦一次。

清晨過後，卡車停止了。就著窗縫，人們對外尖叫著，卡車裡面有一具屍體，趕快來把它搬走吧！我們一個接一個，大聲嘶吼叫嚷，敲打各個邊角與車門；在那座鐵籠內，我們形成一幅無比猙獰不堪的人間地獄圖，就連自己也無法忍受這圖相。然而沒有任何人過來。卡車停止了數小時，最後外面出現了某些聲音，接著卡車開始蹣跚挪動，在冰上打滑，然後重新開動。從窗縫中看出去，現在已近中午，陽光普照，而我們正在長滿樹木的山坡間移動。

就這樣，卡車繼續行進了三天三夜——如果從我醒來時起算，就是四天。它從未停靠在檢查哨，我認為它也從未停靠任何大城小鎮。它行蹤鬼祟，路程反覆不定。在某些驛站，卡車停下來交換駕駛，補充電力；在某些點停靠得更久，光從車內窺探，無法看出停靠的原因。有兩天，它從中午停駐到黃昏，彷彿橫遭遺棄，夜晚才再度上路。另一天，就在中午時分，一大罐子水從車門上的活板門傳送進來。

如果把屍體也算進去，我們一共二十六人，也就是兩隊各十三人。格森星人常常以「十三」為計算單位，像是二十六、五十二，這無疑是因為月亮週期為二十六日，造成他們不變的一個月二十六日，也因為這時間單位相近於他們的情慾週期。那具屍體牢牢靠在後面的鐵門，也就是我們這個鐵籠子的後牆，以保持冷凍。夜晚來臨之前，我們其餘人全都或坐或躺地蜷縮，每人占領方寸之地，那就是他自己的領地，他的地盤。寒冷無比高漲時，我們會逐漸靠攏，最後聚攏成某個占領一整塊空間的聚合體，中心處溫暖，外圍則非常冰寒。

在這當中顯現人們的仁慈。我與其餘兩人——一個是老人，另一個是咳嗽不已的病人——為大家認定是最不耐寒的人。於是每晚，我們都處於這二十六人結合體中心，也就是最溫暖的地方。我們並未爭著進到中心去，每個晚上，我們就是在那裡。這真是無比恐怖之事，到了這樣的田地，人類尚未喪失此等仁慈。我們都已經徹底裸裎在黑暗與寒冷之中，什麼也沒有，這正是最恐怖之處。我們曾是如此富足，充滿力量，卻僅剩如此微物可交換。我們給不起別的。

雖然我們晚上總是簇擁成一團，而且處於車內如此擁擠的地方，彼此之間卻非常疏離。有些人可能讓藥物給痲痺了，有些人可能一開始就是心智障礙或社會功能不全，每人都飽受凌虐，非常害怕。然而，這還是很奇怪，在活著的二十五人當中，竟然沒有任何一人開口對大家說話，甚至連詛咒也沒有。除了仁慈，他們所僅有的就是忍受力，而且是靜默地忍受，總是如此靜默。擠塞在酸味四溢的黑暗空間，我們不時碰撞到彼此、顛簸成一團、東倒西歪疊在一起，連呼吸都混成一氣，如同點燃柴火一樣，把我們的身體熱氣靠攏在一起——即使如此，我們彼此之間還是陌生人。在那輛卡車上，我從未知曉他們任何一人的名字。

某一天，我猜想是第三天，卡車停下來有好幾小時之久。那時我不禁思忖他們是否打算直接把我們扔在某個荒郊野外，讓我們自生自滅算了；就在那時，車內某個人開始對我說起話來。他一直告訴我某個漫長的故事，在奧爾戈南方磨粉廠工作的事，還有他是如何由於某個外邦人而惹上麻煩。他以柔和遲鈍的聲音，持續不斷說著，接著把他的手放在我手上，彷彿是要確認他確實得到我的注意力。太陽轉向我們的西方，在我們站著，隨著路彎歪來轉去時，一抹光線透入我們的小窗口；驟然之間，即使處於車廂後方，也能清晰視物。我看到一個少女，一個髒汙、漂亮、清蠢、疲累的少女，說話時直視我的雙眼，膽怯地微笑，尋求慰藉。那年輕的奧爾戈人進入卡瑪期，因為我的生理狀況而被吸引過來。那是這群人當中唯一一次有人向我索求什麼，但是我什麼都給不了。我站起來，走向窗口隙縫處，彷彿要呼吸新鮮空氣，往外觀看，許久沒有回到原位。

就在那晚，卡車攀爬了極長的上坡，然後下行，再往上爬。它不時驟然煞車，原因令人費解。每次煞車歇腳的時候，在我們這個鐵盒子的牆壁之外，總有無可穿破的無邊寂靜，那是碩大荒原的寂靜，以及高曠地區的靜默。那個處於卡瑪期的少女還是挨在我身邊，想要碰觸我。我又站起身來好一陣子，把臉挨近窗口的鐵絲網，讓新鮮空氣如利刃般切入我的喉嚨與肺。壓緊鐵門邊的雙手瀕臨麻木，最後我終於搞懂，它們快要凍傷了。在我的嘴巴與鐵絲網之間，我的呼吸形成一道小型的冰橋。我得以手指戳破這道橋，才能轉身離開。我與其餘人蜷抱成一團時，我開始由於寒冷而打顫；那是我先前從未經驗過的顫抖，彈跳、痛苦不堪的抽搐，如同發高燒時的痙攣。卡車再度奔馳，速度與噪音造就溫暖的假象，驅散了徹底入骨的極寒沉寂；但在那一夜，我還是冷得無法入眠。我猜想泰半夜間的時光，我們都位於地勢極高處，但也很難肯定——在那樣的情勢之下，你從自己的呼吸、心跳與熱能指數來判定地勢，都不是多麼可靠的指標。

後來我才得知，那一夜我們正穿越過珊班暹群山；那一晚，我們必然翻越好幾處九千呎高的漫長隘口。

飢餓不大困擾我。我記得的最後一餐就是在蘇思吉斯家用的漫長豐富晚餐；在昆達沙登監獄時，他們必然有餵我吃東西，但我已毫無印象。在這個鐵盒子內，用餐這回事似乎根本就不存在，於是我也不怎麼想到它。至於口渴，那是另外一回事，那是維繫生命的恆常條件。每天一回，在某個歇腳站，為此目的而設置的活門終於打開；我們其中一人會把空空如也的水罐遞出去，很快地，水罐再度注滿、拋回來，連同一股短暫的冰冷空氣。沒有什麼辦法測量全體總共需要多少水量，在傳給下一個之前，每個人都喝上個三、四大口；沒有任何個人或團體權充分配者或管理者，沒有任何人留心注意，讓那個咳嗽的人也能分到水喝，雖然他現在已經發高燒了。我一度提議，我身邊的人也都點頭贊同，但還是沒有執行。多多少少，這罐水還是平均分配，沒有誰試圖多喝。在幾分鐘之內，大家就會把這罐水給喝個精光。有一回，傳到最後三人、最靠鐵箱子前門的那三人時，水已經沒了；水罐傳到他們那邊時，早已經乾涸。翌日，其中兩人堅持要先喝水，也爭取到了，但是第三人卻還是蜷縮在他的前方角落，動也不動，而且沒有任何人關照他是否喝到了他的份。為何我不試圖幫助他？我不知道。當時已經是人在卡車內的第四天，倘若無法分到水喝的人是我，我甚至不確定是否會奮力爭取自己的份。我感知到他的饑渴，他的受苦，也感受得到那個病人的苦楚、其餘所有人的難受，連同我自己的苦，但是對於這份苦難，我什麼都無法做，於是我和其餘人一樣，平靜無感地接納此狀態。

在類似的情況下，我知道別的族群可能會有不同的舉止反應。這些人是奧爾戈人，出生以來就受到嚴格的規訓，要他們順從並遵照上頭指派下來的團體目標。在這些人體內，獨立與自主的能耐早已消磨得氣弱，他們沒有多少憤怒的能耐。他們形成一個團聚體，我也隸屬其中。在那一夜，對於每個人而言，這樣形成一個簇擁蜷抱團體同時是安慰，也是避難所，每人都從別人身上吸取到生命的氣息。然而，在這個團體當中沒有任何領導者，顯得無措且消極。

如果是脾性鋒芒銳利些的人，可能會在這等情況下表現得更好吧：盡量談話，公平分配飲水，讓病人更舒適安心，激發大家的士氣。我不知道會不會這樣，我只知道發生在這輛卡車內的景況。

到了第五天早晨——如果從我踏入這輛卡車算起，而且我數得沒錯——車子終於停了下來。我們聽到車外的談話聲，人們前後呼喊應和的聲音。鐵製後門從外面打開來，大大敞開。

一個接著一個，我們爬出那座鐵盒子的出口，有些人手腳匍匐並用，有些人跳下去，或是爬下地面。我們總共有二十四人，還有那兩具屍體，一具舊的屍體、一具新的——由於長達兩天沒分到水喝，因而死去——都給拖出卡車廂外。

外面寒冷異常，白花花的陽光襯著冷白的雪地更顯刺眼灼亮；要離開臭氣四溢的車廂庇護所顯得非常艱難，我們有人因此流淚。在那輛大卡車外，我們蜷縮著身子站立，每個人都赤身裸體、散發惡臭。我們微小的整體、我們夜間的存在實體，整個暴露於白亮殘酷的日光下。他們把我們打散，排成一列，領著我們走向幾百碼外的一棟建築。那棟建築的金屬牆垣、白雪籠罩的屋簷、四處環繞的雪地，大太陽下的高偉群山，以及遼闊無邊的天空，彷彿全都搖動不已，因為超額的光線而熾烈發亮。

在一座棚屋內，我們排成一列，在水槽下清洗自己的身體；每個人都是先行飲用洗澡水。之後，他們帶領我們走入那棟主建築，分發內底襯衣、灰色毛料襯衫、及膝馬褲、綁腿，以及毛料製的鞋子。我們魚貫進入食堂，有個守衛拿著名單、逐一盤點我們的名字；餐廳內已先坐了一百人左右，我們加入他們，坐在一張桌腳釘死的大餐桌前，開始用早餐：米粥與啤酒。早餐後，我們所有的犯人、無分新舊，全都給分成一隊隊十二人小組。我所屬的小組給領到距離主建築幾百碼外的一座鋸木廠，就在警戒藩籬線內。就在藩籬外、距離不遠處，一座碩大無比的樹林覆滿了北方舉目可及的整片山嶺。在警衛指示下，我們搬運切鋸下來的木材，從鋸木廠搬到一間巨大的儲藏室，將它們堆疊整齊——木材儲藏在那邊，以度過寒冬。

經過好幾天的卡車行程，要一下子就進入走動、彎腰、搬運木材的勞動，實在不是易事。他們不讓我們呆站，但也不至於強迫我們快步走。到了中午時分，我們停下來喝上一碗未發酵的釀製飲料，稱為歐舒茶，黃昏日落之前，他們帶領我們回到營地，開始用晚餐，菜色是蔬菜燉煮的糊粥，還有啤酒。到了晚上，我們都給關進宿舍大通鋪房間，房內的燈光徹夜通亮。我們全都睡在靠牆的兩排五呎長臥鋪上，老鳥犯人搶著爬到上層臥鋪，那是比較好的位置，因為熱氣往上升。至於寢具，每個犯人在門口都領到一具睡袋。那是相當粗製的厚重睡袋，由於前任的汗漬而顯得髒汙，但相當保暖，能隔絕寒冷。對我而言，這睡袋最大的弊端就是它太短了；要是個一般身高的格森星人，能夠把頭與身子全包進去，我可沒辦法；我也無法在臥鋪上伸直身軀。

這個機構的正式全名是「普烈芬共生自願勞動農莊與重置處」。普烈芬，第三十行政區，位於奧爾戈極西北端、僅堪能住人地區的邊陲，四周由珊班暹群山、依薩葛河與海岸形成疆界線。這地區的開發度很低，沒什麼大城市，距離我們最近的城鎮叫做圖陸夫，在往西南方幾哩的路程，我從未見過。這座農莊就位於幅員遼闊、未有人煙的巨大樹海中，名為塔倫珮斯森林。由於位處極北，生長條件已經不適合那些大型樹木——像是瑟倫樹、海曼樹、黑維特樹——此處只有一種枝節繁多的嬌小針葉樹，大約十到十二呎高，針葉呈灰色系，稱為娑瑞樹。雖說在冬星上，無論是動物或植物的物種類型都相當不尋常地稀少，但是每一種生物的數量都非常龐大壯觀：像是舉目望去，就有上千平方哩的娑瑞林地，周遭別無生物。就連荒野也得到細心的照料守護，所以說，雖然樹林已經有好幾世紀的年歲，林中卻無廢棄地，沒有殘敗截肢的樹幹，也沒有腐敗的坡地。這情景彷彿是林中每一株娑瑞樹都被視為無比重要的存在，我們從它身上砍伐下來的每一絲木屑都得盡其所是，好生運用。在農莊內部有座小工廠，天氣過於惡劣、無法外出到樹林勞動時，我們就在打磨機或這工廠內工作，為木材、樹皮或木屑粉加工，壓縮成不同的產品，並且從乾燥的娑瑞針葉抽取出松脂，用以作成橡膠類製品。

這樣的勞動就是純粹的勞力工作，我們這些工人也未被過度壓榨耗盡。如果他們容許犯人吃得好些、穿得暖些，泰半的工作會是令人愉快的事務，但是我們都太過飢餓、太過寒冷，無法感受到勞動的愉悅。守衛鮮少有粗暴舉動，更不是殘忍之輩。他們就是一群遲緩、不修邊幅、厚重的組員，而且——就我看來——顯得陰性化。當然他們沒有纖細輕巧的那種陰性特質，恰好相反：一團臃腫，乏味的肥軟身體，毫無稜角或銳利端點的肥厚肉牛質感。處於這些同儕犯人之間，自從我來到冬星以來，首度有類似這樣的感覺：就如同一個男人處於一群女性——或該說是一群閹人——之間。這些犯人也都有類似的鬆垮臃腫、粗糙的質地。很難把這些人一個個區分開來，他們的情緒看起來總是低落得很，談話內容瑣碎之至。起初，我誤以為這樣整體性的死氣沉沉、呆滯單調，來自於食物的匱乏、寒冷，以及失去自由，但是沒過多久，我發現這是某種比上述原因更為特定的效應：來自於施打在犯人身上、防止他們進入卡瑪期的藥物。

我知道有那些藥物，它們的作用是降低——或是從根本上去除——格森星人性慾週期的高亢勃發階段；這些藥物有時為了方便、有時為了醫療，也有時是由於道德上提倡禁慾守身而使用。服用之後，一次或數次的卡瑪期就能夠略過不顯，也不會有後遺症。自願使用此等藥物的狀況相當普遍，也為大眾所接受。只不過，我從未設想過這樣的藥物竟然會使用在非自願的個人身上。

總是有好理由。例如說，一個處於卡瑪期的犯人可能會對於其勞動小隊帶來干擾。倘若把他驅除於勞務之外，那他要幹麼？要是沒有別的犯人也處於卡瑪期——但很可能有這樣的人選，畢竟我們總數有一百五十人；對於格森星人而言，在卡瑪期卻沒有性伴侶，是異常艱難的折磨；更好的解決方式就是索性徹底遏止卡瑪期的發生，就不會有此時期的難熬，也不會浪費了勞動時間。所以，他們阻遏卡瑪期。

在這裡待了經年之久的犯人，無論在心理層面，或是肉體層面——我如是相信——都已然習慣了這樣的化學去勢手段。他們如同犍牛一樣無性無欲，也如同所謂的天使，毫無羞恥心，也沒有肉慾。然而，要是徹底沒有羞恥心與肉慾，實在也已經不是人類了啊！

由於格森星人的性慾已經經由自然嚴苛設定且限制，他們的社會一般而言並不做什麼干涉。比起我所知道的二分生理性別社會，在格森星上，他們鮮少對「性」這回事進行任何加碼規範、引導改向，或壓抑措施。禁慾的行止全屬個人意志，縱情荒淫也沒啥不好。無論是對性的恐懼、或是不得滿足的挫敗感，在此地都相當罕見。直到我得知普烈芬農莊的去勢措施之前，我從未聽聞任何針對性慾的大規模社會性壓制作為。此舉乃是壓迫，並非僅是壓抑；此作為並非造就挫敗感，而是更全面徹底的什麼事物，或許以長程的效果而言，要造成的是「消極性」。

在冬星上並沒有共生性昆蟲種類，不像地球，格森星人並未與這些更古老的社會群體分享土地。這些無性小工奴們建造出無以數計的城市，它們本身沒有任何性本能，只有對整個群體的忠誠不二之心。倘若在這個星球上有螞蟻這般生物，格森星人或許在久遠之前就開始模仿它們的生態。「志願農莊」興起於晚近，也僅限於此星球上某個特定國家，而且並未讓其餘地區所知。然而，對於受到性衝動控制如此嚴重的人群，這樣的社會方向不啻是種惡兆。

我先前說過，普烈芬農莊的犯人們勞動與進食量不成比例，而我們的衣服、尤其是足部的服飾，在這樣嚴寒的冬季天候下，實在非常不足。守衛們泰半是假釋犯人，他們的設備也沒好到哪裡去。此地區的性質乃在懲處，卻不是要徹底毀滅這些犯人。倘若不是那些拷問審訊及注射的藥物，我大概還能熬得過去。

有些犯人是以十二人次的小團體去接受審訊，這些人大抵就是複述一遍懺悔性質的悔罪教義篇章、注射禁制卡瑪期的藥物，就釋放回去勞動。至於其餘人、也就是政治犯，卻每隔五天就得接受一次在藥物注射之下的拷問審訊。

我壓根就不知道他們用的是哪種藥物，也不知道拷問的內容，更不知道他們究竟是為了什麼目的要這樣審問我。在數小時之後，我會逐漸恢復神智，在宿舍臥鋪醒來，身邊還有六、七個同儕犯人，有的情況和我類似，正逐漸醒轉，有的還陷於藥物效應之下，顯得衰弱遲緩。當我們都站得住了，守衛會把我們帶到外面的田地去工作；然而，大約經過三、四回的注射藥物審訊之後，我再也站不起身子了。他們會讓我倒在那兒，直到第二天，雖然還是感到暈眩無力，我才勉力能與小隊一起出外勞動。再下一次，我倒了整整兩天。不是遏止激素、就是吐實藥，這些藥物終於開始毒害我的非格森星神經系統，效應逐漸累加增強。

我還記得，當時我是怎麼計畫，要在下一度審訊時哀求拷問官：我會告訴他，無須使用藥物，我就會老老實實、一五一十和盤托出，接著我會說：「長官，難道您不知道，若要知曉錯誤問題的答案，是何等徒勞無用？」聽得此言，那個審訊官會轉向斐珂瑟這位戴著淨慾者金鍊子的預言師求助。接著，我會與斐珂瑟進行漫長的談話，非常愉悅的對談，而在這同時，我得以把一管注射筒內的酸液轉化為磨碎的木屑粉末。當然，每回我來到那間小小的審訊室，在能開口說話之前，審訊官的助手就把我的頸銬拿下，注射藥劑。就這些拷問場面的內容，我所能記得的就只是那個審訊官——或許這印象甚至來自於先前的事件——是個神情疲憊的奧爾戈青年，指甲很骯髒。他總是枯燥疲乏地說：「你必須以奧爾戈語回答我的話，不可以說別的語言。你必須以奧爾戈語陳述。」

此地並沒有醫務室。這座志願農莊的目的很簡單：勞碌工作，或死去。然而，在操勞的空檔之間還是有些寬厚的餘裕——那算是死亡與勞動之間的歇腳鴻溝，由守衛提供。我已經說過，他們並非殘忍之輩，不過也非仁慈之人。他們只是草率而無心，但求自己不捲入什麼麻煩事就好。當我和另一個犯人實在無法站得起來、出去勞動時，守衛讓我們待在宿舍臥鋪，晾在自個兒的睡袋裡，彷彿只是忽略我們的存在。自從最後一次審訊之後，我已經病重不堪，另一人則患有腎功能障礙或疾病，是個中年人，而且瀕死。然而，他也不是一下子就能痛快死去，於是他有一些時間，躺在睡袋上的時間。

在普烈芬農莊的所有人事物當中，這是我記憶最為鮮明清晰的人。以體格而言，他有著出身於格森星大陸的典型模樣，形體粗壯、手腳粗短，包著一層厚實的皮下脂肪，即使重病時，還是顯得體態圓實。他有一雙小手與小腳，臀部寬大，胸部廣厚，比起我這種族的雄性成員，他胸形的發育程度要來得更成熟些。他的膚色是健康的紅褐色，髮色烏黑細緻、如同絨毛；他臉型寬闊，五官小而突出，顴骨明顯。這樣的長相體態其實頗類似地球上某些生活於極地或高地的族群。他的名字是阿斯拉，職業是木匠。我們交談。

我認為，阿斯拉並非不情願死去，可他害怕瀕臨死亡的過程。於是，他試圖在恐懼之外，找出分心的活動。

除了我倆皆是瀕死之人，實在沒有什麼類似之處，但這又不是我們意欲交談的話題，是以在大多數時候，其實我們並不怎麼理解對方的話語。對他而言，這並非要緊事。對於我這個較年輕、充滿疑心的人來說，我冀求理解、了然，以及解說。然而並沒有什麼解說，我們就是純粹地交談。

晚上，宿舍的大通鋪顯得燈光刺亮、擁擠又吵雜。到了白天，燈光熄滅，偌大房間顯得空曠、陰暗又沉靜。我們彼此挨近，並肩躺在睡鋪上，柔聲交談。阿斯拉最喜歡談起他的年輕歲月，那些漫長、曲折蜿蜒的事蹟，在那段時間，他待在侃達拉大河谷某個共生農莊——在我穿越邊境、來到密許諾利城的途中，我行經這塊廣闊壯麗的平原。他鄉音非常濃重，而且在閒聊時提及無數的人名、地名、風俗、道具等事物，我對那些人事物的意義一無所知，是以，除了飄忽隱約的印象之外，我對他訴說的過往事蹟並沒有多少了解。他感到最輕鬆的時候，泰半是在中午時分，我會請求他說個神話或故事給我聽。大多數格森星人腦子裡塞滿了這些故事。雖說他們的文學是以書寫形式存在，卻是活生生的口述文學。在這樣的前提下，他們全都是精通文學的博識多聞之人。阿斯拉知道的故事包括奧爾戈傳說、梅許的短篇軼事、帕西德的奇譚、磅礡史詩的片段，以及類似小說的討海商人長篇傳說。除了上述故事類型，他還知道一些從小就知曉的地方民間傳說；他會以獨特的柔和濃重鄉音敘說這些故事，感到疲累的時候，會反過來要求我說個故事。「在卡亥德王國，他們都說些什麼故事呢？」他說，一邊揉著雙腿——兩腿不時的痠疼與抽痛讓他感到難受。接著，他會面向我，以那抹害羞、狡猾、充滿耐心的微笑面對我。

有一回我告訴他：「我知道有個故事，那是關於人們活在別的星球上。」

「那會是個怎麼樣的世界呢？」

「大致上，很像現在這個世界；但是在那個星球，它並不繞著太陽轉，它環繞的星球是你們稱呼為色勒蜜的星星，某個類似太陽的黃色星星。就在那樣的星球，在那樣的太陽之下，別的人活在那兒。」

「那是色諾薇的授道傳說，那些關於別的世界的故事。以前哪，我還是個小孩時，有個瘋癲的色諾薇老教士會跑來我們的部爐，告訴我們這些孩子這些故事——撒謊的騙子死去時，就會到那些星球去；自殺者也會到那些地方去，小偷也會。這就是我們會去的地方，你和我，我們死後，會到其中一個星球？」

「不是的，我說的不是一個死後的靈魂世界，那是個現實的世界。活在那裡的人們是活生生的人，他們都活著，就像是在這裡的人。然而，在許久許久之前，他們學會了如何飛翔。」

阿斯拉咧嘴笑了起來。

「不是揮舞他們的雙臂啦，你知道。他們靠著機器飛行，像是車子那樣。」但是，要以奧爾戈話來說這個故事有些困難；他們沒有「飛行」這個字，最接近的字眼意義其實是類似「滑翔」。

「嗯，他們學會了怎麼製作機器，好飛上天空去；就像是製作雪橇，好在雪地上滑行那樣。經過一段時間之後，他們學會飛得更高更快；直到最後，他們宛如從吊索拋出去的一顆石頭，從地面上飛出去，直直飛向環繞著另一個太陽運轉的另一個世界。他們真正來到另一個世界時，卻發現了人們……」

「全都在空中滑行？」

「或許是那樣沒錯，或許不是……他們來到我的世界時，我們早已經知道如何在空中飛翔。但是他們教導我們，如何從一個星球到另一個星球，當時我們還沒有發明出這樣的機器呢。」

對於說故事的人跑到故事裡面，兩者交疊在一起，阿斯拉感到困惑。我正在發高燒，由於藥物的緣故，兩臂與胸口出現的潰瘍讓我難受得很，我已經不記得，究竟自己起初想要怎麼織造這個故事了。

「繼續說下去哪，」他試著要幫忙合理化這樣的發展。「除了飛行在大氣之上，他們還做了些什麼呢？」

「嗯，他們做了許多這裡的人們也會做的事情。但是，他們隨時都處於卡瑪期。」

他朗笑起來。在這樣的生活中，當然不可能隱藏這一點，所以在同儕犯人與守衛當中，我的暱稱自然就是「性異常的那個」。然而，無論那人是何等反常，在這裡並不會有那種慾望與羞恥心，想要指認出來。而且，我認為阿斯拉並沒有把這一點與我自己及我的反常特質連結在一起。他只是在這個故事上看到了古老主題的變奏，於是他笑了出來，問道：「隨時處於卡瑪期……這是個賜予獎賞的地方？或是個施以懲罰的地方？」

「我不知道，阿斯拉。那麼，這個世界是哪一種？」

「兩者都不是，孩子。這裡就只是一個世界，這就是它的模樣。你生於斯……事情就照它們的模樣發生……」

「我並不是生於斯。我來到這裡，我選擇了這裡。」

沉默與陰影徹底籠罩著我們。在寂然的宿舍大通鋪之外，鄉間傳來一道隱約微小的聲音，某個單手手鋸正在操作的銳利聲響。除此之外，什麼都沒有。

「嗯，好吧……嗯，好吧……」阿斯拉喃喃說著，嘆了一聲，揉搓他的雙腿，發出了自己並沒有察覺的呻吟。「要是我們的話，沒有誰是有選擇的。」

在這場談話之後的一、兩個晚上，他陷入昏迷，沒多久就死去。我從未得知他是怎麼到這個志願農莊來的，到底是什麼罪行、錯誤，或是他的身分證件上有什麼不合規則之處。我只知道，他來到普烈芬農莊還不到一年的工夫。

在阿斯拉死去的翌日，他們把我叫去審訊，這次他們得扶著我走。在那之後，我就什麼也都不記得了。

第十四章　逃亡

葉格耶與歐卜思利雙雙離城，史洛思的門房拒絕讓我進去，那時我就知道，時候到了，是該往敵人那邊去了，因為我的友人已經沒有餘存的善意。我來到烏絲．蘇思吉斯行政長的宅第，恐嚇勒索他——因為我已經沒有足夠的金錢好收買他，於是我得仰仗自己的名聲。在那些背信忘義之輩當中，叛國賊可是惡中之惡。我告訴他，我之所以來到奧爾戈，是為了卡亥德王國的貴族黨派，為的就是要刺殺提貝。我還告訴他，他自己被指派為我與沙耳夫之間的接線人，如果他拒絕把我需要的資訊告訴我，我會告上我的珥恆朗城朋友那邊，傳出風聲說他就是個雙重密探，實質上是開放貿易派系的人，這樣一來，風聲自然會傳回密許諾利城與沙耳夫這邊。那個該死的傻瓜竟然就這麼輕易相信我，飛快地把所有我需要知道的資訊悉數告知，甚至還詢問我，是否我贊成如此這般的做法。

如果是我友人葉格耶、歐卜思利，及史洛思，我還不會立刻就遭到什麼危險；他們犧牲了外星使節，好交換自己的人身安全，並且信任我不至於為自己與他們招惹麻煩。在我找上蘇思吉斯之前，沙耳夫的人馬當中，除了高姆，沒有誰認為我值得留意。但是，從現在起，他們會對我緊追不捨。我得盡快把事情給辦了，然後消失走人。我沒辦法直接與珥恆朗城取得聯繫——要是我寄信，一定會讓人竊看；要是以電話或無線電通訊，他們一定也會竊聽。於是，我第一次走到卡亥德皇家大使館。沙登．倫─耶．辰尼緯契正好當班，我在宮廷任職時，與這人頗為交好。他答應我，立刻傳送一道密函給阿格梵國王，陳述外星使節目前的下場，以及將要囚禁他的地方。辰尼緯契聰明又誠實，我能夠信任他會把信函傳遞到國王那邊，不會受到攔截偵查，雖然我無法猜測，究竟阿格梵國王會怎麼想，或有什麼反應。我之所以希望阿格梵能接收到這個訊息，為的是萬一艾的太空船的確突然從雲層上方降落，能夠有起碼的準備。在那時，我還抱著希望，但願在沙耳夫逮捕艾之前，他已傳訊給太空船。

此時，我的人身安全處於危機，要是我進入大使館的行動讓人目擊到，等於是置自身於迫切的危機中。我從大使館門口立刻走向南邊的貨運陸船港口，就在第十三月第十九日，我離開了密許諾利城，與我來到此地的方式一樣，當個陸船貨車乘客。我帶著之前的文件證明，稍微修改過，好適用我的工作。在奧爾戈這個國家，偽造文件相當冒險，他們每天都會檢閱文件高達五十二次；但是冒著風險的舉動並非罕見，而且我那些在魚貨島宅的老友教給我一些有用的招數。帶著假名證件這檔子事讓我感到很厭惡，但是除此之外，沒有任何方法救得了我，同時讓我脫離廣闊的奧爾戈內陸，到達西海沿岸一帶。

貨運陸船轟隆隆地行駛過侃達拉大橋、遠離密許諾利城時，我的心思都放在西邊。此時已屆秋冬交替，我得趕在道路封鎖前趁早抵達目的地——而且，至少要在還能做些事的時候抵達。我待在希諾絲谷地政府時，曾經在孔司伐生這個地方看過某個志願農莊，並且和某些在該農莊待過的前犯人交談過。我所得知與目睹的事情讓此時的我備感沉重；這麼怕冷的外星使節，就連氣溫高達一度，都還穿著一襲大氅，根本不可能熬得過普烈芬農莊的嚴冬。這等危急迫切地驅策我，陸船卻緩慢前進，一路緩緩搖擺，在南方與北方各城鎮之間織造路線，時而搬貨，時而卸貨，所以整整花了半月的工夫，我才終於到達依薩葛河口處的依色溫。

我在依色溫時，終於有些運氣。我與那些同住在暫時宿舍的人們交談，從他們口中得知沿著河岸有毛皮交易活動，有專業執照的獵人以雪橇或冰船為交通工具，沿河岸來回，穿越塔倫珮斯森林，幾乎抵達大冰原。他們談論獵手活動的內容，激起我設陷阱狩獵的計畫靈感。毛皮雪白的珮絲狸出沒於坷姆地與勾布林內地，牠們很喜歡緊依著冰河層生活。我還是個青少年時，曾在坷姆地的娑瑞樹林狩獵過這些狐狸；如今，我何不也在普烈芬的娑瑞樹林設下陷阱，獵捕牠們呢？

在奧爾戈的極西與極北方，在珊班暹以西的廣大野地，人們可以自由來去，因為在那些地方的巡查官不足，無法把所有人口禁錮起來。就在那些地方，新紀元之前的野性自由猶存。依色溫是座灰色的港口，由依薩葛河灣的灰色岩石築成。間雜著雨勢的海風在街道上呼嘯，這裡的人們是形容陰鬱的漁夫，說話坦率直接。每當我回想依色溫，心底抱著讚美之意，在這地方，我的運氣終於轉好。

我添購了各種相關器物，包括雪橇、雪鞋、陷阱、存糧，在當地行政機構弄到獵人執照與相關的官方證件等等；之後，我在依薩葛河跟著一隊伍的獵人準備出發，由一位叫做瑪孚瑞娃的老人領隊。河流尚未凍結，四輪交通工具也還上路，由於是海岸地帶，即使在一年的最後幾個月，下雨仍多過降雪。大多數獵手會等到徹底的隆冬時節，在第一月份，於依薩葛河搭冰船；可是瑪孚瑞娃就是要早先到達北方，在珮絲狸首度遷移到森林的時候就動手獵捕。關於內地、珊班暹北部與火焰山群，瑪孚瑞娃不能更熟稔了；與他一起溯河而上的時間，我從他那裡學到許多，有助於我日後的行動。

在某個叫做圖陸夫的城鎮，我揑造個生病的藉口脫隊。他們繼續往北前進，在那之後我隻身往西北方上路，前往珊班暹高聳的山麓。在那裡，我花了數天工夫研讀地形，而後，我把幾乎所有家當藏在距圖陸夫十二或十三哩遠的某個小谷地，接著再度回到鎮上，從南方進來，落腳於某個暫時宿舍。我佯裝要為獵捕行動準備，再度添購雪橇、雪鞋、存糧，一個毛皮睡袋及禦寒衣物，等於是從頭開始。除此之外，我還買了一個茶貝烤爐、防水化合帳篷，以及一輛輕巧的雪車，把所有物品都裝載起來。接著，除了等大雨化為冬雪、泥濘結凍為冰層，我就沒啥別的事好做了。我都已經花了整整一個月的時間從密許諾利城一路來到圖陸夫，相形之下，這段等待的時間倒也不長。到了第一月份的第四天，我衷心等候的大雪終於落下，嚴冬蒞臨。

正午過後沒多久，我穿越普烈芬農莊的電子籬笆，雪瀑迅速抹去我的形跡與腳印。我把雪車留在農莊東方某個小溪谷，只揹個背包，穿著雪鞋上路。我就這樣前進，直來到普烈芬農莊大門。在那裡，我亮出在圖陸夫等候時機時、再度揑造過的證件。這份證件現在蓋著「藍色戳印」，說明我的身分是個叫做西涅．班思的傢伙，是個假釋犯；文件上還附有一份官文，說明此人要在第一月第三日之前來到普烈芬共生地第三志願農莊報到，執行兩年的守衛職責。如果是個眼神犀利的巡查官，會對我這份破舊不堪、破爛皺褶的文件存疑，但是在這裡並沒有什麼眼睛犀利之輩。

再也沒有比進監獄更容易的事了。這樣一來，對於要脫出這裡的後半部計畫，我備感安心。

照說我早該在一天前就抵達報到，牢房的守衛隊長因此把我狠罵了一頓；之後他派遣我到宿舍的大通鋪房。晚餐已經用畢，幸運的是時候已經太晚，來不及發配公家靴子與制服給我穿，於是我那身上的好衣物得以保留，沒給沒收充公。他們沒分發任何槍枝給我，但是我自己就近找到一把；我在廚房裡晃來晃去、求哄廚師弄點東西給我填填肚子的時候，發現廚子把他的槍枝掛在烤爐後面的鉤子上。我偷了那柄槍，它並未設有致命傷害力，或許守衛的槍枝也都沒有這等配備。他們並不會宰殺自家農莊裡的犯人，純粹讓飢餓、寒冬與絕望為他們執行謀殺。

這地方大約有三、四十個牢房守衛，一百五、六十個犯人；犯人們的情況都不怎麼好，雖然才剛過第四時辰，絕大多數犯人都已沉沉入睡。某個年輕守衛帶著我巡房，展示那些入睡的犯人。就在那個大通鋪房間的刺眼亮光下，我看到這些犯人入睡的情景。才剛到此地第一夜，在自己還沒有招惹他人疑竇之前，我已經差點要放棄行動了。這些犯人都藏身於長長的床鋪與睡袋裡，如同埋在子宮裡的嬰體，隱沒不現、無法區分——幸好，其中一個是例外。他身體太長，無法完全藏起來，宛如骸骨似的黑色臉容，眼睛緊閉深陷，長著一團糾結、充滿纖維質的長髮。

前陣子在依色溫鎮轉好的運勢，現在讓整個世界一起降臨於我掌中。我從未有別的偉大天賦，只除了某種能力：我知道巨大的轉輪何時會出現，看到先兆，並且知道何時行動。我本以為，去年在珥恆朗城的時候，我的預言能力已經失去，而且再也不會回復。再度感受到此等確定性，明白我能夠操控自身命運與世界的契機，如同駕馭雪橇般滑越那個陡險的時刻，真是無比喜悅。

我還是繼續漫遊不停，到處巡查刺探，盡職扮演一個躁動、好奇的智障傢伙，於是他們把我編入大夜班。在大半夜時，門內的大家都睡著了，只有我跟另外一個守衛還醒著。我在那地方不斷來回巡視，不時在那些大通鋪的長條床間來回行走。我已經安排好了計畫，並且讓我的意志與身體準備好進入「道晰」狀態——如果不是這份從黑暗召喚來的力量，光是我自己的力氣並不足以成事。在清晨到來之前，我又到了大通鋪睡房，帶著廚師的槍枝，在真力．艾的腦子裡打入一百秒份的暈死量。然後我把他從睡袋裡挖舉起來，扛上肩頭，弄到警衛室那邊去。「怎麼回事啊？」另一個守夜侍衛半睡半醒。「別管那傢伙啦！」

「他已經死了。」

「又死了一個？梅許的膽囊在上，都還沒入冬哩！」他把頭轉到一邊去，看著那個掛在我背上的外星使節，注視他的臉龐。「那個啊，原來是那隻性異常的傢伙，不就是嘛。看在洞觀之眼的份上，本來我可不相信他們說卡亥德人的德性，直到我看到那傢伙，真是個醜怪的畸形人！一整個星期以來，他就是在大通鋪上呻吟，自己唱著歌，可我本來不以為他會這樣掛了。好吧，去找個地方把他給扔了，讓他在那裡躺到天亮，別呆站在這裡，像個挑糞夫似的……」

在走廊上，我順道拐進巡查室。既然我的身分是警衛，沒有誰會阻攔我進去這房間，在裡面搜索。我找到了牆上的控制板，可以控制電源開關與警示器。沒有任何開關貼上標籤，但是警衛在上面刻下提示符號，免得緊急時想不起來哪個開關是什麼。我認為「F．f」就是指籬笆，於是把開關轉開，轉成這個農莊最低的防衛模式。接著，我再把真力．艾扛起來，放在肩頭，在警衛室門口撞見了正在值勤的守衛。我裝腔作勢地用力搬動這具死屍重物，目前道晰力已經全然蘊蓄在我的體內，但我不願讓別人輕易看出這點。事實上，我現在可以輕易搬動比自己更沉重的人體。

我說：「這個犯人掛了，他們說把他丟到睡房外面。那我要把他塞到哪兒去？」

「我不知道呢，把他弄到外邊去吧。要把他真的埋起來，免得他只是讓雪地掩蓋，到了明年春天，屍身會隨著融雪風暴一起浮現、整個發臭啦！現在正下著珮狄提亞大雪呢！」他指的是我們稱之為「索孚雪」的天氣，那是種厚重潮濕的大雪，對我來說，這真是最棒的消息。

「好啦，好啦！」我說，一邊把那具人形行囊運到外邊，來到宿舍通鋪角落，遠離他的視線。我再度把真力．艾放上自己肩頭，往東北走了好幾碼，爬到死寂的籬笆上，先扔下肩頭的重擔，再自己跳下去。然後我再度把真力．艾扛起來，以我所能達到的最快速度朝河邊方向逃竄。我從籬笆那邊閃開沒多久，就出現了尖厲呼號的口哨聲，探照地面的燈光隨之灑落。雪勢頗大，足以將我隱匿，但還不足以在幾分鐘內抹去我的足跡。然而，我來到河邊時，他們還沒能循著痕跡趕上我。我轉向北，在林間空地前進，眼前沒有足以掩藏形跡的空曠地面，我就循著水流前行。那條輕快的小河是依薩葛河的一條小支流，目前還沒結凍。到了清晨，形跡會更加清楚，於是我加快腳步前進。處於全然的道晰狀態，我察覺到，雖然外星使節是個礙手礙腳的長形包袱，卻不大沉重。我順著小河來到森林裡，回到安放雪橇用具的峽谷；我將外星使節綁在雪車上，把我的行囊物件塞在他周圍與身上，把他整個人給埋藏起來，在上頭又蓋了張防水毯子。接著我換衣服，吃了些東西，此時，長期處於道晰的特殊飢餓感已開始囓咬著我。然後我啟程出發，在森林大道上馳向北方。沒多久，兩個滑雪人手已經趕上了我。

此時我的打扮與配備都是獵手的模樣，而且我告訴他們，我想要趕上瑪孚瑞娃的隊伍，在第十四月的最後幾天，他們已經前往極北方。他們知道瑪孚瑞娃這名領隊，瞥了眼我的執照，對我的說法深信不疑。他們並不預期逃亡者會朝著極北方前進，因為在普烈芬農莊以北，除了樹林與大冰原之外，啥也沒有。或許，他們甚至並不怎麼熱中要抓回逃亡的犯人，他們有什麼好熱中的呢？他們繼續滑雪，大概在一小時後就與我分道揚鑣，回頭往普烈芬農莊而去。其中一個傢伙是和我一起站大夜班的守衛，他從未真正看我的臉，雖然有大半個夜晚，我這張臉都曝露在他的視線以內。

確定他們真正離去之後，我離開那條路。接下來一整天，我沿著漫長的半環形路徑，繞著樹林與志願農莊東方的丘陵地帶逡巡前進，最後終於脫離這地帶，脫離整個曠野，來到藏身於圖陸夫上方的小山谷，當時我把剩下的配備都儲藏於此。要在這樣摺襞繁多的地形上滑雪，實在不是易事，而且我還不只要負載自己的重量；然而雪勢愈來愈大，積雪也愈發堅硬，況且我還處於道晰狀態。我得一直保持這狀態，要是一旦讓道晰力脫曳而去，就什麼力氣也沒有了。在這次之前，我從未保持道晰長達一小時以上，但是我知道，某些老邁的賢者能夠保持終日徹夜、甚至更久，加上我目前的需求，對我的訓練是很好的補充。處於道晰狀態，你不能夠過於憂慮。目前我的焦慮來自外星使節，照說，他早該從我在他頭上打的那記輕量音波槍震盪中醒來，但他從未移動分毫，目前我也沒有餘力照料他。他的身體真的如此異類，以致於僅造成我們短暫痲痹的劑量，就會致他於死地？命運的轉輪在你掌心下轉動時，你得小心自己說出口的話語：我已經有兩次說他是個死人，而且把他當成個死人來搬運。我開始這麼想，或許我一路在山坡間滑雪負載的的確是具死屍，無論是我的運勢、或是他的生命，兩者皆已然徹底浪費了。只要想到這些，我就會汗流不止、出言詛咒，而且道晰力似乎隨時要從我體內耗光，就像水流從一罐破瓶子的缺口流盡。但是我支撐下去，力量也沒有耗光，直到我終於抵達丘陵間的祕密儲藏處，把帳篷架好，並且盡量照料了真力．艾的病勢。我打開一盒濃縮食物塊，自己吞掉大半，留了些作成肉湯餵到他嘴裡──他看起來已經快餓死了。他的手臂與乳房都長滿了腫塊，由於睡袋非常骯髒，潰瘍愈發紅腫刺痛。腫傷清理乾淨後，他躺在溫暖的毛皮睡袋裡，寒冬與荒野好生將他掩藏起來，這就是目前我能為他做的全部。夜晚降臨，至於某種更深邃的黑夜──召喚自身內在力量所必須償付的代價──強烈降落在我身上。如今，我得把自己與真力．艾託付給前來的黑暗。

我們沉睡，大雪降落。在那夜，以及翌日與隔夜，在我處於全然的珊根沉睡態之際，必然一直下著雪；那不是風雪暴，卻是入冬以來第一場大雪瀑。我終於醒轉時，把自己弄起來查看狀況，帳篷已經有一半埋在雪下。雪地上方，陽光與藍色陰影如此鮮明生動。在遙遠高曠的東方，一抹飄流的灰色陰影抹去天空的亮光，那是烏狄奴絲瑞克山脈升起的煙，那座山是最靠近目前我們所在的火焰山。就在帳篷形成的小峰周圍，環繞著積雪、小墟、小丘、隆峰、斜坡──全都抹成一片雪白，全都不見人煙。

由於還處於恢復期，目前我仍虛弱易睏。但是，只要我能夠醒來，我就會餵真力．艾一些肉湯，每次一點；到了那天傍晚，他終於活了過來，雖然神智尚未恢復。他突然坐起來，以無比驚恐的聲音大喊。我跪坐在他身邊時，他掙扎著要從我身邊逃開，由於那掙扎對他目前而言太劇烈，他接著就昏倒了。那晚他一直喋喋不休說著話，但我聽不懂他說的語言。這真是奇異哪，身處於荒野的寂靜黑夜，聽著他以某種並非在這星球學來的語言喃喃說話。第二天情況更糟，只要我試圖照料他，他就會把我誤認為——我猜想——志願農莊的某個守衛，而且異常驚恐，深怕我又要他服用藥劑。他會以可憐的胡言亂語，同時說著卡亥德語與奧爾戈語，哀求我「別這樣」，而且他會以驚慌失措的力氣抵抗我。

這種情況一再發生，而我還處於事後的珊根狀態，無論是體力或意志力都還很薄弱，看來我根本無法照料他。那一天我開始懷疑，他們很可能不只下藥痲痹他，更可能毀壞了他的心智，讓他變得瘋癲或弱智。因此，我開始想，早知如此，真希望當我在娑瑞樹林滑雪橫渡時，他就死在雪橇上；或是我之前運勢沒有好轉，在我試圖逃離密許諾利城時就給逮捕起來，然後下放到某座農莊，承受我該償付的天譴。

我從睡夢中醒來，發現他正看著我。

「埃思特梵？」他以微弱的驚嘆語氣低聲叫著。

我終於大大鬆一口氣。現在我可以讓他安心，照料他的需求。那晚，我們兩人都睡得很好。翌日，他已經好多了，可以坐起來吃東西。他身上那些腫瘍慢慢痊癒，我問他那些是什麼。

「我也不知道，我想是藥物引起的潰瘍。他們一直持續在我身上注射……」

「抑制卡瑪期的藥物？」在那些從志願農莊釋放或逃出來的人們當中，我聽說過這樣一件事。

「是的，還有別的藥物，我不知道那確切是什麼，大概是吐實藥之類的。那些藥物讓我生病，但他們還是持續注射。他們究竟想要知道些什麼？我還能夠告訴他們什麼？」

「或許他們不盡然要你招供，而是要馴服你。」

「馴服？」
「如果你對這些化學藥物的其中一種產生上癮的禁斷症，那可以讓你變得溫順、容易操縱。在卡亥德王國，也可能會有這種做法。或者，他們想在你與同儕犯人身上施行某種實驗。之前我聽說過，他們會在農莊犯人身上施行心智轉換的藥物與技術。我聽到時很懷疑，現在我肯定那是實情。」
「在你們卡亥德王國，也有這種農莊機構嗎？」
「卡亥德王國？」我說：「當然沒有。」
他焦躁地揉搓自己的額頭。「如果在密許諾利城，我猜想他們也會這樣說：在奧爾戈這個國家，才沒有這樣的地方。」
「正好相反。他們會自豪地炫耀這玩意，還會展示這些志願農莊的相關影音帶給你觀看；在那些農莊裡，異常的畸零人能夠改造矯正，遺存至今的退化性部落團體也可以得到庇護。他們可能會帶你去參觀第一區的志願農莊，那地方就在密許諾利城外，從任何角度看來都是個不賴的展示樣本。如果你當真相信我們卡亥德人也有這樣的農莊，艾先生，你真的太高估我們了。我們不是那麼世故老練的族群。」
他躺著好半晌，瞪著灼熱燃亮的茶貝烤爐；我把烤爐的開關打開，直到它散發幾乎令人窒息的騰騰熱氣。然後，他看向我這邊。
「今天早上你告訴過我，我知道，但是我，我想我的心智還不夠清晰分明。我們究竟在哪裡？又是怎麼來到這裡的？」

我又一次告訴他逃亡的來龍去脈。

「你就這樣……簡簡單單地扛著我走出來？」

「艾先生，你們這些犯人當中，無論是其中任何一人，或是所有人，都可以這樣做——任何一個夜晚，就這樣走出那個地方。如果你們不是已經餓壞了、筋疲力竭、身心狀態低落，而且讓藥物麻痺，當然都做得到；而且，你們得要有禦寒的冬衣，再加上假設你們有地方可去……這就是其中的要命之處。你們能跑到哪兒去呢？某個城鎮？可你們沒有證件，結果就是無路可去。逃到野外去？你們並沒有地方可躲，也一樣完蛋。如果是夏天，我猜他們會多增設些守衛在普烈芬農莊。冬天時節，他們只消讓氣候擔任強而有力的守衛。」

他根本沒怎麼聽我說。「埃思特梵，你不可能這樣把我扛著跑了一百呎，更別說繼續扛著我奔跑好幾哩，在黑夜的時候橫跨原野逃命。」

「當時我處於道晰狀態。」

他遲疑了一下。「由你自身激發而出？」

「沒錯。」

「你……你是寒達拉修士？」

「我的確由寒達拉修行者帶大，之後我在盧瑟勒堡待了兩年。在坷姆地，大多數內部爐人士都是寒達拉修行者。」

「我以為，在道晰狀態結束之後，基於極端的能量耗竭，必然會造成某種崩潰狀態——」

「是的，那稱之為『珊根』，也就是黑色沉睡。那時期會比道晰狀態持續得更長久，而且一旦你進入恢復狀態，要去抗拒它的話可是非常危險。在那之後，我整整睡了兩個晚上，現在我還是處於珊根狀態，目前也無法跨越山峰。此外，飢餓也是珊根狀態的一部分，說來我已經吃掉了大部分存糧，本來是預計讓這些糧食撐過這一星期。」

「好啦好啦，」他情緒焦躁，以匆促性急的口吻說：「我懂了，我相信你——我怎可能不相信你呢！我就在這裡，你也在這裡……但我就是不明白。我不明白，你做這些究竟是為了什麼？」

聽到那番話，我的怒意全然爆發。我得要瞪著手邊那把冰刀，不能注視他，也不能回話，直到我控制住自己的沸然怒火為止。幸運的是，目前我體內並沒多少熱流，也沒有急躁飛快的衝動；而且我如此告誡自己，這是個無知的人，是個異邦人，他在此地受到惡劣的待遇，而且嚇壞了。於是我抵達公正無私的位置，最後說：「我認為，你來到奧爾戈、最後淪落下放到普烈芬農莊，我必須負起部分的錯失責任。我只是在彌補自己的錯誤。」

「我來到奧爾戈，和你半點關係都沒有啊！」

「艾先生，我們以不同的視線觀看相同的事件。我錯誤地推斷我們兩者的視線會一致。先讓我把時間倒退回去年春天。當時我開始鼓勵阿格梵國王要等待時機，還不要太快就對你或你的使命做出決定，那是在拱心石儀式之前的半個月左右。那時候，你要謁見國王的時機已經安排好了，最好的狀態就是讓它這樣過去，在那時候最好不要期待任何結果。我以為，種種這些你都心知肚明，結果是我設想錯誤。我把太多狀況都設想得理所當然，而且基於我不願冒犯你，所以也沒有向你建言。我以為你充分明瞭佩莫・哈吉・倫—耶・提貝突然間竄升到上議會所帶來的危機。如果提貝認為有必要忌憚你，他會控訴你是某個派系的人馬，基於阿格梵國王非常容易出於恐懼而動搖，他很可能就此下令，將你謀殺處決。既然提貝昇上高位、掌握權勢，我想要你先居於弱勢，處於安全的位置。結果，剛好就這麼不巧，我也跟著你一起失勢。

「我早就註定會失勢，只是我並未料到會發生在我們私下交談的那一夜；不過，擔任阿格梵國王的首相，誰也無法在位太久。接到流放命令之後，我就無法與你通訊，否則只是徒然讓你沾上我的不名譽，而且增添你的生命危險。我自行來到奧爾戈，之前我也建議你來此地。在三十三人團當中，我敦促其中幾位我最信任的代表，讓你取得進到這裡的通行證；要不是他們的一臂之力，你無法得到入境許可。除了他們自己的識見、加上我鼓舞的緣故，這些人在你身上看到了通往權力之路，那條道路能夠終止奧爾戈與卡亥德王國與日俱增的爭伐，並且回歸開放貿易的老路子，同時，這甚至是個能夠掙脫沙耳夫祕密警察組織的大好機會。但是，這些人過於謹慎小心，不敢直接行動，他們非但沒有公開宣揚支持你，反而把你藏起來，因此失去了他們的時機，最後只好把你出賣給沙耳夫，以換取自己的項上人頭。我太過仰仗他們，所以這些錯誤都要由我來負責。」

「但是，這目的究竟是什麼——這些機密陰謀、躲躲藏藏、權力角逐，還有那些謀略——到底是為了什麼，埃思特梵？你到底想要取得什麼呢？」

「我想要的就是你想要的：我的世界與你代表的世界們，能夠彼此聯盟。你認為這樣如何？」

在火光燃亮的烤爐對面，我們彼此瞪視，如同兩尊木玩偶。

「你的意思是，即使是奧爾戈先行結盟——」

「即使先行結盟的是奧爾戈，那也無妨，卡亥德王國很快就會加入陣營。當這一切、包括我的人民都已經處於險惡的處境，你還以為我會繼續玩那套習縛規色遊戲？既然我們都會覺醒，哪個國家先行覺醒有何緊要？」

「真是見鬼，要我怎麼相信你說的任何話！」他突然爆發。衰弱的身體讓他的義憤填膺顯得委屈，像在哭鬧似的。「如果這一切屬實，在這之前你早就該解釋給我聽——去年春天時你就該這麼做，那可省了我們兩人來上一趟普烈芬農莊之旅。你為我代言的努力——」

「已經失敗了，而且讓你遭致痛苦、羞恥，以及性命危險。這些我都知道。但是，倘若當時我為了你公開與提貝抗爭，現在你人就不會在這裡，而是躺在珥恆朗城一座墳墓之下。無論在卡亥德王國或是奧爾戈，都有一些相信你的人，這是因為他們聽信我，之後他們對你還是會有用處。我最大的失誤、正如你所言，就是無法讓你清楚明瞭我的意圖。我不習慣這樣做，我並不習於給予或接受，不管是勸告或責備。」

「我無意對你不公，埃思特梵——」

「然而你就是，你對待我並不公平。真是怪了，在格森這個星球上，我是唯一全然相信你的人，但是在這整個星球上，我卻是你唯一拒絕信任的人。」

他把頭埋在雙手間。最後，他終於說：「我很抱歉，埃思特梵。」這句話同時是致歉與承認。

「事實就是，」我這麼說：「你無法、或不願意相信『我相信你』這件事實。」

我站起身子。我雙腳抽筋，怒意與疲憊令我顫抖不已。

「教我運用你的那套心念交流技法。」我試著輕鬆說話，不帶積怨。「這是你們無法涵蓋謊言在其中的語言。教我如何使用它，然後再以心念詢問我，何以我做出目前為止的這些行為。」

「我很樂意這樣做，埃思特梵。」

第十五章　前往冰原

我醒來了。直到這次醒來之前，我還是感到奇異、不可置信，竟然會在這樣一個燈光昏黃的溫暖圓錐體之內醒來，並且聽從我的理智告訴我，這是一頂帳篷；我躺在這帳篷裡面，人還活著，而且不是在普烈芬農莊。這次醒來時已不覺得那麼奇怪，反而是某種充滿感念的平和。我坐起來，打呵欠，試著以手指梳理蓬亂的頭髮。我看著埃思特梵，他就躺在幾呎外的睡袋裡，四肢橫陳，沉沉入睡。他什麼都沒穿，只有下半身還著馬褲，他很熱。那張陰暗隱密的臉龐正對著光線，對著我的視線。沉睡時的埃思特梵顯得有點呆，一如每個沉睡的人。那張強健的圓臉鬆懈下來，面容顯得遙遠，一顆顆細小的汗珠綻放在他的嘴唇與濃密的眉毛上。我記得當時在珥恆朗城的遊行行列上，他也這樣揮汗如雨；當時的他矗立在全副武裝的權勢與陽光下。現在我看著他毫無防備、半裸在比當時更寒冷的光線下，在這時候，認識他以來，我首次不帶偏見地注視真正的埃思特梵。

他很晚才醒來，而且清醒得很緩慢，最後他終於一邊打呵欠，一邊掙扎起身，把襯衫穿上，頭探到外面去審視天氣。然後他問我，想不想來上一杯歐舒茶。他發現我早就先起來煮了一壺這種飲料——用他昨晚睡前放在平底鍋上的一大塊冰所融成的水。他接了一杯茶過去，僵硬地向我道謝，然後坐下來喝。

「從這裡出發的話，我們要到哪兒去呢，埃思特梵？」

「這就要看你想到哪個地方，艾先生，還要看你的狀況能夠負荷哪種旅行方式。」

「要離開奧爾戈國境的話，最快速的取徑是什麼呢？」

「往西，到海岸一帶。這樣只要三十哩左右的路程。」

「然後呢？」

「這裡的港口應該正在凍結，或是早已經凍結。無論是哪種狀況，總之在冬天，沒有什麼船隻會遠航。如此一來，我們得藏身某處，等到來年春天，大貿易商會開船航向西思或帕倫特。要是貿易禁制令持續下去，就不會有船隻開往卡亥德王國。我們得在船上打工、賺取船資。很不幸地，我的錢已經用光了。」

「除此之外，有沒有別的選項呢？」

「直接前往卡亥德——橫跨內陸。」

「這樣的路程是——有一千哩遠？」

「是啊，如果走一般道路。但是我們不能走那些路，只要遇到巡查官，我們就無法通行。我們唯一的路就是穿越山脈、往北方前行，通過東方的勾布林，然後到達古森灣國界。」

「通過勾布林——你的意思是要橫跨大冰原？」

他點點頭。

「在冬天這樣走，應該不可能辦到，不是嗎？」

「運氣好的話，有可能——所有的冬天旅程都是這樣。就某方面而言，如果是跨越冰河的旅程，在冬天還比較好些。你知道吧，暖流會停駐在大冰河上，冰層會反射陽光的熱氣，於是風暴就會整個席捲向外圍地帶。這就是『在冰雪暴之內』那個故事的由來。所以，這是我們唯一的好處，也就這一點好處罷了。」

「所以說，你當真考慮——」

「如果不這樣做，我費盡力氣把你從普烈芬農莊給打撈出來，就沒啥意思可言。」

他還是顯得僵硬、光火，形容嚴峻。昨晚那席談話同時影響我們，雙方都為之震動。

「這樣說吧：你是否認為，比起躲在某處、等候明年春天的船隻，跨越大冰原的行程要來得更值得冒險？」

他點頭稱是。「這樣可以孤身行動。」他簡潔扼要地解釋。

我思索這提議半晌。「我希望你有考慮到我的能力不足。我不像你這麼耐寒，簡直天差地遠。我不是滑雪專家，而且體能狀況甚差——雖說比起幾天前，我已經好多了。」

他再度點頭。「我認為，我們可以辦到。」他以那種全然單純的語氣說道，在這之前我都誤認那語氣是某種反諷。

「好的。」

他瞥了我一眼，喝完他杯子裡的茶。雖然稱呼為茶，可卻是從沛恩穀物提煉出的飲用品。歐舒茶是某種褐色的酸甜飲料，富含維他命A與C、糖分，以及某種令人愉悅、類似袪痰菜素的興奮劑。要是在冬星上沒有啤酒，就得有歐舒茶；要是連歐舒茶都付之闕如，那冬星就不會有活人了。

「這會是相當艱難的旅程。」他這麼說，一邊把杯子放下來。「無比艱難，要是我們沒有好運輔助，實在不可能成功。」

「我寧可死在冰原上，也好過爛在那個你把我救出來的糞坑。」

他切下一塊麵包蘋果，遞給我其中一片，一邊沉思一邊咀嚼。「我們會需要更多食物。」

「如果我們當真到了卡亥德王國，接下來要怎麼辦——我指的是你的處境。你目前還是處於喪失公權的放逐狀態呢。」

他以那種陰霾、類似水獺的眼神看著我。「是啊，我也認為如此。我會停留在國境這邊。」

「可是，要是他們發現你幫了犯人逃出志願農莊——」

「他們無須發現這一點。」他蕭瑟地微笑起來，這麼說：「總之，我們得先橫跨大冰原。」

我終於衝口而出：「聽我說好嗎，埃思特梵——你能否原諒我昨晚說的那些話——」

「鰲詠。」他站了起來，一邊咀嚼食物，依序穿上他的外套、大衣、皮靴，像隻水獺似的溜出會自動封閉的帳篷摺扇門。他從外頭探頭進來說：「我可能會很晚才回來，甚至整夜都在外面。你一個人可以照料自己嗎？」

「可以。」

「甚好。」隨著這句話，他就走了。在我認識的人當中，從未有另一人比得上埃思特梵，能夠全然迅速地應對已經變更的狀況。我正在復原，而且願意冒險跋涉過冰原；他則從珊根狀態回復，把狀況都弄清楚的那瞬間，他就開始採取行動。他從未莽撞或慌張行事，但總是充滿萬全準備。毫無疑問，這就是何以他竟然為了我捨棄那份前程大好的政治生涯，也解釋了他對我與我身負使命的信任，以及花費在我身上的努力。當我來到冬星時，他已經準備好了。在這星球上，無第二人如此。

然而，他竟然認為自己是個行動緩慢之人，不善於應付緊急變故。

有一回埃思特梵告訴我，由於他是這麼思慮緩慢的人，他得讓某種稱之為運勢的自我直覺力來引導自己的行動；運勢正在轉動時，這份直覺力鮮少辜負他。他非常認真地說明這一點，這很可能是全然的事實。在冬星上，居於預言堡的預言師並非唯一能洞見未來的族群。這些人馴服、訓練自身的洞觀預知力，但他們並不增進預知的確定性。以這個脈絡而言，幽梅許教的說法或許也有它的道理：這樣的天賦不光是單純的預知能力，毋寧是全視的原力（倘若是須臾剎那的洞視）。那等於是**在瞬間視見一切**，看入全象。

埃思特梵出門之後，我把茶貝小暖爐的熱度開到最大，終於整個人暖和起來，這可是長達——究竟有多久的時間，我首次處於這樣的溫暖。我猜想現在是瑟恩，也就是冬星上的一月，又是個嶄新的恆始年；但是，待在普烈芬農莊那段時間讓我失去了對時日的計算。

在格森星人長達數千年抗頡嚴寒的歷程，這個小暖爐是他們最完美的耐寒器具之一，也是最優異經濟的產品。唯有核融合包裝能源才可能讓它更至完美。它的仿生強化電池足以維持十四個月之久，而且熱力強烈；還同時是烤爐、暖氣、燈籠，而且甚至只有四磅這麼輕。如果沒有它，我們連五十哩路程都無法跋涉。這玩意必然花了埃思特梵大把的鈔票，用的是我們在密許諾利城時、我以那種倨傲姿態送達他手上的金錢。至於這座帳篷，材質是那種高級合成素材，為的就是要防寒，同時設計來遏止帳篷內可能發生的冷凝作用——要是在冷天發生這等現象，等於是帳篷內的大瘟疫。還有那些珮絲狸皮毛睡袋、衣物、雪橇、雪車、食品等等，全都是上好製品，全都輕盈、持久，而且昂貴。如果他是要出去弄更多食物，要怎麼弄到手呢？

到了第二天晚上，他才回到帳篷。我跑到外面幾次，試著以雪鞋前進，一邊培養力氣，一邊練習技巧，在那座藏著我們帳篷的覆雪山坡之間，我緩慢蹣跚前進。要是滑雪橇，我還算上手，但是以雪鞋前進，就很不怎麼樣。我不敢太過往山頂前進，深怕自己迷失了回程的路徑。這真是野地，陡峭險峻，充滿小溪與峽谷，不時陡升起一座座雲層繚繞的東方群山。要是埃思特梵不回來，我可是有充分的時間來思量自己在這個鳥不生蛋的荒域做什麼好。

他從陰暗的山上飛撲而下，精準地停在我身邊——真是個技術高超的滑雪家。他全身骯髒、疲憊，滿載而歸。他背上扛著個油煙浸漬的大袋子，裡面充滿各種包裹。他看起來儼然是從煙囪裡鑽爬出來的舊世代地球聖誕老人。那些包裹內有卡地胚芽、乾燥的麵包蘋果、茶，以及大塊大塊份量的堅硬紅糖，那是格森星人從某種植物根莖提煉出來的糖，嘗起來帶有些許土味。

「你是怎麼弄到這些糧食？」

「我偷來的。」

卡亥德王國前任首相這麼說，把雙手擱在暖爐上，他還沒熄掉呢。即使是他，現在也冷得很。

「在圖陸夫偷的，非常千鈞一髮。」這就是我知道的全部，對於自己的竊行，他並不感到驕傲，也無法一笑置之。在冬星上，偷竊是大逆不道的惡行，除了自殺者，最讓人鄙視的莫過於竊賊。

「我們會先食用這些。」我把一鍋雪放在烤爐上融化時，他說：「這些很重。」在這之前，他所取出的存糧大抵是「超濃縮食糧」——那是某種乾燥強化後的壓縮方塊高能量乾糧，奧爾戈人稱之為「吉奇米其」，我們也這麼稱它，儘管我們當然是以卡亥德語交談。以最少量的所需程度，我們可以靠現存的濃縮乾糧撐上六十天，也就是每人一天一磅的份量。他清洗、用餐之後，坐在爐前，那晚他花了好久來計算我們目前擁有的存糧總數、如何分配食用。我們手邊沒有磅秤，他只好自行估算，以一磅重的一盒「吉奇米其」來充當砝碼。如同大部分格森星人，他知道如何估算食物的熱量與營養成份；他知道自己在各種不同環境下對食物份量的需求，同時也知道如何估算我的份量。在冬星上，這樣的知識有高度的生存價值。

我們把存糧的營養份量計畫好後，他就閃入自己的睡袋，即刻入睡。那天晚上，我聽見他在睡夢中對自己說著各種數字，像是天候、日期、距離……

非常粗略的計算，我們大概有八百哩路程。前一百哩往北、或東北，要穿越樹林，橫跨珊班遲支脈，最後來到大冰河區，也就是大冰原——大冰原覆蓋了雙瓣狀大陸整個緯度四十五度以北一帶，某些地方，甚至下達三十五度線。這些往南伸的地區，其中之一就是火山群，也是珊班遲最末的群峰。那地帶是我們行程的第一個主站。就在群山之間，埃思特梵思量著，我們應該可以找路到達大冰原表面。要不就是從其中一處山坡下滑，或是反過來，從它的某道冰河渠流斜坡往上爬行。到達這個目的地之後，我們就直接在大冰原上跋涉，往東方前行六百哩。就在靠近古森灣的邊緣，大冰原的邊陲往北延伸，屆時我們就從冰原下來，往東南方橫切，跨越最後五十或一百哩，在玄榭沼澤一帶戮力前行；到那時，直到我們抵達卡亥德王國邊境，積雪恐怕會高達二十呎。

從一開始到終點，這樣的路程讓我們得以避開有人居住、或可供人居的地帶。我們不會撞見任何巡查官，毋庸置疑，這是最重要的一點。我沒有身分證件，而埃思特梵說，他的證件也已經經不起任何進一步的偽造。就任何情況而言，雖然在無人預期任何異狀的前提，我可以佯裝成格森星人；但要是面對搜索的視線，我肯定無法矇混過關。以這個層次而言，埃思特梵提議的這趟行程顯得相當實際。

以別的層次而言，這提議卻是不能更瘋狂了。

我把這意見留給自己，因為當我說到如果在兩種死法之間做個選擇，我寧可死在橫跨大冰原的逃難生涯，這是千真萬確。不過，直到現在，埃思特梵還在搜索別種可能的逃亡之道。到了翌日，我們萬分小心地把行李安裝在雪車上時，他說：「如果你召喚你的星船，要多久之後，它就會到達地面呢？」

「快則八天，慢則半個月——端看目前它繞行在太陽的哪邊、距離格森星有多遠。它很可能位於太陽的另一端。」

「無法更快嘍？」

「沒辦法。近光速飛行無法在一個太陽系之內啟動。這艘太空船只能以火箭的推進力前進，所以，它最快也要八天才能降落到地面。為何問這？」

他回答之前，先把某個繩結拉緊，打上死結。「我在考慮，看來我自己的世界不會伸出援手，是否我們要借用你那個世界的智慧。在圖陸夫一地，有個傳送無線電信的導航塔。」

「它的力道有多強？」

「不怎麼強。其次鄰近的無線電傳送塔位於庫葫玫，大概距離這裡以南四百哩左右。」

「庫葫玫是個大城鎮嗎？」

「大約有二十五萬人口。」

「我們總是要用到無線電傳送器，接著又要躲藏個八天，更別說現在整個沙耳夫組織都風聲鶴唳……這樣機會似乎不大。」

他點點頭。

我把最後一包卡地胚芽從帳篷搬出來，放入雪車的空隙凹洞，然後說：「如果在密許諾利城——你警告我的那晚，也就是我被逮捕的那夜——我就召喚太空船下來就好了！可是歐卜思利取得我的共時傳訊機，我想，那機器現在還在他手中。」

「他會使用這機器嗎？」

「不，不會，即使是在機率上碰巧瞎貓碰到死老鼠的可能性也不會有。這些座標的設置相當繁複，可是，我真希望使用它召喚的是我自己！」

「如果那一天我早點知道遊戲已經結束……」他微笑著說，可這人並不是懊喪後悔的類型。

「你當時就知道了，我猜。但是，是我不相信你。」

我們把雪車的行囊裝好，他堅持我們要閒閒度過接下來這一整天，養精蓄銳。他倚在帳篷裡振筆疾書，在那本小記事本上撰寫潦草的直向卡亥德草書體。上個月份他無法定期書寫這些日記，這點讓他感到惱怒。他對記錄相當規律、有條理。我這樣猜想，他的筆記同時是某種義務，也是他自身與他家族——埃思特部爐——的聯繫。我日後知道是這麼一回事，只是當時我還不知道他究竟在寫什麼。我只是呆坐著，為雪橇打蠟，不然就是啥也沒做。我對自己吹著某首舞曲小調，可半途就驀然停止。我們只有一個帳篷，倘若要在不讓對方抓狂的前提下分享空間，就非常有必要自我節制、適當的禮數……是啦，埃思特梵聽到我在吹口哨，是抬頭看了我一眼，但那不是激惱，反而是夢樣的眼神。他說道：「真希望去年時，我就知道你的太空船位於我們的星球之上——為何他們只派遣你一個人下來？」

「來到一個新世界的機動使總是單獨一人。一個外星人是表達禮數，兩個就是展現侵略。」

「首任使節的生命還真是廉價哪！」

「不是這樣的，伊庫盟決不會輕賤任何人的性命。所以它這樣規畫：寧可只讓一人冒著生命危險，也好過成雙的兩人，甚或成群的二十人。而且，要這樣以大跳躍的星際航行把人們載來載去，成本既昂貴，又相當耗時。無論如何，是我自己要求這個工作的。」

「險惡之所在，榮譽之所在。」他這麼說，很顯然那是個諺語，因為他接著以柔和的語氣說：「當我們抵達卡亥德王國時，可是榮譽滿載……」

他這麼說時，驀然間我相信我們當真辦得到這趟跋涉，橫跨八百哩路，終於歸返卡亥德王國——在這八百哩路上，充斥山脈、峽谷、冰河罅隙、火山、冰河、大冰原、凍結的沼澤、冰凍的海灣，這些風景全都籠罩於某個全盛冰河紀元的寒冬風暴，全都是恍無人煙之地，如此遺世荒涼，毫無遮風避雨之處。他繼續坐著，以那種冷漠堅忍、充滿耐心的貫徹性書寫他的記錄；在此之前，我也見識過一個瘋癲的國王以類似的鉅細靡遺工夫，站在鷹架上，塗抹某個接縫。而他這麼說：「當我們抵達卡亥德王國時……」

他說的「當我們如何時」也並非某個毫無時間感的盼望。他預計在冬季第四月第四日——也就是愛哈德．安納——回到卡亥德境內。我們得在明日出發，就是第一月份第十三日，托曼柏．瑟恩。最極限的狀況下，我們的存糧可以使用整整三個格森月份，也就是七十八天；我們得在前七十天內每天前進十二哩，然後在愛哈德．安納這天抵達卡亥德。這些都已經計畫妥當，沒有別的好做了，就剩下一場好眠。

翌日，我們在清晨出發，穿著雪鞋，背景是一場無風的細雪。山脈間籠罩的雪叫做貝沙，意即柔軟、尚未冰封的雪，但我認為地球的滑雪者會稱之為狂野大雪。雪車沉重滿載，埃思特梵估計我們要往前推進的整個重量是三百磅左右。在這樣的輕柔雪勢下要推進，實在非常困難，雖說這輛雪車非常便捷，設計得像是一艘精良的小船；底部的冰刀更是令人驚嘆，是以某種化合物製成，讓地面的抗阻力幾乎為零。但是，當整個大行李就這樣擱淺於一場淤積的小雪，這些設備還是沒啥用處。處於這些地表，而且要不時上下來回於斜坡與小峽谷，我們發現最管用的行進方式就是其中一人佩戴挽具，在前方拉車，另一人在車後推動。這一整天，雪都輕柔地下落，我們停下來歇腳兩次，吃點東西。在這廣闊的山野地區，四處寂靜無聲；如今我們處於某個很類似早上出發前的地方：某個深陷丘峰之間的小山谷。我累得只能蹣跚匍匐，但我真不敢相信這天竟然度過了！以雪車的測量儀表來計算，我們橫越了將近十五哩。

雖說在這麼險峻的野地，不時有山脈與谷地阻礙我們，然而若在這樣的輕柔小雪之下，我們還是可以順利拉著滿載的行李車前進，到了大冰原時，我們自然能做得更好——那裡的雪下得更大，也很均勻，而且行李只會愈來愈輕。在這之前，我對埃思特梵這場計畫的信賴，與其說是出於自發，不如說是以意志強加驅動；但現在我完全信賴他。七十天後，我們的確會抵達卡亥德王國。

「之前你也這樣旅行過嗎？」我問道。

「以雪車？常常這樣。」

「也是長程旅行嗎？」

「在好些年前的某個秋天，我在坷姆地上的冰原行進了幾百哩。」

那裡是坷姆地南端，也就是卡亥德類大陸南方的多山半島；如同北部，那一帶也覆蓋冰河。在格森星上大陸生存的人，等於活在兩大片高聳雪牆間的夾縫地帶，根據估算，如果太陽輻射強度再降低百分之八，這兩道雪牆就會整個合攏起來。屆時，這星球上就不會再有人跡、也不會有土地，唯冰原永駐。

「為何要這麼做呢？」

「好奇，愛好冒險。」他猶豫了一下，然後輕輕微笑起來。「擴充智識生活領域的繁複與飽滿度。」他引用的是一段我說過的伊庫盟引言。

「喔，你是有意識地擴展存有本質繼承的演化傾向；彰顯這等傾向的其中一種屬性，就是從事冒險探索。」我們雙方都很是自得其樂，坐在溫暖的帳篷裡，喝著熱茶，等待卡地胚芽濃粥煮沸。

「就是這麼著。」他說：「我們一共六人，我與我哥哥來自埃思特領地，另外四個友人來自史鐸克領地。這趟旅程本身並沒有什麼目的，我們只是想要目睹泰瑞曼達山，聳立於大冰原之上的一座山。坷姆地那邊沒有多少人看得到那座山。」

卡地胚芽粥已經烹煮好了，這真是和普烈芬農莊供應的那種麥麩玉米粥天差地別。它嘗起來像是地球上的烤栗子，把整個嘴巴都燒得美味之極。我渾身暖和起來，充滿好意，於是我說：「每當我在格森星上吃到頂級美食，都是在你陪同下呢，埃思特梵。」

「可是，那場密許諾利城的饗宴可不能算數。」

「嗯，那次不算……你真的很憎恨奧爾戈人，是吧？」

「沒有幾個奧爾戈人知道如何好生烹調。憎恨奧爾戈這國家？不，我怎麼會這樣呢。要怎麼去恨一個國家，或是愛一個國家？提貝這樣說，但我缺乏此類伎倆。我認識人群，我認識城鎮、農莊、山脈、河流與岩石；我也知道，在秋天，落日會往山間某個耕地的方向落下。然而，要把這所有的認識區隔到某個疆界之內，那又有什麼意思呢？或是索性為這些範圍內的事物取名，若是某些事物落在此名目包含的範疇之外，你就不愛了？愛自己的國家，那是什麼意思，那等於是對非自己國家的恨意？

如此的話，那可不是什麼好事。或者，那純粹是對自身之愛？那倒算是樁好事，但一個人無須把此事當成美德，或形塑為他的職業。直到目前為止，我愛我的生命，我深愛埃思特領地的群山，然而，這樣的愛意無須以仇恨為疆界，無須以此舉成就自身。除此之外，我就是純然無知，我這麼希望。」

寒達拉教義下的無知：去忽視抽象，攫獲住具體。在這樣的態度當中帶有某種陰性特質，拒絕抽象屬性、理想性，委身於既存現象。這樣的態度真是讓我愀然不樂。

可是，他繼續以審慎嚴謹的語氣說下去：「任何不厭惡糟糕政府的人，就是個傻瓜。要是在這世上真有個好的政府，為它服務會感到偉大榮幸的喜悅。」

這樣就好，我們充分了解對方的意思。「我想，我多少知道這樣的喜悅。」

「應該是，我也這樣判斷。」

我以熱水洗濯碗盤，再將洗濯水灑在帳篷褶門外。門外是一片令人眼盲的黑夜，細雪輕飄，透過褶門的黯淡橢圓光暈，堪差能看見這片雪景。然後我們再度密封於溫暖的帳篷，打開行囊，取出睡袋。他好像說了聲：「把那些碗盤遞給我吧，艾先生。」之類的話，而我回道：「直到我們抵達勾布林大冰原之上，還是要這樣鏗鏘稱呼著『某先生』嗎？」

他抬頭看我，笑著說：「我不知道要怎麼稱呼你才好。」

「我的名字是真力．艾。」

「我知道，不過你叫的是我的領地名。」

「我也不知道該怎麼適當地稱呼你。」

「叫我哈絲。」

「那麼，請叫我艾。哪些人會稱呼彼此的首名呢？」

「同部爐的兄弟，或是朋友。」他這麼說。他以難以企近的疏離語氣這麼說，在一個八呎寬的帳篷裡，距離我也才兩呎。我根本無法回應這句話，還有什麼比純粹的誠實更傲慢的事物呢？我爬入我的毛皮睡袋，整個人與心都給涼到了。「晚安，艾。」其中一個異星人這麼說，而另一個異星人回話說：「晚安，哈絲。」

朋友，在這樣一個世界上，只要嶄新的月亮週期開始循環，任何一個朋友都有可能變成你的情人，這樣的朋友究竟是什麼？除了我，除了這個封鎖在自身恆持雄性的我，我不是席倫・哈絲的朋友，也不是任何與他同族之人的朋友。他們不是女人，也不是男人，然而他們似乎兼具兩者；他們以月的週期為循環，在某道手勢的撫觸下能夠任意蛻變自身，他們是人類大種族的變異之子。他們不是與我同種族血肉的生命，不是我的朋友。在我們之間，沒有任何愛意。

接著我們就入睡了。聽到落雪降在帳篷上厚重柔軟的聲音，我隨即醒來。

埃思特梵清晨就起床了，正在準備早餐，天色乍然破曉。陽光拂過小山谷周邊的矮小灌木叢，我們啟程出發。埃思特梵套上韁轡，在前方拉曳雪車，而我在後方坐鎮，擔任尾部的方向舵。地面上逐漸結成脆硬的一層雪，如果在順暢的斜坡行進，我們如同一列拉著雪車往前奔馳的狗兒。在那天，我們繞著普烈芬農莊邊界的樹林迂迴前進，接著進入那座宛如侏儒、形貌厚重、枝幹猶如蛛網、冰霜覆蓋髮鬚的逖瑞樹林。我們不敢在通往北方的大路上行進，有時候，我們會借用伐木人小徑；這座樹林相當清曠，周圍沒有倒下的樹木或灌木叢，我們前進得很是順暢。當我們來到塔倫珮斯時，周遭愈來愈沒有峽谷或陡坡。傍晚到來時，雪車的測量儀顯示我們這一天跑了二十哩路，但那晚我們並不像之前那麼筋疲力盡。

冬星上的冬天反而比較舒緩，日子會過得比較輕盈。在這時，這星球會往黃道稍微傾斜個幾度，不過在海拔較低的地區，並不會形成鮮明的季節變化。在這星球上，時節並非星體半球的效應，而是全球性的景況，是橢圓形軌道造成的結果。處於緩慢運轉的星體軌道遠端，無論是接近或遠離遠日點，都會造成大量太陽熱輻射，攪擾到本就很不安穩的天氣模式，讓本來就冷的天氣顯得更嚴寒，將灰濛濛的陰溼夏天轉變為冷白的殘暴冬季。由於比其餘的時節更乾燥，要不是冷到那地步，冬天其實會比較舒適。你看得見太陽時，它總高掛天際，在這星球，光並不會緩慢地失血為黑暗，並非如同地球的兩極，夜晚與寒冷共生並現。格森星的冬天相當冷亮：苦寒、恐怖，但是冷亮。

我們有三天行程的工夫，好跨越塔倫珮斯森林。在這段行程的最後一天，埃思特梵很早就停歇下來，架起帳篷，就是要設下狩獵陷阱。他想要獵捕幾隻珮絲狸。這些狐狸是冬星上較大型的陸地動物，與地球上的狐狸差不多大小，卵生、草食性，具有一身秀麗的灰色或雪白毛皮。這種生物腳步非常輕盈，而且習於離群獨處，我們拉著雪車前進時，只會偶而看到兩、三隻；然而在娑瑞樹林每一處重重雪厚積的沼澤地都鋪滿細小的足印，全往南行。在一、兩小時內，埃思特梵的陷阱很快就滿載。他清洗這六隻野獸，切割肢解，並把切下來的肉塊晾起來凍結，烹煮某些肉塊作為我們這頓晚餐。格森星人並不以狩獵維生，因為沒有什麼好讓他們狩獵的生物——除了在豐饒多產的海域。陸地上沒有任何大型草食動物，於是也不會有大型肉食動物。他們通常以捕魚或耕作維生，在此之前，我從未看到一個格森星人的雙手染血。

埃思特梵注視那些雪白的毛皮。「這些足以供應某個獵人一星期份的食宿呢，」他說：「結果就這樣白白浪費了。」他把那襲毛皮遞過來，讓我觸摸。珮絲狸的毛皮是如此輕柔，即便你的手已經觸碰到，竟還是無法確定。我們的睡袋、大衣、兜帽，都是以這種毛皮鑲邊，它們是永久的隔熱體，而且非常美麗。

「看來真是太不值得了，」我說：「就為了一鍋燉肉。」

埃思特梵又給了我那抹短暫的陰暗瞪視。「我們需要攝取蛋白質。」然後他把毛皮丟開。只消一夜，那種稱為羅蜥的凶猛小鼠蛇就會把這些毛皮吞掉，連同內臟、骨骼等殘渣一併吞吃殆盡，順便把染上血跡的雪地舔得一乾二淨。

他說對了，他總是對的。一隻珮絲狸身上就有一到二磅的可食肉。那晚，我狼吞虎嚥地吃光了半鍋燉肉，要是我不留心，就會連他的份也一起吃掉。翌日早上，我們開始朝著山脈啟程，我用來拉拔雪車的精力豁然加倍。

那天的行程是上坡。在此之前，仁慈的雪瀑與可絡色（從攝氏零下七度到零下十八度的無風氣候）讓我們順利通過塔倫珮斯，以及遠離可能範圍內的追捕行動，如今雪瀑已經融解，轉為淒慘的融點以上溫度和雨水。現在我終於明白，何以格森星人會在冬天氣溫上升時抱怨不休，溫度下降時反而額手稱慶。在城市生活時，下雨僅僅是不方便；對旅行者而言，可是天大災厄。一整天早上，我們拉曳著雪車往珊班暹山腰挺進，人車都浸泡在那場雪雨交織的大鍋湯裡。到了下午，來到陡坡上，那邊已經不怎麼下雪了。舉目望去就是大雨如注，以及好幾里路長的砂礫泥濘。我們把冰刀收起來，在雪車底下裝設輪子，然後往上坡拉曳前進。裝上輪子的雪車真是個難纏的可惡東西，到處卡陷，不時東倒西歪。

在我們能找到某座懸崖或山洞搭設帳篷之前，天色就已經轉黑；雖然我們竭盡所能悉心看照，行囊還是淋溼了。埃思特梵曾經告訴我說，無論在任何天候下，只要保持帳篷內部乾爽，這座高品質帳篷都能夠讓我們在裡面住得舒舒服服。「要是你無法讓睡袋保持乾燥，就會在一整晚睡眠中流失太多熱量，而且也會睡不好。我們的存糧數量實在不夠，無法應付這種情況。我們也不能仰賴陽光來曬乾行李，所以，總之就是不能讓行囊淋溼。」我有好好聽進這些囑咐，像他一樣細心謹慎，不讓雪與水份滲入帳篷。所以，非得處理的狀況就是在烹煮食物時難以避免的蒸汽，還有從我們的肺部與氣孔滲出的水氣。然而，在那晚，我們可以把帳篷給搭架起來之前，所有的東西都已經淋得溼答答。我們蜷靠在茶貝烤爐旁邊，把溼透的衣物蒸乾，吃了一頓珮絲狸燉肉，熱騰騰又紮實的一餐，幾乎足以彌補所有糟糕的情況。雪車上的里程表無視於我們把車子往上坡推拉的艱辛努力，告訴我們這天只前進了九哩。

「我們沒能達到一天的進度，這可是頭一遭。」

埃思特梵點點頭，手法精巧地擊碎一根肉骨頭，吸取它的汁髓。他把自己身上的溼外衣脫掉，只剩下襯衫與馬褲，赤著雙腳，襯衫領口敞開。我實在太冷了，還不敢把大衣、外套、靴子給脫下來。

他坐在那兒，敲碎那些髓骨，手法精確、強悍、堅實耐勞。他那頭濃密如毛皮的頭髮滴著水珠，一如鳥兒的羽毛；有些水珠掉到他的肩膀上，如同從屋簷滴落的水滴，可他沒有留意。他不會因此垂頭喪氣，他屬於這塊土地。

第一頓的肉類膳食讓我得了腸絞痛，在那晚，病況嚴重起來。在雨聲磅礡的滂沱深夜，我徹夜未能入眠。

我們用早餐時，埃思特梵說：「你昨晚很不舒服。」

「你怎麼會知道呢？」他昨晚睡得很沉，即使我走出帳篷，他也幾乎沒移動身子。

他丟給我那抹慣有的陰霾眼神。「到底是怎麼了？」

「拉肚子。」

他縮了一下，然後粗蠻地說：「是那些肉的關係。」

「我想是的。」

「是我不好，我應該——」

「沒關係的。」

「你可以繼續前進嗎？」

「可以。」

大雨不斷墜落，來自海邊的西風讓溫度保持在零下一度左右，即使我們已經置身海拔三、四千呎高。由於眼前的濃灰霧氣與滂沱大雨，能見度很難超過眼前四分之一哩遠。聳立在我們眼前的坡峰究竟是什麼，我根本也無須抬頭注視；除了持續無間的大雨，啥也看不到。我們照羅盤指示前進，在高聳山坡的橫切與轉向能允許的前提下，盡量往北方前進。

大冰河就在群山另一邊，經過十萬年以上的歲月，它持續往北方來回磨蝕。在花崗岩斜坡上，就有它遺留下的痕跡，如此筆直修長，宛如以一具U字形的弧口鑿切蝕而成。有時候，我們可以在這些橫切面上拉曳雪橇車前進，宛如在路上行進。

我在拉曳時的狀況最好。我可以一邊靠在韁轡上歇息，而且這樣的出力會讓我暖和起來；可當我們停下來歇腳進食，我卻感到病懨懨且寒冷，毫無胃口。我們繼續前進，現在是往上爬行。大雨下落、一直降落，持續不停墜落。午後時分、一道巨大突出的黑色岩石上，埃思特梵停住我們的行腳。我才剛把韁轡拆卸下，他就飛快地搭好帳篷。他命令我進帳篷去，好生躺下來休息。

「我很好，沒有問題啦。」

「你才不好呢，」他說：「去躺著。」

我服從他的指令，但我真是討厭他的語氣。等他帶著今晚所需的配備進入帳篷，我馬上坐起來，想開始烹飪——今晚輪到我煮飯。他還是以那種不可違逆的專斷語調，叫我平躺著別動。

「你不需要這樣命令我吧。」我說。

「我很抱歉。」他背對著我，以毫不退讓的僵硬語氣說。

「我沒有生病，你知道的。」

「不，我才不知道呢。如果你不坦白直說，我只能從你的樣子來判斷。你的氣力還沒有恢復，而且這是趟艱辛的行程。我不知道你的極限在哪裡。」

「我到極限時，會告訴你。」

他的贊助保護者口吻在我的自尊心深處磨出瘀傷。他可是比我還矮一個頭，體型與其說是男性，更偏向女性化那邊，脂肪比肌肉含量還多。我們一起拉曳時，我得放緩腳步來配合他，克制自己的力氣，免得把他給拉得過頭。這等於是把一頭雄馬與一頭騾子套上同一副韁轡——

「那麼，其實你現在沒有生病嘍？」

「沒有，我只是累了。可你也是啊。」

「我是累了。」他說：「我為你感到焦慮不安，眼前還有好長一段路要走呢。」

他根本無意要當個發號施令的監護人，他只是認為我生病了，病人理當接聽管訓的指令。他坦率，而且預期我也以對等的坦率回應——只是我可能沒辦法做得到。畢竟他那方不會有男子氣概、或大丈夫的雄性血氣等標準來複雜化他的自尊。

可是另一方面，正如同我已經知曉的事實，如果他能夠降低整個「習縛規色」的標準來配合我這方，或許我也該設法消解一些自身的雄性尊嚴目錄當中較為競爭的特質；正如同我對於「習縛規色」的了解近乎零，對於這些屬性，他的了解也非常之少……

「我們今天總共邁進多少路程？」

他環顧四周，然後溫和地微笑著說：「六哩。」

隔天我們行進了七哩，再隔天我們前進了十二哩。在那之後，我們脫離了雨勢與雲層，也連帶脫離了人煙所在的領域。此時是我們的第九日旅程，如今我們位於海拔六千哩的高處。那是高曠的臺地，四處充滿了各種造山運動與火山化歷程的例證，我們就位於珊班暹地理區的火焰山群。這座高原臺地慢慢窄化為某座谷地，谷地又蛻變成在一道卡在兩座狹長峰脊之間的隘口。我們來到隘口盡頭時，雨雲層逐漸稀薄、撕裂開來。一股冰冷的北風把雲雨整個驅散，裸裎出峰脊上方、位於我們左右兩邊的高峰群。

在那片突然乍現的晴空朗日之下，間雜著玄武岩與積雪，形成華美絕倫的黑白拼圖。就在我們眼前，就在幾百呎之下，是一座座扭曲的谷地，充斥夾雜著冰層與巨礫，同樣由那股狂烈席捲的冷風給彰顯出來。越過這些谷地之後，矗立著一面壯觀的高牆，一堵高聳的冰牆。我們不斷把視線提升，在高牆的邊口，看到了冰原本體：**勾布林冰河**。這座大冰河無比目眩神迷，無邊無際，一直延伸到極北。那是一整片冷白，是肉眼無法注視的森然冷白。

黑色脊峰不時從遍布碎石殘礫的谷地、斷崖、彎折與碩大冰原的邊陲處高聳升起。有一大塊冰原高突於高原平臺之上，與我們四周的群峰比肩，就在那邊，瀰漫一股長達好幾哩的濃煙。更遠處還有高峰、尖頂，以及黑色的熔岩錐，立在冰河上。從冰上裂開的嘴口焰光蒸騰，噴喘出一股股煙氣。

埃思特梵站在我身邊，還佩戴著韁具；我們注視這一幅難以言喻、壯麗滄茫的絕景。「我很高興，自己能夠活著目睹如此景觀。」他這麼說。

我深有同感。這段旅程終於告一段落，真是太好了；然而，終歸而言，真正重要的是旅程本身。

這片面北的斜坡上並沒有下雨。雪原如瀑，從隘口延伸到那些冰磧谷地。我們把輪子收起來，將冰刀的覆套脫去，穿上雪橇，開始滑行馳騁——往下方、往北方、往前滑行，滑向那片火與冰交融的沉靜廣域。就在那片領域之上，壯闊的黑白字形書寫著死，死亡橫亙於整個大陸。雪車往前拉曳，如羽毛般輕盈，我們開懷暢笑。

第十六章　夾於卓姆納山與卓梅戈爾山之間

第一月，第二十四日。艾躺在他的睡袋裡，問我說：「你在寫些什麼呢，哈絲？」

「一則記錄。」

他笑了笑。「其實，為了伊庫盟檔案庫，我應該要固定記錄才是。但是沒有聲音書寫器，我就是沒辦法寫字。」

我解釋，我寫這些筆記是為了埃思特領地的人們，在我百年之後，他們會以合適的方式將這些記錄整合入「領地誌」。說著說著，我的思緒不禁流向族人與我的孩兒，為了不持續想念他們，我發問：「你的親代──你的雙親，應該這樣說──他們還健在嗎？」

「他們已經不在人世了，」艾說：「逝世七十年了。」

我很困惑，艾現在還不到三十歲呢。「你計算年份的單位和我們不同，是嘛？」

「沒有哪──啊，我懂了。其實是我經過時間跳躍。從地球來到瀚星，我跳了二十年，從瀚星到歐盧爾，我跳越了五十年；從歐盧爾到格森星，又把十七年的歲月給跳了過去。其實，我離開地球之後，只活了七年時間，但是若把時間跳躍的空缺也算進去，我等於是在距今一百二十年前出生於地球。」

距現在很久之前，當我們兩人都還在珥恆朗城，他對我解說過這些：星艦以接近光速馳騁於星際，太空船內的時間會因此濃縮，遠比常態時間短少；但是，在那時候，我並未把這樣的事實與一個人類的生命長度結合起來，或是想到他遺留在故星上的那些故人。當他在那些不可思議的太空船上生活幾小時、搭乘的星艦馳騁於星際時，他的那些故人都已經老去或死去，就連他們的孩童也已然老了……

最後我說：「我還以為，遭致放逐的人是我呢。」

「你受我牽連而遭致放逐——我為了你也自我放逐。」他說，再度笑起來，在那片凝重的沉默當中，那笑聲顯得輕快歡悅。自我們從隘口下來，這三天的路程相當艱辛，卻毫無進展。然而艾已不那麼消沉，但也並不過分樂觀，而且他現在對我比較有耐心。也許是因為藥物已經從他的體內隨著汗水一起蒸發，也許是我們終於可以好生共處。

我們這一整天進行的工程，就是從昨天好不容易攀爬上的玄武岩高峰下來。從山谷地那邊看去，本以為那是條通往大冰原的上等路徑，但是我們爬得愈高，就遭遇到眾多岩屑、陡坡，還有滑溜的岩面，更遇到無比陡峭的坡度；到了最後，即使沒有雪車，單是我們自個兒也爬不上去。今晚我們回到這座高峰覆滿冰磧的山腳處，回到石砌的山谷地。這裡真是寸草不生的不毛之地，只有岩石、鵝卵石、巨礫塊、泥巴與土壤。大約距今五十年到一百年前，大冰河的一道支臂從這裡撤離，讓我們這個行星的骸骨裸裎在空氣裡，沒有大地或綠茵的肉身加護。

隨處可見的是火山坑在地面上鑽出一陣陣濃黃煙霧，低沉匍匐。空氣聞起來充斥硫磺味，現在的氣溫是零下十一度，沉靜且黯淡無光。我深切希望，在我們能從這裡穿越那塊邪惡地域、到達距離山稜線西方數哩的冰河臂之前，最好不要下起大雪。似乎有條寬廣的冰流，從這兩座匯聚蒸汽與煙霧的火山之間，自臺地奔流而下，如果我們能從那座較近的火山斜坡企及這道冰川，它會提供我們往上攀登到冰鑄臺地的路徑。在我們東邊，有條小冰河往下延伸，化為一座凍湖，但是它坡度起伏，更何況，即使從這樣的距離望過去，也看得到上頭充斥巨大罅縫，以我們目前的設備，實在無法越過。我們都同意，就試著去爬那兩座火山間的冰川，雖然說，西行的選向會讓我們耽誤至少兩天份的里程數——其中一天花在往西前進，另一天的里程會增加。

第一月第二十五日。開始出現納瑟倫[1]，根本不是旅行天。我們一整天都在睡覺，過去半個月當中，我們幾乎都在老牛拖雪車。這場睡眠對我們很有助益。

第一月第二十六日。還是下著納瑟倫，可我們已經睡夠了。艾教我一種遊戲，那是在正方形的平面上以小石子當道具來玩的戲局，叫做「圍棋」，真是一種優秀又困難的遊戲啊。艾說，橫豎這裡有用之不竭的小石子，可以用來玩「圍棋」這種遊戲。

他很能耐冷，要是勇氣就足以耐寒，他會像一條雪蟲似的忍受寒冷。怪的是，在零下十八度以上的溫度，看著他重重圍裹著希庇、大衣，還把兜帽套起來；但是等我們滑曳雪車時，要是頭頂出現太

1 ncsrcm 是在中等強風下所飄落的細雪，也就是輕度的冰雪暴。

陽、風勢又不算太苦寒，他會很快把大衣脫下，像我們的人那樣冒汗。至於帳篷內的空調，我們得彼此妥協。他想保持「溫熱」，而我會調成「涼爽」，可是一人的舒適就會讓另一人得肺炎；於是我們折衷。如此一來，他一出睡袋就發抖，而我在睡袋裡頭則熱得汗流浹背。不過，只要想到我們是經歷了重重挫折、才能夠如此共享這個帳篷一陣子，也就甘之如飴了。

第二月第一日。冰雪暴戛然而止，風勢也減緩，一整天的氣溫都在零下九度左右。就在距離較近的那座火山，我們在低矮的西坡紮營；根據我手頭上的奧爾戈地圖，這座山叫做卓梅戈爾山。越過冰川，它對峙的伴侶名叫做卓姆納。這張地圖繪製得甚差，西方有座鮮明顯著的高峰，可地圖上根本沒畫出來，而且距離比例都畫得不對。很顯然，奧爾戈人很少來到他們的火焰山群。當然，除了雄偉壯麗的風光，實在不知道要來這些地方做什麼。今天我們拉曳了十一哩，真是非常艱辛的工程，全都是岩石路。現在艾已經沉睡了。今天我還把腳肌腱給扭傷了，我的腳踝卡在兩塊大石之間，我像個傻子那樣去扭轉它，結果一整個下午都瘸著腿。經過一夜的休息，腳應傷該會好轉。明天，我們就要下達冰河。

我們的存糧似乎以驚人的速度減少，但那是由於我們都在食用那些大包裝食物。我們共有九十到一百磅左右的食品，其中有一半是我從圖陸夫偷來的贓物，在十五天的行程過後，其中六十磅存糧已經給我們蠶食鯨吞。現在我已經開始一天吃一磅的吉奇米其，暫且保存兩包卡地胚芽米、一些砂糖，還有一盒鮮魚糕餅，好讓我們之後可以偶而換換口味。我很高興從圖陸夫竊取的那厚重一大包食物已經消耗精光，如此一來，雪車拉起來輕盈許多。

第二月第二日。今天的氣溫是零下七度。下起凍雨，大風掃蕩冰川，如同隧道內的氣流團。我們在一道漫長的冰流邊陲四分之一哩處紮營。從卓梅戈爾山往下的路程陡峭險惡，不是裸石就是石礫；冰河邊緣充斥裂縫，冰層上實在屯聚過多砂石，地勢非常惡劣，於是我們在這裡也試著讓雪車裝上輪子前進。我們走了將近一百碼時，其中一個車輪裂開了，輪軸也因此歪斜。接下來，我們還是只好使用冰刀，今天只跑了四哩，甚至還是朝著不對的方向前行。從主幹流溢而出的冰河支流似乎蜿蜒成一道漫長的弧度，往西方直達勾布林臺地。在這裡，兩座火山之間的冰流寬有四哩，雖然冰河裂縫的數量超過我所希望，而且表面已經鬆軟，要朝中心前進應該不難。

卓姆納山正在噴發，嘴上那層薄冰嚐起來有煙硝與硫磺味。即使在雨雲底下，那股黑色的陰霾還是持續了一整天。在這天內，無論是烏雲、冰雨、冰層、空氣，所有事物都不時轉為沉悶的紅色，然後慢慢轉回灰色。在我們腳底下，冰河輕微顫動。

艾思基奇維．倫－耶．赫耳曾經假設：在過去二十個千載以來，奧爾戈西北部與群島的火山活動愈加頻繁，藉由這些數據，他預告了冰河時代的終結，或至少會出現冰河大退卻，形成間冰期。這些火山會噴吐出二氧化碳，並在大氣上方形成絕緣層，讓地表本身反射的長波熱能留駐，卻讓直接照射的太陽能穿透大氣層。他認為，到那時候，全球的平均氣溫將會升高十七度，直到最後，氣溫會高達二十二度。我真高興那時我早已不在人世。艾告訴我，地球的學者也提出類似的理論來解釋，為何最後的冰河時期至今尚未全然撤退。這樣的理論大致無可辯駁，但也無從證明；沒有人真正知道何以冰河蒞臨，又是如何退卻。純淨無知的大雪永恆如初，總是保持不為人跡所涉的樣貌。

第二月第三日。雪車上的里程表顯示，今天我們拉曳了十六哩。但是以直線路徑而言，我們距離昨夜的營地還不到八哩遠。我們還是夾在兩座火山之間的冰道上。卓姆納山正處於爆發期，一旦這些沸騰攪拌的燼雲層、煙雲、以及白色蒸氣消散開來，就可看到火蟲在黑色山脊的周邊到處爬行。

有道毫不停歇的低沉嘶叫聲一直持續盈滿於空氣中；那聲音是如此磅礴，如此漫長，要是你停步下來凝神靜聽，根本無法聽見。但是它填滿了你所有的身心隙縫。冰河永恆處於震顫，不時潰敗或斷裂；在我們腳下，冰層顯得神經兮兮。在此之前，冰雪暴在冰河裂口上鋪陳的雪橋全都不翼而飛，不是讓震動給崩垮，就是讓冰與底層大地之間的鼓譟與震盪給推翻瓦解。我們來回遊走，尋索腳底下可能出現的冰河裂縫——那可能把我們的雪橇車一骨碌吞沒——然後再尋搜下一道裂口。我們企圖往北行，但總是被迫往東或西。就在我們頂端，卓梅戈爾山共振著卓姆納山的律動，噴吐出一股股惡臭的濃煙。

今天早晨，我不期然間注視艾，才注意到他的面孔嚴重凍傷——鼻子、耳朵，還有下巴部位都呈現死灰色。幫他揉搓一陣之後，這些部位已重現生機，沒有大礙，但是我們之後要更加小心才是。以單純的事實來說，吹過冰原地帶的冷風非常致命；我們拉曳著雪車前進時，得隨時面對它。

第二月第四日。今天飄落了些許索孚雪，氣溫介於零下七到九度。我們今天的戰績是十二哩，其中有五哩應該是實質的里程，而且，勾布林大冰原的邊陲顯然更逼近眼前——就在我們北邊上方。現在我們清楚看見，冰川寬達數哩，卓梅戈爾山與卓姆納山之間的那條「手臂」不過是它全貌的一根手指大小，目前我們進展到手背的地理位置。從帳篷處往下看去，可見冒著蒸騰氣流的黑色高山阻擋冰河的流勢，因此分裂、斷折，兩者雜沓攪拌；往上方看去，你可以發現冰河變得寬廣，逐漸緩慢上升，形成流線弧度；地上那些山脊相形之下頓成侏儒。到最後，就在雲層、煙氣、雪層覆罩之下，冰河與穹天之上的冰牆聚合為一體。大雪下落，混雜著火山熔渣與灰燼；冰層當中雜混著火山灰渣：若僅是徒步行走，不失為一處好地方，但要拖曳雪車卻很困難，更別說雪車的冰刀已經需要重新塗布。有好幾次，火山噴爆出的熔岩就落在咫尺之遙，差點擊中我們。它們爆發時會出現宏亮的嘶吼，在冰層上燒出一窩凹坑。熔渣急促地嗶嚗作響，與雪一起墜落。就在吾人世界創生自身的歷程，我們蠕動爬行過一團團汙濁的渾沌，往北方前進，進展實在是微乎其微。

禮讚永不終結的大化創生！

第二月第五日。早晨之後，雪就停了。天色陰沉，風大，氣溫是攝氏零下九度。我們目前攀爬的壯偉、多流道冰河在西邊蜿蜒而下為谷地，如今我們是在最東邊一隅。卓姆納山與卓梅戈爾山如今就在我們身後，然而卓梅戈爾山的一道山脊還是矗立東方，幾乎與視線等高。我們已經爬行匍匐到某個最高的極限點，現在有兩條路讓我們選：一條是順著漫長的冰流逐漸往上爬行，最後上達大冰原臺地；第二條路是以距離昨晚紮營地北方一哩左右為起點，攀爬冰崖而上，這樣可以節省二十到三十哩路的拉曳，不過代價就是風險。

艾偏好冒險的取徑。

艾的身上蘊含脆弱。他是這麼缺乏保護性、毫無遮蔽、容易受傷，甚至連他的性器官都得隨時暴露在身外。但是，艾同時非常強壯，難以置信的強壯。我不確定他是否能比我拉曳得更長久，但他在拉曳時比我更快、更有力——加倍有力。要是遇到阻礙，他能夠把雪橇車的前端或尾端舉起來——除非我正處於道晰狀態，否則做不到。他的精神和他肉身的脆弱與強壯雙重屬性相配，容易陷於絕望，但也隨時興起反抗心：那是一股激烈不耐的勇氣。這三天以來，我們所從事的工程是如此緩慢、艱辛，匍匐前進，讓他身心都耗盡了；倘若他是我們族人，我會認為這是個懦夫，但他實在不是那種等級之輩。他有某種我生平僅見的昂揚勇氣，總是隨時就緒、熱切勃勃；在這等殘酷、迫切的險絕關頭，他總是願意賭上一條命。

「火與恐懼乃馴良僕從，卻是惡質主宰。」艾讓恐懼服侍他；在長程旅途，我卻寧可讓恐懼引領我前進。勇氣與理智都站在他那一邊。在這樣的旅程，尋求安全的路徑又有何用？我絕對不蹈行那些無意義的途徑，但這邊並沒有安全的路可走。

第二月第六日。運氣不佳，雖然我們足足花了一整天的工夫，還是沒辦法拉曳著雪車往上行。現在是茸茸飄落的索孚雪，灰塵夾雜其中。一整天都是昏暗的天氣，狂風轉向，從西方吹來，將卓姆納山間滋長、如同裹尸布的濃煙往我們身上撲吹。在山峰上頭，冰層較為堅固，但是當我們攀爬一座傾斜的險崖時，竟然發生了一場大地震。震波將雪車震飛開來，緊接著我也被那陣撞擊給扯落了五、六呎；所幸艾的強壯臂力救了我們一把，不至於讓我們連人帶車從山上一路墜落到崖底，那高度足足超過二十呎。如果我們其中一人在這樣的苦役摔斷了一條腿，或撞斷肩膀，這可能就是我們的末日。這正是得冒風險的地方——如果仔細觀看，那真是醜惡的風險。就在我們身後，冰河層的下方谷地騰騰冒著白色蒸氣：在那塊地域，是岩漿與寒冰交觸的情景。我們當然不能回頭，明天要試著往西方的高峰上攀。

第二月第七日。運氣還是甚差，我們得更往西邊行進。一整天的氣候都如同黃昏的薄暮天色，我們的肺磨得刺痛，但並非由於天氣（因為西方的風勢，即使在夜晚也維持在零下十八度以上），而是吸入火山濃煙與灰燼。就在第二天將盡的時候，徒勞耗力的活動已經飽和，我們永無止境地在阻道與冰崖上推拉翻滾、但也永遠讓山面或突出物阻住走勢，我看得出來艾已經耗竭不堪、怒氣沸騰。他看起來隨時要嚎啕大哭，卻還是沒哭出來。我想，那是由於他認定哭泣是邪惡或羞恥之舉；即使在我們剛開始逃亡的前幾天，他還體弱重病，也都是掩面偷偷背著我哭泣。這樣的緣由可能是個人特質、社會性、種族性，或性愛方面的因素，我怎麼可能知道艾究竟為何不願意哭泣？然而，他的後名就是一聲慟哭失聲的狀聲字。彷彿是許多年前的事了，當時我在珥恆朗城找到這個大家津津樂道、閒話的「異星人」，詢問他的名字時，聽到的竟是在無明深夜、從人類喉嚨裡逼擠而出的一聲痛楚哭嚎。現在他入睡了，由於肌肉消耗過度，雙臂尤兀自抽搐扭動。世界就在我們周邊，充斥冰與岩石、塵燼與雪、火焰與黑暗，世界在我們身邊顫動、抽搐，時而喃喃低語。一分鐘前，我抬頭仰望，發現在黑暗背景上的雲腹，火山噴吐的熾熱光暉綻放成一道暗紅色的燄花。

第二月第八日。還是沒有任何好運可言。這是我們第二十二天的行程，打從第十天開始，我們就沒有往東邊進展一吋；事實上，由於我們改往西行，還因此多添了二十到二十五哩路要走。自第十八天開始，任何形式的進展都是空白的零蛋。倘若我們真的攀上了大冰原，屆時在我們橫度的旅程中，還會有足夠的糧食可用嗎？這真是揮之不去的念頭。

火山爆發所湧出的濃霧與陰霾讓視線大為受阻，我們根本無法好好選擇路徑。無論是何等險峻的山崖，只要是斜坡，艾都想要往上攻看看。對於我的謹慎，他已經愈發不耐煩。我們都得要留意自己的脾性，再過一、兩天我就會進入卡瑪期，到時還會增加天大程度的壓力。在此同時，瀰漫著濃密灰燼的黃昏時刻，我們咬牙往任何一座懸崖迎頭上爬。如果由我來撰寫一部新的幽梅許正典，我會讓那些竊賊在死後淪落到此等地域——會是在圖陸夫竊取大包糧食的小偷，也會是偷取某個人的部爐與名字、讓他承受恥辱在異域流亡的竊賊。我的頭好沉，晚些再刪除上面那些段落吧。現在實在太疲累，我無法重讀這些字句。

第二月第九日。終於躋身勾布林大冰原。這是我們第二十三日旅程，目前我們就在勾布林大冰原上。就在今天早晨，才剛出發沒多久，我們就看到距離昨夜紮營地幾百碼處，有一條直通往大冰原的路徑——從冰河層壅塞的碎石與峽谷為起點，這條由火山煤渣鋪成的弧形寬廣路徑就在眼前，切穿那些覆滿冰雪的高崖蜿蜒而上。我們就這樣走上去，彷彿在賽思河岸邊悠閒漫步。我們終於來到冰原，再度往東行，往家鄉的方向前進。

對於我們好不容易達成的壯舉，艾感到純然興高采烈，我因此深受影響。其實仔細思考，現在在這上頭，我們的處境根本沒改善多少。我們處於臺地邊角，就在我們的視線之外，橫亙於整個內陸，直達北方，到處都是冰河裂縫，有些裂口非常巨大——碩大到足以吞沒一整個村落；不是一棟棟屋子依序墜落，而是瞬間併吞。大多數裂口橫亙在我們的去路上，是以我們得往北走，不能往東去。冰原表面地勢相當惡劣，我們的雪車就在處處有巨大突起的冰層扭擰著顛簸前行，由於巨大冰層的形塑力與火焰群山交相壓擠，逼得碩大碎礫殘塊往上突出。那些壓力點過甚的破裂山脊呈現詭異的形狀，像是傾覆的高塔、無腿的巨人，或彈弓。一開始就是一哩的厚度，冰原在此地更是高聳，更加厚重，彷彿要把群山併吞殆盡，扼殺那些噴火的山嘴，使之緘默。往北數哩，一座尖峰從冰原處聳立而起，那是一座年少火山的山錐，形態銳利優美，尚未孕育出火山熔流。比起這座火山，大冰原上不斷扭絞壓擠的冰層年長它數千歲，有的崩解下陷為不見底的深淵，有的推擠成雄偉的山脊與巨岩，矗立於六千呎高、從我們這邊無法看見的低矮斜坡對面。

在白天，我們轉彎時就會看到卓姆納山，它噴爆出的濃煙籠罩在我們身後，如同從大冰原上生長的灰褐色延伸物。從東北方地表吹來的風勢穩定，清除了空氣中瀰漫的油煙與惡臭；連日來，我們已經吸夠了地表直腸排出的惡臭與汙濁。在我們背後，風把濃煙攤平，如同一張黑色天幕，覆蓋住冰河、低矮群山、石谷地，以及整個地表。除了恆古的冰原，什麼都不存在——極地寒冰如是說。然而，長於斯、朝向北方的年輕火山卻有自己的話語要說。

今天沒有雪瀑，天際是一層稀薄的陰霾。到了黃昏，高原臺地的氣溫是零下二十度。腳底下踩的地面是一團雜沓物，混雜著冰流、剛凍結的冰層，以及舊冰層。剛結凍的冰層相當狡詐，那是一層隱藏於白色薄冰表面下的藍色結晶，非常滑溜。我們泰半在往下坡滑行，有一回在橫越滑冰時，我滑倒了，肚子朝下滑了十五呎。艾還繫著韁具，笑不可遏，身子都彎成兩半。之後他一邊道歉，一邊解釋說他本以為自己是格森星上唯一會在冰層上滑倒跌跤的人。

今天的成果是十三哩。但是，倘若我們持續以這樣的速度拉曳，而且在崎嶇不平、到處斷裂的壓力山脊路面上進行，遲早會把自己給累壞，或是發生遠比跌個四腳朝天的窘態更悲慘的事件。

臘樣的月亮低懸在天空，沉悶，一如乾涸的血跡；在它周圍，一道褐色的光暉環籠罩著月球。

第二月第十日。下了些雪，起風，氣溫更下降了。今天又走了十三哩，稍微趕上了我們預計的里程目標。自我們啟程上路至今，總共行進了兩百五十四哩路，平均每天行進十哩半，如果略去等候冰雪暴過去的兩天不計，每天是行進十一哩半的路。其中有七十五到一百哩路的拉曳，沒往前進。我們並不比出發時更接近卡亥德；不過我想我們應該更有希望抵達目的了。

一逃離火山噴爆的黑暗劫數後，我們就不必把所有的精力投注在工作與憂慮上，於是在每晚進餐之後，我們恢復以往的習慣，在帳篷內聊天。此時我處於卡瑪期，要是能夠忽略艾的存在，對我會比較輕鬆，但是在僅有兩人共處的帳篷，實在不容易。麻煩就在他這等古怪的身體結構，說來他其實也處於卡瑪期：總是處於卡瑪期。那必然是相當奇怪、低階的慾望，年復一年、日復一日，無期限處於這樣的狀態，永遠不知道要選誰當性伴侶。但是，事實上他會有性的選擇，而我就在這裡。今晚我感到超乎異常的強烈情愫，我的身體完全無法忽視他，而我實在太累了，沒辦法把這樣的慾念導向寒達拉修行的非出定規訓，或是任何別種自我修煉的渠道。最後他終於發問，他是否冒犯了我？帶著些許尷尬，我解釋自己靜默的緣由。我擔心他會取笑我，畢竟在這時候，他已經不算是個畸形人、性怪胎，至少不比我怪異。在這片冰原之上，我們兩人都是殊異的存在，孤立的個體。我已從那些與我同類的群體割離開來，割離社會與常規，就像他一樣。這裡並不是充滿格森人的世界，可以解釋並支持我的獨特存在。現在，我們兩人終於處於對等的位置了，對等、互為異類，孤獨無依。

當然，他並沒有取笑我，反而以某種超乎我想像的溫柔對我說話——我從未想過，在他體內也蘊藏這等溫柔情懷。過了一會兒，他也開始談及孤絕與寂寞。

「在你們的世界，你的種族處於令人畏怖的徹底孤絕。在這個星球上並沒有其他哺乳類生物，也沒有別的雙性合體物種，甚至沒有任何動物具有足夠的智能，可以讓你們馴養成家居寵物。這樣的徹底殊異性一定讓你們的思惟染上獨特的色彩——我說的不光是指科學思惟，雖然你們的子民是卓越的理論家——你們面對了自身與其餘較低等物種間不可跨越的鴻溝，但還是發展出演化的概念。不過，哲學上，情感上來說，處於如此絕對的孤寂，身處這般嚴酷的世界，那必然影響了你們的整體觀視與願景。」

「幽梅許教或許會說，人類的超異之處就等於他們的神聖性。」

「是哪，於焉成為地上的王者。在某些星球上，他們各自的神祕宗派也發展出類似的教義。這樣的宗派教義都傾向於動態活力、侵略好鬥，打破星球固有的環境生態。在它的發展歷程上，奧爾戈人處於這種演化模式，至少，看起來他們總是要逼迫周遭事物屈就他們的宰制。那麼，寒達拉又是怎麼說呢？」

「嗯，要是寒達拉……你知道的，寒達拉並沒有教義，沒有指導原則……或許寒達拉的修行者不那麼側重於人類與獸類的差異，反而注重他們之間的共通處，他們彼此的連結，注重整體，而這整體是由眾生命共同組成。」在這一整天，托爾默的歌謠一直迴盪在我心底，於是我念出這首敘事詩歌。

光明是黑暗的左手，
黑暗是光明的右手。
雙身合一，生命與死亡，
並肩躺臥，如情慾勃發的愛侶，
如緊握的雙手，
如同終點與道路。

我念誦這些字句時，聲音顫抖不已；一邊念著，想到我同胞手足在死前寫給我的那封信，也同樣引述了這段詩。

艾沉思半晌，然後說：「你們是如此孤絕，但又完整合一。或許，你們對於完全性的執迷就如同我們對於二元性的耽迷。」

「我們同樣是二元論者。只要一直存在『自我』與『他人』，二元性就必然存在，不是嗎？」

「吾與汝，」他說：「沒錯。畢竟這樣的二元對立遠比生物性別的區隔更廣——」

「可否告訴我，在你們的世界裡，另一種生物性別的人與你有什麼差異？」

他看起來非常震驚，事實上我自己也相當震驚；卡瑪期會帶出這些自發反應，我們兩人都相當自覺。「我從未想到這一點，」他說，「你從未見過任何女性。」他使用的是地球語，這詞我懂。

「我看過你帶來的照片。這些女性看起來類似受孕期的格森星人，但是他們的胸部顯得更豐滿一些[2]。除了生理差異，在心靈方面也與你們男人有所差異嗎？他們就如同另外一種物種的生命嗎？」

「不是，是……不是，當然不是，並不盡然如此。但是，這兩者的差異非常重要。我本以為，一個個人在生命歷程中最重要的事、最沉重的單一因素，就是生為哪一種性別。在不少星球社會上，這樣的因素造就他人的期待、活動、觀點、倫理，以及態度——幾乎是一切。像是字詞、語言使用、穿衣等等，甚至連食物方面也是。女性……女性大致上傾向吃得較少……對我而言，要去區分何為與生俱來、何為後天養成的特質，是極端困難的事。即使在社會事務層次上，女性與男性平等參與發聲，女性還是擔當起生育小孩的繁重任務，以及從事大部分養育工作……」

「難道平等責任制不該是通則嗎？難道女性在智力上比較弱勢嗎？」

「其實我不知道是怎麼回事……女性並不常成為數學家、音樂作曲家、發明家，或抽象思考者。但是，這並不是說在智力上比較愚笨。在體能方面，女性並不那麼充滿肌肉，但比起男人要來得較持

2 本書完成之後，從七〇年代到二十一世紀，作者的性別政治態度已經有相當程度的修正與變化。舉例而言，本書中令人瞠目的「地球女性的外型等同於懷孕的格森星人」描述，以及全書以男性第三人稱到底的敘述模式，分別在之後兩篇短篇小說得以修正與反駁，作者看待性／別的前後時期觀點形成不同創作（時期）的互文。在〈成年於卡亥德〉，以輕快自在的格森星少女／年為第一人稱主角，此作的敘事口吻與本書大相逕庭；相較於本書，作者如此夫子自道：「經過了二十五年，我終於重返格森星。這一回，不再有個誠實但卻不甚其解的地球雄性人類來困擾我的洞察力。」（《世界誕生之日》作者序）。敘事者提到「生理雙性分化」的外星人時，主人翁以俏皮的語氣說：「外表與我們幾無二致……照說，女性的異來者該有壯觀的胸部，但是呢，與我母親同胞的朵麗卻遠比照片上的人們要波光豐滿。」至於另一篇以格森星為背景的故事〈冬星之王〉（Winter's King），勒瑰恩將第三人稱性別用語都用以「她」（she/her/her），同時保留國王、領主等「陽性頭銜」。以今日的性／別閱讀角度來看，與其說這樣的鋪陳再現生理性的雌雄同體風貌，毋寧說（不期然間）展現出跨性別脈絡的「絕世王」（Drag King）或石牆T（Stone Butch）風采。

久。心理層次的話——」

而後，他瞪著光熱盈盈的茶貝烤爐良久，然後搖搖頭。「哈絲，」最後他終於說：「我無法告訴你，女性究竟是什麼樣子，我向來不怎麼以抽象層次來設想，你知道的，而且——天哪！到現在，就連在實質層次上，我甚至也忘記究竟有什麼差異。我來到這裡已經超過兩年……你不會知道這種滋味。某種程度上，對我而言，女性比你更像異星人。我與你分享其中一種生理性，至少如此……」

他看往別處，笑了起來，笑聲顯得憂愁且不安。我自己的感受也相當複雜難言，於是，最後我們只好讓這個話題戛然中斷。

第二月第十一日。今天我們拉曳了十八哩，依據羅盤指示，穿著雪橇往東北方前進。在第一個時辰，我們就越過那些壓力山脊及冰河裂口。兩人都套上韁轡，我在前方領頭，勘測方位與隙縫，但是很快就不需這樣小心勘測了。在結實的冰層上，冰河流還有好幾呎厚呢，至於在冰流之上的數吋厚雪，是昨夜新飄的落雪，冰原表面狀況甚佳。無論是我們還是雪車，都沒有任何停頓顛簸之虞，而且雪車走起來如此輕快，很難相信我們拉曳的當下，還負載著一百磅重的食品。到了下午，我們就輪流拉曳；在這樣精彩的冰原表面上，只需一人就可輕易完成任務。這真是太可惜了，我們行囊厚重時，反而耗費在所有費力的上坡拉曳與岩石地行程。現在我們的負載輕盈許多，簡直太過輕盈了：我發現自己一直在思索存糧的問題。我們簡直快要不食人間煙火，吃得像個精靈，艾這麼說。

那一整天，我們步履輕快，飛快馳騁於冰原上；那是一方灰藍色天空下的死寂白色風景，除了幾座遠方的冰陵小島冒出黑色尖峰，還有冰島背後、卓姆納山所噴冒出的黑色濃煙，一切都渾然完整。

除了籠罩在霧幕的太陽，以及冰原，別無它物。

第十七章　一則奧爾戈創生神話

這則神話源起於史前，以多種形式記錄流傳。這則原初版本乃是來自「前幽梅許教」的聖典抄本，出土於勾布林內地的依森堀斯洞穴神殿。

在太初洪荒，除了太陽與冰之外，別無其它。

經過漫長無比的歲月，太陽的光輝在冰層上燒穿了一道雄偉的裂口。在裂口周邊，聚集著冰雕成的超卓塑像，裂口深處是不見底的深淵。就在這道深邃裂口的周邊，從冰雕塑像的軀體不斷滴落水珠，直往深處，墜落不已。於是，其中一尊塑像開口說：「吾淌血。」第二尊塑像這麼說：「吾垂淚。」第三尊塑像如是說：「吾流汗。」

之後，這幾尊冰雕塑像從深淵裡攀爬而出，來到地表冰原。說出「吾淌血」的那尊塑像奔向太陽，從太陽的腸子內掏出排泄物，以太陽的糞便締生出地上的山脈與谷地。說出「吾垂淚」的那尊塑像朝向冰原呼息，將融化的水澤衍化為江海百川。說出「吾流汗」的那尊塑像則匯集了汙物與海水，創化為樹木、植物、藥草、穀物稻田，還有動物，以及人類。植物在海水與汙泥上生長茁壯，獸類在土地上奔跑、在海水裡嬉游，但就只有人類並未覺醒。他們總數是三十九個，全都在冰上沉睡，不願移動。

於是，這三尊冰雪塑像停下來，抱膝而坐，讓陽光把他們的冰體晒融。他們融化為乳汁，這些乳汁流入沉睡人類的嘴裡，長眠的人類終於醒來。只有人類的後裔吸取了乳汁，要是沒有這些汁液，他們無法醒轉，無法活出生機。

第一個醒來的人類是伊東杜拉斯。他是如此高大，當他頂天立地站起來，頭頂撞破了天際，於是天空開始下雪。他看到其餘人也陸續醒轉，伊東杜拉斯害怕這些到處移動的別人，於是以拳頭打死他們。他殺死了三十六人，但是剩下的最後兩人有一名逃跑了，他的名字是哈賀拉絲。哈賀拉絲跑到遼闊的冰原之外，跑出大地疆域。伊東杜拉斯在後面追逐，最後趕上了哈賀拉絲，對他施以重擊，於是哈賀拉絲就這樣死了。接著，伊東杜拉斯回到勾布林大冰原上的出生地，在那兒躺著其餘人們的屍身。然而，就在伊東杜拉斯追殺哈賀拉絲時，最後一人趁機逃離了。

伊東杜拉斯蓋了一棟房子，收納他那些死去同胞的屍身，他就住在那棟房子裡，等著最後一人回到故鄉。每一天這些屍體的其中一具會說話，問其餘的屍體：「他是否發熱？他是否發熱？」其餘的屍體會以冰凍的舌頭回答：「還沒哪，還沒哪。」接著，有一回伊東杜拉斯入睡時，進入了卡瑪期，在夢中翻覆躁動、大聲說話。他醒來時，那些屍身齊聲喊道：「他終於發熱了，他終於發熱了！」就在此時，逃生的最後一個人類子嗣聽到屍身們這麼說，就潛回屍身們留駐的屋內，在那兒與伊東杜拉斯交合。這兩人交配時，從伊東杜拉斯的血肉、從他的子宮，一族族的人類後代於焉出生。至於那個最年輕的同胞、那個擔任雄性育種者的人，後代人類沒有記住他的名字。

他們所生育的子嗣當中，每個人的身後都附帶一塊黑暗。只要是在白晝，無論走到何處，這方黑暗總是亦步亦隨。於是伊東杜拉斯這樣問道：「為何黑暗尾隨在我的孩子們身後？」他的愛侶這麼說：「因為他們出生於肉身之屋，於是死亡追隨於他們足跡之下。他們處於時間之中。在太初洪荒，唯有太陽與冰永存，沒有陰影。直到最後，吾人全都死亡之時，太陽會吞噬自身，陰影吞噬光。到那時，除了冰與黑暗永續，別無其它。」

第十八章　冰原上

有這樣的時候：當我躺臥在安靜、深暗的房間裡，正要入睡時，在那瞬間，我會感受到過往的迷蹤幻境，那是無比珍貴超卓的時刻。帳篷的牆壁抵在我的臉頰，並非可見，卻可聽到一道傾斜微弱的音之平原：那是狂風吹拂的低語。當時我什麼也見不到，茶貝烤爐上的光源已經關上，只以溫暖半球體的模樣存在，它是一顆溫暖的心臟。我依稀感受到周遭，無論是微微潮濕的睡袋、它在我身體周圍形成的禁閉小窩，落雪的天籟，埃思特梵熟睡時非常輕微，幾乎難以耳聞的呼吸聲，以及徹底的黑暗，除此之外，別無其它。我們兩人相依為命，就在庇護之地的內裡；我們正在一切的核心深處安歇。一如往常，帳篷外是壯觀宏偉的黑暗，寒凜，以及死亡的孤絕。

在這些無比幸運的時刻，我酣然入睡時，毫無疑問可言。我知道自身生命的真正核心就在已然逝去的過往年華，那些時刻卻長駐永存，那是恆持的瞬間，那是一顆溫暖的心臟。

在那樣淒厲的寒冬時節，在那數星期間，就這樣拉曳著一輛雪車，試圖橫跨無遠弗屆的大冰原，我並非宣稱當時的我很快樂。我會一直感到飢餓、過度疲累，而且非常容易焦慮。而且呢，隨著時間愈來愈長，狀況就愈來愈糟。我當然一點都不快樂，快樂與理智站同一邊，要有理由才會感到快樂。

我當時擁有的事物是無可賺取、無法保持，而且在那時也無法清楚辨識的事物。我指的是喜悅。

通常我會是早起的那人，在破曉之前就清醒起床。比起格森星人的一般指數，我的新陳代謝率要來得高上一點，我的身高與體重也是如此。埃思特梵以他特有的精細謹慎態度，把這些都納入糧食分配的估算公式，如同家庭主婦或科學家般精確。打從一開始，每天我分到的糧食就比他多上數十克。抗議不公平的聲音立即遭到消音，因為這樣的不均等分配自有其公正的背景因素。然而，無論食物分配多寡，每人能分到的總是稀少一丁點。我很餓，持續飢餓，與日俱增的飢餓。我之所以會早起，是因為我飢腸轆轆。

由於天色還昏暗，我把茶貝烤爐的光源打開，在上面放置一鍋昨夜採集的積雪——現在已經消融成雪水——煮成沸水。就在這時，埃思特梵照例進行他與睡眠之間沉靜、狂暴的拔河，彷彿在黑甜鄉與天使進行肉搏賽。他逐漸獲勝時，會坐起來，茫然地瞪著我看，搖搖頭，然後完全清醒。我們穿好全身衣著、套上靴子，把睡袋捲好後，早餐已經準備妥當。那是一杯歐舒茶，以及一磅份量的吉奇米其，經由沸水攪拌擴充成一小團圓麵包。我們緩慢咀嚼、神態嚴肅，回收所有麵團碎塊。用餐時，茶貝烤爐的熱源關上，逐漸變涼，之後我們把烤爐與鍋子、茶杯等餐具收好，穿上附帶兜帽的大衣，戴上連指手套，然後爬出帳篷，迎向戶外空氣。出到帳篷外，那股寒冷永遠是不得了的程度，每天早晨我都得重新相信，戶外的確是徹骨寒冷。倘若在夜間已經到帳篷外面排泄，第二次出去的滋味只會更加難受罷了。

有些時候，戶外正飄著雪。有些時候，在遼闊的冰原上，漫長的天光映照出壯麗的金暉與藍光。

大部分時候，天色是灰濛濛的一片。夜晚時分，我們將溫度計帶到帳篷內，當我們把它帶出帳篷外時，看著它的指針驟然轉向右邊（格森星是以反時鐘方向來計算刻度），那光景還真是有趣極了。通常溫度計的指針轉得太快，快到無法跟上它的陡降落差，下降了十度、二十度、三十度，直到最後終於停擺，指針介於零下十八度與零下五十度之間。

我們其中一人會把帳篷攤倒，折疊收拾起來；另外一人則把茶貝烤爐、睡袋、鍋盤餐具等用品打包，放在雪車上。帳篷捆好、平放在上端，接著我們套上雪鞋與韁轡，一切就緒。我們的安全帶與韁繩上鮮少有金屬質材，但是在韁轡上配有鋁合金扣環；這些扣環太細緻，戴著連指手套很難把它們順利繫上，但在這樣的超低溫下，它們就如同燒紅的烙鐵，足以燙傷你。溫度低於零下二十九度，我總是非常小心翼翼，注意自己的手指，尤其當大風吹襲時，我凍傷的機率高得驚人。所幸，雙腳倒是從未受傷——這是超級重要的因素。要是在這樣的冬季旅程，只要把腳暴露在外一個小時，就足以殘障好些日子，或是終生。埃思特梵為我選購雪鞋時，得猜測我的尺寸，結果這雙鞋子有點過大，但是無妨，套上額外的厚襪子就足以填補空隙。於是我們穿上雪鞋，盡快套上韁繩，如果雪車的冰刀在昨夜凍結，就戮力把它們給扳撬開來。接著，我們出發。

要是昨夜落下厚重的大雪，那天早上就得花費較多時間，把帳篷與雪車給鑿搬開來，才能順利出發。把新飄的積雪鏟開，並非難事，不過我們周身會淤積這些飛絮落雪；畢竟在方圓數百哩內，我們兩人可是唯一的隆起障礙物，在冰層上唯一突出挺立的東西。

靠著羅盤引路，我們朝東方拉曳。風通常從冰河拂來，從北方吹到南邊。每一日當我們前進，風就從左邊吹來。光是拉上兜帽還不夠擋風，所以我戴上面罩，好保護鼻子與左頰。即使如此，在某一天，我的左眼還是給凍得黏起來了，當時我以為這隻眼睛已經報銷。即使埃思特梵以舌尖與呼吸把我的左眼皮給溶開，有好一陣子，我還是無法以這隻眼睛視物，看來除了眼皮之外，眼底的什麼也給凍壞了。如果是陽光普照的天氣，我們兩人都會佩戴格森星特產的護目鏡罩，以豁免雪盲的折騰。我們的成功機率實在很小，就如同埃思特梵所說，在冰層中央處上方，有一塊高壓力地區，在那兒有數千平方哩的面積，反射出白盲的太陽光。我們並不身處於這塊中央地區，但是為了安全起見，最好是趨向邊陲路徑行走。於是，我們行進的路徑就夾在映照雪光的中央地區與聲勢險惡、危崖處處的暴風地區之間——從那地區呼嘯的風暴持續折磨著次冰河地域。從正北方的風勢帶來熾亮、裸裎的天氣，但若大風是從東北方或西北方吹來，就會導致落雪，或者把落雪鋪陳為刺烈、讓人目盲的沙雲或塵暴，甚或沉降到幾乎不可見處，在地表上沿著曲折拐彎的路徑蠕動，把天空、空氣都渲染成一片煞白，沒有可見的陽光，也無法滋生陰影。就這樣，無論是落雪或是大冰原本體，全都在我們腳下消逝無蹤。

中午時分，我們會暫停下來歇腳。如果風勢太過強烈，我們會切下一些冰磚，製作一道聊充屏障的冰牆。我們把水煮沸，再度炮製一份吉奇米其小麵包，喝些熱水，有時候會在水裡添加些許紅糖。吃完午餐，再度套上韁轡，前進。

在拉曳前進的過程、或是午餐時分，我們鮮少談話——由於我們的嘴唇腫痛，而且打開嘴巴時，冷空氣就會灌進去，容易傷到牙齒、喉嚨及肺部。要讓嘴巴保持緊閉狀態，以鼻子呼吸，至少，當氣溫落到冰點二十到三十度以下的超級低溫時，非得如此不可。倘若氣溫甚至更低，整個呼吸的過程會更加繁雜，因為呼出去的氣體很快就會結冰，如果不夠留心，鼻孔會整個結凍。為了避免窒息，下場就是會吸進一肺部的鋒利冰屑。

在這樣的情況下，我們的呼氣會立刻凍結，形成微小的破裂聲響，如同遠方煙火，或是一串水晶泠泠之音；每一次的呼息，就是一場雪暴。

我們會繼續拖曳到完全沒力，或天色變暗為止；接著我們停腳，搭設帳篷，要是風勢可能過猛，就會在雪車上釘上木栓，以策安全。接下來，就開始一整晚的休息。要是進度正常，一整天的時間我們會拉上十一到十二個小時，進程通常是十二到十八哩。

這樣的成績實在稱不上優秀，但天候條件很是惡劣。雪地表層很難同時讓雪橇與冰刀順利暢行。要是表面過於輕軟，雪車會整個下陷，而非在上面馳行；要是部分地面變硬，雪橇車會卡在其中，但是腳下頂著雪橇的我們卻可暢行，這表示我們會不時讓卡住的雪車絆住，整個人往後倒。要是雪地表面都非常堅硬，又常常伴隨漫長的風濤，當地語稱為沙司茶吉，在有些地方，興起的風濤甚至高達四呎。在每一道刀俎似的邊緣、或是奇異迷幻的高拔雪簷，我們得把雪車整個扳起來，然後讓它滑下，接著又是下一回類似的狀況：這些崎嶇的突起處似乎永遠無法和我們的路徑平行不相交。我本來想像著勾布林冰原高臺的形貌類似一張光滑的冰毯，宛如凍結的湖面；然而到了才發現，其中好幾百哩地勢如同突兀結冰、岩石嶙嶇凸張的海面。

架設帳篷的工程非常累人，得確認一切都安全無虞、把外衣積雪全都去除，諸如此類的繁雜瑣碎工作。有些時候，那樣的繁重工程顯得頗不值得：都已經那麼晚了、兩人都又冷又累，索性就躺在雪橇車的背風面，縮進睡袋裡，仰天睡個痛快，甭架設那個什勞子帳篷了。我記得很清楚，有些晚上，我這種念頭竟是如此鮮明；我也記得我那個一絲不苟、暴君脾性的同伴，總是堅持要把所有事務都徹底完成，而且要正確完成。在那些時候，我是多麼惱恨著他哪！我好恨他，這股憎恨從精神骨幹深處的死域湧起。我恨死那些嚴厲、繁雜、頑拗的要求。以求生的名義，埃思特梵在我的身心施加這些要求。

一切就緒，我們終於能夠進入帳篷安歇。才剛進入篷內，就感受到茶貝烤爐湧現出一股保護、包覆的氛圍。某種美好至極的事物環繞著我們，那就是溫暖。死亡與凜寒在彼方的遠處，在這裡之外。於是，憎恨也隨之遺留在外面。我們吃吃喝喝，之後就是聊天。要是冷到極致，就連帳篷具備的極佳絕緣性也擋不住寒冷，我們就躺在睡袋裡，盡量挨近茶貝烤爐。在帳篷內部表面結了一層毛皮般的寒霜，要是打開褶門，寒氣就會瞬間冷凝結晶，讓篷內充斥著渦流狀的細雪霧。要是出現了冰雪暴，縱然帳篷的裝置是如此精心保護內部，針尖似的冷空氣還是從後方侵入，難以觸摸的雪塵微粒盈滿了周遭空氣。在那樣的夜晚，風雪暴造成難以想像的噪音，除非我們把頭擠在一起，大聲吶喊，否則根本無法以言語交談。又有些夜晚，周遭又變得無比死寂安靜，我會想像如此的靜寂只存在於星辰創生之前，或是一切都已然灰飛煙滅之後。

大約在晚餐之後的一小時內，倘若室溫情況允許，埃思特梵會把茶貝烤爐的熱源關上，同時把光源也一併關閉。他這麼做時，會喃喃念誦一小段簡短但迷人的祝禱文，那是在寒達拉教中我唯一聽過的儀式話語：「禮讚黑暗，以及永不終結的大化創生。」他如是說，然後黑暗翩然降臨，我們沉沉入睡。到了早晨，又是從頭開始的嶄新一天。

就這樣周而復始，我們過了五十天以上的冰原行腳生涯。

埃思特梵持續記筆記，雖然在大冰原跋涉的那段時光，除了簡要的寥寥數筆，記述天氣與一天下來的里程，他很少寫些什麼。在這些筆記當中，他偶而會記下對我們談話的私人感想；反倒是某些較漫長的討論，像是我們旅行的第一個月、還有些體力足以在夜晚入睡之前暢談一番，後來當我們受困於風雪暴、在帳篷內度過的那些時日，那些時刻所談及的深刻入微言說，他就一字不提。我告訴他，雖然官方並未禁止我使用超言心念交談，但我照說不該在尚未加入聯盟的星球上這樣做，所以我拜託他先別對他的族人透露這一點，至少等到我召喚太空船下來，與我在船上的同儕們討論過，再行揭曉。他同意了，而且信守然諾。對於我們之間的無言交流，他從未說及、或在筆記內提及隻字片語。

我所有的文明屬性、我具備的所有異星特質，埃思特梵全都興趣盎然，但心念交流之道卻是我唯一能夠給予他的禮物。當然我可以無止境地描述、談論種種他所不知的事物，但是心念交流卻是我唯一必須給予的事物。說起來，這或許是我們在贈與冬星的事物中，唯一重要之物。然而，我決不認為自己之所以甘冒大不諱、違逆文化禁制令的前提，就是為了取得對方的感激。我並非回報他對我的種種，他饋贈予我的，我無以回報。只不過：在我與埃思特梵之間已經到達某種境界，我們非得分享一切彼此認為值得分享的事物。

我預期在此之後，生理雙性的格森星人與分化為單性的瀚星人能夠分享性愛，但是這樣的交合自然不會有生殖上的結果。這一點還尚待日後印證，至於我與埃思特梵之間所印證出的，是比起性愛更微妙些的情境。唯一有這麼一次，我們身處大冰原的第二夜，由於彼此引導的性慾，我與他之間的相處幾乎導致某種危機。那天的旅程都花費在火焰山群東邊一帶，在崎嶇陡峭、充滿冰河裂縫的地勢上匍匐掙扎，不斷走回頭路。那天晚上，我們兩人都累壞了，但是精神振奮，確信在不久之後，前方就會有順暢開敞的道路可行。可在那天晚餐時間，埃思特梵卻顯得異常靜默，隨即打斷我的談話。我閉嘴不語好一陣子，接著，我終於開口說：「哈絲，我又說錯話了啊。請告訴我，我究竟是哪裡做錯了。」

他還是沉默不語。

「我又在『習縛規色』的層次上犯錯了，真是非常抱歉，我一點都無法學好這點。其實，我一直以來都無法真正了解這個詞」

「『習縛規色』這個詞嘛？這辭彙來自於古語，表示『暗影』。」

我們兩人都沉默了片刻，接著，埃思特梵以某種溫和、直接的眼神注視著我。就在紅色的光源之下，他的臉龐如此柔和、如此易受傷害，如此遙遠，就像是一位沉默不語、專注於自身思緒的女性，以這樣的神情凝視著我。

而我終於明白，永遠地理解與明白。我終於懂了，自己一直以來害怕去正視、於是假裝毫不了解的那一點：他同時是個女性，以及男性。非要解釋那份恐懼源頭不可的需求已經消失不再，就與恐懼本身一起消失溶解；留在我心底的情念，就只是我對於他的衷心接納，我終於徹底接納他之所以為他自己的一切。在那之前，我不但拒絕他，也排斥他的真實。他說得不能更對了：在格森星上，他是唯一徹底信任我的人；但在所有的格森人當中，我唯獨不信任他。在這個星球上，他是唯一把我當人類來看的人，把我當成個體來喜愛，付出全然的個人忠誠情感；於是，他理應要求我以對等的態度回應，正視他的自身，接納他之所以為他。我一直不願意給予這份回應，一直害怕給予。我一直不願意給予自身的信任與友誼，給一個會變成女性的男人，給一個會變成男性的女人。

於是，埃思特梵以僵硬的語氣對我解釋，他已經處於卡瑪期，而且一直試著要避開我，盡量不在我們共處的時候接近我。「我絕對不能碰觸你。」他以強烈無比的彆扭與拘束這麼說，別開他的臉。

我說：「我能理解，而且我百分之百同意。」

我是這樣認為，而且我相信對他而言亦是如此，我們之間的性張力得以坦承與理解、但卻沒有彼此紓解，在那時候，我們之間無比深邃的友誼終於得以確認：在我們的流亡生涯，雙方都如此渴求這樣的友誼，而且在這場苦澀的旅程、夜以繼日的時光，我們已經充分證實這份情誼的深刻，從此而後彼此都會以「愛」來稱呼這份感情。然而，這份深愛的情愫來自於彼此的差異，這份愛意的激發並非來自於同質性或是類似性，而是我們的不同。它是一座橋梁，唯一的一座橋梁，讓我們橫跨彼此的差異。對我們而言，要是以性的方式接觸，將會讓彼此再度成為異星人。我們只能以彼此可實踐的方式碰觸，就到此為止。我還是不知道，我們這樣做是否是對的。

在那一晚，我們繼續談了些別的話題。我還記得，埃思特梵問到女性的種種樣態時，我根本無法有條有理地回答。之後幾天，我們彼此以非常有禮、僵硬的情態相處。畢竟如果是兩個深愛對方的人，就可能具備那樣的權力與機會，導致深刻的彼此傷害。在那一晚之前，我從未設想過自己可能會傷害到埃思特梵。

既然我們之間的藩籬已經整個瓦解，對我而言，言語交談與理解層次的有限性更是無法忍受。大概在那之後的兩、三個晚上，吃了一頓特級豪華的美味晚餐——為了慶祝拉曳整整二十哩的壯舉，我們吃了頓以紅糖熬煮的卡地濃粥——我詢問我的同伴說：「在去年春天，就在紅角樓的晚餐，當時你告訴我，想要知道更多關於心念交流的事。」

「是這樣沒錯。」

「你想不想試看看，看我能否教會你使用心念交感來談話？」

他笑了起來：「你想測試我有沒有在說謊。」

「即使在此之前你說過謊，那也是好久之前、在另一個國度的事了。」

埃思特梵是個誠實人，但他的性情卻很不直率。這說法讓他心癢難搔，於是他這麼說：「要是在另一個國度，我可能還會對你說別的謊哩。但是我以為，在我們的星球加入伊庫盟之前，還是禁止你把這樣的心念科技教授給……當地人。」

「倒不是禁止，只是沒這樣做過。可是只要你樂意，我就這樣做。雖然我不知道辦不辦得到，因為我不是教導師。」

「有特定的人士在教導這樣的技藝？」

「是的，除了雅特拉星的人民，大家都需要教導師。在雅特拉星上，人們具有與生俱來的超感應力，而且——根據他們的說法——母親會以心念之音對尚未出生的嬰兒說話。我不知道那些嬰兒是怎樣回應，但是我們大多數人都需要經過教導，才學得會心念交談。這就像是學習外文，更像是學習我們的母語，卻是在年紀大了的時候才開始學習。」

我想他了解我何以主動提議要教導他心念交感，他自己也非常想學。我們兩人有一致的目標。我盡力回想，在十二歲的幼年時，自己如何被教授這門技藝；然後我告訴埃思特梵，澄清自己的心智，讓黑暗降臨。他立即沉入黑暗的冥思，遠比我自己能做到的更迅速、徹底，畢竟他可是一位寒達拉修行者呢。接著，我以最清晰的程度對他心念交談，但是沒有結果。我們又試了一次。由於在你首次清楚接收到心念之音、超感應力尚未琢磨得夠敏銳之前，無法對別人發出心念，所以我得先讓他接收到我的聲音。我試了半個小時之久，到最後連腦袋都沙啞了。他看起來非常沮喪。「我還以為，這對我而言會是輕而易舉之事。」他這麼坦承道。我們兩人都累壞了，這一晚只好先休息再說。

我們的下一步也沒有成功。我試著在埃思特梵入睡時對他發出心念，想到我的教導師告訴過我，在那些尚未開通心靈感應力的人們之間，也發生過「夢訊」之類的情境。但是，這一招也行不通。

「或許我們這種族缺乏此等質素。」他說：「我們擁有足夠的謠傳與暗示，好織就成權力的語言，但是在我們當中，我並不知道有任何得到證實的心念感應案例。」

「我的同族人類也是如此啊——只有少數渾然天成的心靈感應者是例外，縱使他們不理解自身的稟賦，也沒有可以傳送心念或接收念訊的同伴。其餘就維持潛伏狀態。記得我告訴過你的事情嘛，就是說這樣的能力雖然具有生理層次基礎，卻是心理層次的實踐，文化產物，也就是使御心靈的某種副作用。小孩子、殘障者，退化或是未進化的種族都無法使用這項心念交感能力。心靈本身必須存在於足夠複雜的界域，才可交感。你不可能直接從水氣就製作出氨基化合物，要形成此化合物，首先要經過一連串複雜化過程。這與心念交感的處境類似：抽象思考、多元社會互動、繁複的文化調控、靈性或倫理屬性的感知力……這些林林總總的條件都要先達到某種等級，心靈的串連才可能成立，才可能碰觸到自身體內的潛能。」

「或許，正由於我們格森星人尚未抵達那樣的層次。」

「你們的人民早就遠超過這個標準程度。然而，運氣也是關涉因素之一，就像是創生出氨基化合物那樣……或許，讓我以文化界域的比喻來說明吧——這只是比喻，但足以明晰解說——舉例而言，說到科學性的方法，像是使用確切、實驗性的科學技術。在伊庫盟的同盟星當中，有這樣的種族：他們擁有高度發展的文化，複雜的社會、哲學、藝術、倫理學……在上述種種領域，他們都達到高超的風格與相當卓越的成就。然而，他們就是從未能精確測量一顆石頭的重量。當然，他們可以學習到這項技能，只不過在此之前的五十萬年，他們從未發展出這項技巧……也有這樣的種族，除了最簡單的算術之外，他們並未發展出任何較高層次的數學學理；他們當中任何一人都有能力理解何謂微積分學，只是他們從未試圖去理解。事實上，我自己的同星族人類，地球人也有類似的事例：距今三千年前，我們才開始學會運用『零』這個數字，在此之前，我們對此全然懵懂無知。」聽到我這樣的說法，埃思特梵眨了眨眼。

「至於格森星人，我自己很好奇的一點是，我們其餘的人類可不可能搞清楚，人類是否真正具備預言的能力——是否這也屬於心靈進化後的某種產物——如果在此之後，你們願意教授我們心念預言的技藝。」

「你當真認為，那是某種有益處的成就？」

「精確的預知能力？咦，當然啦！——」

「為了要讓自身能夠操演這樣的預言力，你必須終究要相信，它並無實質用處可言。」

「你們這些寒達拉修士總讓我感到炫惑驚異，哈絲，而我總是不時這樣想，是否這樣的理念將弔詭地發展為某種生命修煉之道……」

後來我們繼續試了一陣子。在這之前，我從未這樣持續不斷發送念訊給一位尚未發展出接收性的個體，這樣的經驗真不愉快，我開始覺得自己像個正在祈禱的無神論者。沒多久之後，埃思特梵打呵欠，說道：「我的心耳聽不見，就像是頑石，是個聾子。我們還是趕快先入睡吧。」我同意他，接著他把燈光關上，喃喃說出那段禮讚黑暗的睡前祝禱文。我們鑽入睡袋，一、兩分鐘之後，他就沉沉滑入睡眠之洋，如同一位泳者滑入深暗的海水。我感應到他的睡眠，彷彿那是我自身沉沉入睡：交感共振的聯繫就在那兒，於是我再度呼喚他的名字，以睏倦的基調呼叫他的首名——席倫！

他立刻直挺挺坐起來。在漆黑不見五指的帳篷內，他的聲音在我的上方大聲喊叫：「艾瑞克，那是你嗎？」

不是的，我是真力．艾，我正在與你心念交談。

他的呼吸哽住，隨即一片靜默。接著他緊張地調整茶貝烤爐的開關，打開光源，以他那雙寫滿恐懼的黑色眼睛瞪著我。「我做了個夢，」他說：「我以為我回到家園——」

「其實，你聽到我的心念傳訊。」

「是你在呼喚我——但那是我同胞手足的聲音。我聽到的是他的聲音，死去的他。你呼喚我，可是你叫我席倫？我……這遠比我預期的要來得恐怖許多。」他搖搖頭，彷彿從夢境醒來的人，想藉此把惡夢給甩掉。然後，他雙手抱頭。

「哈絲，我很抱歉——」

「不，以我的首名叫我吧。如果你能夠在我的頭蓋骨內、以某個死者的聲音對我說話，那麼你得以我的首名稱呼我！難道他會稱呼我為『哈絲』嗎？哎，我終於懂了，在心念交談的領域中，當真沒有說謊的餘地。這真是太恐怖了……好吧，好吧，就這樣再跟我說說話吧。」

「先等等吧。」

「不要等，繼續以心念進行。」

在他以狂暴、驚恐的眼神注視下，我對著他心念傳訊：席倫，吾友，在我們之間，並沒有需要恐懼之物。

他繼續瞪視著我。本來我以為他並未聽懂我的訊息，但是他懂得。「哎，其實有如此之物。」他這麼回道。

過了一陣子，他終於能夠克制自己，平靜地與我交談。「你以我們的語言對我說話呢。」

「嗯，因為你不說我的語言哪。」

「你提過，在心念交談中會出現話語，我知道……但是我還以為、想像它是某種——某種不言自明的了悟——」

「心念共振是另一種，雖然也與心念交談相關。我們今晚已經建立起連結了，但是以恰當的心念交談模式，大腦的言語中心已經活化啟動，這就像是——」

「別，別說，先別說這些，晚點再跟我說這個。為何你以我手足的聲音對我心念說話？」他的聲音非常緊繃。

「這我實在無法回答。我也不知道。跟我說說他這個人好嗎？」

「鶩訢……我的同母純血手足，他的名字是艾瑞克．哈絲．倫—耶．埃思特梵。他比我大一歲，本該是他繼位埃思特領主。我們……我離開家鄉，你知道的，就是為了他的緣故。自從他去世以來，已經十四年了。」

我們兩人都沉默了好半晌。我無法了解，但也不能開口詢問他這些話與背後的意義：光是要他說出這麼有限的情節，已經花費他太多的情感代價。

最後我這麼說：「對我發出心念，席倫。呼喚我的名字。」我知道他能夠辦到，共感的渠道就在那兒，如果以專家的語彙來說，就是我們各自的界面已經達成音頻和諧層次。當然，他還不知道如何自發建構藩籬，倘若我是個心念傾聽師，我會聽到他正在思索的話語。

「不，」他說：「絕不，還不能……」

然而，無論是何等重大的打擊、驚悸、恐懼，都無法約束心靈太久。心靈總是不得饜足，總是恣肆延伸。他再度把燈光關上，我突然在內心接收到他的囁嚅聲音——真瑞——即使是心念交談，他也無法把ㄌ音發得夠精確。

我立即回應他的音訊。在黑暗中，他發出口齒含糊不清的恐懼聲，卻微微帶著滿足。「不要繼續了，先停止吧。」他大聲說道。過了一陣子，我們終於真正入睡了。

對他而言，心念交談向來不容易。倒不是他缺乏此等稟賦，或是無法發展相關的技藝，但這樣的交流讓他備感困擾，而且他無法輕易視為理所當然。他很快就學會架設自己的心念藩籬，而我並不確定他是否因此感到安心。或許，在數世紀之前、第一批教導師從羅卡南星歸來、教授我們這項「最後的藝術」，這也是我們最初的感受。又或許是格森星人，由於其獨特的完整性，他們在心念交談中所感受到的，是對於完整無缺自身的某種冒瀆，撕裂了他的完整無缺，因此難以忍受。又或許，那純屬埃思特梵的個人特質；在他的個性裡，坦承與保留的要求同等強烈。他所說的每一句話語都源自更深邃的靜默。在他的心念聽域，他聽到的我是他的兄長，是個死者在對他傾訴。除了他們彼此的愛與對方之死，我不知道在他與他兄長之間還發生了什麼，只知道每當我以心念對他說話，他總會瑟縮退卻，彷彿我碰觸到某個傷口。沒錯，我們之間建立起的親密心念共感是一道繫約，但卻是朦朧陰暗的嚴峻繫約，與其說是流瀉出更澎湃的光（我本期望如此），不如說彰顯了黑暗的深度。

同時，日復一日，我們在大冰原上往東前行。到達原先預計的旅程時間中點，也就是第三十五天，第二月的第二十日[1]，可我們赫然發現，距離預計的半途卻還遠得很。根據雪車的里程表，我們的確已經拉曳了四百哩左右，卻只有四分之三的實質里程算數，而且，距離中點究竟還要多少里數，我們只能非常粗略地估算。在掙扎匍匐攀上冰原的那段時日，我們耗費了不少時間、里程與存糧。埃思特梵不像我那麼憂慮，焦灼於眼前看似無盡期的漫漫長路。

「雪橇車的重量已經減輕不少嘍，」他這麼說：「愈靠近中點，它就會愈輕盈。而且，倘若必要，我們可以減少每日進食的份量。我們一直都吃得很好呢，你知道的。」

我還以為他是以反諷語氣說話呢，但我應該更了解他才是。

就在第四十天、以及接踵而來的後兩天，我們讓冰雪暴困在帳篷內。在那些無所事事、癱躺在帳篷內的漫長時光，埃思特梵幾乎都在沉睡，幾乎不吃任何東西，雖然他在三餐時會飲用糖水與歐舒茶。他堅持我要進食，就算只吃平常一半的份量也好。「你並沒有捱餓的經驗。」他這麼說。

我深感羞辱。「難道你就經驗充分嗎——身為領主閣下，身為首相大人的你——?!」

「真端，我們自小就演練飢貧生涯，到最後我們個個都已經是專家了。打從我是個孩子，在埃思特領地生活，人們就教導我如何捱餓；我在盧瑟勒堡修行時，寒達拉的導師們也這樣教導我。沒錯，我在珥恆朗城生活的那段歲月太優渥，因此荒廢了此項本事，但是當我到了密許諾利城，我已經重拾這項修煉……請照我的話去做吧，吾友。我知道我在做什麼。」

他知道，而我也聽從了。

接下來四天，我們的行程都在無比苦冷的氣候下進行——從未高於零下三十三度；接下來，一場冰雪暴乘著來自東方的大風便車，一骨碌朝我們臉上撲襲而來。就在冰雪暴開始磅礡灑落的兩分鐘

1 原文為第四月第二十一天，但這應該是作者（精確來說，應該說是敘述者真力・艾）的筆誤。由於他們在第一月的第十三日出發，從那天算起之後的三十五天，應該是第二月的第二十一天，也就是歐得歐兒妮・薩嫩。更何況，最後當埃思特梵與真力・艾終於抵達卡亥德國境，日期是第四月第十四日，因此驗證原文此句話為筆誤。

內，雪勢已經強烈到讓我看不見六呎遠的埃思特梵。當時我為了呼吸，轉身背對他與雪車，避開那場令人窒息、目盲且灰頭土臉的風雪暴。孰料才過了一下子，我轉回身去的當下，無論是雪車或是埃思特梵，全都不翼而飛。那地方空空如也，啥也沒有。我往回走幾步，回到剛才他們還在的地點，四處摸索，大聲叫喊，但連自己的聲音都聽不見。就在荒天瘠地的宇宙，四處布滿刺人的灰色冰線，我孤零零一個人，耳朵也聾了。當時我開始慌亂，到處撞撞跌跌，狂亂地以心念呼叫他，「席倫！」

就在我的身下，他跪坐著，說道：「來，幫我一把，一起整頓帳篷。」

我如此照辦，從未提及自己在那頃刻間的驚悸慌亂。沒有必要提這檔子事。

那場冰雪暴持續了整整兩天；總共加起來，我們失去五天份的行程，然而眼前還會再有類似的雪暴。無論是第三月或第四月，全都是大雪風暴滿溢的月份。

「我們開始把糧食切得更小塊，是嘛？」

某日當我把當天份的吉奇米其估算好、並將那塊濃縮食物放入熱水煮成小麵團，我這麼說。

埃思特梵注視著我。他那張方正、寬闊的面容顯示出體重大量喪失的痕跡，無論是頰骨的深陷陰影，或是凹陷的眼窩，以及遭擦傷、布滿裂痕的嘴唇。如果他看上去都這麼糟，天曉得我現在是什麼德性。他微笑說：「如果幸運保佑，我們就會達成目標；如果天不佑吾等，就無法達成。」

這觀點和他一開始所說的話完全一致。我深陷自身的焦慮，陷在窮途末路的焦灼，打了這最後一道賭注，因此我一點都不夠實際，無法真正相信他這番話。即使是此刻，我還是這樣想：當然嘍，我們如此努力奮發——

然而，大冰原才無視於我們究竟多麼努力。它何必知道這點？因此我們還是減少存糧的每日份量比例。

「你的運勢之輪運轉得如何呢，席倫？」最後我這麼說。

對於我這道提問，他並未微笑，也沒有立即回答。經過良久沉默，他終於說：「在下面的時候，我一直在思索著運勢之輪。」對我們來說，「在下面」意味著南方、大冰原臺地之下、真正的土地，人們、道路，城市，這些讓我們愈發難以相信真正存在的林林總總事物。

「你知道的，我離開密許諾利城的那天，我託人傳話給國王，告知他關於你的處境。我告訴他的是蘇思吉斯透露給我的消息，也就是你將要被解送到普烈芬農莊。那時候我並不知曉自己真正的意圖，就純粹是遵循我自身體內的衝動。自從那之後，我開始思考讓我這樣做的這份衝動。類似這樣的狀況因此會發生：國王會逮到某個可以搬演『習縛規色』的大好機會，當然提貝會提出諫言，勸阻國王這麼做；然而在那時候，國王應該已經開始厭煩提貝的存在，因此可能會無視於他的勸諫。於是，他會這樣提出詢問：我們卡亥德王國的客人、那位外星使節現在怎麼啦？密許諾利城那邊的人會說謊，說出類似『今年秋季時，此人因為激素方面的疾病驟逝，真是天大的不幸哪！』國王會繼續提問：但是，何以我們的大使館卻通報說，此人如今身在普烈芬農莊？『他才不在那邊呢，請您千萬明鑑！』喔喔，當然嘍，對於代表團的發言，我們並不存疑……然而，就在這些言語陣仗的數星期之後，外星使節赫然重返卡亥德王國北方，僥倖從慘無人道的普烈芬農莊逃生，保住一條命。這時候就是卡亥德王國表達義憤、奧爾戈大驚失色的時機嘍。這些代表的漫天大謊給人逮個正著，他們必然會顏面大失。到那時候，你就是個寶了，對於阿格梵國王而言，你簡直是他失而復得的同族血親呢，真瑞——至少，會有一陣子是這樣。在你能夠取得的第一時機，你必須立即傳喚太空星船降落。你必須立刻呼叫你的同伴來到卡亥德，立即完成你身負的使命，免得阿格梵國王又開始疑心，把你當成個敵人看待，也別讓提貝或別的朝臣喚起國王的恐懼，藉著國王的瘋癲來操縱他。倘若他已經與你打交道、締結合約，他會遵守自己的承諾。若是打破他自己的承諾，等於是打破他自身的『習縛規色』。那些哈季世家的國王都是重信諾之輩。然而，你得要迅速行動，立即讓太空船降落到地面。」

「我會的，只要我接收到任何一絲一毫歡迎之意。」

「切切不可如此。請諒解我這樣勸導你，但是你絕不能等，不能等著對方釋出歡迎訊息。你絕對會得到他們的歡迎，你的太空船也是，我這麼相信。在過去這半年間，卡亥德王國的顏面大失，你等於是給予阿格梵國王翻轉檯面的大好機會。我認為，他會別無二話地攫取這個機會。」

「很好，但是你自己呢，在這同時——」

「我是叛國賊埃思特梵，和你半點關係都沒有。」

「那只是起先的時候。」

「嗯，是那時候。」他同意我的話。

「如果這段時間有風險，你真的能躲藏起來嗎？」

「喔，當然，沒問題。」

餐點已經準備好了，我們開始享用。飲食是如此重要、引人入勝的活動，是以進餐時，我們都不說什麼話。如今我們是以完全、乃至於原始的意含，實踐這樣的餐桌禁忌。直到我們把最後一絲食物碎塊也吞下肚子，他對我說：「嗯，我希望我猜對了。你可以……你能夠原諒……」

「原諒你給予我直接的勸告？」我這麼說。攸關「習縛規色」的態度是我終於真正理解的某些事情之一。「當然嘍，我原諒你，席倫。真的哪，你怎能懷疑這點呢？你明知道我根本沒有自己的『習縛規色』，所以無須撤銷擁有它的權柄。」這說法讓他感到有趣，但他還是繼續沉思。

「為何如此呢？」最後，他終於說：「為何你獨自前來——為何他們只派你孤身一人前來？一切大勢終究要靠將降落的太空船，為何要讓你這麼難熬，也讓我們難以相信？」

「其實這是伊庫盟的慣例，而且自有其背後的道理。雖說如此，我開始懷疑自己是否真正了解這些道理。本來，我認為是為了你們的緣故，伊庫盟才會指派我獨自前來；如此獨自、如此易受傷的單獨一人，於是我根本沒有任何威脅感，無法改變任何平衡：我並非侵入者，單純是個傳達訊息的使者。孤身一人的我無法改變你們的世界，但你們的世界卻能夠改變我。孤身一人，我必須深切傾聽，才得以發言。孤身一人的我，倘若終究能建立任何關係，那就不會是冷漠非個人的關係，也不光只是政治串連。那會是個人、私人之間的關係，不完全是政治的連結。那並非『我等』與『他們』，也不是『我』與『它』，而是『吾』與『汝』。那關係並非政治、也非實效，而是瀰漫著祕法氛圍。以某種層次而言，伊庫盟並非政治實體，而是某種實踐神祕主義的實體。它會認為肇始是無比重要的步驟。肇始，以及方式。它的教義剛好與那種拿結果來合理化方式的教義完全相反。是以，伊庫盟採取的是緩慢、微妙的路徑，同時是帶有風險的方式；這樣說吧，這很類似生物的演化，以某種說法而言，生命演化之道就是伊庫盟與各色生命種族接觸的原初模本……

「所以呢，我就是孤身一人前來。到底是為了你們，還是我自己？其實我並不知道是哪一種，這是讓事情更加棘手的狀況；然而，且讓我舉個讓自己有利的例子，反問你：何以你們從未想要發明飛行交通工具？只要能偷竊一架小飛機，我們就無須這樣艱辛跋涉了！」

「對於一個神智清楚之人而言，怎可能設想到他自己能夠飛行？」埃思特梵以嚴肅硬派之色反駁我。

這倒是個頗為公平的反駁，畢竟這星球上沒有任何有翅膀的生命，即使是幽梅許聖典所描述的天使，也沒有在天上飛翔。他們沒有翅膀，飄浮到地面上的姿勢就如同紛飛的雪花，或是類似在那個無花朵滋生的世界、隨風飄曳的花種。

在第三月中旬，繼一場漫長的苦寒冷風之後，我們得到好一陣子安靜天氣。看來在遙遠的南方，風暴呼嘯正盛，但那是「在下面」的地域，對於身處於冰雪暴風眼的我們，周遭世界沒有一絲風，全是沉寂與陰霾。起初那幾天，天空的陰霾顯得稀薄，空氣閃耀發亮，瀰漫著來源不明、平穩的陽光，那光亮同時來自於雲層與雪，天上與地面。過夜之後，頭頂上的陰霾變得深厚；所有的光亮消逝無蹤，剩下的只是虛無一片。我們從帳篷走到外面，等於走入空虛。雪車與帳篷都在原地，埃思特梵也在我身邊，但無論是他、或是我自己，身後都沒有任何影子。我們周邊瀰漫一股沉悶的光亮，四處皆是這抹光；當我們踏步於冰脆的雪地，根本沒有影子可顯現出我們的腳印。我們身後沒有任何痕跡：無論是雪車、帳篷、埃思特梵，以及我自己。周遭的一切，什麼也沒有。沒有太陽、沒有天空、沒有地平線，也沒有這個世界。看起來，我們恰恰懸吊在某種灰白色系的虛冥界域邊緣。如此的幻覺太過完整，我很難保持平衡。我的內耳習於從我的視線取得確認，得知當下站立的座標，如今我的內耳毫無作用，跟瞎了沒兩樣。要是當我們身負重物、行囊紮實的時候，狀況還可以；但要是當我們拉曳雪車滑行，眼前無可見之物，周遭無定點可視，眼界無任何標的可觸及，那滋味真是糟糕，接著我們都筋疲力盡。我們足下踩著雪橇，位於地勢優異的冰流，周遭沒有沙司茶吉，腳底下是高達五、六千呎（這點至少可以確定）的厚實冰原。照這樣說，進展應該很棒，但是我們不斷放慢速度；在那片廣漠無涯的大冰原上盲目摸索，需要堅強的意志力，才可能加快到一般速度。每一道微小的變故都會招惹突兀的煞車，這就像是爬樓梯——有時你遇到意料之外的階梯，有時是本以為腳下有梯階、卻意外踩空失足。我們根本無法看到前方的路，沒有影子好讓道路展現出來。就這樣，踩著雪橇盲目馳騁。連續好些天，我們都是這樣的行程，結果只好縮短每天的拉曳時段——到了下午，兩人都已經揮汗如雨，由於緊繃的壓力與疲憊而顫抖不已。我開始渴望下雪，就算是來一場冰雪暴也好，什麼都好。然而，每天早上，我們從帳篷走到外面的世界，我們走入虛空，走入一片白蕪的天候，埃思特梵稱呼這現象為「去影」。

某天中午時分，當時是第三月第二十一日；自從這片乏味、盲目的空曠虛無席捲我們周遭，已經是第六天了。當時我以為是視線在愚弄自身——既然已經有不少前例——於是，我幾乎不留意那片瀰漫於空氣間、無意義的微弱騷動，直到我真正瞥見一抹嬌小、蒼白抑鬱，而且死意漫漶的太陽，就矗立在頭頂上。沿著太陽往下看，就在正前方，我看到一龐然黑色形體笨重地從虛空中朝我們探出。怪物的黑色觸鬚往前方翻扭，往外蠕動摸索。我因此倏然止住馳騁之勢。由於我們一起佩戴韁轡，一起拉曳雪車，正在滑雪的埃思特梵也跟著驟然頓住，被後座力拉著往回轉。

「這是什麼東西？」

他瞪著那些隱隱然藏身於霧氣的黑暗魍魎形體，最後終於說道：「這些峭壁……想必是艾攝火絲危崖。」然後他繼續往前拉曳。當時我誤以為峭壁群僅矗立於咫尺之外，其實我們距離這些景物還有好遠呢。白色天候轉為濃稠低沉的大霧，接著逐漸釐清；在日薄西山之前，我們終於清晰看到這些峭崖的本體——有些是冰原小島，巍峨的岩石尖錐從冰層深處冒出來，多年來不斷遭受侵蝕。這些冰岩島都以冰山一尖角的姿態裸裎於海面上，它們是冰冷陷溺的古山，彷彿在無數的恆久之前就已然死去。

如果我們能信任手上這張繪製粗陋的地圖，這些凍山的尖端告知我們，如今已經到了旅程最捷徑的北端。從翌日開始，我們首度稍微往東方以南的方向前進。

第十九章　返鄉

在陰暗、風勢席捲的天候下，我們遲緩地匍匐前進，一邊觀賞艾攝火絲危崖，試圖以欣賞這番絕景來為自己打氣。這可是長達七星期以來，除了冰原、大雪、天空之外，我們首度見識到的風光呢。透過地圖，艾攝火絲危崖的南方不遠處就是玄樹沼澤，至於它的東邊，就是古森灣。但是，這實在不是一張值得信賴的勾布林區地圖，而我們已力竭不堪。

在轉向南方的第二天，我們開始遭遇壓陷的冰層，以及冰河間的裂縫；如此看來，比起地圖所指的方位，我們更靠近勾布林大冰河南方邊陲。不若火焰山脈那一帶，這邊的冰層沒有那麼高隆，也不那般橫遭蹂躪，但是冰層已經開始腐蝕軟化。周遭到處都是寬闊的深陷洞穴，夏天時節可能就是一座座湖泊；周遭的虛偽雪層可能隨時讓你下沉，深陷入一呎空氣囊口之下的碩大淵藪。地勢處處是龜裂，到處都是小洞口與冰河罅隙，接著是愈來愈多巨大裂縫。它們是冰河上的峽谷，有些簡直與山峽同樣寬闊，有的雖然只有兩、三呎寬，卻深不見底。到了第三月第二十四日（這是由埃思特梵的筆記得知，我根本沒在寫日記），陽光終於晴朗照耀，伴隨著強勁的北風。當我們開始拉著雪車行經雪橋，穿越腳底下狹窄的冰河裂縫，朝左右兩方看去，是藍色的光柱與深淵。冰刀把細碎的冰層驅開，伴隨著一股浩瀚悠揚、微弱、細緻的音流，彷彿一串串銀絲線觸及細薄的水晶面，隨即淙淙墜落。我非常記得那個早上的拉曳：陽光燦爛，照耀於深淵之上，整個進程顯得無比輕快，充滿如夢似幻、暈眩的歡愉；可是天際開始發白，陰影淡去，湛藍一片的色調淹沒了天空與雪地。當時我們還不知道要小心，根本不知道在脆弱的冰層上，反白天氣會造成何等危險。冰層呈現波礫起伏之勢，埃思特梵在前方拉曳，我在車後推動。我的視線鎖定在雪橇車上，啥也不想，只想以最有效的方式推動雪車。突然間雪橇車往前衝刺，車後的桿子幾乎從我的手中滑曳開；我本能抓住桿子，以為我們來到平滑的雪面，突然間加速起來。我對著埃思特梵大叫一聲「嗨」，示意他放慢腳步，可是雪車僵住了，前方的車尖處朝下傾，到處不見埃思特梵的人影。

我幾乎要鬆開雪橇車的拉桿，不顧一切跑去找埃思特梵。我沒那樣做，真是純屬幸運。我還是穩住了，一邊愚笨地到處巡視找尋他的蹤跡，接著我看到裂縫缺口，斷裂的雪梁繼續鬆動墜落，讓我看清楚裂縫位置。他當時就這樣直直雙腳踩了下去，要不是因為有我在後面拉著，沒有任何事可以阻止雪車跟著一起掉落。我的拉力讓三分之一的雪車冰刀還穩立於堅實的冰面上。他被韁轡具吊著，在坑裡搖晃，雪車一直被他的重量拉往前方車尖處傾斜。

我把自己的體重都壓在雪車的後桿上，使盡力氣拉拔、搖動，讓整輛車子從冰河裂縫的邊口挪開來。這不是輕鬆的任務，但是我把全身重量壓在桿子上，使盡吃奶力氣猛拉；最後，雪車終於遲緩挪動，猛地，它突兀地從裂縫邊緣滑了出來。埃思特梵把雙手放在裂縫的邊口，他的重量有助於我拖曳。就這樣，我們踉踉蹌蹌，藉著繫在他身上的韁轡把他的身軀從裂縫口扯出來。然後，埃思特梵往前癱倒在冰原上。

我跪在他身邊，試圖要解開他身上的韁轡。他癱躺在地上的模樣讓我心驚，除了胸口劇烈地上下起伏之外，埃思特梵整個人毫無動靜。他的嘴唇青紫發紺，一邊的臉龐瘀血擦傷。

他搖搖晃晃地坐起來，輕聲低語：「深藍色——眼前全是湛藍色——深邃無邊的高塔——」

「你說什麼？」

「在冰河裂縫深處。全都是無邊的藍色——充滿光輝。」

「你還好嗎？」

他開始自行解開身上的韁轡。

「換你帶頭前進——繫著這些韁繩，而且拿著這根桿子。」他粗重喘息著說：「你來引路前進。」

就這樣四個小時之久，我們其中一人拖曳雪車，另一人引導方向，就像是貓兒在蛋殼上躡手躡足、小碎步行進，以手上桿子試探眼前的地面。在如此湛亮的天候下，你無法事先看到前方的冰河裂口，直到你正正俯視著它——這樣可就有點太晚了，裂口的邊角會往外延伸，更何況周邊的冰層並不盡然結實。每一步伐都可能導向驚奇，要不是失足墜落，就是顛簸彈跳。周遭毫無陰影，這是一整個渾然雪白、緘默無聲的球體，我們儼然在某座四周凝霜的巨大玻璃球體上匍匐前進。在這座冰晶球體的內部，只有空無一物的虛蕪，外部亦然。然而在玻璃平面上，卻是裂縫處處。是以我們得要探路再踏步，探路再踏步。我們要小心探路，唯恐踏入不可見的裂口，那麼你就無止境地一直往下墜、墜落，落入無盡的淵藪——如此一點一滴，我的全身肌肉逐漸讓某種無法紓解的緊張所掌控，即使要再往前踏出一步，都是困難到不可能的動作。

我茫然站在四處空無的中央點，淚水湧出，把我的眼皮凍住。我說：「我好害怕會掉下去。」

「真瑞，怎麼了？」

「但是你身上繫著韁繩呢。」他這麼說。接著埃思特梵走向前方，觀看四處可見的範圍並沒有冰河裂縫，他知道這是怎麼一回事，然後說道：「那我們紮營吧。」

「還不到休息的時候啊，我們應該繼續前進。」

但是，他已經把帳篷解開。

歇息一陣，吃過東西之後，他這麼說：「我們得中止這趟路程，我認為我們無法再這樣走下去了。冰層看來是逐漸崩落，接著就會融蝕軟化，到處都會有裂口。如果我們看得見，那還可能前進，但在這片無影之地，我們無法前進。」

「但要是這樣，我們要怎麼到達玄榭沼澤呢？」

「這樣嘛，如果我們捨棄南方的路徑，往東邊走，就會通往古森灣，而且位於堅實的冰層之上。有一年夏天，我在船上眺望那邊的冰原，那塊大冰原就位於紅色山脈旁邊，連結著通往古森灣的冰川。如果我們可以抵達那邊的其中一道冰河，就可以從冰海那邊前進南方，進入卡亥德王國；如此，我們不是從國境邊界線進入卡亥德，而是取徑海岸線。不過，這樣一來，我們的路程大概會增加個──大概是二十到五十哩吧，我猜想是這樣。你的意下如何，真瑞？」

「我的意見嘛，只要是這樣的白冬氣候下，我根本連二十呎路都無法再走下去。」

「不過，要是我們脫出了冰河裂縫的區域……」

「嗯，要是我們脫出這塊區域，我就沒事啦。萬一陽光再度照耀，你就站在雪車上，我則不收分文，讓你免費搭便車，飛馳進入卡亥德王國。」在旅行的這等艱辛階段，這是我們試圖表現幽默感的慣常說法。這些話聽來頗為愚蠢，但是有時候這種笑話會讓其中一人發出微笑。

「其實我沒事的，」我繼續說道：「積習難改的恐懼太強烈，就是它在作祟。」

「恐懼是很有用的事物，就如同黑暗，如同陰影。」埃思特梵的微笑是一道醜陋的裂痕，綻放於一張皮層脫綻瓦解的褐色面具，頂上是一蓬黑色稻草似的毛髮，兩顆碎石子嵌在一張黑色岩石面孔上。「真是奇異哪，天光並不足夠；我們還需要陰影，好讓我們舉步行進。」

「把你的記事本給我一下。」

他才剛記下我們這天的行程，從事哩數與存糧的計算。連同炭筆，他把放在茶貝烤爐上的那本小簿子推到我這邊。在沾黏於黑色封背的一張空白紙上，我畫出了一道圓圈內的兩抹弧線，將那個圖像的「陰」半邊以炭筆塗抹成黑色，然後把小記事本遞回給我的同伴。「可知道這個圖像記號嗎？」

他以怪異的眼神看著這圖像好一陣子，但是他說：「我不知道。」

「這是個象徵性符號，分別在地球、瀚─韃菲納星，還有奇非沃珥星上考掘出土，那就是『陰陽』。**光明是黑暗的左手**……這要怎麼說呢？光明與黑暗，恐懼與勇氣，寒冷與溫暖，雌性與雄性。這都在你自身之內，席倫。你兩者皆是，你是白雪上的陰影。」

翌日再度出發時，我們步履艱難，在一片雪白的虛空背景下，往東北方蹣跚前進。直到這一整天的拉拔之後，這片虛妄空白的地域不再出現任何裂縫。我們每天食用三分之二日的糧食，希望能拉長存糧供應的日子，不至於徹底斷糧。對我而言，這兩者似乎沒有太大的差別；吃那麼一點點跟啥也不吃，感覺上幾乎沒有分別。埃思特梵則設法追上他的運勢足跡，追隨著他的靈感或直覺，但也同時需要經驗與理智來助陣。我們朝著東方前進四天，那是我們旅行以來最漫長的四天，每天都要拉曳十八到二十哩。接著，安靜的零度氣候爆裂開來，引爆成無數碎片，化為一股股的風暴漩渦，細碎雪花組成的旋風暴。無論是在我們的頭上、身後、左右，眼睛深處，全都是那股狂舞的旋風暴。光亮死滅時，風雪暴於焉肇始。當那場大風雪對著我們尖嚷吼叫時，整整三天的時間我們就呆躺在帳篷內。大風雪持續了整整三天三夜，從那些死寂的肺部冒出令人憎惡的吼叫，無言的吼叫。

「這會讓我發狂，想對著它尖叫回去！」我以心念交感對埃思特梵這麼說。而他以交流時特有的遲疑正式語調這樣回答我：「沒有用，它才不會聽你的呢。」

我們持續沉睡，食用少許的存糧，照料我們的凍傷、紅腫發炎的傷口，以及擦傷瘀血的部位，以心念交感對談，然後再度入睡。長達整整三天的淒厲尖叫終於慢慢退去，化為咕噥聲浪，然後是一陣嗚咽，接著終於是徹底的寂靜。天光破曉，透過敞開的帳篷摺門，璀璨天色照入篷內。這讓我們的心情輕快起來，雖然我們狀況太差，無法以輕捷熱烈的動作來表達鬆懈下來的心情。我們收拾帳篷——光是這樣就花了兩小時之久，我們像兩個老男人那樣遲緩爬行——然後上路。我們前進的是下坡路，毫無疑問，是一道輕微的坡度，堅硬的地表非常適合滑雪馭行。陽光燦爛普照，到了正早晨時，氣溫計顯示的溫度是零下二十三度。我們彷彿從持續的行駛增補了氣力，一整天行程都顯得飛快輕便。我們就這樣持續一整天，直到星辰閃耀於天際。

那天晚餐，埃思特梵上了完整一份糧食。如果按照這樣的食用速率，我們只剩下七天份的糧食了。

「命運之輪再度翻轉，」他平靜地這麼說：「若我們要跑得快，就要吃得好。」

「大塊吃肉，大口喝酒，歡樂無限。」我這麼說。食物讓我變得亢奮，我放縱且混亂，對自己說的話咯咯大笑。「整個合起來就是──吃吃喝喝樂樂。如果沒得吃就沒得樂，你是不是也這樣呢？」

對我來說，如此的神祕狀態似乎等同於陰陽象徵的環形圖像，但是這樣的歡樂未能持續長久。埃思特梵的某種表情消解了我的過亢情緒，然後，突然間我直想號啕大哭，但及時自制遏止。埃思特梵沒有我這麼身強體壯，而且這樣做並不公平，這可能會讓他一起痛哭。他就這樣入睡了：保持著坐姿，立刻進入沉睡，他的餐碗都還擱在大腿上呢。如此亂七八糟的狀態真不像是他，但是就這樣立刻入睡，不失為一個好主意。

隔天早上我們起得很晚，吃了雙份早餐。接著我們套上轠轡，拉著輕盈的雪車，在世界的邊陲前進。

在世界的邊陲之下，在蒼白的正午光線下，那是一道紅白間雜、布滿岩礫的斜坡：這就是古森灣，四處凍結，從此岸到彼岸，從卡亥德王國一路凍結到北極。

這方邊角龜裂、處處布滿暗礁與溝渠的大冰原緊挨著紅色群山，要從冰原這邊下達凍結的冰海，花了我們一整個下午與一整個翌日。隔天，我們只好捨棄雪車。我們收拾些背包，最主要的大包袱就是帳篷，還有幾個袋子合成一包，也把存糧平分，如今我們只剩下二十五磅糧食，一天吃一磅。我把茶貝烤爐放入自己的背包，這樣還是不到三十磅重。從先前那樣無止境地推行拉曳雪車、時而費力扛舉它的苦役中解脫，實在是件好事，我們往前進時，我這樣告訴埃思特梵。他回頭注視我們的雪車，在碩大的冰層與紅色岩陣之間，如今它是一點微小的渣滓。「它做得很好。」埃思特梵的忠誠並不以人事物來區分，這心情涵蓋了無生命的事物——那些耐心十足、執拗頑強的可靠物件，我們使用它們，也習慣它們的存在，我們藉著這些物件維生。他很想念那輛雪車。

就在那個傍晚，第四月的第九日，就在我們旅行至今的第七十五日、我們在高原上的第五十一日，我們終於脫出勾布林大冰原，抵達古森灣的凍結冰海。我們還是持續漫長的行程，直到天色變黑才歇腳。氣候非常冰寒，但是空氣乾爽且沉靜，而且我們現在無須再拖曳雪車，乾淨的雪地邀請雪橇在它上方滑翔。那天晚紮營時，我們躺了下來，我想到身子底下的不再是一哩厚的冰層，而是數呎的冰、以及摻雜鹽分的海水，這感覺甚是奇妙。但是我們沒花多少時間在思索這些，而是吃了東西立刻入睡。

清晨到來，又是異常寒冷的一天，超過零下四十度的低溫。天光破曉時，我們可以看往南方，目睹海岸線四處歕張，冰河的腫脹舌頭把海岸往外推擠溢出；在更遠的南方，海岸線幾乎是一條直線。北風助我們往前行進，直到我們滑到兩座高聳橘色山脈之間的一道凹陷谷地。過了那道山峽，一陣呼嘯的狂烈暴風把我們吹倒在地；我們趕緊倉皇往東逃去，來到海平面上的平原，在那邊我們起碼可以站穩住腳，繼續前進。「勾布林冰原的大嘴終於把我們噴吐出來啦。」我這麼說。

次日，往東方的海岸弧線化為平原，直挺挺呈現在我們眼前。在我們的右手邊是奧爾戈，但是越過那道藍色弧線，就是卡亥德王國。

就在那天，我們喝完了最後的歐舒茶，吃罄了最後幾盎司的卡地胚芽。如今我們的糧食僅剩兩磅份量、一天一磅的吉奇米其，以及六盎司砂糖。

我無法以精妙的筆觸形容最後這段旅行時日。我發現自己並不完全記得這段日子。飢餓能夠促使知覺愈發高亢，但是，如果同時間你處於極端的勞頓疲乏，就不是這麼一回事了。我猜想自己全身上下所有感官知覺都已經徹底僵死。我記得自己因為飢餓過度而抽搐痙攣，卻不記得我感到什麼難受。倘若我感知到任何什麼，就是在這段時期間，一直有股持續不斷的模糊感受，像是解放、從某個狀態超拔開來，某種歡悅的感知。除此之外，還感覺到異常渴睡。就在第四月第十二日，我們終於來到土地所在的區域，繞行過一塊冰凍的海灘，進入古森海岸那方岩石滿布、覆蓋冰雪的荒瘠土地。

我們已經在卡亥德王國境內，我們終於抵達了目的地！這樣的成就簡直是一場空洞，因為我們的行囊已經空空如也。於是我們煮了鍋沸水，以滾燙的熱水來慶祝我們終於抵達目的地。隔天早晨，我們醒來，緊接著該做的就是找到可走的一條道路，鎖定某個路程方位。這裡真是荒涼的地域，我們的手上又沒有地圖；就算有路可走，也深埋在五呎或十呎深的積雪深處，而我們又不會知道，可能已經跨過好幾條道路，依舊懵懂不解。四處都沒有開墾農地的痕跡，這一整天、還有翌日，我們繞著西方與南方的路途迂迴前進。終於，就在翌日傍晚，薄暮與細雪籠罩之下，我們看到遠方山上照出一抹光線。有好一陣子，沒人開口說話，只愣站在那裡，瞪著前方。最後，我的同伴終於以沙啞的嗓音開口說：「那是不是燈光？」

我們踉踉蹌蹌、步履蹣跚地走入那座卡亥德境內的村落，時間已經很晚了。那只是一條街道，兩旁的房屋顯得陰暗，屋簷高高聳起，積雪堆疊淤積，直達他們的冬門高度。我們停在一家熱食店門口：透過狹窄的百葉窗，黃色燈光流溢出來，如同箭矢、射線，以及激射的碎塊，那是當我們還在遠方、橫跨冬日山脈時就看到的昏黃燈光。

現在是第四月第十四日，也是我們旅程的第八十一天；我們多花了十一天工夫才完成埃思特梵在彼時建議的整趟行程。對於我們的存糧總量，埃思特梵估計得無比精確：最大極限下，能夠維持七十八天的飲食。從雪車的里程表顯示、加上最後這幾天的估算，我們一共跋涉了八百四十哩路。有不少路程都是浪費在回溯，要是全部里程真有八百哩之譜，我們大概是怎樣都無法完成了。後來當我們拿到一份良好的地圖，終於搞清楚，距離普烈芬農莊與這座村莊之間，共計有七百三十哩的距離。在那些路途與時日，沿途上只有渺無人煙、無言的孤絕荒涼；除了岩塊、冰雪、天空與沉默，我們什麼也沒見到。在這八十一天當中，除了彼此之外，我們什麼也沒有。

於是我們走進店裡，那是一間偌大的房屋，光線明亮，蒸騰著熱氣，充斥著食物與餐飲的氣味，還有人群，以及人們熙攘的交談聲。我緊緊抓住埃思特梵的肩頭。奇怪的面孔轉向我們，那些人的眼神好生奇怪。我已經渾然忘記，在這世上還有任何活人的面孔，而且長得不像埃思特梵，我簡直嚇壞了。

事實上，那根本就是個小巧的房屋，所謂的熙攘人群也不過是總共七、八人；有好半晌的時間，這些人當然也被嚇到了，就跟我一樣。在這樣的嚴冬深夜，不會有任何人從北方那邊來到克庫拉思領地。他們瞪著我們看，窺視著我們，所有交談聲浪驟然靜止下來。

埃思特梵說話了，那是僅能依稀聽聞的微弱低語。「我們懇請貴領地發揮熱忱好客之心。」

嘈雜的聲音響起。起先是困惑，然後從警戒轉為歡迎。

「我們是從勾布林大冰原那邊過來的。」

更多的嘈雜噪音，更多聲音詢問著我們，他們包圍了我們。

「能否請你們先照料我的朋友呢？」

我本以為這話是我說的，但其實還是埃思特梵在說話。某個人扶著我坐下來，他們為我們準備食物，照顧我們，收容我們，熱忱接待我們在自家作客。

這些人是些心地良善、好議論、心性熱烈的無知良民。雖說他們是荒瘠貧地的鄉野村民，但這些人的好意招待為我們艱鉅的旅程畫下了高尚的句點。他們以滿滿的雙手給予我們，絲毫沒有小氣算計或施捨的心態。埃思特梵也以對等的態度收下這些心意，如同處於爵士之中的爵士，處於乞丐之中的乞兒，或是處於同國人民之間的一個人。

對於這些以漁為業的村民而言，既然是生活在這樣一塊邊陲之極的邊角地域、處於堪差能居住大陸上的可居住地帶極邊緣點，對於他們而言，誠實與食物同等重要。他們絕對要彼此公平對待，要是行欺瞞，根本就不足以維生。埃思特梵非常清楚這一點。是以，大概過了一、兩天，唯恐損及對方的

「習縛規色」，這些村民開始以謹慎間接的方式詢問探聽，何以我們這兩人竟會選擇在勾布林大冰原上亂跑徘徊、度過一整個冬天，他立即這樣回答：「照說我不該以沉默對答，但是這樣對我而言，總是好過說謊。」

「我們都知道這一回事：可敬之人即使遭致放逐，他們的影子也不會萎縮。」熟食店的老闆說，他是除了村長之外的領導長輩，在一整個冬天，他的餐飲店就像是整個領地眾人的客廳。

「這些人當中，其中之一在卡亥德王國視為罪犯，另一人則是被奧爾戈人所譴責。」埃思特梵說。

「說得很對。家園部爐譴逐了其中一人，珥恆朗王都的國王懲罰的是另外一人。」

「縱然他想要這樣做，就連國王也無法萎縮任何人的影子。」埃思特梵回話，廚師顯得很滿意。要是埃思特梵的部爐把他趕出家門，他們很可能會對此人起疑心，但是在此地，來自國王的苛刻非難並不重要。至於我，活脫脫就是個外國人，更何況，視我為罪犯的甚至是奧爾戈人，那實在無法損及我的什麼名譽。

我們從未對這些熱心好客的克庫拉思人說起自己的名字。埃思特梵很不情願使用假名，但我們實在不能坦承自己的真名；畢竟，光是和埃思特梵說話都已經是罪名一條，更何況這些人還悉心照料他的飲食、讓他穿暖衣，收容他住宿。就連荒遠的古森海岸一帶也有無線電廣播，所以他們無法辯稱，自己無知於放逐令；要是他們當真不知道所收容之人的身分，才可能是這些村民不受到連座的正當藉口。在我想到這些之前，他們可能遭受到連帶懲罰的處境讓埃思特梵的心頭備感沉重。在我們住在此地的第三個晚上，他進到我的房裡，討論我們的下一步驟。

一座卡亥德村落的結構如同地球古代的城堡，很少有什麼截然區分、隱私的空間。然而，在這些雜蕪蔓生的老式部爐建築中，分隔成商務交易區、次藩屬（這裡沒有克庫拉思領主），以及外間的廳堂，在這些太古樣式的迴廊、三呎厚的牆垣內，住在這裡的五百名村民倒是有不小的隱私權，甚至足供他們隱居自閉。我們每個人各有一個房間，就在部爐大屋的最頂層。當時我坐在自己的房裡，身旁的爐灶燒著一篷小而灼熱、煤炭氣味厚重的火焰，爐灶裡的煤炭來自玄榭沼澤。就在這時候，埃思特梵走了進來，對著我說：「我們得快點離開此地，真瑞。」

我記得當時他站在火焰通明的房間，佇立於火的陰影，身上什麼也沒穿，就是一條村長送給他的鑲毛半長褲。在他們的私人空間、卡亥德標準下的溫暖環境，這些人通常啥也沒穿，或是僅有蔽體衣物。經過我們這趟漫長的旅行，埃思特梵失去了他厚實健壯的格森星人標準體格，此時的他身體憔悴瘦削，而且滿身傷痕，面孔凍傷的程度不亞於被火灼傷。在焦躁明銳的火光下，他是一抹堅挺、黑暗，但又綽約不定的形影。

「那我們往哪邊去呢？」

「我想就往南方與西方前進，往國境邊界的方向。我們的首要任務是幫你找到無線電通訊傳輸機，電波要夠強力，足以與你的太空船取得聯繫。在那之後，我得找個藏身之處，或是索性回到奧爾戈蟄伏一陣子。這樣的話，在此地幫助過我們的人就不會受到連坐懲處。」

「可是，你要怎麼回去奧爾戈那邊？」

「就像我之前那樣啊，跨越國界。奧爾戈那邊不會傷害我。」

「可我們要怎麼找到無線電通訊傳輸機？」

「至少要到薩希諾絲一地，才可能有這設備。」

我瑟縮起來，他咧嘴嘻笑。

「沒有比較近的地方啊？」

「也才一百五十哩行程嘛。在更惡劣的條件下，我們不都撐過來了。這裡到處都有道路，人們也會接待我們，有時候還可以搭個便車，乘坐電力雪車喔。」

我不得不同意，但是對於這趟非要繼續前進的冬天旅程，我感到非常沮喪；這次的旅程並非通往庇護地，而是要回到那個該死的國界。在那裡，埃思特梵就得繼續他的流放之行，把我一個人留在這邊。

我凝重沉思良久，最後說道：「在卡亥德王國加入伊庫盟之前，只有一個條件要實現：阿格梵國王要先撤回你的放逐令。」

他什麼也沒有說，只是站在那兒凝視著火焰。

「我是說真的！」我堅持著：「該先做的要先辦到。」

「我很謝謝你，真瑞。」他說。當他以非常輕柔的語氣說話時，他的聲音的確具有陰性音質，並不響亮，帶著沙啞的尾音。他非常溫柔地看著我，並沒有微笑。

「然而，我已經有心理準備，會有好一段時間不會見到家鄉。你知道的，我已經自我放逐了二十年；這次的流放刑罰其實並沒有太大的差別。我會照料自己，你也要好好照顧自己，還有你的伊庫盟，這些都得要由你獨自進行。但是，說這些都還太早了，趕快叫你的太空船降落！等這些進行順利，我才能思考此時此刻之後的事。」

我們繼續在克庫拉思待了兩晚，讓主人餵得飽足，盡量充分休息，等著那輛從南方回來的道路除雪車回返，當它再度往前開馳時，可以讓我們搭便車。我們的主人請埃思特梵說故事，告訴他們在大冰原上戮力跋涉的起承轉合。他敘述著這些情節，唯有一位充分具備口述文學素養的人才有這樣說故事的能耐。於是，我們的冒險歷程成為一則磅礴的長篇傳奇，充滿傳統的敘事腔調，甚至發展出一段段的章節回合，卻忠實保有原本的精確性，並且生動精彩。他講述著這些故事，無論是卡在卓姆納山與卓梅戈爾山之間、充斥著硫磺火焰與幢幢黑暗的狹窄通路，或是橫掃古森海灣、暴烈激亢的山風，以及他不慎掉入冰河隙縫的意外插曲；或甚是那些充滿奧祕的場景——大冰原上的恆古緘默與天籟之音，毫無陰影的天候，以及夜晚時分的徹底闃闇。我與其它的聽眾一樣聽得無比入神，專注凝視著我友人的黝黑面容。

之後我們離開克庫拉思一地，乘坐的正是一輛道路除雪車，車內的乘客眾多、摩肩擦踵。在冬星的冬天時分，這種除雪車是用以清除道路積雪的大型交通工具，也是讓車輛得以在冬天道路上保持暢行的主要方式；要是以犁雪工具來清掃路面，會耗去半個卡亥德王國的時間與經費，而且在冬天，橫豎所有的交通工具都會配備冰刀。這輛除雪車一小時行駛兩哩，在深夜時分，它把我們載到克庫拉思南方的下一個村落。在那兒，我們一如往常受到村民們歡迎，他們提供食宿，熱忱接待我們。翌日，我們步行前進；如今我們朝向海岸邊的群山前行，這些山峰阻擋了來自海灣的猛烈北風，這些地帶的人口較為稠密，所以我們並非從某個村落小屋走向下一個，而是從某一棟部爐主屋來到下一棟。的確有好幾次，我們得以搭乘便車，坐在電力雪車內，有一回還整整前進了三十哩。雖說一直下著大雪，在這趟路程上卻擠滿了川流不絕的車輛，道路也顯得鮮明清晰。我們的行囊裡總有前一晚投宿地的主人好心安放的食物，在一天行程告終之際，也都會找到讓我們寄宿的屋簷與爐火。

然而，在那八、九天的輕鬆旅程，雖然是在熱忱好客的土地上舒適前行，不時搭乘便車，或是輕快地滑雪行進，卻是我們旅行至今最艱苦、最難受的行旅。這趟行程遠比咬牙攀爬、努力登上大冰原的歷程更為艱苦，比起最後捱餓的那些時日更加難受。壯麗的雄偉傳奇已經告一段落，那些故事屬於大冰原。我們疲憊不堪，朝向錯誤的方向前進。我們已然不再感受到先前的喜悅。

「有些時候，你必須逆向命運的偉大轉輪，與祂的方向背反前進。」埃思特梵這麼說。他還是一如往常地平穩，但是從他的步伐、聲音，以及姿態，看得出如今他不若先前的精力盎然，是以耐力來支撐自己，以及頑固的決心。他整個人都顯得非常沉靜，也不怎麼與我以心念交流。

最後，我們來到了薩希諾絲。這是個位於漪艾河附近山坡地的小城鎮，共有幾千名人口，挺立於現今凍結的河岸山坡上。屋簷雪白，牆垣灰色，遠方的群山印染著黝黑的森林與岩石，田地與河水都是白皙一片。過了河的對岸，就是長年來處於所有權爭議爭端的希諾絲谷地，全都煞白一片……

我們兩手空空地來到此地。大多數的旅行設備都留給那些好心招待我們的寄宿地主人們，到現在我們身無長物，只除了那座茶貝烤爐、我們的雪橇，以及身上穿的衣物。我們就這樣一身輕便地行走，沿途問路數次，並非要到鎮上，而是朝向一座貧瘠的農舍。這是個貧苦的屋舍，並非某處領地的一份子，而是一間單獨的農家房屋，位於希諾絲谷地行政中心之下。當埃思特梵還是個在希諾絲谷地行政中心任職的年輕祕書人員，他就是這個農舍屋主的友人；事實上，距今一、兩年之前，他買下這座農舍送給屋主，幫助人們定居於漪艾河東岸，試圖解決希諾絲谷地的所有權爭端。這個農夫親自打開門迎接我們，他約略與埃思特梵同樣年紀，體格壯實，說話的語調柔和。他的名字是賽思琪。

來到這個地區時，埃思特梵把兜帽拉起來，遮住面孔。他深恐在此地會被人們辨識出來，其實他大可無須如此擔心。若要在這個瘦削疲乏的流浪漢身上看出哈絲・倫—耶・埃思特梵的本尊真貌，要是個具有銳利鷹眼的人士才成。賽思琪一直偷偷摸摸地覷看著埃思特梵，很難相信對方真的是他所宣稱的那個人。

賽思琪領我們進屋，雖然他的房子堪稱家徒四壁，但他的待客禮數卻毋庸置疑。只是，看起來他與我們共處得並不怎麼舒服，他寧可我們不在屋內。這倒是可以理解，如果接待我們的行為外洩，他的財產房屋全都會給官方沒收。可是，既然這房子本身根本是埃思特梵為他購買來的，而且要是沒有埃思特梵大力支助他的生活，這人就會是個徹底的貧民，如今要求他稍微冒些險來庇護我們，應該不是太不公平的要求哪。然而我的朋友卻不是這樣，他請求對方協助的基礎並非恩義的回報，而是彼此的友誼；他仰仗的是賽思琪的情誼，而非他的義務。的確，在最初的驚惶失措反應之後，賽思琪的躊躇也為之銷融，重新喚起卡亥德人特有的快活態度，現出熱烈的情感，就在火爐旁，他與埃思特梵細數追憶著過往的日子，以及過往的老友。埃思特梵詢問他，能否找到個藏身之地，像是廢棄的農舍、或是與世隔絕之處，能讓一個受到放逐懲處的人低調躲藏一、兩個月，等著官方撤銷先前的流放令。聽他這麼問，賽思琪立即回答說：「就跟我住在一起吧！」

聽見對方這樣說，埃思特梵的眼睛一亮，但他立刻提出反對。埃思特梵待在距離薩希諾絲這麼近的地方，唯恐不夠安全，賽思琪也這麼同意，承諾說會盡快為埃思特梵找到合適的藏身處。那應該不大困難，他這麼說，只要埃思特梵同意先使用個化名、受雇於人，擔任廚師或農夫等工作。這樣的生活可能不算太過愉快，但比起回到奧爾戈那邊去，當然要好過得多。「在奧爾戈那邊你要做什麼呢，要靠什麼過活呢，晌？」

「就在共生地上過活啊。」我的朋友這麼說，又露出他那抹類似水獺的微笑。「只要是共生單位，他們就得提供工作，你知道這一點。那樣過活，不會有什麼麻煩；然而，我但求身在卡亥德王國……如果你當真認為，可以幫我安排個地方……」

我們一直把茶貝烤爐帶在身上，這是如今我們唯一有價值的財物了。無論是以哪一種方式，它都好生服務我們，直到旅程終點。就在我們來到賽思琪農舍的那個早晨，我帶著茶貝烤爐，滑著雪橇來到鎮上。當然，埃思特梵並未與我一起行動，但是他事先對我詳加解釋要怎麼進行這些事項，我也一五一十妥當完成。首先我來到鎮上的交易中心，把茶貝烤爐販售出去，拿了一筆可觀的金錢；接著我攜帶這筆金錢，來到山上那座小小的貿易學院。無線電站臺就位於此地，而我以這筆錢買下十分鐘「私人傳輸／私人接收」的無線電傳訊時間。所有無線電站臺都全天候提供這樣的無線電短波通訊服務，大部分的使用者都是商賈，要與海外地帶如列嶼諸島、西思，以及帕倫特大陸的代理商與客戶互通消息，這樣的通訊服務收費相當高昂，但並非吃人不吐骨頭的黑店。至少，這樣的價碼還比一臺標準型茶貝烤爐來得便宜一些。我買到的十分鐘通訊時間是在第三時辰初旬，就在午後近傍晚時刻。我不想把一整天的時間花在滑雪往返於賽思琪農舍，於是就在薩希諾絲一地到處閒逛，在附近的熱食店吃了一份豐盛、便宜，而且很是美味的午餐。毫無疑問，比起奧爾戈，卡亥德王國這邊的烹飪技藝的確好上許多。

進餐時，我不禁想到埃思特梵對於兩國食物的評語，當時我問他說，是否恨透了奧爾戈這個國家。我記起昨晚他的聲音，非常溫和柔緩地說：「但求身在卡亥德王國……」於是我疑惑起來，不只一次我這麼疑惑，究竟何謂愛國主義，這等「愛汝之國家」的情感究竟是種什麼樣的愛意，那股渴望與忠誠的情愫竟讓我的朋友說話聲音為之顫抖，究竟是怎麼激起這樣的感情？而且，為何常常會在不其然間，如此真實的愛意就轉化為愚昧、惡劣的盲從迷信？到底這一切是怎麼出錯的？

午餐用畢之後，我繼續在薩希諾絲這個城鎮閒逛一番。雖然大雪紛飛，氣溫還在零度以下，無論是鎮上的生意、商店、市集與街道，全都顯得活力盎然。這樣的情景感覺起來很不真實，像是一齣戲，令人困惑不已。我還沒有完全從冰原的孤絕狀態脫出，只要是處於陌生人之間，我就會感到不安，而且不時想念埃思特梵，希望他就在我身邊。

薄暮時分，我攀登著積雪覆蓋的陡峭街道，來到學院。他們讓我進去，並告知我如何操作這座公共使用的無線電訊息傳輸機。在指定的時間內，我傳出了「覺醒」的訊號，送往那具備用衛星上，它就位於卡亥德南方三百哩處的固定軌道上。那具衛星的功能就是為了這等萬一發生的緊急情況：也就是說，萬一我的共時通訊機不見了，無法透過它傳訊，要求歐盧爾行星來啟動太空船；而且，由於設備與時間不足，我也無法與那艘位於太陽軌道上的太空船取得直接聯繫。位於薩希諾絲的無線電傳輸機表現很夠力，但因為這座衛星只能在接到訊息之後、直接與太空船聯繫，不會回應我這邊的訊息，除了把訊息發出去，讓它自行行事，我也無法多做些什麼。我無法確定操作是否成功，衛星是否順利接收到這道訊息、並傳訊給太空船。我甚至不知道自己該不該送出這訊息，對於這些不確定，我以平靜的心情全盤接納。

之後的雪下得太過猛烈，我只好留在鎮上過夜；我對路還不太熟悉，無法在大雪紛飛的黑夜啟程回返。由於身上還有一點錢，我詢問哪兒有客棧可讓我住宿，聽到這話，他們堅持我留在學院裡過夜。我與一大群開心的學生共進晚餐，當晚就睡在他們的宿舍房間。我帶著一股歡愉的安全感入睡，對於卡亥德人這份不同凡響、從無例外的熱忱好客之情而感到心安。我的確在一開始就降落於該去的國家，而且我又回到這裡了。我抱著這樣的心情入睡。然而，隔天我一大早就醒來，連早餐也沒有吃，急著要回到賽思琪的農舍。在那一晚上我睡得很不安穩，反覆做夢，不時從夢中驚醒。

在頭頂的光亮天際，上升的太陽顯得弱小，而且冷颼颼，在大雪間的每處裂口與小丘上投下往西方延伸的陰影。眼前的道路明暗交錯，在這樣的大風雪下，路上沒有什麼行人走動。然而在遠方的路上，一抹小小的身影以滑雪好手的飛馳、滑曳之勢，朝我奔馳而來。在我能看清楚對方的面孔之前，我就知道那人是埃思特梵。

「發生什麼事了，席倫？」

「我得要趕快去到邊境。」他這麼說，就連我們錯身交會的時候都沒有止住滑雪的步伐。他已經喘不過氣了，我趕快跟著轉向，兩人一起往西邊滑去。我得努力滑雪，才趕得上他的速度。我們來到通往薩希諾絲的道路，他轉向別處，朝沒有藩籬的地域滑馳去。在城鎮北邊，我們越過了冰凍的漪艾河大約一哩左右。河岸一帶相當崎嶇陡峭，當我們滑到上坡的終點，兩人都得停下來歇腳。我們的體能狀態根本不適合這種高速的滑雪競賽。

「發生什麼事了，難道是賽思琪——」

「是哪，今天一大早，我剛好聽到他在無線電上的通訊對話。」埃思特梵胸口起伏不已，一如之前他躺在冰河的裂縫口旁邊，也是這樣不斷地喘息。

「提貝一定是提供了大筆賞金，懸賞我的項上人頭。」

「那個不知感恩的密報叛賊！」我結結巴巴地怒罵，指的不是提貝，而是賽思琪。賽思琪背叛的可是一位有恩於他的友人。

「他是那種人，沒錯，」埃思特梵說道：「但是，我對他的期許實在過甚，讓一個薄弱的靈魂拉拔過頭，超過他的極限。聽好，真瑞，你就回去薩希諾絲吧！」

「至少讓我目送你通過邊界線，席倫。」

「邊界的另一頭會有奧爾戈的警衛啊。」

「我會乖乖留在這邊。看在老天份上——」

他微笑起來，還是深重喘息著。然後他站起來，往前走去，我跟隨著他。

我們以雪橇為交通工具，滑過結霜的小樹林，一路行經許多小山丘，以及這座所有權引起爭議的谷地。這邊沒有可供躲藏、容身隱匿的地方。頭上一片豔陽天，周遭雪白一片的世界，我們是上頭的兩抹陰影，正在滑曳逃命。前往邊界的路徑崎嶇不平，直到最後，距離國界只有八分之一哩的距離：驟然間，我們無比清晰地看到兩國的邊境以一道柵欄的藩籬區隔起來，在積雪之上只有數呎的柵欄露出頭來，柵欄的頂端漆著紅色。在奧爾戈的那一端，眼界所見之處並沒有警衛駐守，可在鄰近我們的這一端，卻有雪橇滑行的痕跡，有幾枚小小身影往南邊移動。

「在我們這邊有警衛駐守，要等到傍晚天黑了再行動啊，席倫。」

「那堆是提貝派來的巡查探子！」他語氣苦澀，深吸一口氣，然後往側邊滑去。

我們馳回原先滑過頂端的那座小丘，尋覓最鄰近的掩護位置。就在那裡，我們度過了一整天；那裡有一座長滿了海曼樹的小山谷，紅色的海曼樹枝葉濃密，覆蓋著積雪，彎垂下來圍繞我們。我們爭辯不休，提出各種可能的計畫，像是前往南方或北方的邊境，及早脫離這個麻煩滋生的地區；又或者，我們該進入薩希諾絲的東邊山坡地，甚至我們可以往北邊走，進入空曠的鄉野，暫時躲藏起來。然而，談到最後，每一項計畫都給推翻。埃思特梵的形貌已經遭出賣，有人通報他的形跡，我們再無法像之前那樣公然旅行於卡亥德王國。我們也無法藏匿行蹤，隱密地從事長距離的旅程：如今我們沒有帳篷、沒有食物，也沒有任何僅存的體力，除了直接大剌剌地橫度國界，沒有別的可能脫身之道，只有這個選項還算是一條活路。

在陰暗的樹叢下，我們蜷躲在黑暗的空穴，雪覆蓋我們。我們並肩躺著，彼此取暖。中午左右，埃思特梵打了一陣子瞌睡，但是我實在太餓、太冷，根本無法入睡。我直挺挺躺在朋友身邊，宛如進入麻醉後的昏迷狀態，試圖背誦他曾經引述給我聽的那段話：雙身合一，生命與死亡，並肩躺臥……此時的感覺有點像是回到大冰原上，一起躺在帳篷內的滋味。但是我們如今沒有遮蔽處、沒有糧食，也無法安歇。除了我們彼此相依為命的伴侶情誼，如今什麼也沒有剩下。就連這樣的彼此相伴，也即將不再。

到了下午，天空轉為迷濛陰沉的一片，氣溫開始往下降。即使在荒野間的洞穴，也實在太冷，無法一直靜坐不動，我們不得不到處移動；到了黃昏，我開始全身咯咯打顫，就像我坐在囚車裡橫越奧爾戈的那次經驗。黑暗似乎永不降臨。在傍晚的殷藍薄暮下，我們終於離開藏身的小山谷，在山間的樹蔭與灌木叢間到處躲藏，直到我們可以辨識出國境邊界那道籬笆：在蒼白的雪地上，那是幾枚黯淡的光點。四處靜闃，沒有燈光，也沒有任何移動的事物。在西南方遠處，一座小城鎮映出昏黃的微弱燈光，那是一座奧爾戈小村落。在那兒，埃思特梵的證件雖然無法通過認證，但至少可以在監獄過一夜，或是在最鄰近的志願農莊先捱過一晚，起碼有張床鋪可睡。

驟然間——恰好就在那瞬間，之前這念頭從未閃現——我赫然知曉自己的自私心態與埃思特梵的沉默，把某件事阻絕在我的認知之外，那就是他行將往哪兒去，他到底真正要做些什麼。我叫出來：

「席倫——等等——」

但是他已經奔掠遠去，飛馳下山。他真是個技巧卓絕的滑雪好手，而且在這一回，他並不停下步伐，等我趕上。就在雪地的陰影上，他的滑曳之勢飛快迅速，掠出一道弧狀的下降曲線。他從我身邊馳去，直接飛入邊界警衛所發射的槍林彈雨。我猜想，他們應該有先行斥喝、出聲警示，或命令對方停下來；某處有一抹光線飛濺閃現，但其實我什麼都不確定。無論什麼情況，總之他就是沒有止步，逕自往邊界柵欄飛身闖越；而在他能夠飛躍邊界之前，警衛的槍彈射中了他。他們並非使用痲痹性質的音波槍，反而是那種古老的武器：狙擊槍。槍械猛然爆發，開火射出一串金屬碎片彈藥。他們開槍的目的就是要射殺他。

我奔往他那邊的時候，他已經瀕死。雪橇橫飛入雪地某處，席倫的身子扭曲，趴躺在地上，胸口有半邊已經炸飛。我把他抱在懷裡，將他的頭放在我的臂彎，對著他說話，但是他從未回答我。最後，就那麼一次，他終於回應了我的愛——就在意識瀕臨解體之際，從他沉默的心靈、在那片分崩離析的暴亂心神深處，他以心念之音吶喊出聲，以無言的語言清晰說出一個名字：「艾瑞克！」然後，一切都已然不再。他死去的時候，我就這樣環抱著他，彎身蹲俯在雪地上。那些守衛讓我這樣做，之後他們把我從地面拉起來，把我與他分開帶走；我被帶往監獄，而他進入黑暗。

第二十章　愚者的差使

在我們一起橫跨勾布林大冰原時，某一天的筆記上，埃思特梵記錄下他的疑問。他疑惑，何以他的同伴認為哭泣是一樁羞恥之舉？即使在那時候，我也會坦然告訴他，與其說我認為哭泣是羞恥，不如說我害怕哭泣。現今，在他死去的那個傍晚，我跨過希諾絲谷地，進入那個恐懼無法容身的冰冷國度。在那裡，我發現自己終於可以號啕大哭、愛怎麼哭都成，但是已經沒有用了。

他們把我從希諾絲谷地帶走，將我監禁起來。官方說法聲稱由於我陪伴著一個罪犯，所以逮捕我；也可能是除了這麼做之外，他們不知道拿我怎麼辦是好。從一開始，即使在正式命令從珥恆朗城下達之前，他們就對我不錯。我的卡亥德監牢是一間傢俱齊全的房間，位於薩希諾絲的領主遴選塔。房裡有火爐、收音機，一天還有五頓豐盛的餐飲。那並不是很舒適的房間，床太硬了，床褥太薄，地板光裸、未鋪地毯，空氣冷凜——如同在卡亥德的每個地方。但是，他們還派了一位治療師前來。比起之前我在奧爾戈遇過的每個治療師，他的照料與話語令人更能忍受，讓我得到實質的慰解。在他來過之後，我猜想房門就不上鎖了。我記得房門就這樣敞開來，可是我盼望它可以闔上，不然冷風就會從大廳那邊一直灌進來。但是我沒有那份力氣、也沒有勇氣下床，自行把我的監牢房門給關上。

那位治療師是個形容凝重、深具母性的年輕人。他以平和的確定口吻告訴我：「在過去五到六個月，你都一直處於飲食不足、過於勞動的狀態。你已經把自己給掏空耗盡，再也沒有什麼可耗的。就躺下來，徹底休息個夠。要像是冬天在山谷間結凍的河流那樣，徹底靜止地躺下休息，等待復原。」

然而，我入睡時，總是夢見自己在那列卡車上，與其餘犯人一起蜷縮成一團。我們每個人都體膚發臭、發抖不已、赤身裸體，蜷成一圈好取暖，只除了某個人。那人自己橫躺在關上的門邊，那個全身冰冷的人，嘴角滿是血塊。他就是那個叛徒，自己先行去了，遺棄了我們全體。我會從狂怒的狀態醒來，那是顫抖不已的軟弱狂怒，瞬間轉為微弱的淚水。

我一定病得很重，因為我還記得發高燒的某些症狀，那位治療師也陪著我過了一夜，或許不只一夜。我不記得那些夜晚的細節，但我還記得自己對他說話，聽見我自己的聲音，以那種喋喋牢騷、哀痛不捨的語氣說話。

「他本可以停下來的，他看到那些守衛了。但是，他還是往槍陣衝去——」

那個年輕的治療師停了好半晌，沒有說話。

「你該不會是在暗示，他是自殺身亡？」

「或許——」

「這樣說你的朋友，未免太過酸苦。我不相信那是哈絲・倫—耶・埃思特梵會做出的事。」

我說到這可能性時，心中並未意識到對這些人而言，自殺是一樁令人輕蔑的行止。對他們來說，不像我們，自殺並非諸多選項之一。那等於是遜讓了所有的選項，本身即是背叛的行止。若是讓一位卡亥德人來閱讀我們的古典作品，猶大最惡貫滿盈的行止並非背叛了基督，而是當他為了封印自身的絕望，否定了寬恕、轉變，以及生命的機會，也就是他的自殺。

「這樣的話，你們已經不再稱呼他為『叛國賊埃思特梵』？」

「不會的。打從一開始，許多人便不相信這項對他的指控。」

但是這些說法無法慰藉我，反而讓我在相同的磨難情緒下大哭出聲。

「如果是這樣，那他們幹麼要射殺他？為什麼他會死？」

對這個問題，治療師沒有回答任何話。那是一個沒有解答的問題。

他們沒有對我進行正式的質詢。他們是有問些問題，像是我怎麼從普烈芬農莊逃出來，怎麼來到卡亥德王國；還有，我從他們的無線電設備送出的加碼訊息，意圖與座標為何？這些問題，我都全盤告知答案。這些消息立即送交珥恆朗城，也就是國王本人。除了太空船一事還是保密，無論是我從奧爾戈監獄逃脫的行動、我在大冰原上跋涉整個冬季的逃亡過程，以及終於來到薩希諾絲一地，這些事蹟都得以自由報導，也讓人們暢快討論。在無線電廣播上，並沒有提及埃思特梵涉入的部分，也沒有說到他的死亡。然而，人們就是知道。在卡亥德王國，祕密是某種雙方同意、形成共識的沉默，是某種超乎尋常的謹慎事宜——消抹了問題，卻不會消抹解答。廣播節目提到的只有外星使節真力・艾先生，但大家就是都知道，其實是埃思特梵把我從那些奧爾戈人的掌心上解救出來、帶著我跋涉過大冰原，終於抵達卡亥德王國，揭發了奧爾戈人睜眼說瞎話的漫天大謊，說我在去年秋天，因為激素方面的疾病，病逝於密許諾利城……對於這些接踵而來的效應，埃思特梵的預測相當準確，但是他唯一不準的就是低估了效應的巨大程度。由於那個倒在薩希諾絲臥室病榻上、無法行動、也不關心目前局面的異星生物，這十天當中，兩個國家的政府機構相繼傾覆解體。

若說某個奧爾戈的政府傾覆，當然，這樣的意思只是說：在三十三名代表團當中，某一組代表取代了本來當權的派系。某些影子拉長了，某些因此縮短，如同他們卡亥德人的比喻。把我送往普烈芬農莊的沙耳夫派系還是死撐著好一段時間，雖然他們公然說謊的事實得以揭發，遭受到前所未見的顏面淪喪——直到阿格梵國王公開宣布，我的太空船即將降落於卡亥德王國。那一天，歐卜思利的開放貿易派系接掌了三十三人團的總理職位。所以，畢竟我還是多少為他們盡到效勞之責。

若是在卡亥德王國，某個政權的敗亡形式就等同於首相的失寵與下放，更換新首相人選，連同整個內閣重新洗牌布陣。除此之外，暗殺、遜位、暴亂等也是可能的做法。提貝並未在那個位置撐下去。在國際之間的顏面榮耀戲局，以及我為埃思特梵的平反辯護（透過暗示）等行動，這些加成起來，帶給我強而有力、深具壓倒性的「習縛規色」，完全凌駕於提貝之上。於是，他辭職了。後來我才得知，甚至在我以無線電訊通告太空船降落的行動之前，他就辭退了首相之位。賽思琪打小報告，提貝下手，一旦埃思特梵死去的消息傳到他耳中，他就辭職了。在一瞬間，他同時取得了敗亡與報復。

一旦阿格梵國王接收到完整充分的消息，王命便發布下來，傳喚我立即前往珥恆朗城；除了這道使命，國王還恩賜了慷慨大方的旅程花費餉金。薩希諾絲地方政府也非常仁厚慷慨，因為我的狀況甚差，他們特別指派這位年輕的治療師陪同我一道前往。我們以電動雪車旅行，我只記得片段的行程。

這趟旅行並不匆忙，常常有漫長的歇腳時間，等著清道人員清理路面，還有在旅店休息度過的漫漫長夜。本應只有兩、三天的行程，感覺上卻無比漫長，直到我們終於來到珥恆朗城的北城門前，我根本不大記得多少細節。到最後，我們終於進城，進入充滿積雪與陰影的深邃街道。

在那時，我感到自己的心情堅硬起來，心靈多少變得比較澄清。之前，我處於支離破碎、身心飄離的狀態，現在終於好一些了；雖然這趟輕鬆的旅程還是讓我疲累不堪，我感到自身內在的力量重新聚合起來。我想，這應該是習慣的力量，畢竟我終於回到熟識的地方，這是個我在此生活、工作長達一年以上的城市。我認識這些街道、塔樓、陰鬱的廳院，宮廷的路徑與面貌。在這個地方，我知道我的職責所在。如此，我首度清楚認識到這個事實：我的朋友已經死去，而我現在必須完成他以生命換取來的使命。我必須把楔石安入拱門。

在王宮門口，我得到敕命，要我住在王宮內某一棟客居宅第。那就是圓塔樓，對宮廷而言，這可是相當大的榮寵。那是國王對於某個高官位階的認可，不盡然是他的私人恩寵。若是友好的鄰國使節來到王都，通常都住宿在此。這是個好兆頭。然而，要抵達圓塔樓，得先經過紅角樓。在那座窄小的拱門廊道，我看著水池旁的光禿樹幹，凝著冰的灰色枝椏；那棟房子顯得空曠，靜悄悄地佇立。

來到圓塔樓門口，我遇到某個故人——他身穿深紅色襯衫、雪白希庇，肩頭掛著銀鏈子：原來是斐珂瑟，歐瑟霍堡的預言師。乍見到他俊美仁慈的面容，一股紓解的暖流驀然上湧，軟化了我這幾天來持續的緊繃情緒。斐珂瑟握著我的雙手，以罕見的卡亥德人迎接朋友的姿勢歡迎我時，我總算能夠回應他溫暖的情誼。

初秋時分，斐珂瑟代表自己所在的芮耳南部地區進入廓倫祕。從寒達拉修士中遴選議院成員，並不是特別少見之事；但是很少有織術師接受這等任職官位的拔擢。我認為，要不是斐珂瑟非常擔心提貝所領導的內閣政府，深恐他們會把國家帶往相當不堪的方向，他不會接納這個職位。所以，他摘下了織術師佩戴的金鍊，戴上閣員佩戴的銀鏈。他並沒有花太多時間打下江山，因為自從一月份以來，他就晉升為內環議會的一員，主要的職權就是與提貝相抗衡；而且，拔擢他到此位置的正是國王本人。或許斐珂瑟會一路晉升某個顯要的頂點，還不到一年之前，埃思特梵就是從這個頂點失勢下落。在卡亥德王國，政治生涯的起落總是如此突兀，如同攀登絕壁或墜崖。

圓塔樓是一棟冰冷富麗的小宅第，我與斐珂瑟在室內談了好一陣子話。到最後不得不中止，因為我非得與別人見面、或進行任何正式的言談與露面不可。他以那雙清澈的眼神看著我，問道：「有一艘星船正要降落，比起三年之前、載著你降落在霍登島嶼的船，這艘太空船遠比它還要巨大許多，是不是這樣呢？」

「是這樣沒錯。我傳送訊息到太空船上，讓他們準備登陸。」

「那麼，它幾時會前來呢？」

我豁然察覺，自己連今天是哪一天都不知道，才當真恍然大悟，自己最近的狀況真是糟糕頂透。這樣一來，我得數著日子，數回埃思特梵臨死前的那幾天。接著我又得知，即使太空船並非位於唾手可及的最近距離，也已經來到行星軌道上，只等我傳達登陸訊息，那消息讓我又大大驚駭了一回。

「我得立刻與太空船通訊。船上的人需要登陸的相關指示。不知道國王希望他們在哪兒登陸？那必須是一塊無人居住的土地，而且要幅員廣大。我需要一臺無線電通訊傳輸機——」

所有東西都以敏捷迅速的效率準備好，而且顯得從容有餘。在這之前，我與珥恆朗的王都政府打交道、永無止境的挫敗感完全銷融於瞬間，宛如在洶湧奔騰河流上的一團冰，悉數融解殆盡。命運的巨輪已經轉往另一道方向……就在翌日，我將要謁見國王。

埃思特梵花了六個月的時間，才將第一次謁見安排好；然而，第二次謁見卻用盡他的一生。這一回謁見，我太過疲累，無法持續這份憂心忡忡的思慮，而且在我的心中，有些事務畢竟還是優先於個人的自覺意識。在灰塵瀰漫的旗幟下，我走向走道漫長的紅廳，站在那座高臺之前。高臺上面，那三座碩大的壁爐火光熊熊，散發熾亮光色與嗶嚗聲。國王就在中央火爐旁邊，蜷坐在書桌旁邊的一張浮雕長椅子上。

「坐吧，艾先生。」

我坐在阿格梵國王旁邊的爐灶對面，在火焰映照下，看清楚他的臉龐。他看起來狀況很糟，而且蒼老。他的模樣如同一個失去初生寶寶的女性，或是痛失愛子的老男人。

「嗯，艾先生，看來你的太空船即將登陸。」

「它將會登陸於亞絲坦芬，一如您的要求，王上。在這個傍晚、第三時辰開始時，船上的人員會操作太空船，啟動降落程序。」

「萬一他們錯過了降落地點，那該怎麼辦？他們該不會把整個大陸都燒光吧？」

「他們會精確遵照無線電波的指令。這些都已完全安排妥當，他們不會錯失降落地點。」

「在太空船上，他們究竟有幾個人——十一個？我沒說錯吧？」

「是的，對於這樣的數字並不需要感到害怕，王上。」

阿格梵國王雙手抽搐，沒有完成本來的手勢。「我已經不再害怕你們了，艾先生。」

「聽到這一點，我很高興。」

「你把我侍奉得很好。」

「但是，我並非侍奉您的僕人。」

「我知道。」他毫不在意地這麼說，瞪視著火光，咀咬著他的內唇。

「按照我的推想，我的共時傳訊機如今還落在密許諾利城的沙耳夫黨派手上。不過，太空船降落之後，船上也有一臺這樣的傳訊機。如能蒙您允許，在太空船降落後，我將擔任伊庫盟的駐任全權使，此職位具備與卡亥德王國討論、簽署雙方同盟合約的權限。進行這些程序時，我們會與瀚祖星，以及各星球的常駐使充分確認。」

「非常之好。」

接下來我就住口了，因為他並沒有把整個注意力放在我身上。他以足尖把一束柴火弄進火爐內，薪柴上迸出幾絲火星子。

「到底是見鬼的為什麼，他要這樣欺瞞我？」他以高尖的嗓音這麼質問，首度正視我。

「誰？」我這麼說，直勾勾反瞪回去。

「埃思特梵。」

「他這樣做，是為了確保您不會自我欺瞞。當您開始偏愛某個對我相當不友善的派系，他及早把我驅出您的視線；在這之後，一旦我的歸返將促使您認可伊庫盟所懇請的結盟使命，而且讓您享有此榮耀，他把時間算得好好，把我弄回來。」

「那麼，為何他從未對我提及那艘大型太空船？」

「因為他自己也不知道有這艘船存在。在我去奧爾戈之前，我對誰都沒有說起。」

「那你還真是選了個好地方來透露這則訊息啊，你們兩個。他還試圖讓奧爾戈人接受你的任務，一直以來，這人都在與他們的開放貿易派系合作。那你告訴我，這還不算是叛國嗎？」

「不算。他非常清楚，無論是哪個國家先行簽署同盟合約，另一個國家必然會跟進。接下來就是西思、帕倫特，以及列嶼諸島，直到最後，你們會整個統合起來。他非常熱愛他的國土，王上，但是他並不侍奉它，或是您。他服務的是與我同樣的主人。」

「他服務的是伊庫盟？」阿格梵國王震驚反問。

「不是，是全體人類。」

我這樣說時，不知道自己說的是否全然真實。不過，至少是部分真實，真實的某個層次。若要改成下列說法也行，也是部分真實：埃思特梵的行動完全基於個人的忠誠，全然奠基於對待某個特定人類的責任與友誼，那就是我。然而，那也並非全然真實。

國王沒有接腔。他那張陰霾、浮腫、充滿皺紋的面容再度面對著火光。

「在你通知我將要回到卡亥德王國之前，為何就把那艘大型太空船給叫了下來？」

「為的是要迫使您行動，王上。傳達給您的訊息也會抵達提貝大人手上，他可能會因此把我交給奧爾戈人，或是射殺我——就如同他派人射殺了我的朋友。」

國王什麼話也沒有說。

「我自身的存亡不算什麼，但是我對於格森星與伊庫盟都背負責任，具有該完成的使命。所以，我提前傳喚了太空船，好讓我自己多出一些完成任務的機會。這都是由於埃思特梵的勸告，而他說得很對。」

「嗯，的確沒有錯。無論如何，他們會降落於此地，我們就是第一個……而且，這些人都像你這樣喔，嗯？全都是變態，全都長期處於卡瑪狀態？要爭取先接待這些……的榮譽，真是夠怪異的機運哪。去告訴戈泉爵士——他是宮廷執事大臣——這些人會希望我們如何接待他們。要確認不會有冒犯、或是怠慢失禮之處。他們就住宿在宮裡，只要你覺得適合的地方即可，我希望能賜予他們榮耀。你的確為我效勞甚多，艾先生，讓那些共生代表儼然成為一群騙子，又變成傻瓜一堆。」

「可是在之後，他們也會是同盟，王上。」

「我知道啦！」他尖嚷著：「但是卡亥德最先——卡亥德最優先！」

我頷首稱是。

沉默片刻之後，他說：「在大冰原上拉雪車，那滋味如何？」

「非常不容易。」

「進行那種瘋狂的活動，埃思特梵會是個拉雪車的好同伴。他就像鐵打似的強悍，而且從不發火。他去世了，我感到很遺憾。」

我沒有答話。

「在明日第二時辰，我會正式會見你的……同胞。還有沒有什麼需要呢？」

「王上，能否請您撤除對於埃思特梵的流放令，好洗刷他的冤名？」

「現在還不是時候，艾先生，別這麼急著催我。還有沒有別的要求？」

「沒別的了。」

「那麼，你去吧。」

連我也背叛了他。之前我還言之鑿鑿，說什麼如果他的放逐尚未終結、他的名字還未得以澄清雪冤，我絕不會把太空船給傳喚下來。但我不能把他為此犧牲性命的大好機會給拋捨掉，就為了堅持這個條件。就算那樣，也無法把他從永恆的流放之域給帶回來。

接下來，那一天的時間就耗費在事務的討論上，連同戈泉爵士與其餘人員忙著安排太空船人員的接待與住宿等事項。到了第二時辰，我們坐上電雪車，來到亞絲坦芬，這地方距離珥恆朗城東北方約三十哩。太空船的降落地點就在這塊廣漠、荒蕪地帶的邊陲：一片充滿泥炭塊的沼地，過於泥濘，無法耕作也無法安居。在五月份中旬，它是一塊由好幾呎堅硬凝雪堆疊而成的平坦荒地。這一整天，無線電燈塔都保持運作，如今我們已經接收到太空船傳來的確認訊號。

就在前來的路上，船上人員必然透過眼前的螢幕看到星體的明暗界線，見識到：跨過邊界的廣闊大陸，從古森灣到察利絲霓灣，以及沉浸於夕陽餘暉、那一列高聳的卡葛夫山脈，宛如成串星辰。當我們抬頭往天際看去，已是日薄西山，一顆星星躍然天際。

在轟隆聲浪與榮光簇擁下，太空船降落了；逆推進力造成一汪水與泥濘組成的湖泊，在平衡尾翼下降時，噴出白熱隆隆的蒸汽。就在沼澤地下方，永凍土層宛如花崗岩一般，太空船穩當地降落其上，安坐在那座再度迅速凍結的湖面上，就像一尾姿態曼妙的巨大魚兒，藉著尾鰭平衡自身。在冬星的夕陽微光下，太空船散發出暗銀色澤。

在我身邊，打從近光速太空船在一片聲光絕景降落至今，歐瑟霍的斐珂瑟首度開口說話。

「我很高興，自己能夠活著目睹如此景觀。」他這麼說。

在見到勾布林大冰原、目睹死神的終極面目時，埃思特梵說出一模一樣的話。為了要揮去充盈滿懷的苦澀懊悔，我開始從雪地走向太空船。由於機體冷卻劑的緣故，船身已經結霜；我靠近太空船時，艙門滑曳開來，出口步道往外延伸，一道優雅的弧度伸探入雪地。第一個出現的人是瑯禾黑，她的模樣當然是絲毫未變，就如同我上一次見到她——在我的三年前、她的數星期前。她停在出口的斜坡道上看著我，再凝視斐珂瑟與其餘隨行人員。她使用卡亥德語，嚴肅地說道：「我懷抱友誼而來。」在她眼裡，我們全都是異星人。所以，我請斐珂瑟先行歡迎她。

斐珂瑟對她指出我，而她走向我，以她的同胞會有的手勢握住我的右手，看著我的面孔。

「啊，真力，」她說：「我剛才沒有認出你來！」

經過這麼久的時間，再度聽到一位女性的聲音，感覺真是奇怪。在我建議下，所有成員也都陸續從太空船下來。到了這個田地，如果還透露出任何不信任，等於在羞辱卡亥德人、攻擊他們的尊嚴。

他們一個個下來，以精緻美好的禮儀與這些卡亥德人會面，但是對我而言，他們很是奇怪，無論我之前多麼熟識的人，這些男人與女人都顯得很奇怪。他們的聲音古怪，有的太高亢，有的太低沉；這些人簡直像是一群巨大的怪異生物，屬於兩種不同的種族；他們是具有智慧眼神的巨型類人猿，每一個都處於發情期，都在卡瑪期……他們握著我的手，撫摸我，擁抱我。

我盡量自我控制。在回到珥恆朗城的雪車行程中，我對瑯禾黑與圖利爾報告，就他們目前的狀況而言，提供最緊急所需的資料。然而，我們抵達王宮時，我得立刻回到我的房間。

來自薩希諾絲的治療師走了進來。他沉靜的聲音與面孔──那張認真、年輕的面孔，既不是男人，也不是女人，只是一張人類的面孔──為我帶來舒緩的情緒；這才是我熟悉的、對勁的……

然而，他命令我上床休息，並且在我身上注射了輕微的鎮定劑之後，這麼說：「我見到你那些使節同儕了！真是好棒的奇蹟，能夠見證這些人從遠方的星辰來到這裡，而且是在我有生之年。」

這就是喜悅與勇氣，卡亥德人最令人激賞的特質──也是人類最值得激賞之舉。雖然我無法與他分享這份喜悅，但要是否定這份情感，就太可恨了。雖然並未以真摯的情感訴說，但我說的話卻是絕對的真實。

「對於他們而言，也是同等的奇蹟──來到一個新的世界，遇見新的人類種族。」

在那個春天的尾聲、七月份末尾，大風雪已經漸漸止息，又能進行長途旅行時，我向珥恆朗城的小小使館請了個假，往東前行。我的同儕已經散布在整個格森星上。我們已經獲准使用空中飛車，禾黑與其餘三人搭乘一輛飛車，前往西思與列嶼諸島——那是我完全忽略掉的格森星另外半球的海洋諸國。其餘人員則前往奧爾戈，還有兩個心不甘情不願的人駐守在帕倫特；根據他們的說法，到了七月份，大風雪才會開始席捲，一星期之後，一切又會變成凍結的狀態。在珥恆朗城，圖利爾與緯思塔兩人料理事務愈發得心應手，足以處理大小事件與狀況。目前沒有任何緊急事故，畢竟從冬星最近的同盟鄰星派出的太空船，也得要經過十七個星際年才能抵達。這真是個邊緣世界，處於一切的邊陲。越過這個行星，直到南獵戶座的臂星，並未發現任何有人居住的星球。若要從冬星回到我們的伊庫盟世界——我們種族的部爐起源——那可會是一段無比漫長的行旅。若要到達瀚—韃菲納星，得要花上五十年光陰，等於是一個地球人的一生精華壽命。這些都還不急。

我跨越了卡葛夫山脈，這回我走的是地勢較低的隘口，那條道路就在南方的海岸地帶上方。沿著它前進，首先造訪當時停留的第一個村莊，距今三年前，漁夫們把我從霍登島帶回來。那個部爐的人們一如往常地接待我，就像三年前那樣，並沒有任何訝異之情。我在那座位於恩克河口的大港口城沙瑟爾待了一星期。在夏日剛剛蒞臨的時節，我徒步前往坷姆地。

我啟程往東，然後向南，進入那片陡峭險惡的國度。在那片土地上，到處都是危崖峭壁、翠綠山脈、雄偉大河，以及孤寂的房舍。到最後，我來到冰足湖。在山峰上，從湖邊往南眺望，看到一抹我所知曉的光：那一眨眼的光，就是瀰漫於天空的白光，位於彼方高處的冰河寒光。冰原就在那邊。

埃思特是非常古老的地域，環繞周邊的群山岩石鑄造了部爐的建築與外圍房舍。那是個悽愴、嚴峻的地方，充滿了風的音色。

我敲門，大門應聲打開。我說：「懇請貴領地接待我為訪客。我是埃思特的席倫之友。」

開門的人是個體型輕盈、臉色沉重的年輕人，約莫十九、二十歲。他沉默不語，聽了我的話之後，以同樣的沉默領我入部爐主屋。他帶領我進入盥洗屋、換衣屋，以及大廚房；當他確認這個陌生人已經梳洗完畢、換過衣服，用過餐飲，就讓我一人在某間臥房裡等待。從那個房間的窄窗往下看，可以看到外面灰色的湖泊，以及介於埃思特與史鐸克兩塊土地之間、同樣灰色系的娑瑞樹林。這真是一塊慘淡的土地，一棟森嚴的房屋。在深邃的爐灶之內，火光熊熊奔騰，但那股火焰所帶來的溫暖泰半屬於精神與視線，而非肉身。無論是從冰原與高山吹進門內的猛烈冷風、石砌地板，以及牆垣，它們吸攫了火焰絕大多數熱能。然而，如今我已經在冰冷地域生活得夠久，不會像在冬星最初兩年那麼容易感到寒冷。

大約一小時之後，那年輕人（他的容貌與動作帶有少女的輕巧細緻，但是，不會有這種形容異常嚴峻沉靜的少女）前來通告我，如果我願意前往內廳，埃思特領地的主人想要接見我。我尾隨他走下樓梯，通過漫長的走廊，那兒正在進行一場捉迷藏遊戲。孩童在我們周遭奔躍，簇擁著我們；小孩子亢奮尖叫，更大些的孩子如影子一般，悄然在門與門之間來回穿梭，手掩住嘴巴，以免笑出聲來。有個大約五、六歲的圓胖小朋友撞在我的兩腿之間，攫抓住我那位引路人的手，尋求庇護。

「索維！」他尖聲叫嚷，一直睜大眼睛瞪著我看。「索維，我要躲到釀酒廠那邊去——！」說完之後，宛如一顆從吊索上盪開的小圓石子，小朋友就閃開了。那位年少的索維一點都不受干擾，繼續帶領著我走入部爐內室，謁見埃思特領主。

伊思樊・哈絲・倫—耶・埃思特梵是個老人，已年過七旬，由於臀骨的關節炎而行動不便。他筆直地端坐在火爐旁的一張搖椅上，面容寬闊，歲月在他的臉上刻下衰邁的皺痕，如同急湍激流裡的一顆岩石。那張臉容非常平靜，令人驚悚的平靜。

「你就是那位外星使節，真瑞・艾？」

「是的。」

他看著我，我也凝視著他。席倫是這個老人的親生孩子，是他的骨血之子；席倫是年幼的孩子，年長的孩子是艾瑞克——席倫聽我以心念與他交流時，聽見的那聲音就是他的哥哥。如今，他們兩人都已死去。這位老人與我四目相對，在那張衰老、沉靜、堅毅的長者面孔上，找不到一絲我摯友的痕跡。在那張面容上，確認了席倫已經死去的事實，除此之外，什麼也沒有。

這趟來到埃思特領地的行程是愚者的差使，徒勞地尋求慰藉。根本沒有慰藉在這裡，何以我要來上這一趟朝聖之旅，造訪我摯友孩童時代的家鄉？難道我以為，這樣就可能造就出任何差別、填補任何曠缺，慰解任何傷悲？已經無法挽回這一切了。然而，之所以來到埃思特領地，還有另一項任務要達成，這是我起碼能夠完成的使命。

「在他死去前的幾個月，我與令郎共處；他死去時，我也與他在一起。我帶來他所書寫的筆記，倘若在我與他共處的那段時間、有任何我能夠稟告之事——」

老者的臉上並沒有出現異動的神情，他的平靜並不會有所變化。但是，那年輕人突然移動，走到窗戶與火爐之間；他從陰影移到光亮，那是一蓬難以平靜的蕭瑟之光。他嚴苛地說：「在珥恆朗城，他們還是叫他『叛國賊埃思特梵』。」

老邁的領主看著那孩子，然後望向我。

「這孩子是索維．哈絲，我兒之子。他是埃思特領地的繼承人。」

這星球上並沒有亂倫禁忌，我再清楚不過了；然而，那份奇妙的悸動來自於身為地球人的我。看著這個神色嚴峻、還是個鄉下孩子的年輕人身上赫然閃現出死去吾友的精魂，不禁讓我呆了好半晌。

我再度說話時，聲音無法保持平穩。

「國王會撤回這項罪名，席倫並非叛國賊。無論那些傻瓜如何稱呼他，又有什麼關係？」

老邁的領主平穩、緩慢地點頭。「那還是有關係的。」他說。

「你們一起橫跨了勾布林大冰原。」索維追問我：「你與他？」

「是的，我們一起跨越大冰原。」

「我很想要聽你說這些事蹟，使節大人。」蒼老的伊思樊領主以向始的平靜這麼說。但是，席倫的孩兒以熱切的口吃問我：「你可否告訴我們，他是怎麼死去的——可否也告訴我們，坐落在天際星辰的諸世界、住在那些世界上的人類，這些生命的故事？」

附錄

格森星的曆法與時間

年

格森星公轉一周的時間是八四〇一個標準地球小時，換算起來是〇．九六個地球標準年。自轉一周的時間是二三．〇八個地球標準小時，格森星一年共有三百六十四日。

無論在卡亥德王國還是奧爾戈，格森星年份的算法並非由某個起始年開始，累計至今；起始年就是現今這一年。到了元旦這天（格森尼．瑟恩），過去的一年就是「去年」（one-ago），過去每個日期都照這樣加上去。未來也是類似的算法，將要到來的下一年是「來年」（one-to-come），直到這一年成為「恆始年」。

這種年份系統的年表，記錄不便之處藉由某些機制來減緩，例如輔以眾所皆知的事件、國王治世、朝代傳承、地方領主等大事紀。幽梅許教以一百四十四年當作梅許出生時刻的週期（梅許出生於兩千零二十二年前，即伊庫紀元一四九二年），每十二年就舉行一次慶祝儀式。然而，此類制度純屬於祕教宗派的活動，而非官方沿用的年曆紀元；即使奧爾戈政府大力贊助幽梅許教，也未曾將這種計算年份的儀式納入官方系統。

月

格森星的月球運轉一週的時間為二十六格森星日。由於運轉軌道的弧度固定，月球面向格森星的盈虧模樣總是相同。一年有十四個月份，月球曆與太陽曆近乎完全重疊，兩者之間的計時落差非常微小，大約兩百年才會需要調整一次。每個月份的日數完全一樣，與月球運轉週期的天數一致。以下是卡亥德語所命名的十四個月份：

冬季

瑟恩（第一月，Thern）

薩嫩（第二月，Thanern）

霓瑪（第三月，Nimmer）

安納（第四月，Anner）

春季

伊倫（第五月，Irrem）

默思（第六月，Moth）

吐瓦（第七月，Tuwa）

夏季

歐司昧（第八月，Osme）

歐可瑞（第九月，Ockre）

庫思（第十月，Kus）

赫卡納（第十一月，Hakanna）

秋季

葛爾（第十二月，Gor）

蘇司米（第十三月，Susmy）

葛蘭德（第十四月，Grende）

每個月份有二十六日，照此區分為兩個十三日份的「半月」。

日期

格森星的每一天（等於地球曆的二三・〇八天）分成十個時辰。由於完全一致，每個月的天數都以不同的名字來稱呼，就像是我們的星期命名法，而非以數字稱呼。在日期的名字當中，有許多命名所指的是月球盈虧的形態，例如「格森尼」（第一日）意指黑暗，「愛哈德」（第四日）意指第一道新月。第二個半月日期前面加的字首「歐得」（od）意指相反之意，加上詞首的詞與原先意義剛好對反，所以說「歐得格森尼」（第十四日）的意思可以翻譯為「去除黑暗」。以下是卡亥德語命名的（一個月）二十六日。

格森尼（第一日，Getheny）
索德尼（第二日，Sordny）
依普司（第三日，Eps）
愛哈德（第四日，Arhad）
涅瑟哈（第五日，Netherhad）
斯崔絲（第六日，Streth）
勃尼（第七日，Berny）
歐兒尼（第八日，Orny）
哈賀哈（第九日，Harhahad）
故爾尼（第十日，Guyrny）
葉爾尼（第十一日，Yrny）

波斯色（第十二日，Posthe）

托曼柏（第十三日，Tormenbod）

歐得格森尼（第十四日，Odgetheny）

歐得索德尼（第十五日，Odsordny）

歐得依普司（第十六日，Odeps）

歐得愛哈德（第十七日，Odarhad）

翁涅瑟哈（第十八日，Onnetherhad）

歐得斯崔絲（第十九日，Odstreth）

歐勃尼（第二十日，Obberny）

歐得歐兒尼（第二十一日，Odormy）

歐得哈賀哈（第二十二日，Odharhahad）

歐得故爾尼（第二十三日，Odguyrny）

歐得葉爾尼（第二十四日，Odyrny）

歐波斯色（第二十五日，Opposthe）

歐托曼柏（第二十六日，Ottormenbod）

時刻

整個格森星都採用十進位計時方式，在這份對照表上，我們將之粗略換算為地球的雙十二小時計時刻度。（請注意，這只是非常約略的格森時辰換算表。事實上，由於格森星的一天是地球標準日的二三・〇八小時，無比繁複的精確換算並非我製作這份對照表的目的。）

第一時辰：正午到下午兩點半
第二時辰：下午兩點半到下午五點
第三時辰：下午五點到傍晚七點
第四時辰：傍晚七點到晚上九點半
第五時辰：晚上九點半到午夜
第六時辰：午夜到凌晨兩點半
第七時辰：凌晨兩點半到清晨五點
第八時辰：清晨五點到早晨七點
第九時辰：早晨七點到早上九點半
第十時辰：早上九點半到正午

後記

性別有必要嗎？重新省思

〈性別有必要嗎？〉首刊於《曙光》（*Aurora*, 1976）。《曙光》是第一本女作家科幻小說選集，由蘇珊．安德森（Susan Anderson）與雯達．莫肯泰（Vonda McIntyre）編選。本文後來收錄於《夜晚的語言》（*The Language of the Night*）。即便當時，我已漸漸對其中一些論述感到不安，且這股不安很快變成全然反對，但人們不斷歡喜引用的部分，卻正是那些論述。

大幅修訂這麼一篇舊文章，好像在毀屍滅跡，把一個人不得不如此行事的證據藏匿起來。這樣做似乎不正確，也不明智。將一個人的心智轉變及其過程保留存證，毋寧是女性主義的方式，而這或許也提醒了我們，永不改變的心智正如不會打開的死蚌。所以，我在此重登整篇原文，並以不同字體標示後來所加的評論。我要求並懇請任何想要引用這篇文章的人，今後請使用、或至少同時引用這些反思。我也非常希望我不必在一九九七年時再度修訂，我已經有點疲於自我懲戒了。

一九六〇年代中期，停滯了五十年的女性運動才要再度展開。我感覺到聲勢擴展聚集，卻不曉得那是一股浪潮，只認為自己有些不對勁。我自認是女性主義者——我不知道一個會思考的女人怎能不成為女性主義者，但我一直停留在艾米琳．潘克赫斯特（Emmeline Pankhurst）與維吉妮亞．吳爾芙為我們打造的基礎上，從未跨越一步。

【過去二十年來，女性主義已擴展基礎，強化理論，廣泛而持續地實踐。但真有人超越吳爾芙一步嗎？這個暗示「進展」的意象，並非我現在要用的。】

約在一九六七年時，我開始感到不自在，也許我必須自個兒再走遠一點。我開始想要定義、理解所謂的性（sexuality）與性別（gender）在我的生命中、在社會中的意涵。多數起於潛意識（無論是個人或集體）的事物，若不能浮上意識層面，就會解體。我想，正是同樣的需要，促使西蒙波娃寫下《第二性》，促使貝蒂．傅瑞丹寫下《女性迷思》（*Feminine Mystique*），使凱特．米勒（Kate Millet）等人寫下她們的作品，創造了新女性主義。但我不是理論家、政論家或運動者，也不是社會學者。我過去是小說家，現在也是。我思考的方式是寫小說，而《黑暗的左手》這本小說，是我意識的記錄、思考的過程。

或許，既然我們全都【嗯，總之是許多人】走到對這些事物意識高張的地步，那麼回頭檢視這本書，看看就一本「女性主義」【拜託，請拿掉引號】小說而言，它做了什麼、試圖做些什麼、可能達成什麼，也許有些趣味（容我重申一次前句的條件限制）。事實是，本書真正的主題既非女性主義，亦非性或性別或其他任何這方面的事物。依我所見，這是一本講述背叛與忠誠的書，所以本書中其中一組主要象徵才會是冬天、冰雪、寒冷的延伸隱喻：冬之旅。以下的討論只涉及本書的一半，也是比重較少的那一半）。

【以上這段括號內的文字稍嫌誇張了。我那時心生戒備，而且氣憤那些堅持討論本書「性別問題」、彷彿本書是篇論文而非小說的書評。「事實是，本書真正的主題……」這句話是在誇口。我打開了一只塞滿蠕蟲的罐子，而努力想蓋上。然而，「事實是」，本書還有其他面向，性／性別問題深涉其中，相當複雜難解。】

本書故事發生在一顆名為格森的行星，居住其上的人種在性生理結構上與我們差異甚大。格森人的性別不像我們恆定不變，而是有發情週期，稱為「卡瑪」，不處於卡瑪期時，既無性徵也無性欲；同時也是雙性同體。書中一位觀察者描述週期如下：

在卡瑪期第一階段（卡亥德語稱為「色麝」），他尚維持全然中性狀態。在隔絕狀態下不會出現性別分化與勃發，也就是說，如果處於卡瑪初期的格森人被隔絕……不過，在此階段內性衝動會無比強烈，控制此人所有的性格特質……個體找到同處於卡瑪期的伴侶時，激素分泌更加受到刺激（最主要藉由觸摸——或是分泌物？氣味？）直到其中一方分化為男性化或女性化狀態，激素的支配便告確立。性器按照分化往內深入或往外充血，性愛前戲強化刺激，另一方受到這番變化的觸發，而轉變為另一種性別角色。（毫無例外？）……一般人於卡瑪時期並不傾向某一方的性別角色，他們先前並不知道，自己會成為女性化或男性化，也沒得選擇……卡瑪期的最高峰

> 階段（卡亥德語為「索卡瑪」）會維持二到五天，在這段時間內，無論是性驅力或是性能力都到達最高點。卡瑪期會突然結束。要是在這時期未懷孕，個體會在數小時內回歸瑣瑪期（注：歐提・寧認為這「第四階段」相當於經血周期），接著就開始下一度的循環。如果其中處於女性化的那方懷孕，激素活動當然會持續，在接下來八・四個月的懷孕期與六到八個月的哺乳期，個體會維持女性化……哺乳期結束之後，女性化個體又重新進入瑣瑪期，再度成為完全的雙性同體。格森星人並不會建立特定的性別習性，生了幾個孩子的母親也可能是別的孩子的父親。

我為何發明了這麼特殊的人種？不只是為了讓本書出現「國王懷孕了」這樣的句子（在書中一半之處）——我承認我很喜歡這句話。當然更不是為了讓格森人成為人類的模型。我不贊成在目前的知識基礎上改變人體基因。我並非推薦格森人的性生活體制，而是運用它。那是一種探索方式，一種思想實驗。物理學家時常進行思想實驗，愛因斯坦自移動的電梯中打出光束，薛丁格把貓放在箱子裡；但其實沒有電梯，沒有貓，沒有箱子。實驗呈現、問題提出，全在腦中進行。愛因斯坦的電梯、薛丁格的貓、我的格森人，都只是一種思考方式。它們是問題而非答案，是過程而非終局。我認為，科幻小說有項重要的功用：反轉習焉不察的想法，傳遞語言尚無法表達的譬喻，想像的實驗。

因此，我的實驗主題大致如下：由於終身受到社會制約，我們很難理清除了純粹的生理形貌與功用之外，究竟是什麼區隔了男人與女人？在性格、能力、天資、心理歷程等等方面確實有差異嗎？若有，是什麼？迄今只有比較民族學（comparative ethnology）提供了一些具體證據，但這些證據也仍不完整，甚至時常彼此矛盾。真正有關的社會實驗，現行的只有以色列的合作農場體制（kibbutzim）與中國的人民公社（communes），但也不完確，而且少有客觀無偏頗的相關資訊。那麼，如何找出答案？哎呀，我們隨時可以把貓放到箱子裡。我們可以想像一位保守、甚至古板的年輕男子從地球派遣到一個想像的文明，該文明完全沒有生理上的性差異，因此沒有性別角色概念。我弭除了生理性別，想看看會留下什麼。無論留下什麼，假設應該就是人類。那將會定義男人與女人所共有的部分。

我仍然認為這是個很棒的點子；但就實驗而言，太混亂了。所有結果都不確定，而別人或我在七年後重複實驗的結果可能完全不同【刪去「可能」，改為「無疑」】。這在科學研究中是最糟糕的。但沒關係，我不是科學家。我玩的遊戲，規則總是一變再變。

我想了又寫、寫了又想的想像人種，所達成的種種曖昧不定的結果中，有三點相當令我感興趣：

第一點，沒有戰爭。格森星一萬三千年的歷史中，沒發生過戰爭。格森人似乎和我們一樣好口角、好競爭、好鬥，會鬥毆、謀殺、行刺、結仇、突襲等等，卻沒有蒙古人西征或白人入侵新大陸那種移民的大規模侵略。部分由於格森人口數相當穩定，沒有大規模或快速遷徙。遷徙通常速度緩慢，不會在一個世代內完成。格森星沒有遊牧民族，沒有什麼社會是靠擴張與侵襲其他社會維生；也未形成有統治階層的大型民族國家——其可動員的整體正是現代戰爭的重要因素。整個格森星的基礎社會單位是由兩百至八百人組成的部爐，與其說是基於經濟便利，毋寧是基於性需求（因為必須有人同時進入卡瑪期）而形成的結構。儘管後來覆上或混雜了城市的形式，但性質仍偏向部族。部爐較像獨立的自治體，傾向內聚。部爐間的競爭，如同個體競爭，稱為「習縛規色／顏面」，少了肉體暴力的衝突，靠的是爭得面子的巧妙手腕，變得儀式化、風格化、受到控制。顏面若是不保，也許會爆發肉體暴力，但不會演變為集體暴力，而是有限度的、個人的。涉入的始終是一小群人。而分散趨勢與凝聚趨勢一樣強。歷史上，當部爐因經濟因素集結成國家，自治政體仍然主宰中央集權的運作，有國王與國會，但權位多賴顏面與陰謀奪得，而非透過武力強取，且已成為社會習俗的一部分，未訴諸天賦神權或愛國主義等等。儀式與遊行比起軍武警力，更能維持秩序。階級結構彈性而開放，社會階級的價值不在經濟而在美感；貧富差距也不大。沒有奴隸或勞役，沒有人是別人的財產。沒有動產，經濟組織接近共產主義或工團主義（syndicalistic）體制，而非資本主義，也很少集中在少數人身上。

然而，在小說裡，這一切都在變化。星球上的兩大國家，其中之一逐漸演變成真正的民族國家，完全以愛國主義與科層制度（bureaucracy）統治。該國發展出國家資本主義、中央極權、獨裁政府、祕密警察制度，因此這個世界的第一場大戰也瀕臨爆發邊緣。

我為何起先繪製了一幅圖像，卻展現它完全轉向的過程？我也不太明白。我想是因為我試著展現平衡，以及平衡的微妙精細面。對我而言，「女性原則」基本上是無政府——至少歷史發展上是如此。它重視自發或約定俗成，而非強制的秩序或武力規範。是男人用武力維持秩序，建構權力結構，制定律法、強制執行、而後破壞。在格森星上，這兩大原則互相制衡：地方分治對抗中央集權、彈性對抗僵固、循環對抗線性。然而平衡是個不穩定的狀態，在這本小說裡，原本傾向「陰性」的平衡正往另一端傾斜。

【一開始，我很想寫一本書，描寫身於從未發生戰爭的社會中的人類。這是最初的念頭，雙性同體（androgyny）次之。（因與果？孰因孰果？）

現在，我會如此改寫……「女性原則」在歷史上是無政府傾向，這是說，無政府在歷史上被定義為女性。分配給女性的領域（例如「家庭」）正是發於非強制的秩序、約定俗成，而非武力的規範。男人將社會權力結構保留給自己（以及少數符合男性範疇的女人，如女王或首相）。男人製造戰爭與和平，制定律法、強制執行，而後破壞。在格森星上的二元對立，並非我們的社會制約產生的性別二元對立，而是輿論與權威、分治與極權、彈性與僵固、循環與線性發展、上下階級與平行網絡的對立，並且處於平衡；但並非靜滯的平衡狀態，生命中從未存在這種狀態。在小說描寫的期間，這種平衡正偏斜得很厲害。】

第二點，沒有開發。格森人不剝削世界。他們發展出高科技、重工業、汽車、收音機、炸藥等等，卻緩慢進展，猶如吸收、消化科技，而非任其過度成長。此地缺乏「進步迷思」。格森人的曆法，每一年都是「恆始年」，由此往前或往回算。

在此，我所追尋的似乎仍是平衡：一邊是「男性」的直線驅策力，基於「直線無盡頭」的邏輯，勇往直前，直到極限；另一邊是「女性」的圓形循環模型，重視耐心、成熟、實際、生活。這種平衡模式當然存在於地球，即過去六千年來的中國文明。（我寫本書時，尚不知道兩者竟然在曆法上都很相似：中國歷史的紀年並不同於西方從基督降生年起線性累加計算。）

【白人征服前的某些美洲文明是更好的模型，但不是那些以我們教士政治與帝制標準來看的「高等」文明。中國這個模型的問題在於，該文明制定並貫徹男性支配，猶如其他「高等」文明。我所想的是道家理想，而不是一個具有買賣新娘和纏小腳習俗的模型，而我們受訓對其視而不察；更非一個深深厭惡女人的中國文化模型，我們還對這現象習以為常。】

第三點，缺乏性徵作為連續的社會因子。一個月中有五分之四的日子裡，格森人的性徵對社會生活毫無作用（除非懷孕）；至於其他五分之一的日子，性徵則完全主宰。卡瑪期間，格森人一定得有伴侶，這點無可抗拒。（你可曾和一隻發情的母虎斑貓共處一間小公寓？）格森社會全然接納這種必然的需求，格森人必須做愛時，便去做愛，人人預期他做，也贊同他做。

【這段話，現在我會改寫成……一個月中有五分之四的日子裡，性徵對格森人的社會行為毫無作用；至於那占五分之一的日子，行為完全受性徵控制。卡瑪期間，格森人一定得有伴侶，這點無可抗拒。（你可曾和一隻發情的母虎斑貓共處一間小公寓？）格森社會全然接納這種必然的需求，格森人必須做愛時，便去做愛，其餘人皆預期這樣的行為，也皆贊同。】

不過，人類畢竟是人類，不是貓。儘管我們有連續的性徵，極為自我馴化，但我們甚少雜交（交配期間，馴化的動物傾向雜交，而野生動物會固定伴侶，組織家庭或部落）。當然，我們有強暴行為，沒有其他動物在這點與我們匹敵。我們有集體強暴，發生在軍隊（當然是男性）入侵時；有賣淫，這是由經濟控制的雜交；有時也經由宗教控制進行宣洩的雜交儀式；但整體而言我們似乎在避免純粹的放縱。我們頂多在某些情況下，將之當作獎品頒給地位或權力最高的某個男人；但除非是社會懲罰，否則絕少容許女性如此。也許，成熟的男人與女人不能單單滿足於缺乏精神交流的性喜悅。事實上，根據所有人類社會從社會、法律、宗教對性交行為設下的種種控制與約束來判斷，也許人們還害怕這樣。性是一股巨大的能量，因此不成熟的社會或心靈會設下種種禁忌；成熟的文化或心靈能夠整合這些禁忌或律法，內化為倫理規範，一面容許相當大的自由，一面卻禁止將他人當作物體對待。不過，無論非理性還是理性，總是有規範。

因為格森人除非雙方願意，否則無法性交；因為格森人不能強暴人或被人強暴，因此我認為，比起我們來說，他們對性較不感到恐懼或罪惡。不過，由於性欲期具有極端、爆發性且必然產生的性質，對他們仍會造成困擾，某方面而言更甚於我們的困擾。格森社會也必須對此加以控制，儘管他們從禁忌階段跨向倫理階段的過程會比我們容易。因此我發現，每個格森社群的基本設施應該是卡瑪屋，開放給任何處於卡瑪期的人，無論是本地人還是外地人，以便他找到伴侶。【此句改為：以便人們找到性伴侶。】接著會出現種種習俗制度（並非法律制定），例如卡瑪群這種團體，類似原始部落或團體婚姻，選擇在卡瑪期間共同行動，並將此視為規律。終生固定伴侶則屬個人約定，無法律約束力，這類約定有強烈的道德與心理意義，但不受教堂或國家控制。最後，有兩項活動遭禁，依地區不同而視之為禁忌、非法行為或僅止於劣行。其一是：不能與親人或不同代的人（雙親或後代）配對；其二，可以與手足交歡，但不能互立終生誓約。這是古老的亂倫禁忌，對我們是如此普遍——我認為起因於心理層面多於基因層面——以致對格森人也似乎同樣有效。

這三項出於我實驗的結果，儘管沒產生決定性的結論，我仍覺得相當清楚而成功。

我在其他方面也可能導出如此狀似有理的結論，但我現在發現我沒把事情想清楚或講清楚。舉例來說，我將格森兩國的政體設為熟悉的君主封建制與現代科層制，這兩國正是小說中的場景。我懷疑，格森人的政府既自分子般的部爐孕育而生，真的能產生如此近似我們政體的結構嗎？可能會更好，也可能更差，但想必不一樣。

我甚至對自己在追續格森人心理意涵上的羞澀與笨拙感到很懊憾。僅舉一例說明：但願我在寫書時便知道榮格理論，這樣我便能決定格森人是否沒有陽性基質（animus）或陰性基質（anima），還是兩者兼有，抑或擁有靈（animum）……【另一個例子（榮格在此不會有幫助，反而可能成障礙）：我相當無謂地把格森人鎖定為異性戀，這真是非常幼稚的性傾向實用主義，以為性伴侶一定是不同性別！在任何卡瑪屋，同性的性行為當然可能發生、受人接納或歡迎——但我從未想要探究這層面，哎，而這點忽略卻暗示了此處的性傾向是異性戀。我對此非常懊悔。】不過在此處，主要的失敗來自於我常受到的批評：格森人看起來像男人而不像雙性綜合體。

這批評部分是針對我所選用的代名詞。我稱呼格森人為「他」（he），因為我完全拒絕為了替「he/she」自創代名詞而損毀英文。【我一九六八年時「完全拒絕」，一九七六年時重申，但再過幾年後便徹底轉變立場。我仍然不喜歡發明代名詞，不過我現在更不喜歡所謂的全稱代名詞「he/him/his」，因為這組代名詞的確把女性排除在論述外，而且是由男性文法家發明。十六世紀前，英文的單數人稱代名詞是「they/them/their」，現在也用於英美口語中。書寫語言也應該回復這個傳統，讓學究和權威到街上去吱喳叫。我一九八五年為《黑暗的左手》所寫的電影劇本中，發明了代名詞「a/un/a's」來指稱沒懷孕或不在卡瑪期的格森人，若是印刷出來，我猜讀者肯定會抓狂。不過我曾經將小說部分內文朗誦給讀者聽，並使用這組新代名詞。讀者非常喜歡，只是指出主詞代名詞「a」，唸成輕音的「呃」，聽起來太像南方口音的「我」（I）。】英文中，「he」是全稱代名詞，該死。（我羨慕日本人。聽說日文確實有對應「he/she」的代名詞。）但是我認為這點不太重要。【我現在認為這點非常重要。】如果我更擅於將格森人性格中的「女性」成分表現在行動中，代名詞便一點也不要緊。【若我當初能體認到，我使用的代名詞會如何形塑、指示、控制我的思想，我會更「機敏」些。】很不幸，我寫作此書所產生的情節與結構，把書中的格森人主角埃思特梵幾乎一概編派成我們文化制約下所認定屬於「男性」的角色——首相（我們得有更多以色列總理梅爾夫人〔Golda Meir〕和印度總理甘地夫人〔Indira Gandhi〕來打破這項刻板印象）、政策謀士、流亡者、越獄者、雪橇駕駛……我想我這麼做是因為我私底下樂於看人相當熟練而天賦異稟地做這些事，而這人不是男人，而是男女綜合體。可是對讀者而言，我省略太多了。沒有人把埃思特梵看成「帶著他的小孩」的母親【刪去「他的」】，因為我們認定母親必定為女性角色。因此，我們傾向把他當成男人【請將此處的「他」加上引號】。這是本書真正的瑕疵，我非常感謝那些願意參與此實驗的男性與女性讀者，運用自己的想像力填補了這些遺漏，以我的方式看待他【訂正：將「他」刪去】，將之視為男人與女人，熟人與陌生人，異類與同類。

為我完成作品的，似乎常常男人多於女人。我想這是因為男人與可憐、困惑、防衛心重的地球人真力·艾共遊時，比女人願意認同他，也因此能投入他那段艱辛、逐步發現愛的旅程。

【我現在是這麼看：男人想要此書讓他們安全地以傳統男性觀點進入雙性同體之旅又全身而返，以此滿足。許多女人卻希望更進一步，挑戰更多，要同時以女性觀點與男性觀點去探討雙性同體。事實上是如此，因為這本書是女人寫的。但是只有在〈性的論題〉一章中直接這麼處理，這章也是本書中唯一的女性聲音。我想，女性向我要求更多勇氣，以及對暗示更嚴格的審視，是合情合理的。】

最後有個問題：這本書是烏托邦嗎？對我來說，顯然不是。既然本書是基於對人類生理一種幻想的激進變化，本書沒有任何可實踐的方法提供給當代社會。本書只是試圖打開另一種觀點，擴展想像力，並未就此新觀點所可能看到的結果提出非常篤定的建議。我猜想，本書要說的頂多是：若我們的兩性分化是社會造成的，若男人與女人在社會角色上完全、真確地平等，在法律與經濟上平等，在自由、責任、自尊上平等，那麼社會將會相當不一樣。天知道那時會有什麼問題，我只知道可能存在問題。不過很可能我們最中心的問題不會是現在這種剝削的問題——剝削女性、弱勢、地球。我們的詛咒是異化，陰陽分立【並且道德化，把陽視為好的，陰視為壞的】。不追求平衡與整合，卻追求主宰支配。堅持分裂，拒絕自主。這種摧毀我們的價值二元論、優／劣、統治／受統治、擁有／所有物、使用者／使用物的二元論，可能會讓位給對我而言比現在更健康、健全、有希望的整合與完全的形式。

（徐慶雯、陳瀅如◎譯）

一九九四年後記

代名詞的性別

這真是個枯燥乏味的議題，除了文法學者與蛋頭學究，還會對什麼樣的人產生意義呢？我真希望這就是實情！然而，長年以來，《黑暗的左手》一書確實處於鬼影幢幢的著魔狀態，附身的魔物就是它的第三人稱代名詞之性別——這真是個狂野、激灼、恣意不羈的部族。

當時我創造了某個人類種族，泰半時間處於無性狀態，除了以一個月為間隔週期的某幾天會分化為高度性別化的女性或男性；在懷孕與授乳週期，當然也保持女性化的形態。我發現了格森星人這等物種，到底要如何稱呼是好？在一九六七年，我書寫此書時，一概稱之為「他」。當時我如此相信，英文的陽性代名詞具有普遍的物種屬性，包含所謂的男性與女性對象。這真是某種愉快便利的信念。很不幸，只要愈發仔細審視，這信念愈發失去信用。更不幸的是，它變成「三十九篇反女性主義」的文字之一。在本書出版後幾年，我的這種方便信念徹底崩潰，從那時開始，我真正成為毫無信念的罪孽深重之徒。「他」這個第三人稱代名詞就是它所指涉的東西，沒有多出啥，老天在上，也沒有少了啥！

那麼，我該怎麼改會比較好呢？很顯然，格森星人自身的語言當然有適當的名詞與代名詞，用以指陳無性別分化的「常態」時期，也就是「瑣瑪期」；也有適當的代名詞用於卡瑪期，也就是性與性別的分化期。許多地球語言具備了中性或雙性代名詞，即瑣瑪代名詞；許多語系具備性別化的代名詞，其性別（gender）未必服膺指涉對象的生物性（sex）——倘若指涉對象具有生物性。羅曼斯語系（也就是拉丁語系）就充斥諸如此類的範例。

非羅曼語系的英文第三人稱代名詞必須與「確實的」性別或指涉對象的無性別性相對照（某些延伸性的陰性用法，會把船隻、機械，以及自然災厄也包含進去）。某個無性或無性別的存在也有中性代名詞來稱呼，就是「它」。中性代名詞可以用以指涉動物，但不可用在人類身上（除了某些時候，用在嬰兒身上，由那些討厭嬰兒的人們如此使用。）要說英文有全然無性別分化的第三人稱代名詞，也只有複數的「they」。他，她，與它都是性別化的用語，而「they」不是。（我喜歡談論文法；你大可以說出「它們才不是一個啥」（they is not），不會有誰來指正你。）

無論以歷史角度，還是口語層次，「they」這個字眼向來常常被使用為無性別區分是雙性並存的第三人稱代名詞。「要是任何一位學生有問題，我想在課後再與they討論。」我們或許會這麼說，或是：「某個人離去了，但我不知道they是誰。」但是到了十七世紀，那些文法學家開始擔心數量的一致性，或許是它們想要讓英文更類似拉丁文，因為拉丁語比起通俗語更為高貴、更強而有力；於是它們貶抑責難，說是以「they」為單人代名詞是「不正確」之舉，就如同在拉丁語所發生的情況。從那之後，這樣的責難並不會阻止我們大多數人在說話時如此運用，但是，它的確阻止了大多數的人這樣書寫。

對於書寫活動而言，正確性是造就清澈明確意念的合法旨趣。要是你全面逆反字詞的意義、使用的語意形式與文句結構，你很難書寫得好，寫得夠清楚。然而，「正確性」同樣也是文字鴨霸最愛用的「暗號語」（請追溯本詞詞源[1]），為的是要強化知識與權力的位階層級。文字鴨霸在報紙上寫堆專欄，尖聲嚷叫著指責「濫用」、「低俗」、「腐化」云云，這些說法其實是在指一般人的用詞，當這些詞語必然更新變換了既有的保守位置、固化的書寫文字。保守主義是某種還可以的必需物，但是反挫的蕃鬧就令人厭煩，而且通常都是矯揉虛偽之舉。

舉例來說好了，「Ms.」[2]這字眼是政治發明（如同那些文字鴨霸行之有年的做法），同意，只要那些人也承認「小姐」與「太太」這些稱謂在意涵上同樣是政治性字眼，就很公平（但那些人並不承認）。以一個女性是否與男人結婚來取決她的稱謂，這不是最政治性、最社會性指涉的作為，是啥？這豈不是當她除了婚姻關係之外，什麼特質也沒有？獨立自主的個體就是「Ms.」這個稱謂所辨識認可的存在，這可不是什麼假惺惺的淺薄發明，而是以古老、南方的尊稱用字「Miz」改造新編而來。對於這樣一個相對於「Mr.」的女性尊稱需求是如此強烈，以致於才剛出現就獲得大眾立即而全面的接納。根本沒多少人還會叫囂說，那是可惡的女性主義教條憑證，那是魑魎橫行的女性帝國軍械兵器庫之致命核武。

1 shibboleth，源於猶太史，由於以法蓮人不會發出「sh」音，便以此字作為區分以法蓮人與基列人的暗語，後衍伸為暗號語、口令之意。

2 由於「Ms.」在中文並無最恰當的譯法，譯者傾向譯成「君」，正如「Mr.」中文並未譯成「男士」，因此「Ms.」也不應譯為「女士」。

處於乖張魍魎帝國的我們某些人早已決定，要用「they」來當作無性別區分的第三人稱代名詞，無論寫什麼都好，只要我們能逃之夭夭、保留這用法即可。這樣的機率遠大於你所猜想，唯一讓我們感到苦惱的傢伙就是那些校對編輯，我們得哄騙，餵食紅蘿蔔，直到編輯願意讓你保有這樣的用法，不予刪除。除此之外，根本沒有誰會注意到！然而，這個字無法解決我這本書的第三人稱代名詞問題。我實在無法把埃思特梵寫成「they」，如同一群昆蟲、一窩蜜蜂，或是一群委員會的組合體；我也無法運用這些基於良知良能的人們所創造出的一群勤奮有力小怪物代名詞，諸如「他或她」（he or she）、「她或他」（she or he）、「他／她」（he/she）、「她／他」（s/he）……這些辭彙並非無性別，所指涉的是某個處於卡瑪期、或女性或男性的個體；即使在這當中最佳的「她／他」（s/he）也是雙性並存，而非無性別。何況，我也不知道要怎麼發音，是「墟西」嗎？我是個注重聽覺的作者，很不情願在我的創作當中使用難以讓耳朵或內在之耳清晰聽得的字彙，更何況，這個字詞要在文本裡出現成千上萬次。我逐漸明白，這是個很要命的問題，尤其當人們敦促我使用再創的字彙來解決偉大的格森星第三人稱性別問題。在過去幾十年間，有好些字彙已經由女性主義作品與實驗性文本使用過，可我必須坦承，其中沒有任何一個如同「Ms.」那樣立即「說服」了我，聽來無比對勁，聽來如此簡潔純粹。其中最好的一個字眼是「per」，我也試用了，但對我而言，它聽起來顯得沉重、過於猛進，我就是不喜歡。當我決定要讓《黑暗的左手》某些章節以無性別模式呈現時，我試過「per」與其餘的幾個再創代名詞彙，最後變成自己來發明全新的字眼。

我使用「a」為無性別分化的第三人稱代名詞，與他或她等同；「en」等同於受格，「es」等同於所有格，至於「enself」就是她自己或他自己。對許多讀者而言，「a」這個第三人稱代名詞的發音應該如同這字母本身，韻腳近似「see」。我的發音倒是類似在「yet」或「them」這些字的短音。或許我該把這個代名詞寫為「eh」，但是如果整本書都充斥著「eh」這個字，看起來好像這本書不時在清嗓子。我又把它改成「es」或「ez」，但是s或z這種字母會非常凸顯，讓整個文本看起來非常異類，我竭盡全力想做到的就是不讓這本書看起來太古怪、太異邦；我想它看起來、聽起來都如同平凡的英文。好吧，平凡的格森星英文。

看了這篇後記，或許你可以自行判定，是否會喜歡我自行發明的無性別第三人稱代名詞出現於《黑暗的左手》第一章，成為第一種版本。為了配合無性別的代名詞，我把名詞部分也改成性別不分的版本，像是以君王（sovereign）取代國王（king），以貴族人士（peer）取代爵士（lord），諸如此類。

常常有人建議我，為了避免全面虛假的性別化的「他」，應該改用「她」，至少在部分章節要如此運用。如果是育兒專家史巴克博士，在某章稱呼他的生物性寶寶為「他」，在另一章稱呼為「她」，對他而言是挺好的解決方案，但是對我的格森星人而言並不盡然。那看起來只會像是不時在卡瑪期變化為男性或女性，從未處於無性別分化的時期。

以格森星為背景的短篇故事〈冬星之王〉（*Winter's King*）再版時（日後所有再版亦然），我保留所有的陽性名詞，如國王、爵士等等，但是把所有格森星人處於中性時期的代名詞改成「她」。以短篇小說的篇幅而言，我認為改寫版本的效應非常有意思，也充滿力道。

在第二次改寫的文本，我把《黑暗的左手》第一章改寫為類似的結構，也就是把所有的格森星人中性時期人稱代名詞都改成「她」；然而，在這一遭，我同樣把人稱名詞也改成陰性版本，像是把「國王」改成「女王」（Queen），「爵士」改成「仕女」（Lady）。

我認為，後者改變出的模樣呈現出強而有力的啟示效果；它顯示出陰性名詞的宰制力量與陽性代名詞同等強烈。如此，「埃思特梵仕女」不是一位格森星貴族，而是某個要和獵場漢子跳上床歡好的可人兒。倘若是陽性名詞加上陰性代名詞，像是國王、爵士等名詞搭配代名詞的「她」，至少會以此等的共存抵觸性不時提醒讀者，在此之間存在的性別張力。當一切都以陰性化稱呼，它的非真實性與一切都冠以陽性化稱呼的效果不分軒輊。這兩種做法都太輕易了。「女王懷孕了」可不是個什麼有趣的宣稱；然而，「國王懷孕了」這句話卻足以成為《巴特利辭典》（*Bartlett's*）的條目之一。這就是星際異類入侵通俗用語的成果！

基於這些實驗念頭，我改寫了幾個章節；在那些篇章，這些人物從無性別分化的狀態進入卡瑪期，然後再從情慾性別分化的時期退出。在那篇〈背叛者埃思特梵〉的故事，我運用自行發明的無性別人稱，直到適當時機再穿插英文的性別化人稱代名詞。我可是挺愛這種刺激效應呢。至於在第十八章的某片段，起先我沿用原先的人稱，稱埃思特梵為「他」，直到「他」進入卡瑪期，無比確切地變化為（許多人的語彙都稱呼的）「她」。為了配合這樣的轉變，此篇章的某些部分也需要重寫，好處理真力・艾（這可憐的傢伙）終於徹底明瞭、接納，承認，並且完全搞清楚是怎麼一回事。既然情緒層次的角度改變，語言也必須隨之改變，才接得上變化後的情境。我感到震懾無比，直到那時才真的明白，在原先的章節當中，整個場景的激烈性慾是以何等的方式給隱藏住，藉此昇華為無身體性的親密接觸，也就是心念交流——那是另一種交媾之道。在這之前，我從未看得夠清楚，在書寫本書的過程，自己是如何給那個虛假性別化的「他」給控制住——那才是真正的隱藏性控制力道。倘若我稱呼處於卡瑪時期的埃思特梵為「她」，迫使自己去處理卡瑪情慾期的激烈性慾力，那場景或許不會顯得如此含蓄保守，將會呈現出更直接的力量。然而，又有誰知道結果呢？

在某些時候，我非常渴望修改本書的某些部分。並不是多麼龐大的工程，畢竟我不喜歡再發明新的人稱代名詞，別的方法也不可行，所以我還是會把處於無性別分化的人們冠以（雙性涵蓋）的擬陽性人稱。但是，光是拿掉那些毫無必要的陽性化稱呼就會有個好幾打，像是我在至今以來的長年寫作生涯，不自覺地自動以「男人」（man）稱呼，其實我真正指陳的是個人（person）或人們（people），這種例子比比皆是。我也該以更精確的用詞來稱呼血緣同胞、肉身之子（wombchild），而非套用陽性想像的兄弟、雄性子嗣等等用語。

在這等語境上最奇詭的套用，莫過於我締造出的「肉身親代」一詞，用以取代「母親」。當時我的用意無非力求避免讓「母親」這詞成為極端專屬於陰性的讀法；然而，以生物性事實而言，無論在地球也好，在格森星也好，某個創生與孕育子代的人的確就是那個子代的**母親**。對地球人而言，這是性別化的關係；對格森星人而言，這並非性別化的結構。然而，這還是等同的關係模式。我錯誤置放的吹毛求疵並未讓這等性別化的結構因此拆解開來，反而糟糕地為本文增添了無謂的「假擬男性」想像。

所以嘍，這是我不時心癢難搔、意圖改造或從事的修正。在之後的本文，我已經把那股搔癢感刮下了些許，茲以充當實驗採樣，提供給有興趣探究性別建構與語言之極限的人們。在書寫《黑暗的左手》電影劇本時，我得以從性別人稱的約束跳脫開來，因此稍微彌補了某些我犯過的錯謬、避免掉某些曾出現的過失。然而，若是要整本大幅度修改一部在二十五年前已經完成的作品，以事後洞見來改寫它，我還是認為此舉不可行。這不啻為詐欺的行止。這本書自我成立，我也與之並立，更何況還有許多讀者，那些頑劣的性別人稱阻撓不了她們，這些人不允許僵化的用詞妨礙她們創生出跨越刻板性別想像的視野，或是雙身合一的夢境……生命與死亡，並肩躺臥，宛若情慾勃發的愛侶，如緊握的雙手，如同終點與道路。

（洪凌◎譯）

譯者導讀

跨性為王．胎生陰陽

娥蘇拉．勒瑰恩「瀚星系列」的跨性別閱讀[1]

作者：洪凌（Lucifer Hung）
（lucifer_hung@yahoo.com.tw）
翻譯：趙瑞安

瀚星系列的性與性別異端

娥蘇拉．勒瑰恩的科幻小說可以獨立為單部小說與短篇故事來閱讀，或者集結成一個故事鏈結，

1 本論文能夠以現今的面目現身登場，最要感謝的是我的「黑暗反掌、光之天后」——中央大學英文系白瑞梅（Amie Parry）教授，花費許多的時間與作者討論修訂原先的英文版本；再者要感謝瑞安用心的翻譯為流利精確的中文版本。對於此專題的主編，丁乃非無限的關愛照顧與劉人鵬長期來的調戲疼愛，在此一併致意。以下是作者自製的英文版本網頁，以供參考：
〈陰陽太虛．冬星真王〉(1) http://www.wretch.cc/blog/ruinmage&article_id=1739817
〈陰陽太虛．冬星真王〉(2) http://www.wretch.cc/blog/ruinmage&article_id=1741296
〈陰陽太虛．冬星真王〉(3) http://www.wretch.cc/blog/ruinmage&article_id=1883115
〈陰陽太虛．冬星真王〉(4)（完）http://www.wretch.cc/blog/ruinmage&article_id=1884031

一個名為伊庫盟[2]的星際評議會則為諸故事的中心。「瀚星系列」由幾部出色的小說和短篇故事集結合而成，其處理議題包括性、性別，以及階級，以遠未來的星際動盪為背景，在該設定中，宇宙乃由野心勃勃、高度敏銳、擁有極致文明的伊庫盟所創建，其祖星「瀚星」則為其根基。

短篇〈冬星之王〉的其中一個段落鮮明地描寫了瀚星伊庫盟的本質、動機、夢想與視界，該段亦是兩個擁有相異性別的個體之間的鮮烈對話，交換並思慕著彼此的特異[3]。其中，洞見灼灼的詢問者是中間性別、雙性同體的年輕格森星王，而較年長的男性瀚星使者，則以真摯的誠懇與思慕之情答覆這位敏感優雅的冬星之王。阿格梵十七世雖身陷宮廷陰謀與某種程度的心智操控，卻是位聰慧的青年；他[4]和表親格瑞爾之間熱情悲壯的關係，和國王之耳席倫．埃思特梵與其長兄艾瑞克的關係不無雷同，皆可讀為跨性別T之間椎心刺股的愛情故事。國王和使者艾思特之間的親密，乃認同彼此的相異與複雜性，由欣賞「相異的美感」[5]而滋生的友誼。這篇較後期的故事可與《黑暗的左手》中的主角之一真力．艾作為強烈對照，後者作為一個地球出身的男性使者，當面對冬星個體基進的他者性別時，他採取的不僅是排外、更是恐同的態度。

除了異性戀男性思維恣意投射的恐懼症外，真力．艾心中也暗藏對神祕晦澀、卻風采迷人的埃思特梵抱持的衣櫃欲望。太極圖上陰陽匯聚，演繹著作為故事主旨的忠誠與背叛的二重奏，其中亦存在著愛與恨的拉鋸，彰顯著未可言說的熱情，這份熱情同時受到異星、異性戀地球男性的否定，也被本地、雙性同體並亙久欲望著同源手足的埃思特梵所否定。該故事也可以讀為一則同志寓言，其中作為異類的異性戀者同時憎厭著永遠將他排除在外的社群、卻又夢想成為其中一份子；然而，相對於通常在結局時、讓性別模糊的主角改變性向的傳統敘事，這則故事的挪用與融合與之完全相反。在後者的敘事中，即使語帶保留，獲得最終勝利的其實是異性戀男性角色對於他者無能言說的愛意，只有透過「心念交談」的對話方式才得以發聲。故事中的重大轉折，乃真力．艾承認並「接受」埃思特梵的

2 「瀚星系列」包含了幾本並無緊密關聯的單部小說和短篇故事。以下是根據出版日期排序的粗略書單：【流刑與幻魅世界】（三部曲）：《羅卡南的世界》（*Rocannon's world*）（1966）、《流刑之星》（*Planet of Exile*）（1966）、《幻魅之城》（*City of Illusions*）（1967）；《黑暗的左手》（*The Left Hand of Darkness*（*Remembering Tomorrow*）（1969）；《一無所有》（*The Dispossessed: An Ambiguous Utopia*）（1974）；《流風十二季》（*The Wind's Twelve Quarters*）（1975）（短篇故事集）；《名叫森林的世界》（*The Word for World Is Forest*）（1976）；《四種寬恕之道》（*Four Ways to Forgiveness*）（1995）；《敘說》（*The Telling*）（2000）；《世界的生日與諸故事》（*The Birthday of the World: And Other Stories*）（2002）（短篇故事集）。

3 「你曾說過，艾思特爵士，縱使我與你差異如此，我的子民與你等也如此不同，然吾等皆源相同的原初血族。這是道德性的事實，或是物質界面的實情呢？」／艾思特微笑，莞爾於少年君王的卡亥德區分法。「兩者皆是，吾王。至今我們所知者，雖然對廣邈宇宙而言只不過是個微不足道的塵埃角落，但我等遭逢到的智慧族類全都是人類血緣演化的種族。然而，同血脈的始初源頭遠在一百萬年或更許久之前，回到瀚星的遠古世代。太古的瀚星曾建立了一百個不同的行星世界。」／「我們稱呼我等阿格梵王朝之前的世代為『太古世』，但也才七百年前而已呢！」／「我們也把大敵世代稱為『太古世』呢，吾王，但那也才將近六百年前。時光伸展又收縮，物換星移的歷程盡在眼底、在世代，在星辰之間；這些變換道盡一切，偶而逆轉自身，或是重複既往。」／「伊庫盟的夢想是要重建太古原初的同源，要讓所有的異星種族共處於同樣的爐灶之下？」／艾思特點頭，咀嚼著麵包蘋果。「至少呢，在彼此之間織造出某種和諧。生命本身熱愛著知曉自身的過程，探索自身的極致；擁抱複雜性是生命本身的喜悅，我們彼此的差異就是我們各自的美。這所有的世界、互異的心智與肉身與生命之道——整個加成起來，將會形成壯麗的和諧性。」／「哪有永久恆持的和諧喏。」／「的確，這等成就尚未出現。」星際使節如是說：「光是嘗試，伊庫盟就已經倍感愉悅。」——（引自《流風十二季》收錄的短篇〈冬星之王〉）。

4 在本段中，我刻意以他作為第三人稱代名詞，藉以強調跨性別角色之間的歧異性；但在第二、三部分，我用粗體字他強調酷兒陽剛主體與異性戀生理男性之間顯著但微妙的差異；同時，我也用粗體字她來指稱類婆的角色。

5 〈冬星之王〉詞句。

「雙重」性別身分，亦即他實則為「她／他」（s/he）。然而，這個「他」在書中位居於一個沒有生理男性能篡奪的跨性別身分；書中甚至暗示，真力・艾的苦痛與嫉妒都來自於對於跨性別客體無法言說的性愛驅力。

書中的歷史（他的故事）以及瀚星系列皆揭示了跨性別身分將占據陽性語言的願景，但自該書出版的六〇年代後期以來，在語言、性別、與權利鬥爭上，這仍然是無解的議題。

真王乃扮裝王：（可能）懷孕的國王的身體展演與語言轉喻

《黑暗的左手》作為以精準思辯的語調探討非傳統性別議題的經典科幻小說之一，在各種性別／性論述觀照下，本書是一個兩極化的例證。本書獲得極高評價，並與卓安納・拉斯（Joanna Russ《女身男人》）、珊慕・狄鐳尼（Samuel Delany《特利吞》）、和西奧多・史達貞（Theodore Sturgeon《更超過的維納絲》）齊頭並置，較諸類型小說，本書亦獲得更多主流文學的賞識。然而，它也因此較同代作品受到更嚴苛的檢視。它承受大量來自女性主義的批判，這些指控包括它對中間性與異類性別的保守觀點，以及對女性／男性墨守成規的二元想像：

一個男子會想要他的男子氣概得到認可，一位女子會想要她的女性氣質受到讚賞；無論那樣的認可或讚賞是以多麼間接或微妙的方式呈現。在冬季星上，沒有這種事物存在。她們看待每個人的方式，都只當對方是一個人類個體來尊敬或進行評價。這真是驚人的經驗。（p. 101）

由於本書的女性人類學家觀察者作出如此刻板形象的主張，女性主義評論家要批判其「驚人」的性／性別典範只能說是太過合理，包括本書性別歧視的絃外之音，也被作者技巧性地歸咎於書中無可救藥的老古董地球直男主述者。我們不能否認，既然作者自我認同為昂．托．歐朋這個女性、愛好和平的人類學家，而後者在其田野筆記中隱含著無可否認的性別歧視和對異邦人強烈的恐懼症，那麼無可避免的，這種態度其實是在替作者的焦慮和恐慌發聲，而這種焦慮恐慌，則正是來自冬星人民的異端性別身分。對於任何以女性主義為本的批評而言，這種「驚人的經驗」不過是理想之路的開端，更不消提即使在這些以女性主義為本的未來願景當中，雖然是泛性或多重性別的理想狀態，卻仍有許多逾越行為是被認為無法想像、或甚令人反感。在本書初出版時，對於本書以它者性別如中性或雙性同體為名、卻行反女性主義之實之類的指控，是非常正確的；在這些議題中，最具爭議性、至今仍適用的，是關於第三人稱性別代名詞。

至於作者對抗批判指控的回應，由於它歷經多年發展，已可視為一位受到高度評價的文學作者對於性別相關主題的「進化」過程。在一九七六年〈性別有必要嗎？〉（Is Gender Necessary?）一文的第一版中，勒瑰恩以刻意突顯的諷刺立場，對批判觀點激烈地反唇相譏。在作者一九八八年的修訂〈性別有必要嗎？重新省思〉（Is Gender Necessary? Redux）中，也許並不令人驚訝地，她澄清了先前在《黑暗的左手》中使用男性代名詞的決定，同時並懊悔當時沒有意識到，自己其實是受到語言／性別的詭計操弄：「若我當初能體認到，我使用的代名詞會如何型塑、指示、控制我的思想，我會更『機敏』些。」（p. 331）

不幸的是，即使由勒瑰恩穩固的女性主義新立場出發，她的懺悔宣言達成的也不過是保守女性主義計畫中的主流政治正確，將生理男性和陽剛特質貶到無底深淵，並將許多性別身分與陽剛連續體掛勾。如此對生理男性和社會性別中的陽剛特質再次連結，是相當驚人的謬誤，而指稱男性代名詞「他」「就是它所指涉的東西，沒有多出啥，老天在上，也沒有少了啥！」的說法也相當匱乏，讓這個代名詞依然滯留在子虛烏有的包裝中，在其中，生理男性佔據了確保語言和性別正典的雙重鏈結。為反駁此一謬誤的語言和性／性別鏈結，在此我將提出一種跨性別閱讀，或能對這業已脫落的鏈結加以從事進一步的拆解。

雖然小說中的人類學家堅稱「使用這個代名詞本身導致我一直忘記：我所面對的卡亥德人不是個男性，而是個生理雙性綜合體。」（95），這個宣言是如此模稜兩可，它不但忽略了性別歧異的複雜度，也證明了性別認同受語言宰制的程度之深。假設以酷兒讀法歪讀這段話，句中的男性其實比較是「生理雙性綜合體」（或是T）而非典範男性。我的策略是聚焦於文中「生理雙性綜合體」的陽剛氣質，這麼做不是要迴避它的生理男性，而是要將它的陽剛氣質歸因於酷兒化的超陽剛。藉由這種閱讀策略，我企圖將它讀為神祇或任何神聖／邪惡的「他者」：這種存在體，由於祂們的陽剛如此華麗且超凡，那份陽剛已全然超脫生理人類男性所能據有的地位。書中的地球使節懷抱極端的恐懼症和性別歧視，既然他能引用任何性別刻板印象去攻擊非傳統的男性身分——如陰鬱卻世故的埃思特梵、或瘋狂國王阿格梵十五世，那麼他唯一的偏見就是後者的性別無法「適用」於女性／男性的二元類目。因此，倘若指控代名詞「他」乃將格森星人民的性別歸類為生理男性，將會是不證自明的矛盾。唯有以食古不化的異性戀思維看待性別與性的讀者，才會忽略在《黑暗的左手》以及其他處理酷兒陽剛主體的文本中，這個「他」絕非部分女性主義論述強烈反對的「偽擬男性」，而是自成一格的獨特性別身分[6]。即使它是某種男性身分，它也永遠已經是異端的酷兒陽剛，像是可能懷孕的國王。

至於關乎神祇或他者的書寫，大寫的**他**或斜體字的**他**皆自外於正常體制，因此，要將「指涉超凡神祇的陽性代名詞」（94）的轉喻鏈與任何常態生理男性作聯結，都是不可能的。正因為這「超凡神祇」（Trans-cendent God）是如此「跨」性別（Trans-gendered），他只能（變成）是自外／超脫正常異性戀體制的酷兒陽剛主體。由於無論是神祇、或是極度曖昧不明的冬星之王，他們**真正的**本質是如此神聖而他者，他與任何生理男性之間，因此有著根本性的斷裂。歷史（他的故事）只能藉由虛幻和超量的陽剛類別來加以體現——唯有透過這種閱讀策略，我們才能讓《黑暗的左手》免於幾乎完全出自僵化的異性戀生殖架構的失當解讀。這些酷兒陽剛主體在相對較開放的跨性別身分的大傘下，大致上形成了一種褻瀆的兄弟關係，佔據並形塑了互相關聯的親屬身分，如石牆硬漢T、酷少

6 在當代關於女性陽剛氣質的論述中，雖然女性主義者和酷兒陽剛主體之間的對話仍舊主導許多重要場域，在陽剛連續體的多種聲音中，有一種爭論亟需學術與運動者注意。冬星人民的性別轉換與體現造成的身體性別分化，其實可閱讀為在酷兒陽剛社群中，造成分化和緊張拉鋸的性別歧異的譬喻。在這些議題中，最足以代表此種緊張拉鋸的乃朱蒂斯・哈柏斯坦（Judith Halberstam）所提出的「T／FTM邊界戰」，發生在女同志的T與跨性別男性之間，形成酷兒兄弟鬩牆的局面，彼此爭奪陽剛戰場的主體正統性：「當二十世紀末，跨性別社群逐漸浮上檯面，而FTM在社群內的可見度亦提升的同時，關於酷兒T身分可行性的問題變得不可避免。有些T認為FTM是相信生理論的T，而有些FTM認為T是沒有勇氣從女性「轉化」成男性的FTM。跨性別T和FTM間的邊界戰有個預設立場，那就是陽剛特質是一種有限的資源，不斷在消耗，而且只能為少數人取用。」（144）

（Tomboy）[7]、扮裝王、中間性、易裝、扮裝女性（passing woman）、跨性別男性（trans-man）；在這些身分中，最適任的候選人莫過於自傲浮華的扮裝王，以他對陽剛逾越的誇張實踐，他在幻景虛迷的真實場域當中，體現了真正的冬星之王。

重新敘說他的故事：《黑暗的左手》與其瀚星親族的T／婆閱讀

這個故事具有更豐富閱讀的可能性：不只將它讀為字面上的生理他者，更讀成酷兒身體的寓言。在某些女性主義的脈絡下，它們對格森星的性與性別的不滿，可能來自於懷疑這種敘述會將酷兒性別／性的優勢置入「男性陣營」，因而剝奪了中性或雙性同體的生理女性本源；或者它也可能是異性戀思維的遲疑，以至於這種批判典範無法將這個複數性別社群置入酷兒性別／性的脈絡當中探討。既然連作者本人，在一九六八年第一版的序中，都敏銳地強調讀者應當將冬星人民的性／性別以隱喻的方式閱讀，我們絕對有必要明白到，這個具有指標意義的故事不僅是遠未來的幻想，同時也是某種同時代生活的寫照[8]。在本段中我將論證，這種出自T／婆與跨性別論述的閱讀，與奠基於異性戀生殖假設的閱讀，是一樣的「寫實」。根據他們歧異而離經叛道的身體性別，格森星人佔據了月週期的不同部分；他們「除了一個月的幾天以外，基本上都是無性狀態，在那幾天中，他們則變得高度分化為男性或女性，是這樣的種族。」（《黑暗的左手》一九九四年新版的後記）我們不該將雙性同體或是多種可能的身體性別讀為字面上的直意思，而應以轉喻的閱讀方式，透過它的意義、它的逾越，以及自外於正常表意體系的身體形貌，所操作帶入的剩餘價值。假如我們以酷兒光譜解讀這些性與性別的展現，無論是高度陽剛或陰柔的身體、或是它們的格森星特質，都能被合理化為特殊的展演，同時又是「真實」的：T或婆乃藉此發展特殊「性別分化」的自我。

在寫實和隱喻的軌跡上，這個以身體作為他者性別的寓言提出了一個「無法再現」的轉喻衣櫃，在此跨性別主體的身體、性、和語言同時被監禁和流放，如同主劇情架構下寓言的意義和隱喻，特別是〈在冰雪暴之內〉和〈背叛者埃思特梵〉。這些故事旁生於主要敘述，如同宿主體內的寄生物；它們製造出照亮四周的火花，闡明故事主線小心翼翼掩藏的痛苦。這些寓言有著驚人力量與嚴峻的態度，它們處理禁忌欲望、亂倫渴盼（「手足」成為愛侶，或跨世代的性）、或是悲劇性的分離。它們彷彿受詛個體潛意識的殘餘，目的在於寓言式地帶出個體不可說的創傷，不管是罪惡的過去、或是致命的秘密，並以正常體制禁止的方式釋放這些創傷。因此，對於本書一般的閱讀，就像「正常」性別的身體一樣保守收斂。然而，在具有意識的跨性別閱讀之下，這些特異性別的個體有著他或她的故事，終自異性戀霸權解讀中解脫，他們反抗權威的主體性不再被否定；他們終能重新得回原始的真實，同時指涉著他們自外於法律的位置及其難以抹滅的事蹟，正如黑暗而反英雄的埃思特梵，以自我

7 在華文（或更特定而言，台灣華文）脈絡之內，一般以「湯包」為英文tomboy的約略同義詞。在此處我不沿用這個在地辭彙，而以個人詮譯的「酷少」取代，著重於酷兒性與某種不等於生理年紀、由boy這個字辭所散逸張揚的「少年感」。

8 「以邏輯來定義，我唯一能夠理解或表達的真實，是個謊言。以心理學來定義，則是某個象徵。若是以美學來定義，那是暗喻……我並非在預告，或是診斷，我只是在描述。以小說家之道，我描述的是心理真實的某些特定切面。」（《黑暗的左手》作者序）

放逐的奧妙方式釋放他的聲音。

因此，在T／婆解讀架構的鎂光燈下，我們可以將這些角色讀進一個酷兒氛圍之類，在其中，酷兒性別／性將他們編織成一幅燦爛的織毯。在這幅織毯上，多種T／婆獨特性格鮮明地現身，圍繞著核心人物：邊緣、幽暗的埃思特梵。他背負著秘密的悲劇過去、以及一副筋肉結實的肉體；這樣的埃思特梵可被視為一個類希茲克利夫（Heathcliff-esque）的叔叔T[9]。在同一閱讀架構之下，埃思特梵的長期愛誓伴侶芙芮思．倫－耶．歐絲柏思，以及他的長兄艾瑞克，則分別代表兩種T／婆次類型。前者的形象和性格恍如機鋒尖銳、拒絕服從的悍婆，而後者則同時可為未發育的中性青年，或是英年早逝的酷少。即使在格森星自由流動的性脈絡中，仍有可資譴責的逾越行為，因此埃思特梵痛苦地思慕、哀悼死去的兄弟，便揭露了兩個酷少相愛的可能性，並製造了一個謎樣的禁忌，其中，同一「肉身親代」所生的兄弟間的亂倫愛情將被禁止、且遭到嚴厲處罰。至於在《黑暗的左手》與〈冬星之王〉中分別出現的兩個王者，前一位乃典型的不可理喻、極度負面的阿格梵十五世，他暴露在一個背負恐懼的外邦者的凝視，其低落的男性特質、和污穢的女性特質被無情地指責。然而，超凡的力量正生自這個低劣國王下流粗野的性格：阿格梵十五世以小丑般的手勢和敢曝（campy）的姿態，表露扭曲的、「類扮裝皇后」的超額陰柔特質，這個政治不正確的「陰柔」國王同時被主述者和（可能是）作者的潛意識所憎恨。正由於他做得如此囂張，以致他不只擾亂了來自異性戀生理男性使節恐慌的惡意凝視，更藉敢曝作為一種反向凝視，成功地翻轉了凝視者和被凝視者之間的合法權力位置，並因此將凝視者置於無助的下級地位。

幾乎是相反地，阿格梵十七世是位令人目眩神迷的永恆少年，也是美麗的悲劇英雄，對於同情他的瀚星男外交官和其他角色而言，他們以珍愛的眼光注視著他；他的故事、他的怪物嬰孩後代、和微妙的「反向伊底帕斯情結」，皆鮮明地描繪了一個貴族T從父親角色那裡遭受的創傷苦難。至於那對「預言師—隱者」伴侶——身為教師的首席預言師斐珂瑟，以及學徒古絲，則是兩種迷人的婆類型：古絲是個機敏慧黠的年輕婆，而斐珂瑟則是年長、精通魔法的高檔婆，身懷雙性同體的美學。她／他們在冬星人民間是個特例；她／他們未遭受真力·艾的批判態度，反被後者善意以對。鬼靈精學徒是個纖細的青少女，她／他逗弄真力·艾這個異性戀男性，讓他鬆懈、不具敵意，而教師則擁有預知的

9 以下是一段關於台灣T（接近tomboy但並不完全一致）形成的鮮明描述，用以強調「家畜—猛獸」的兩極特質和雙向變動。由於在這段文章中，這種酷少的tomboy類型屬性被形容為擬似希茲克利夫型（Heathcliff-like），我引用這段文字以擴大多樣化的文本變化，但並非主張這種人格與埃思特梵完全一致。

「我先說一下我最近想到這個類型的原因，是小殼叫我看一個電影版的咆哮山莊，那個魔獸般的主角希斯克利夫就是那個英倫情人的主角演的。／他先是有一個很明確的外在身份：非純正血統，後來他們的父親死後，他就被貶為（貶回）奴僕階級；但這個時候他是個純樸的勞動青年與他所愛的人分享跨越階級的愛，這是我稱為的「獸」。他一輩子因為這個身份不能跟所愛的人結婚，／又因為在廚房聽到他愛的人談論到，嫁給另一個貴族他會非常幸福（對比於他自己的低下身份），於是成為他心中永遠的傷口。他從軍、後來經商致富（又有傳說他是娶了有錢的太太，謀財害命），就是為了回來報復這兩家人，並且最後害死了自己所愛的人，致死方休，這是我稱為的「魔」。／也就是說，一開始他就不是「人」，而很容易被辨別為「非人」（獸），但也是因為這個「非人」，非社會化，因此可能有另一種天真或是天賦。（在我看的電影裡，他可以感應到大自然的變動，可能也是因為他不在那個追求金錢財富的序列裡，因此注意到大自然。）／他的「非人」狀態是非常清楚的，也造就他未來的傷口。／可是，你所說的，關於謠言與耳語，如果一個人能夠處在謠言與耳語中還成為法師，那麼，應該是那個污名不是太清楚，只是有種種線索吧？因此人們還「必須」編造她犯下逾越禁忌的不名譽行止，才能把他從某種社會位置上拉下來，可是，希斯克利夫「本身」就是一個不名譽的「東西」，人們不需要任何證明，就立刻把他驅除出境，從房子趕到傭人房。」（原作者為陳鈺欣，本文取自於「罔兩問景」站的T婆／跨性別討論區：http://penumbra.cl.nthu.edu.tw/read.php?f=1&i=460&t=445）

極致能力，以及深邃的智慧。書中最懾人魂魄的篇章之一，便是斐珂瑟幻化為「光之天女」一段，而她／他所代表的是**陰**之神祇。那一幕中，她／他以「神聖之光」為甲冑，預言著令人震驚的未來。正由於她／他體現了至聖的「神聖的婆」形貌，斐珂瑟得以碰觸到被性別盲點所箝制的地球使節的內心深處，因而釋放了救贖的光輝。

無論這種閱讀如何以異議的挑釁姿態反對「傳統的」女性主義，我的目的並非要推翻它的成就，或否定它對於《黑暗的左手》中潛在的偽擬男性之怪奇化聲音的正當批判。同樣值得一提的是，這本書乃出版於一九六九年，亦即石牆事件剛發生後的翌年，而石牆事件解放了同性、雙性戀團體，以及跨性別主體壓抑已久的憤怒。自然，這股反撲的憤怒不只針對所謂的白種異性戀男性的沙文主義，也同樣來自異性戀的女性主義者的歧視與不認同[10]。在此時期，將跨性別主體的酷兒陽剛氣質置於某些女性主義論述的罪惡大傘下，是歷史的無可避免，然而事實是，跨性別敘事中的**他**的故事不但擾亂了部分生理直男建構的同一性和排他性，更代表了一種迷人的異議氣質的**陽**（太極陰陽的Yang）；這種**陽**是沒有生理男性能夠展現的。女性主義與跨性別主體間的權力鬥爭，是正統母神和私生子之間的長期抗戰；在這塊戰場上，母神如同族長般偏私地保衛疆土，而反叛之子成為流放之王，以他肆無忌憚的酷少氣質，叛離了異性戀生殖的二元版圖，同時拒絕被性／性別兩極的正常想像系統所解析，也抗拒母系傳統中，以「正確的」女性特質為名的同一性想像。

因此，本論文的主要目的，是藉由以上的閱讀，揭露總是已經存在的反叛陽剛氣質的異議印記／差異。它在光明與黑暗之外，但同時也在其中，它像是某種半月蝕，如同勒瑰恩「光中有影，影下有光」的哲學主題。在這塊半月蝕的光影中，與直系統的「男性（化）／女性（化）」之制式二元對立相當的不同，T／婆組合是一個圓形的太極圖，在這其中，陰與陽形成一個清楚區隔但不斷變動的關係：當類扮裝王與T的陽剛特質如同華美黑暗般地燃燒，以類婆角色為代表的陰柔特質便是典型的閃爍光輝的**陰**（Ying），如同深不可測的黑暗滋生出的極光。如同書中的中心「詩句」所優美地揭示，那道光便是黑暗的左手，而黑暗則是光的右手，陰與陽正「如緊握的雙手，如同終點與道路」，而正是它們跨越了強制異性戀系統的標準二元，將後者也「跨了性別」。這種跨性別閱讀讓國王和他們的酷兒同志們得以禮讚並發展出一套奢華、拒絕服從的陽剛氣質，而這種氣質正是**陽**的體現。而另一方面，至聖的**陰**總是已經存在，以逾越叛離的婆為代表，它擁抱、而非否定陽，它酷兒的黑暗左手，它的對手與伴侶，永遠在漫遊中追尋彼此。在黑暗之光與魔幻黑暗結合成的永無邊迴圈，它們攜手共舞。

10 值得一提的是，勒瑰恩在反駁針對《黑暗的左手》有（直）男性認同和異性戀思維的指控之後，她逐漸發展出一種特殊而優雅的酷兒聲音；在她的作品中，這種聲音逐漸豐盛，《世界的生日與諸故事》中的幾個故事是最佳代表。在〈卡亥德成年式〉中，讀者被引介到一個令人目眩神迷的泛性筵席，其中描寫了類似T／婆配對，以及在一位格森星青少年與「卡瑪屋」（一種公共空間，讓任何想有無特定對象性愛的人使用）的初次接觸中，亦有鮮明的同性別蕾絲邊性愛場景。在同一選輯中的另一個故事〈山脈之道〉，則描繪了特異但可信度甚高的婚姻制度，其中兩個生理女性和兩個生理男性，一共四人參與婚姻。這個故事最迷人的一點在於，由於一位悍婆的要求，她的學者T愛侶嚴肅地挑起丈夫之一的角色，而這個扮演的過程是劇情的核心。作者以精巧而充滿同情的優雅，書寫了每個角色的內在掙扎與複雜性。

【引用書目】

Judith Halberstam. *Female Masculinity.* Durham, N.C.: Duke University Press, 1998.

Ursula Kroeber Le Guin. The Left Hand of Darkness. New York: ACE Books, 1969.

--. The Wind’ s Twelve Quarters. London: Orion Publishing Group, 1975.

--. *The Birthday of the World: And Other Stories*. London: Orion Publishing Group, 2002.

http://penumbra.cl.nthu.edu.tw/list.php?f=1

繆思 014

黑暗的左手
The Left Hand of Darkness

作者　娥蘇拉・勒瑰恩（Ursula K. Le Guin）
譯者　洪凌
社長　陳蕙慧
總編輯　戴偉傑
責任編輯　林立文
行銷　陳雅雯、尹子麟、余一霞、洪啟軒
電腦排版　極翔企業有限公司

讀書共和國集團社長　郭重興
發行人兼出版總監　曾大福
出版　木馬文化事業股份有限公司
發行　遠足文化事業股份有限公司
地址 231新北市新店區民權路108之4號8樓
電話 02-2218-1417　傳真 02-8667-1065
email: service@bookrep.com.tw
郵撥帳號 19588272 木馬文化事業股份有限公司
客服專線 0800221029
法律顧問　華洋國際專利商標事務所 蘇文生 律師印刷
成陽印刷股份有限公司
三版一刷　2017年12月　三版四刷　2022年10月
定價　新台幣380元
ISBN 978-986-359-474-1

國家圖書館出版品預行編目(CIP)資料

黑暗的左手 / 娥蘇拉・勒瑰恩（Ursula K. Le Guin）著；洪凌譯. -- 初版. -- 新北市：木馬文化出版：遠足文化發行, 2017.12
面；　公分. --（繆思；14）
譯自：The left hand of darkness
ISBN 978-986-359-474-1（平裝）

874.57　　106021412